KB105113

내것이로다

내 것이로다

초판 1쇄 찍은 날 | 2014년 04월 22일
초판 1쇄 펴낸 날 | 2014년 04월 29일

지은이 | 한조
펴낸이 | 서경석

편 집 장 | 권태완
편집책임 | 손수화
편   집 | 장미연

펴낸곳 | 도서출판 청어람
등록번호 | 제387-1999-000006호
등록일자 | 1999. 5. 31
어람번호 | 제5-0369호

주소 | 경기도 부천시 원미구 부일로 483번길 40 서경B/D 3F (우) 420-822
전화 | 032-656-4452 팩스 | 032-656-4453
http://www.chungeoram.com
E-mail | chungeorambook@daum.net

ⓒ 한조, 2014

ISBN 979-11-5681-993-6 03810

Chungeoram romance novel

내 것이로다

한조 장편 소설

도서출판 청어람

목차

왕자와 몸종

청천이라는 나라에 한 여인이 있었다. 한미한 민씨 집안 여식으로 태어나 일찍이 궁녀가 되었다. 나이가 들수록 미모가 눈부시니 자연스레 왕의 총애를 받았다. 왕자를 생산하였으나 출신이 미미하여 고작 숙의에 머물렀다.

송언군의 생모 숙의 민씨이다.

"어마마마!"

"왕자?"

와락 안겨드는 송언군을 민 숙의가 의아한 표정으로 안아주었다. 이제 겨우 여덟 살. 왕궁에서 귀여움을 받아야 하는 왕자가 차디찬 북평도* 땅에 있는 까닭은 자신 때문이다. 민 숙의는 왕자 앞에서 항상 죄인이었다.

---

* 청천의 북쪽 지방. 녹산과 국경을 맞대고 있으며 잦은 노략질에 시달린다.

"무슨 일 있으셨습니까, 왕자?"

"사람들이…… 사람들이 마구……."

송언군이 바들바들 떨었다. 까닭을 모르는 민 숙의가 김 상궁에게로 고개를 돌렸다. 김 상궁이 난처한 표정을 짓고 있었다.

"왕자께서 밖에서 무엇을 본 것입니까?"

"환향인*이 있었나이다, 숙의마마."

김 상궁이 머뭇거리며 대답하였다.

흉한 것을 보았구나. 짧게 탄식한 민 숙의가 송언군을 다정히 끌어안았다.

"괜찮습니다, 왕자. 왕자에겐 아무 일도 없을 것입니다. 이 어미가 지켜 드리지요."

송언군을 달래던 민 숙의가 무뜩 조소하였다. 물론 송언군에게는 아무 일도 없을 것이다. 송언군이 북평도에 있는 까닭은 왕이 왕자를 버렸기 때문이 아니라 민 숙의의 마지막을 배려해 준 까닭일 뿐일 테니까. 버림받은 후궁이 왕자를 지키기 위해 할 수 있는 일은 없다. 민 숙의는 그것을 알고 있었다.

"아가…… 아가가 있었습니다, 어마마마……."

"아가라니요, 왕자?"

"품에 아가가…… 분명 아가가……."

민 숙의가 미간을 찡그렸다. 그녀는 오래지 않아 상황을 이해했다.

환향인이 있다. 북평도에서 배척당하는 환향인은 대개 사내가 아닌 계집이다. 그녀들은 녹산*에서 온갖 험한 일을 당한다. 오랑캐의 씨를 품는 것도 드문 일은 아니었다. 임신한 사실이 알려지면 가문

* 녹산에 인질로 잡혀갔다가 돌아온 이들을 일컬음. 녹산의 앞잡이라며 배척당한다.
* 청천의 이웃 나라로 예로부터 사이가 나쁘다.

에서 버림받고, 종내에는 이웃에게 살해당한다. 흔한 사연이다.

"아가를 죽일 겁니다, 어마마마. 사람들이 아가를……. 아가는 아무것도 모르는데, 아무 죄도 없는데……."

송언군은 금방이라도 울음을 터뜨릴 것 같았다. 민 숙의는 얼굴 모를 여인과 그 여인의 아기를 깊이 연민하였다. 버림받아 죽어야 하는 신세가 저와 같았다.

"왕자."

"아가는 죄가 없는데……."

"송언군!"

같은 말을 읊조리며 울먹이던 송언군이 뒤늦게 정신을 차렸다.

"예? 예, 어마마마."

"아기를 살리고 싶습니까?"

얼굴을 든 송언군이 고개를 위아래로 끄덕인다.

"그렇다면 왕자께서 그 아기를 사세요."

"예?"

"왕자의 재산으로 삼으세요. 그 누구도 아기를 해할 수 없도록 왕자의 것으로 만드세요."

송언군의 두 눈이 반짝였다. 민 숙의의 품에서 벗어난 송언군이 급히 밖으로 달려 나갔다. 난처한 얼굴로 그를 따라가는 김 상궁을 민 숙의가 무표정하게 응시하였다.

"쓸데없는 일을 했구나."

민 숙의는 금방 후회하였다. 그녀의 눈빛이 가라앉았다.

아이를 살리는 것이 나쁜 일은 아니지만, 문제는 아이의 모친이 벌써 죽었을 경우였다. 아이는 이미 가문으로부터 버림받았다. 송 언군은 제 의사를 표현할 수 없는 아이에게서 아이의 존재를 살 수 없다. 아이를 버린 아이의 가문으로부터도 살 수 없다. 죽은 어미에게서 살 수도 없을 테니 아기는 송언군의 것이되 동시에 송언군의 것이 아니게 될 것이다. 아기는 언젠가 송언군의 손을 필시 벗어날 것인데 그때 송언군은 괜찮을까.

민 숙의는 그것을 심려하였다.

✻

청천의 도성 한복판.

"어험."

한 사내가 거드름을 피우며 시장을 가로지르고 있었다. 빛깔 좋은 비단옷을 몸에 걸친 그의 뒤로 남색 의복을 입은 작은 아이 하나가 따르고 있었다. 또랑또랑한 눈이며 야무지게 다물린 입술이며 꽤 귀여운 아이였다.

"남아, 예 돌멩이가 있지 않으냐?"

"지금 치우겠습니다, 나리."

아이가 쪼르르 앞으로 달려와 사내의 발 앞에 놓여 있는 돌멩이를 툭 쳐냈다. 사내가 만족스럽게 웃었다.

"빠릿빠릿하게 움직이지 못할까? 어찌 이리 행동이 굼떠?"

"송구하옵니다, 나리."

남이라고 불린 아이가 사내 모르게 입술을 비죽였다.

그녀는 자신의 주인을 모르겠다. 할 일 많은 자신을 여기저기 끌고 다니는 이유도 모르겠고, 하루는 다정하다가 하루는 괴팍하고 또 하루는 우울한 그의 성격도 모르겠다. 무엇이 그의 참모습인지 알 수가 없다. 그나마 알 수 있는 것은 주인이 아주 제멋대로인 사내라는 것뿐이다.

사내가 지나갈 때마다 수많은 시선이 날아들었다. 청천에서 이 사내만큼 많은 소문을 뿌리고 다니는 이도 드물어서, 길 가던 사람들은 이게 웬 구경거리냐 싶은 눈치다. 여인들은 은근히 유혹하는 눈빛을 보냈고, 남자들은 불손한 제 시선을 숨기기에 급급했다. 혹여 불손한 눈빛을 들켜 경을 칠까 남자들은 사내와 눈이 마주칠 것 같으면 얼른 땅을 쳐다보았다.

"남이야."

콧잔등을 잔뜩 찌푸리며 사내가 남이를 불렀다.

"예, 나리."

"내 기분 탓이더냐?"

"무엇이 말이옵니까?"

"여인들은 나와 눈 한 번 마주치려고 아우성인데 사내들은 내가 쳐다만 보면 고개를 홱홱 돌리는 것 같다."

그것은 아마도 착각이 아닐 것이다.

"쇤네가 보기에는 아니 그러옵니다."

남이는 거짓말을 했다.

굳이 그의 가슴에 비수를 꽂는 역을 자처하고 싶지 않았다.

"그래? 내 기분 탓이란 말이냐?"

"예, 나리."

"과연."

그는 미간을 찡그리더니 이내 활짝 웃었다. 반듯한 눈매가 거짓말처럼 둥글게 휘었다.

"뭐, 아무렴 상관없지. 내 별님을 만나러 가야 하니, 어서 서두르자."

"예, 나리."

그는 청천왕의 하나뿐인 아우 송언군 이의.

자는 호우(好雨), 호는 낙우(樂雨).

출신은 지엄, 외모는 지존, 취향은 지랄로 속칭 삼지.

'별님은 또 어느 댁 뉘신지……'

남이가 눈썹을 찡그렸다.

송언군은 청천의 추문을 담당하고 있다는 비아냥거림을 들을 만큼 수많은 추문을 뿌렸다. 삼척동자도 인정하는 난봉꾼이며 호색한이다. 안타깝게도 말아먹을 집안이 왕실이라서 차마 파락호는 되지 못한, 이 시대의 문제아였다.

그의 출신은 지엄하다. 왕의 유일한 아우인 청천의 왕자이므로.

그의 외모는 지존이다. 청천 최고의 미인으로 불리던 민 숙의를 쏙 빼닮았으므로.

그의 취향은 지랄 맞다. 청상과부만 보면 정신을 못 차리므로.

남이는 삼지를 읊조리며 제 왼쪽 가슴을 꾹 눌렀다. 그녀는 짜증스러워 보이기도 했고, 당혹스러워 보이기도 했으며, 절망하는 듯 보이기도 했다.

'쇤네가 미쳤나 봅니다.'

심장이 빠르게 팔딱였다.

활짝 웃던 송언군의 모습이 눈앞에 어른거렸다.

'미친 게 아니라면 이럴 수 없습니다.'

남이가 두 눈을 질끈 감아버렸다.

그의 모습이 사라지지 않았다.

1

쇤네가 전생에 무슨 죄를 그리 지어

남이는 송언군의 몸종이다. 올해 열일곱 살이 되었다. 하얗고 동그란 이마, 오뚝한 콧날, 붉고 도톰한 입술 등 종년답지 않은 외모 때문에 남이에게 추파를 던지는 종놈도 많았다. 그러나 대개 저고리에 바지를 입고 다니는 터라 그녀를 처음 보는 이들은 그녀의 성별을 헷갈려 하곤 했다.

"남아! 남이 예 없느냐!"

깨끗이 마당을 쓸고 있던 남이가 동작을 멈추고 고개를 돌렸다. 대문 밖에서 쏘아져 들어오는 앙칼진 목소리는 필시 기생 매월향의 것이었다. 그녀는 도성에서 꽤 인기 높은 기녀였다. 외모를 빼면 딱히 별다른 재주도 없어 보이는데 유독 그녀만 찾는 이들이 많았다. 그 때문에 그녀를 못마땅하게 여기는 기생도 꽤 있었다. 그녀의 방중술이 그리도 뛰어난 것인지 의문을 품은 몇몇 기생은 그녀의 방문에 구멍을 뚫고 몰래 지켜보기도 했다. 희한하게도 매월향과 들어간 사내들은 밤새 그녀와 이야기만 나누었다고 하니 과연 사내의 속은 모를 일이었다.

여하튼 그 매월향이 죽고 못 사는 이가 송언군이었다.

"남이 이년! 어서 나오지 못할까!"

빗자루를 문 옆에 세워두고 남이가 문을 열었다. 짙은 분내가 코를 찌를 듯이 풍겨왔다.

"무얼 하다 이제 나오는 것이야? 이 매월향을 이리 박대해도 되는 것이냐?"

두 눈을 날카롭게 치켜뜨며 매월향이 남이를 닦달했다. 종년이나 기생년이나 팔천(八賤)인 것은 똑같은데 이 여인은 대체 뭐가 이리도 당당한 것일까. 못마땅한 마음이 언뜻 들었지만 남이는 이내 공손하게 머리를 조아렸다.

"소인이 어찌 아씨를 박대하오리까? 비질을 하다가 조금 늦은 것뿐이니 부디 노여움을 푸소서."

"흥!"

아니꼽다는 듯 매월향이 턱을 쳐들었다.

"나리께 안내해 드리오리까?"

그녀를 더 상대하고 싶지 않은 남이가 넌지시 권했다. 송언군을 찾아온 객이니 이는 결코 그녀가 귀찮아서 얼른 떼어내려는 심보가 아닐 것이다.

"그걸 꼭 말로 해야 아느냐?"

"송구합니다. 이리 오시지요."

남이가 곧 매월향을 별채로 안내했다.

송언군의 별채는 본채와 담 하나를 사이에 두고 있었다. 방지원도*로 된 원림이 아름다웠다. 연못 가운데 섬에 심어진 배롱나무는 지금 꽃이 한창이었다.

"어머, 나리!"

"오! 이게 누구신가! 아름다운 나의 매월향이 아닌가!"

매월향이 활짝 웃었다. 정자에 앉아 있던 송언군이 반색하며 일어났다.

"소첩, 부끄럽사와요. 호호!"

견우와 직녀도 아니면서 연못을 사이에 둔 송언군과 매월향은 애가 탄다는 듯 서로를 향해 손을 내뻗었다. 도성의 인기 기녀와 난봉꾼의 만남치고는 꽤나 순진스러운 모습이다. 남이는 자리를 피하기 위해 슬금슬금 뒷걸음질쳤다.

그때, 바람이 불었다.

"월향아!"

"나리!"

남이는 누군가 어깨를 강하게 붙잡는 것을 느꼈다. 몸의 균형이 한순간 무너졌다. 멍하니 두 눈을 키운 남이는 파란 하늘을 보았다.

오늘 하늘이 이렇게 맑았던가.

첨벙! 물소리가 들렸다.

"휴! 하마터면 빠질 뻔했…… 나, 남아!"

"남아!"

저를 애타게 부르는 목소리가 멀어지는 것과 동시에 남이는 죽을힘을 다해 버둥거리기 시작했다. 코와 입으로 쉴 새 없이 물이 들어왔다. 연못의 수심이 깊었고, 남이는 헤엄을 칠 줄 몰랐다.

"남아! 남이야!"

---

* 네모난 연못 중앙에 동그란 섬을 만드는 연못 조성 방법이다.

폐부를 가득 채울 듯 밀려들어 오는 물이 끔찍했다. 남아, 남아, 남아야! 송언군의 목소리가 의식 너머로 흩어졌다.

찰싹! 찰싹! 누가 뺨을 세게 때리는 것도 같은데, 남이는 저를 때리는 범인을 잡을 생각도 하지 못하고 까무룩 정신을 놓았다.

남이가 물에 빠졌다. 매월향의 두 눈이 커지는 것과 동시에 송언군이 연못으로 뛰어들었다.

"나리!"

잠시 후 흠뻑 젖은 송언군이 남이를 뭍으로 밀어 올렸다. 당황해서 그녀를 받아 든 매월향이 불안한 눈으로 남이를 살폈다.

"남아! 남아, 괜찮으냐? 남아!"

"비켜라."

매월향이 비킬 틈도 주지 않고 송언군이 그녀를 밀쳐 냈다. 새하얗게 질린 송언군이 남이의 호흡을 살폈다. 호흡이 없었다.

"물이 숨길을 막은 모양이구나."

침착하게 구는 것 같았지만 그의 두 눈은 이미 충혈되어 있었다.

"의원을 불러오리까?"

"의원을 부르면 너무 늦는다."

"그래도 불러오겠사옵니다."

벌떡 일어난 매월향이 뛰어나갔다. 한눈팔 시간이 없었다. 송언군이 단단히 남이의 코를 막았다. 그대로 입술을 겹치고는 숨을 불어 넣었다. 입술을 뗀 후 가슴을 압박했다. 같은 작업을 두 번 더 반복했지만 남이는 물을 토하지 않았다.

"남이야, 제발, 제발…… 눈 좀 떠다오."

온갖 생각이 다 들었다. 이러려고 북평도에서 데려온 것이 아니다. 그녀를 빼앗기려고 연못을 만든 것도 아니다.

그간 너무 짓궂었을까. 틈만 나면 그녀를 놀린 벌을 이렇게 받는 것일까.

"다신 아니 그러마. 놀리지 않으마. 괴롭히지 않으마. 응? 남아, 제발."

송언군이 남이의 가슴을 퍽퍽 쳤다. 여전히 호흡은 없었다. 의원이 도착할 기미도 없었다.

뭐, 이런 일이……

세상에 무슨 이런 일이…….

이렇게 허무하게 보낼 수는 없다. 송언군이 눈물을 쓱 닦고는 호흡을 가다듬었다. 제발 숨 좀 쉬라고 속으로 애원하며 그녀의 코를 틀어막고는 입속으로 숨을 밀어 넣었다.

"이 못된 것! 물 좀 토하란 말이다! 어찌 이리 주인 말을 아니 들어? 아주 정신만 차려보거라! 더, 더, 더 괴롭혀 줄 것이다! 아주 만신창이로 괴롭힐 것이라고!"

송언군이 버럭 소리를 질렀다.

"쿨럭! 쿨럭쿨럭!"

그 순간 남이가 기침을 하며 물을 토했다.

긴장이 풀린 송언군은 그대로 기절하고 싶은 것을 꾹 참고는 남이를 원망스럽게 노려보았다.

"나리?"

무슨 상황인지 파악하려는 듯 벌떡 일어난 남이가 두 눈을 끔뻑였다. 미간을 찡그린 그녀가 뺨을 문질렀다. 축축한 물기가 묻어 나왔다. 이마나 다른 곳은 햇볕에 말라 물기가 없는데, 그녀의 뺨만 유독 축축하였다.

'비?'

이상한 일이다. 새파란 하늘엔 구름 한 점 없는데.

의아한 듯 남이가 고개를 갸웃거렸다. 맑은 하늘에서 비가 왔을 리 없는데? 그럼 이 물은 대체 무엇일까. 더구나 미지근하다.

그녀는 그것이 송언군의 눈물일 거라고는 차마 생각할 수 없었다.

"괜찮은 것이냐? 정신이 드느냐?"

"예? 쇤네가 왜……."

"너는 진짜 고약하다."

"예?"

송언군이 남이를 노려보았다. 그의 두 눈이 빨갛다는 것을 남이 가 뒤늦게 알아차렸다. 그의 눈에서 금방이라도 눈물이 떨어질 것 만 같았다.

"나리, 무슨 일 있으셨습니까?"

"일? 일은 무슨 일."

뾰루퉁하게 대꾸한 그가 다시 입을 다물었다. 남이는 가만히 그 의 눈치를 살폈다. 그의 옷이 젖어 있다.

"혹 연못에 빠지셨습니까? 옷이 젖으셨습니다."

"일찍도 알아차리는구나."

"송구합니다. 어서 빙으로 가시지요. 감환이라도 드실까 저어됩 니다, 나리."

남이가 걱정스럽게 말했다. 송언군은 하마터면 너는 죽을 뻔하 지 않았느냐고 고함이라도 지를 뻔했다. 막 정신을 차린 까닭인지 그녀는 지극히 현실감각이 없어 보였다.

"그래, 가서 군불이나 넣어다오."

"예, 나리."

송언군이 먼저 일어나자 남이가 따라 일어났다. 머리가 어지러워 조금 비틀거리는 그녀를 송언군이 재빠르게 잡아주었다.

"송구합니다."

송언군은 문득 생각했다.

태어나자마자 죽을 위기를 겪고, 고작 연못 따위에 빠져 죽을 뻔한 이 아이의 생명은 얼마나 나약한가.

이 나약한 아이가 살아가기 위해서 세상은 얼마나 많이 변해야 하는가.

종알종알, 재잘재잘, 투덜투덜.

"아씨께서 예 계실 필요는 없습니다."

연신 옆에서 무어라고 종알대는 매월향에게 남이가 말했다. 그녀와 함께 온 의원은 남이를 간단히 진맥하더니 별 이상 없다며 돌아갔다. 의원과 함께 돌아갈 만도 한데 매월향은 끈질기게 남이 곁에 붙어 종알대고 있었다.

아궁이에 불을 지피는 내내 매월향에게 시달린 남이는 난감할 따름이다.

"아씨."

대체 왜 이러십니까.

건방진 뒷말은 생략한 남이가 매월향을 퉁명스레 쏘아보았다. 소매까지 걷어붙이고 아궁이에 부채질을 하고 있던 매월향이 지레 놀라 말을 더듬었다.

"어, 어? 어, 왜?"

"나리를 뵈러 오셨으면 나리를 뵙고 가시면 될 터인데 어찌 쇤네 옆에서 이러고 계십니까? 혹 쇤네에게 하실 말씀이라도?"

무뚝뚝한 남이의 태도가 매월향을 머쓱하게 만들었다. 뒷목을 쓰다듬는 매월향이 어색한 표정을 지어 보였다.

"으음, 그게…… 그게 말이지, 남아……."

"예, 아씨."

"그게 말이지, 내가…… 미, 미, 미……."

남이는 속이 터져 죽을 것 같았다. 미, 뭐? 미 다음이 대체 뭔데?

죽음의 위기는 하루에 한 번으로 족하다. 물에 빠져 죽을 뻔했는데 속 터져 죽을 것 같은 경험까지 하고 싶지는 않다. 지그시 매월향을 응시하며 남이가 무언의 압박을 가했다.

말을 하세요, 아씨.

하던 말씀 마저 하세요, 어서.

"그것이……."

매월향이 눈꼬리를 내리며 남이의 눈치를 봤다. 귀찮은 것이 역력한 남이의 표정에 매월향이 작게 덧붙였다.

"미안하다."

거의 들리지도 않을 크기다.

"예?"

"고의로 그런 것은 아니다. 발을 헛디뎌서 허우적거리다 보니 나도 모르게 그만……."

"아하."

남이는 한참 이어진 부연을 듣고서야 매월향이 자신을 물에 빠뜨린 것에 대해 사과하고 있다는 것을 알았다. 평소 오만한 매월향을 생각할 때 이는 꽤 흥미로운 일이다.

"한 번만 용서해 다오!"

매월향이 두 손을 모으며 눈을 질끈 감았다. 남이는 잠시 황당한 마음으로 그녀를 응시했다. 물에 빠뜨려 죽게 할 뻔한 일에 대한 사과치곤 참 쉽다. 하지만 말로 천 냥 빚도 갚는다지 않는가.

매월향과 싸워서 득 볼 게 없는 남이가 짧게 대답했다.

"아씨께서 빠지신 것보다는 낫지요. 쇤네는 이리 멀쩡하니 그리 전전긍긍하실 필요 없습니다. 듣는 쇤네가 민망합니다."

"남아, 하지만……."

"쇤네는 정말 괜찮습니다. 아씨께서 옆에 계시는 게 더 불편하니 쇤네와의 일은 잊으시고 기루로 돌아가시지요."

"정녕 그래도 되겠느냐?"

"예, 아씨. 쇤네는 또 뭐라고."

남이가 시큰둥하게 대꾸하며 매월향을 흘깃 쳐다보았다. 크게 안도한 그녀의 안색이 밝아졌다.

기생 매월향.

악독하게 구는 것 같은데도 어딘지 어벙하고, 영악하게 구는 것 같은데도 어딘지 허술한 청천의 기녀. 모든 사내에게 엉덩이를 흔들어대는 기녀라는 것을 알면서도 사내들이 그녀에게 빠져들 수밖에 없는 이유를 남이는 어렴풋이 알 것 같았다.

그녀의 웃음은 눈이 부셨다.

"고맙다. 고맙다, 남아. 네 덕분에 내가 살았어."

그 웃음을 볼 수만 있다면 무슨 일이라도 하겠다고 나설 사내들도 분명 있을 것이다.

다행히 남이는 계집이라서 더 이상 매월향에게 빠져들지 않을 수 있었다. 급히 정신을 차린 남이가 무덤덤하게 대답했다.

"예, 예, 쇤네 덕분에 아씨가 살기야 하셨지요."

"그럼 다음에 또 오마."

"살펴 가세요, 아씨."

남이의 어깨를 톡톡 두드린 후 매월향이 엉덩이를 흔들며 사라졌다. 그녀가 사라진 것을 확인한 남이가 아궁이에 넣은 나뭇가지를 부지깽이로 들쑤셨다. 꺼질 듯하던 불길이 화악 치솟았다. 빨갛게 일렁이는 불꽃을 남이가 홀린 듯이 응시했다.

그녀는 무의식중에 입술에 닿았던 생소한 감각을 떠올리고 있었다.

그것은 지나치게 절박하여 달콤하였다. 심장이 빠르게 뛰었다.

이불 밑에 손을 집어넣어 아랫목이 따뜻해진 것을 확인한 송언군이 남이를 불렀다.

"남아! 게 있느냐!"

"예, 나리. 쇤네 예 있습니다."

"이리 들어와 보거라."

그는 젖은 그녀가 걱정스러웠다.

"예? 어찌 계집이 사랑채에 들어가오리까?"

문밖에서 당황한 목소리가 들려왔다.

"아무에게도 이르지 않을 테니 들어와도 괜찮다."

"그런 문제가 아니지 않습니까? 더욱이 쇤네 옷이 젖어 차마 들어갈 수가 없습니다, 나리."

"어허! 괜찮다고 하지 않으냐?"

결국 문을 발칵 열어젖힌 송언군이 밖으로 나와서 남이를 끌고 들어갔다. 남이는 못 들어간다며 버둥거렸지만 송언군의 힘을 이길 수가 없었다.

"나, 나리!"

기어이 그녀를 데리고 들어온 송언군이 다짜고짜 그녀의 품에 의복을 안겨주었다. 하얗게 질려 있던 남이가 의복을 보고는 의아한 표정을 지었다.

"갈아입어라."

남이가 얼떨떨한 표정으로 옷을 펴 들었다. 컸다, 아주. 그녀의 덩치에 비하면 심하게.

"나리의 옷 아닙니까?"

"맞다."

"어찌 쇤네보고 나리의 옷을 입으라 하십니까?"

"거참, 네놈은 왜 그리 주인님 말씀에 토를 다느냐, 시키는 대로 하지 않고?"

송언군이 짜증을 부렸다. 그것은 걱정이었다. 어서 젖지 않은 옷으로 갈아입혀서 따뜻한 이불 속에 남이를 눕히고 싶었다. 그런데 그의 충실한 몸종은 이것도 저것도 아니 된다고 토를 달고 있으니 답답할 노릇이었다.

그를 쳐다보고 있던 남이의 얼굴이 찰나 무표정해졌다. 그녀의 손이 옷고름 위로 향하는 것을 보고 당황한 송언군이 얼른 뒤돌아섰다.

"너, 너는 계집애가 조심성도 없이!"

"나리께서 돌아서시면 갈아입으려고 한 것입니다."

남이가 태연히 대꾸했다.

"지금 그걸 말이라고! 하아, 되었다. 말을 말자. 다 입고 알려주기나 해다오."

"예, 나리."

부스럭거리는 소리가 들렸다. 송언군은 벌겋게 달아오른 얼굴을 손바닥에 파묻고서 다 갈아입었다는 남이의 말을 기다렸다.

"다 갈아입었습니다, 나리."

"정말이냐?"

"예, 나리."

한 번 더 확인한 후에야 송언군은 눈을 가리고 있던 손을 내리고서 뒤돌아섰다. 연차가 꽤 나는 오라비의 옷을 훔쳐 입은 듯 우스꽝스러운 모습이 된 남이가 벗어둔 의복을 가지런히 개키고 있었다.

송언군이 얼른 아랫목에 앉아서는 이불을 툭툭 쳤다.

"예 누워라."

"예? 나리, 어찌 그리 망극한……."

"그냥 시키는 대로 좀 하여라. 같은 말 두 번 하기 귀찮다, 남아."

의아한 듯 미간을 잔뜩 찌푸린 남이가 엉거주춤 자리를 옮겼다. 감히 왕자의 잠자리에 누워도 되는 것인지, 정말로 시킨다고 그런 망극한 짓을 저질러도 되는 것인지 도통 알 수가 없다는 표정이다.

"어서!"

송언군이 한 번 더 호통을 친 후에야 남이는 꼬물꼬물 이불 속으로 들어가 누웠다. 푹신푹신한 솜이불이 아니라 가시이불에 누운 듯 불편해 보였다. 그러나 송언군은 흡족하여 웃었다.

"쇤네가 이제 무얼 하오리까?"

"자라."

습관적으로 '예?' 하고 되물으려던 남이가 입술을 꾹 닫았다. 불안한 눈초리로 송언군을 응시하던 남이는 차마 눈을 감지 못했다.

"자래도."

"나리, 하오나……."

"명이다."

왕자의 옷을 입고 왕자의 이불에 누운 몸종은 황당한 듯 입술을 벌렸다. 그 붉고 앙증맞은 입술을 송언군이 가만히 응시하였다.

져 입술에 닿았었다.

입맞춤을 하였다.

그것이 얼마나 친밀한 행위인지 뒤늦게 깨달은 송언군의 두 눈이 뜨악하며 커졌다. 세상에, 그런 큰일을 이런 식으로 치르다니! 송언군이 비명을 내지르기 직전, 남이가 난처한 듯 입을 열었다.

"잠이 안 옵니다, 나리."

"흠흠. 자라. 충분히 잘 수 있다."

헛기침을 한 송언군이 남이의 시선을 피했다.

"대낮이온데요?"

"그래도 잘 수 있다."

송언군이 고집을 부렸다. 마지못해 눈을 감는 남이를 송언군이 다정히 바라보았다.

그는 그녀가 아는 것 이상으로 그녀를 아꼈다. 스스로 인지하는 것 이상으로 그녀를 귀히 여기는 마음이 아주 컸다.

"남이야."

송언군이 남이의 이마를 어루만졌다. 그는 그녀를 잃을 뻔한 순간을 재차 떠올리며 아뜩한 절망감을 느꼈다.

"많이 놀랐지? 미안하다. 금일은 이곳에서 쉬려무나. 행랑채엔 드나드는 이들이 있어 네가 편히 쉴 수 없을 것 같아 고집을 부렸다."

송언군은 남이가 자신의 무엇인지 모르겠다. 어쩌면 알고 싶지 않은 것일 수도 있었다.

그녀는 노비다. 그의 재산이다.

노비는 주인을 배신할 수 없다. 주인을 버릴 수도 없다. 그녀가 혹 달아나려 든다면 그는 그녀를 추노할 권리를 갖는다. 왕자의 추노를 피할 수 있는 노비는 없다. 따라서 그녀는 면천되기 전까지는 온전히 그의 소유였다.

잃을 염려가 없다는 것.

상처받을 가능성도 없다는 것.

그것이 송언군에겐 무척 중요했다. 그는 더 이상 잃는 것도 상처받는 것도 싫었다. 남이가 죽음으로 제 곁을 떠날 수 있다는 것은 상상도 하지 못했다. 상실에 대한 두려움이 치솟았다. 송언군의 몸이 가늘게 떨렸다.

'네가 소중해지는 만큼 두렵다.'

송언군은 끝없이 남이의 이마를 어루만졌다.

남이는 송언군의 손길을 느끼며 별을 세었다. 당연히 잠이 오지 않았다. 어루만져 주는 손길이, 속삭이듯 들려오는 나직한 목소리가 지나치게 달콤했다. 잠들어 더 이상 느끼지도, 듣지도 못하게 된다면 억울할 것 같았다.

'모르겠습니다, 나리.'

그를 모르겠다.

그는 참 다감하다. 천한 종년에게도 이토록 다정하다.

그는 왕자. 청천의 고귀한 이. 누구보다 귀하게 태어나 누구보다 천박하게 구는 그를 이해할 수 없었다.

'나리께 쇤네는 무엇입니까?'

그에게는 수많은 여인이 있다. 별님, 달님, 해님 따위의 기괴한 별칭으로 부르는 연인들이 있다. 원한다면 그는 더 많은 여인을 거느릴 수도 있다. 종년 따위를 취하는 것은 일도 아닐 것이다.

그러나 그는 단 한 번도 그녀를 정염의 눈으로 본 적이 없다. 하다못해 계집이라고 인지하고 있는지조차 의심스럽다.

'계집이기는 합니까?'

그런데도 이토록 다정하다. 그래서 남이는 속이 탔다. 그녀에게 애정 비슷한 것을 준 사람은 송언군이 유일했다. 그를 향해 온 감각이 곤두서는 것은 어쩌면 당연한 일이었다. 그가 처음이고, 남이의 세상이었다. 그가 설령 온갖 추문의 주인공이라고 해도 남이는 그를 바라볼 수밖에 없었다.

참으로 주제 모르는 마음이다.

'깨어나서 처음 본 것이 나리 얼굴이라 좋았습니다. 어리석게도 나리만 생각났습니다.'

남이가 속으로 조소하며 물에 빠졌다가 깨어난 직후의 상황을 떠올렸다. 송언군은 그녀를 내려다보고 있었다.

새빨갛던 그의 눈동자, 어렴풋이 기억되는 말랑하고 부드러운 무언가.

남이의 사고가 순간 정지했다.

'말랑하고 부드러워?'

말랑하고 부드럽던 낯선 감촉의 정체를 고민하던 남이가 순간 경악하여 벌떡 일어났다.

"악!"

콩 하는 소리와 함께 남이와 송언군이 거의 동시에 비명을 질렀다. 이마를 문지르며 송언군이 남이를 쳐다보았다.

"무, 무어야? 무슨 돌덩이랑 부딪친 줄 알았다! 도대체 머리에 뭐가 든 것이야?"

"송구합니다, 나리! 아, 악몽을 꾸는 바람에!"

차마 그를 똑바로 볼 엄두가 나지 않아 남이는 얼른 누워서 이불을 머리끝까지 잡아당겼다. 이불 속에 숨어든 그녀가 혼란스럽게 두 눈을 부릅떴다. 심장이 물고기처럼 펄떡거린다.

정녕 이 무슨 망측한 상상을…….

"악몽? 남아? 괜찮은 것이야?"

악몽을 꾸었다는 말을 믿는지 걱정스럽게 묻는 옥음이 들렸다. 누이를 어르고 달래듯 다정하였다.

남이가 마른 입술을 깨물며 고개를 저었다. 부릅떴던 눈을 꾹 감았다.

"별것 아닙니다! 그저, 그저……."

"뒤늦게 무서운 것이냐?"

"예? 예, 그런 것 같습니다."

송언군이 잠시 침묵한 후 입을 열었다.

"그래, 그럴 만도 하다. 원래 일을 당할 뻔한 순간에는 겁이 나지 않아. 멍하고 아무 생각이 없지. 기이하게도 하루하루 지날 때마다 두려움이 커지지. 이해한다."

남이는 입을 다물었다. 질끈 감은 두 눈을 더욱 꼭꼭 감았다.

"너를 위해 내가 여기 있으마. 겁낼 것 없다."

"송구합니다, 나리."

"알면 되었다. 주인을 참 잘 두었지?"

송언군이 작게 웃었다. 뛰는 심장을 진정시키기 위해 남이는 무던히 노력했다.

'나리, 나리는 정녕 쓸데없이 다정하십니다. 모두에게 같습니다. 달콤한 말, 상냥한 손길, 전부 무의미합니다. 모두를 귀애하는 것은 아무도 귀애하지 않는 것과 같으니까요. 그럼에도 수많은 여인들이 나리께 넘어가지요.'

그리고 남이는 그 숱한 아녀자 중의 하나도 될 수 없다.

'나리께 여인은 하늘의 별만큼 많겠지요. 길가의 꽃만큼 꺾기 쉽겠지요. 알아요. 알고 있습니다.'

그러나 붉었던 그의 눈, 뺨을 적시던 그 무엇, 입술에 아련히 남은 따스한 촉감. 그것은 그의 눈물이고 숨결이었을까.

'하온데도 쇤네는 특별할 것이라고 믿고 싶습니다. 종년의 막돼먹은 자만심이지요.'

꾹꾹 눌러둔 동경의 마음이 톡 터질 것 같아서 남이는 무서웠다. 더 이상 송언군의 목소리를 듣지 않기 위해서라도 남이는 잠들고 싶었다.

✻

남이는 며칠 새 수척해졌다.

한량 중의 한량, 난봉꾼 중의 난봉꾼. 도성 안의 여인은 모두 내 것이라는 듯 온갖 추문에 빠지질 않는 그, 송언군.

초승달처럼 휘어지는 그의 눈웃음에 넘어간 계집이 몇이던가.

달콤히 속삭이는 그 목소리에 자지러진 계집은 또 몇이던가.

청천 모든 여인의 적! 머리로 수십 번 되새김질한 그 사실을 자꾸만 망각하게 된다.

남이는 딱 미치고 싶었다. 주제넘은 제 마음을 감당하기 어려웠다.

"남아, 먹을 좀 더 갈아다오."

"예, 나리."

주춤주춤 남이가 먹을 손에 쥐었다. 그녀가 손을 움직일수록 벼루에 고인 먹물이 점점 더 진해졌다.

먹 냄새가 꼭 송언군 같다. 모르는 사이 은은히 퍼져 마음을 가득 메운다.

발그레 달아오른 볼이 거추장스러워 남이가 표정을 찡그렸다.

"남아."

"예?"

"눈에 먼지라도 들어간 것이야?"

"아, 아닙니다!"

"아니면 왜 그리 눈을 찡그려? 내가 좀 보자."

"나, 나리!"

그가 바짝 가까워졌다.

송언군이 붓을 내려놓은 후 남이가 피할 틈도 주지 않고 그녀의 눈꺼풀을 홱 열어젖혔다. 잔뜩 심각한 표정으로 남이의 눈동자를 요리조리 살피던 그가 살짝 입술을 열었다. 봄바람처럼 불어온 숨결이 남이의 속눈썹을 스쳐 갔다. 간지러운 듯 살짝 찡그려지는 그녀의 표정을 보며 송언군이 낮게 웃었다.

그는 자신의 어떤 행동이 남이를 난처하게 하는지 잘 알고 있었다. 때로 부러 그녀를 난처하게 하는 행동을 저지르곤 했다. 다정한 듯, 짓궂은 듯 종잡을 수 없는 그의 행동에 남이의 심장만 남아나질 않는다.

"되었다."

애초에 아무것도 들어가지 않았다며 대꾸하려던 것을 포기하고서 남이는 입을 다물었다. 그녀는 송언군을 어떤 눈으로 봐야 할지 알 수 없었다.

그는 괴팍하다.

그런데도 다정하다.

그래서 모르겠다.

'모든 것이 장난이실까?'

남이는 침울하게 먹을 갈았다. 조용히 갈리는 먹을 보자 그녀의 머릿속도 비어갔다.

"남아, 먹을 언제까지 갈 것이냐?"

의아한 목소리에 남이가 번뜩 정신을 차렸다. 먹물이 진해지다 못해 끈적거리기까지 하는 것을 보고 그녀가 낭패한 표정을 지었다.

"아! 송구합니다."

"정신을 어디다 빼놓고 있는 것이야?"

송언군이 스스럼없이 남이의 뺨을 쭉 잡아 늘렸다.

"느, 느아리."

"이 어수룩한 것을 몸종이라고 부리고 있다니, 내 신세가 참으로 참담하도다."

다소 과장해서 비극적 표정을 취한 송언군이 남이를 놓아주고는 연적을 집어 들었다. 연적에서 흘러나온 물이 벼루에 고였다. 끈적 거리던 먹물이 적당히 묽어지자 그는 만족스러운 표정을 지었다. 이윽고 신중하게 붓을 든 그가 붓에 먹물을 먹였다. 검게 물든 붓 끝이 조심스럽게 종이 위를 움직인다. 한 자 한 자 적어 내려가는 손길이 정성스럽다.

남이는 물끄러미 그가 적는 시구를 응시하였다.

―당신을 생각하니 해 밝는 줄 몰랐는데
묵향이 그윽하여 설렘에 들뜨고나

그리운 마음 꾹꾹 눌러 아닌 척하여 볼까
혹 당신 서운하실까 모두 털어놓노라

뉘신지 좋겠다. 왕자마마께 연서도 받고.
남이가 쓰게 웃었다.
"음."
시를 음미하듯 한 번 낭독한 송언군의 시선이 불현듯 남이를 향
했다.
"남아."
"예, 나리."
"어떠냐?"
"예?"
그의 두 눈이 반짝거렸다. 칭찬을 기다리는 어린아이 같은 눈빛
이다. 남이는 대답 없이 다만 입술을 꾹 깨물었다. 어느 댁 마님이
신지 부러워 죽겠다고 말할 수는 없는 노릇이지 않은가.
"남아?"
그러나 대답을 아예 아니 할 수는 없다. 재촉하듯 부르는 송언군
에 못 이겨 남이가 불퉁한 입을 열었다.
"어떠냐고 물으셔도 쇤네는 모릅니다. 무지한 쇤네가 어찌 글월
을 알겠습니까?"
"네가 모를 만한 문자는 쓰지 않았는데?"
"그래도 모르는 건 모르는 것입니다, 나리. 하늘 천(天) 자의 모양
을 안다고 그 속에 담긴 뜻까지 알겠습니까? 쇤네는 아무것도 모릅
니다."
송언군의 표정이 미묘하게 일그러졌다. 가만히 남이를 응시하던

그가 이내 파안하며 고개를 주억거렸다.

"뭐, 상관없다. 중요한 것은 시가 아니라 시인 아니겠느냐? 뭇 여인들이란 시의 내용보다는 작자가 바로 이 송언군이라는 사실을 더 중히 여길 것이다. 어느 여인인들 왕자의 이 절절한 시에 마음을 아니 열까."

"아무렴요."

남이가 시큰둥이 대꾸했다.

한 달에 한 번은 상대가 바뀌는 연애놀음.

그것도 꼭 음전한 과부들만 꼬드기는 악질적인 취미 생활.

선량한 얼굴로 방탕한 짓을 멈추지 않는 청천의 왕자 송언군.

"이만 가보자. 그녀가 기다릴 것이야."

사랑에 빠진 얼굴로 중얼거리는 그를 남이는 정녕 모르겠다.

"남아?"

먹이 마른 편지를 접어 품에 넣고 일어난 송언군이 우두커니 앉아 있는 남이를 불렀다. 남이는 지극히 혼란스러워서, 그래서 굳어 보이는 얼굴로 앉아 있었다.

"어서 가재도?"

무뜩 남이가 고개를 들었다. 비딱한 속내가 불쑥 튀어나갔다.

"쇤네는 못 갑니다."

"응?"

남이는 이 상황이 싫었다. 그의 몸종이란 이유로 그의 모든 계집 질을 봐야 하는 상황이 정말 싫었다. 종년 주제에 감히 왕자를 탐하게 되는 마음도 싫었고, 한 달에 한 번도 더 바뀌는 그의 연인을 전부 꿰고 있어야 하는 것도 싫었다. 온통 싫은 것투성이였다.

황당해하는 송언군을 앞에 두고 남이가 바닥에 깊게 엎드려 주절주절 변명을 늘어놓았다.

"쇤네는 오늘 할 일이 많습니다, 나리. 화단에 꽃도 심어야 하고, 마당도 쓸어야 하고, 우물도 청소해야 하고, 소에게 여물도 줘야 하고, 뙁간의 뙁도 퍼야 하고…… 하여간 쇤네 오늘 바쁘옵니다."

제 표정이 어떨지 짐작도 할 수 없어 남이는 울고 싶었다.

"남아."

"예, 나리."

"일어나 보아."

"……."

"일어나 보래도?"

겨우 표정을 감춘 남이가 고개를 들었다. 불편하게 쪼그려 앉은 송언군이 그녀를 가만히 응시하고 있다.

남이는 그가 어려웠다. 모두에게 다정해서 더욱 알 수 없었다. 그는 짓궂지만 결코 화를 내지 않는다. 몸종 주제에 버릇없다고 벌을 줘도 될 터인데 송언군은 잘 모르겠다는 듯 고개를 기울이고 있을 뿐이다.

그의 입이 조금 늦게 열렸다.

"우리 남이가 어찌 심통이 났을까?"

역시나 노기는 없었다. 그것은 순수한 의문이었다. 그의 눈빛에 심장이 떨어져 내리는 쪽은 늘 남이였고, 얼굴이 새빨갛게 익는 것도 남이였으며, 숨이 차오르는 것도 남이였다.

"아닙니다! 심통이라니 당치도……."

"우리 남이가 심통이 났어."

애써 어색하게 웃으며 고개를 저으려던 남이의 말을 끊으며 송언군이 같은 말을 재차 읊조렸다. 그가 별안간 짓궂게 웃었다.

"네게도 하나 써주랴?"

"예?"

"네가 원한다며 시 하나둘쯤 못 지어주랴. 어디 말만 해보아."

송언군의 두 눈이 물었다.

'네게는 시를 지어주지 않아 토라진 것이지? 그렇지?'

남이는 솔직하게 대답할 수 없었다. 차마 말할 수 없는 마음이다.

"농이 지나치십니다, 나리. 종년이 시를 받아 어디에 써먹겠습니까?"

"써먹는 것이야 어디든 쓸 곳이 있겠지. 정 없으면 아궁이에 불 지필 때 땔감으로 쓰려무나. 종이처럼 잘 타는 것도 흔치 않다."

"나리."

"그러니 마음 풀려무나. 응?"

그가 물에 빠진 강아지처럼 애처롭게 남이를 쳐다보았다. 남이가 속으로 한숨을 삼켰다. 무슨 부귀영화를 누리겠다고 출타에 따라나서지 않겠다고 고집을 부린 것일까. 그의 표정은 정녕 심장에 좋지 않았다. 자꾸만 터질 듯 두근거린다.

남이가 힘없이 고개를 떨어뜨렸다. 그녀는 자신의 작은 반항이 실패로 끝났음을 직감하였다. 종년이 주인 놈을 이겨먹는 것은 애초에 불가능했다. 그러나 종년 주제에 왕자께 글월을 하사받는 우스운 꼴은 당하고 싶지 않아서 남이가 작게 덧붙였다.

"시는 되었습니다, 나리."

"그래?"

"예, 나리. 어서 출타하시지요."

"네가 나와 같이 아니 가면 길 위의 돌은 누가 치워주고 개똥이 있음은 누가 알려준단 말이냐?"

"쉰네가 같이 가야지요. 쉰네가 나리의 몸종인데 어찌 아니 가겠습니까?"

"할 일이 많다며?"

송언군이 꼬치꼬치 물었다.

"할 일이야 다녀와서 하면 됩니다."

"그래? 다녀와서 하면 된단 말이구나. 하면 왜 아까는 아니 된다 하였을까? 설마 나를 따라나서기 싫어서 우리 남이가 해찰을 부리려고 했을까?"

"그럴 리가요, 나리. 지나친 비약이십니다."

남이가 태연히 대꾸했다. 그러나 그녀의 마음엔 이미 멍이 들었다. 때린 사람은 없는데 맞은 사람만 있는 것일까.

바라지 말아야 하는데 바라게 되어 자꾸만 자신을 경멸하게 된다. 그가 자신에게 몸종 이외의 역할을 기대하지 않는다는 것을 알면서도 더 복잡한 관계를 원하고 실망하고 만다. 무의미한 송언군의 말 한마디, 몸짓 한 번에 남이의 마음은 하늘로 솟았다가 땅으로 꺼지기를 반복한다. 남이는 제 마음이 참담하였다.

'나리, 쉰네는 전생에 무슨 죄를 지어 나리의 몸종이 되었을까요?'

누구를 원망해야 하는지도 알 수 없는 남이가 열없이 웃었다.

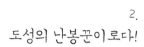

2

도성의 난봉꾼이로다!

 여인은 도랑 근처 버드나무에 기대어 서 있었다. 아래로 처진 나뭇가지가 멋들어졌다. 연록의 잎사귀가 바람에 나부꼈다. 비녀가 혹 비뚤어졌을까 매만지던 여인이 인기척을 느끼고 고개를 돌렸다. 댕기머리를 하지 않고 비녀를 꽂아 올린 것으로 보아 분명히 기혼녀였다.

 송언군을 발견한 그녀가 활짝 웃었다.

 "송언군 나리!"

 "오, 나의 꽃님! 어찌, 잘 지내시었소?"

 송언군도 따라 웃었다. 속이 느글거리는 인사말을 건네며 후다닥 걸어간 송언군이 여인의 손을 붙잡았다. 여인의 손등에 가볍게 입을 맞추는 그의 모습에 남이는 고개를 돌려 버렸다.

 반년 전쯤이었나. 송언군은 서역에 다녀온 사절단이 가져온 서

적을 읽고서는 여인에게 수작을 걸 때 꼭 여인의 손등에 입을 맞추곤 했다. 그의 입술이 손등에 닿을 때마다 여인들은 하나같이 부끄러워하며 얼굴을 붉혔다.

남이가 무심코 제 손등을 어루만졌다. 날마다 물일이며 흙일을 하는 통에 그녀의 손등은 꽤나 거칠었다. 가을이 오면 손등이 쩍쩍 갈라지고 아주 난리도 아니었다. 양반집 여인의 손등과 절로 비교가 되어 남이는 풀이 죽었다.

"나, 나리, 남우세스럽게⋯⋯."

"남우세는 무슨. 뉘 보는 이가 있다고 그러시오, 나의 꽃님?"

남이는 등 돌리고 있는 와중에도 그들의 눈길이 저에게 꽂히는 것을 느꼈다. 어깨가 움츠러들었다.

"저기 남이가⋯⋯."

"아, 남이는 신경 쓸 것 없소. 내 몸종인 걸 알지 않소?"

"하오나⋯⋯."

예, 예.

쉰네는 몸종이라 있으나 없는 존재와도 같지요.

주인이 법도를 어겨도 고할 수 없는 처지이지요.

눈 있으나 주인께서 저지르는 잘못은 볼 수 없고, 입 있으나 주인께 해가 될 일은 고자질할 수 없지요.

남이가 입술을 깨물었다. 송언군에게 자신은 몸종일 뿐이다. 알고 있다. 알고 있는데 왜 속이 상할까?

"간밤 꽃님의 꿈을 꾸었소."

"소첩도 나리의 꿈을 꾸었나이다."

두 사람의 밀어가 듣기 싫어 남이는 차라리 귀를 막아버리고 싶었다.

그의 달콤한 말, 마음을 녹이는 속삭임, 그것이 전부 거짓임을 안다. 자신에게'만' 그런 것도 아니고, 지금 만나고 있는 꽃님에게만 그런 것도 아니고, 청천의 모든 계집에게 같다. 눈앞의 상대를 가장 은애하는 척 안달복달하여도 내일이 되면 그 마음은 바람처럼 흘러갈 것이다.

송언군은 한 달 이상 같은 여인을 만나지 않는다.

"참이오?"

"소첩이 어찌 나리께 거짓을 고하겠나이까?"

"하하! 과연. 꽃님의 말을 믿겠소."

남이가 무뜩 미간을 찡그렸다.

그녀가 납득할 수 없는 것은 송언군의 취향이다.

'왜 하필이면 과부들만……'

송언군의 여성 편력이 유독 유명한 것은 그가 처녀가 아닌 과부만 골라 만나는 까닭이다. 도성의 젊은 과부들. 그녀들과 추문을 뿌려대는 왕자 탓에 골머리를 썩고 있는 가문이 하나둘이 아니었다.

하루가 멀다 하고 송언군의 행실을 지탄하는 상소가 빗발쳤다. 왕은 늘 침묵했다. 종친이 나서서 주청을 올려도 왕은 무시로 일관했다. 왕의 지극한 우애를 받고 있는 왕자를 막을 방도는 없었다.

"과부에게만 그게 서나 봐. 그래서 전하께서도 방치하시는 거 아닐까?"

사내들은 항상 송언군의 뒤에서 쑥덕거렸다. 저가 비웃음당하는 것을 아는지 모르는지 송언군은 늘 웃는 낯이었다. 정녕 모를 일이다.

"오, 나의 꽃님! 그럼 이만 돌아가시오. 너무 늦으면 혹 꽃님의 시부모가 해코지할까 두렵소."

꽃님, 꽃님, 오, 나의 꽃님!

낯 뜨겁지도 않은지 송언군은 쉴 새 없이 여인을 꽃님이라 지칭하였다. 심사가 슬슬 꼬여가던 남이는 그들의 만남이 끝나가는 것에 심히 안도하였다.

"나리, 소첩 걱정은 마시어요."

"내가 하고픈 유일한 일이 꽃님 걱정이거늘 어찌 그것을 하지 말라 하시오? 그것은 내게 너무 잔인한 일이오."

"나리……."

"어서 가보시오. 나는 꽃님이 가는 것을 보고 갈 터이니."

"알겠나이다. 하오면 소첩이 먼저 가보겠나이다. 옥체 강녕하시옵소서."

내 걱정은 하지 말라고 옥신각신하던 두 사람 중 꽃님이 먼저 떠나갔다. 연신 뒤돌아보는 여인을 향해 송언군이 힘차게 손을 흔들어주었다. 송언군의 눈빛은 정녕 절절하였다. 마침내 여인의 모습이 보이지 않게 되자 송언군이 돌연 손바닥을 짝 마주쳤다.

"아차, 이러고 있을 시간이 없지."

"또 갈 곳이 있으신지요?"

"있다마다. 달님이 기다리고 있을 것이야. 나의 달님은 성격이 참으로 급하지. 내 조금만 늦어도 토라질 터이니 서두르자꾸나."

아하, 오늘은 한 탕이 아니라 두 탕 뛰시는 날이구나.

남이가 자조적인 웃음을 가까스로 숨겼다.

송언군은 어느넛 앞장서서 걷고 있었다.

"남아, 예 돌멩이가 있다! 어서 치우지 못할까?"

"예, 예, 쇤네가 치워드리지요."

남이가 후다닥 달려가 송언군의 앞길을 정돈했다. 바지런히 움직이는 그녀를 보며 송언군이 눈매를 내렸다.

"남아."

"예, 나리."

"네가 참 듬직하다."

"예?"

"돌을 고르는 솜씨가 아주 일품이야."

송언군이 얄밉게 웃었다.

남이는 입을 다물고 그의 시선을 피했다. 그녀의 동공이 바이없이 흔들렸다.

변덕이 죽 끓듯 하는 이 호색한 사내가 남이는 참 싫었다. 그가 웃을 때마다 쿵 내려앉는 제 심장은 더욱 싫었다.

짙고 반듯한 눈썹, 살짝 위로 치켜 올라간 눈매, 유혹하듯 빙그레 웃고 있는 입술, 매끄러운 턱 선, 무엇보다 습관적으로 귓가에 속삭이는 그의 낮고도 다정한 음성.

보지 않아도 선명하고 듣지 않아도 생생한 그의 모든 것.

그녀의 것이 아니었다. 그럼에도 자꾸만 탐하게 된다. 미쳐서 나아질 수 있다면 남이는 차라리 미치고 싶었다. 마음이 버거웠다.

"되었다. 이만 가자."

길이 대충 정리되자 송언군이 다시 앞장서기 시작했다. 남이는 어렵게 무심을 가장한 얼굴로 그를 뒤쫓았다.

'모르겠습니다, 나리. 쇤네는 모르겠습니다.'

꽃님, 달님, 해님, 별님.

참으로 유치한 별칭들. 그 별칭의 소유자는 항시 바뀐다. 왕자는 정녕 그녀들을 은애하는가?

그들의 인연은 길지도 않다. 그들의 만남은 항상 같은 식으로 끝이 났다. 그 무의미한 연애놀음을 계속 벌이는 까닭을 남이는 알 수 없었다.

남이가 무뜩 웃었다.

'쇤네도 참 아둔하지요. 쇤네 속도 모르는데 어찌 나리 속을 알 수 있다고…….'

그의 연애놀음을 시작부터 끝까지 봐야 하는 마음이 다만 서럽다.

달님의 '달'이 매월향의 '월'이었나.

"나리!"

버선발로 달려온 매월향이 송언군을 맞이했다. 정녕 하루 종일 계집질 말고는 할 일이 없는 왕자였다.

이해는 한다. 왕자는 벼슬을 할 수 없으니까. 그렇다고 해서 농사를 짓거나 상행위를 할 수 있는 것도 아니니까. 건전하게는 시문서화, 조금 방탕하게는 음주가무를 즐기는 것 외에는 할 수 있는 일이 거의 없는 것이 청천의 왕자였다. 그래도 날마다 계집질만 하는 것은 좀 심하지 싶다.

"매월향아, 네 얼굴이 어찌 이리 해쓱한 것이냐? 밤새 뉘의 품에 안겨 교태를 부린 것이야?"

"어머, 나리도 참. 교태라니요. 소첩의 교태는 오직 나리를 위한 것인걸요."

"그것이 참이냐?"

"참이고말고요. 그리 의심하듯 물으시면 소첩 상처받나이다."

매월향이 옷고름을 들어 짐짓 눈가를 찍었다.

"소! 일향아, 울시 마라. 내가 잘못하였다. 응?"

송언군이 매월향의 손을 꼭 붙잡았다. 사죄하듯 그녀의 손등에
그가 입을 맞췄다. 입맞춤이란 것이 저리 남용되어도 되는 것일까.
왕의 유일한 아우라는 신분만 아니라면 그는 종친부에서 제명되어
도 백번은 제명되었을 것이다.

"알겠사와요. 소첩이 이번만 특별히 용서해 드리지요."

"네 마음이 참으로 바다와 같다."

"소첩의 마음이 좀 넓지요. 호호!"

매월향이 입가를 가리고 요염하게 웃었다.

잘들 노십니다. 참으로 잘 어울리는 한 쌍이십니다. 속으로 비아
냥거리며 남이가 고개를 돌렸다. 그들을 향한 비웃음은 곧 자신에
게로 되돌아왔다.

싫다. 송언군이 다른 여인들과 웃는 모습을 보는 게 괴롭다. 매
월향은 정녕 마음이 넓어서 괜찮을까. 마음을 수백 개로 조각내어
온 세상 여인에게 나눠 주는 사내를 보는 것이 참으로 아무렇지 않
을까. 그의 수많은 여인 중 하나인 것도 아닌 자신의 마음은 이리도
문드러지는데 그녀의 마음은 정말 멀쩡할까.

'당치 않다.'

남이가 두 눈을 질끈 감았다. 심장 부근이 욱신거렸다.

"남아, 게 기다리고 있거라. 잠깐 단둘이 있고 싶구나."

"예, 나리."

반사적인 남이의 대답이 끝나기도 전에 기방 문이 닫히는 소리
가 들렸다. 눈을 뜬 남이가 매월향과 송언군이 손을 맞잡고 서 있던
자리를 바라보았다. 그녀의 눈빛이 쓸쓸하게 가라앉았다.

제 마음이 처량하였다.

제 신세가 참담하였다.

매월향은 청천의 유명한 기녀다. 그녀의 아름다운 외모와 미소
는 뭇 사내들의 마음을 사로잡았다.

그러나 그녀를 명기라 평하는 이들은 많지 않았다. 그녀는 시문
서화에는 능했으나 기녀들의 필수 재능인 음주가무에는 서툴렀다.
객과 오랜 시간 술을 함께 마시지도 못하고, 춤과 노래로 그들을 즐
겁게 해주지도 못하니 그녀는 확실히 명기와는 거리가 멀었다.

생글생글 백치처럼 웃던 매월향이 얼굴에서 웃음기를 지우며 송
언군과 마주 앉았다. 두 사람 사이에는 미리 준비해 둔 주안상이 있
다.

"한 잔 따르오리까?"

"나의 달님이 주는 술이라면 언제나 환영이지."

매월향이 잔을 채웠다. 졸졸 떨어지는 술 소리에 매월향의 옥음
이 섞였다.

"나리께선 참으로 못되셨습니다."

"내가?"

무슨 소리이냐는 듯 송언군이 미간을 찌푸렸다.

"예, 나리."

"그럴 리 없다."

"여전히 남이를 데리고 다니시지요?"

"내 몸종이지 않으냐."

송언군이 퉁히게 대꾸했다. 그것은 긍정이었다. 매월향이 복잡
한 눈으로 송언군을 응시하였다. 어려서 다친 상처는 여전히 그의

마음속에 남아 있었다. 깊이 새겨진 흉터는 쉬이 사라지지 않을 것이다.

"나리, 그런 것을 심술이라 하옵니다."

"심술?"

"언젠가 후회하실 것이옵니다."

"후회?"

"자잘한 상처도 쌓이면 무서운 법이옵니다."

"무슨 소린지 모르겠다."

송언군이 입을 다물었다. 더 이상 남이에 대한 이야기는 하고 싶지 않다는 완강한 거부였다. 꾹 다물린 그의 입술을 노려보던 매월향이 얕은 한숨을 내쉬었다.

'사람이 두려우시지요? 알 수 없는 마음이 무서우시지요? 그러나 놓을 수도 없으시지요?'

질책 어린 말을 매월향은 전부 삼켰다.

왕자는 모순으로 가득했다. 원하지만 밀어내고, 바라지만 도망친다. 크게 다친 마음은 낫질 못해서 그는 성장했지만 충분히 단단해지질 못했다. 그래서 왕은 항상 송언군을 염려하였다.

"내가 보아야 할 것이나 보여다오."

"어머, 나리도 참. 그리 급하게 굴어 좋을 게 무엇이옵니까? 소첩과 차라도 한 잔 마시려는 선비들이 도성 밖까지 줄을 섰나이다."

"그들에게 뭇매 맞고 싶지 않으니 어서 달라는 것이야."

매월향의 장난 어린 능청에 송언군이 맞장구를 쳤다. 그로써 남이에 대한 화제는 종결되었다.

"누가 감히 왕자마마께 뭇매를 던지오리까?"

매월향이 잔망스럽게 웃으며 종이 한 장을 내밀었다. 종이를 펼쳐 내용을 확인하는 송언군의 눈빛이 무척 신중했다.

"해님, 달님, 별님, 꽃님은 다 찾는데 이번엔 무엇으로 할까?"

"금님은 어떠실는지요?"

송언군이 혼잣말처럼 중얼거리자 곧이어 매월향이 권했다.

"금님?"

"반짝반짝하고 무엇보다 값이 비싸옵니다. 여인에게 그만큼 좋은 별칭이 어디 있겠나이까?"

"흐음."

"마음에 아니 드시옵니까?"

"아니다. 마음에 든다."

송언군이 생긋 웃었다. 자리에서 일어나는 그의 날카로운 눈매가 반달처럼 휘었다.

그 눈웃음에 홀랑 넘어간 계집이 하늘의 별만큼이나 많다지.

"이만 내 금님을 만나러 가보마. 나올 필요는 없다."

"예, 나리. 그럼 살펴 가시옵소서."

그러나 송언군의 꽃은 엉덩이를 흔들며 다가오는 댕기머리 처녀들이 아니다. 머리를 틀어 올린 과부 또한 아니다.

"나리보다 남이가 아픈 게 더 괴로운 날이 올 것이옵니다."

문을 나서는 송언군의 어깨가 움찔 움직였다.

기방에서 나온 송언군이 남이를 불렀다.

"남아!"

"벌써 오셨습니까, 나리?"

거친 제 손을 만지작거리고 있던 남이가 저도 모르게 손을 뒤로 숨기며 고개를 돌렸다. 태연히 물으려고 했으나 말끝이 살짝 떨리고 말았다.

"만남은 적당히 아쉬울 때 끝내야 한다. 그래야 상대가 안달복달하지. 여인도 사내도 마찬가지다. 남이 너도 혼인을 하기 전에는 적당히 아쉽게 굴도록 하려무나."

남녀 사이의 일을 그렇게나 잘 아는 분이 한 달이 멀다 하고 계집을 갈아치우고, 한 번에 한 계집으로 모자라서 양다리, 문어다리 걸치는 것이냐고 남이는 묻지 않았다.

"예, 나리. 명심하겠습니다."

"그런데 내가 벌써 와서 싫은 것이냐?"

"예? 그런 것이 아니오라……."

"아니기는! 더 놈팡이처럼 놀고 싶었는데 내가 오니 싫은 것 아니냐?"

송언군이 괜히 꼬투리를 잡았다. 남이는 강하게 고개를 저으며 부정했다.

"아닙니다, 나리!"

"아니야?"

"예, 나리. 절대로 아닙니다."

"알겠다. 그런데 남아."

"예, 나리."

"손은 왜 뒤로 하고 있느냐?"

남이의 어깨가 움찔 굳었다. 송언군의 음성이 날카로운 까닭이다. 뒤늦게 왕자의 앞에서 손을 가린 것이 무례한 행동이란 것을 깨달은 남이가 황급히 입을 열었다.

"송구합니다, 나리. 쉰네는 다만……."

"다만?"

남이가 머뭇머뭇 입을 다물었다.

거친 손이 못나서 당신께 보이기 싫었다. 기생도 과부도 희고 고운 손을 가졌는데 내 손만 못난 것이 창피하다. 그리 사실대로 고할 수는 없었다.

"가위바위보 연습을 하고 있었습니다."

"가위바위보?"

"이런저런 내기의 승자를 결정하는 데 가위바위보가 빠르고 쉽습니다."

저가 생각해도 말도 안 되는 변명에 남이는 실소가 나올 것 같았다. 어설프게 혼자 가위바위보 시범까지 보인 뒤에야 남이는 갈라져서 못난 손을 앞으로 했다.

꽃님인지 뭔지 하는 과부의 손도, 기생 매월향의 손도 그녀의 손만큼 거칠지 않았다. 다른 노비들에 비하면 남이의 손도 분명 부드러운 편이지만, 곱게 자란 이들이나 아름다움으로 먹고사는 이들에 비할 바는 아니었다. 그 부끄러운 손을 남이가 서글프게 만지작거렸다.

"이번은 용서해 주마. 왕자 앞에서 감히 손을 숨기지 말거라. 그 뒤에 무엇을 쥐고 있을지 알 수 없어 나조차 내가 이씨 만족할지 알 수 없으니."

"송구합니다, 나리."

그녀를 응시하는 송언군의 눈빛이 무정했다. 그 차가움이 두려워서 남이는 고개를 떨구었다. 아무리 팔푼이처럼 굴어도 송언군은 청천의 왕자였고, 성정이 어떠하든 경외받아 마땅한 위엄의 소유자였다.

"가자."

"예, 나리."

더 말할 것 없다는 듯 앞장서는 송언군을 남이가 쭈뼛거리며 뒤따랐다.

남이는 그의 분노가 낯설었다. 그가 화내는 일은 흔치 않았다. 그래서 쌀쌀맞은 송언군의 뒷모습이 무섭고 두려웠다.

혹 이런 건방진 몸종 따위 필요 없다며 팔아버리시면 어쩌나. 되바라진 것도 정도가 있다며 쫓아버리시면 또 어쩌나.

불안함이 몽글몽글 피어올랐다.

"저어, 나리."

평소라면 '우리 남이가 어찌 나를 부를까?' 하며 뒤돌아봤을 송언군은 계속 걷기만 했다.

"나리."

입술을 꾹 깨문 채 송언군의 뒷모습을 바라보던 남이의 두 눈에서 찰나 불똥이 튀었다. 불안함은 이내 원망으로 탈바꿈되었다.

저 기분 좋을 땐 우리 남이이고 저 기분 나쁠 땐 몸종이라 이거지?

'나리가 밉습니다.'

차마 내뱉지 못한 말을 속으로 삼키며 남이가 우울하게 고개를 떨어뜨렸다.

언감생심 바라서도 안 되는 분이고 올려다볼 수도 없는 나무였다. 또한 그를 거쳐 가거나 거쳐 갈 여인은 셀 수 없을 만큼 많을 테니, 그를 오직 주인으로만 여기는 게 남이의 수명에도 이로울 것이다.

그런데도 자꾸만 가슴 깊은 곳에서 울컥울컥 무언가가 치오른다. 기분이 끝 간 데 없이 바닥으로 치닫는다.

남이의 속을 알 리 없는 송언군은 뒤 한 번 돌아서지 않고 자박 자박 걸었다. 머릿속이 남이의 손으로 가득해서 아무 소리도 들리 지 않았다.

뒤로 숨기고 있던 그 작은 손. 잦은 물일로 거칠어진 그 손이 마음에 걸렸다. 보이고 싶지 않다는 듯 숨기고 있는 모양새가 괘씸했 다. 남이가 저에게 무언가를 숨긴다는 것 자체가 송언군은 싫었다. 더 정확히는 그녀로 하여금 무언가 숨기고 싶은 생각이 들도록 만 든 상황이 마음에 들지 않았다.

발길은 어느 상점 앞에서 멈추었다.

"나리, 특별히 찾는 물건이 있으신지요?"

공손히 손을 비비며 시전 상인이 물었다. 상인의 앞에는 분이며 연지며 할 것 없이 온갖 미용 도구가 펼쳐져 있었다. 송언군은 살짝 눈을 흘겨 남이를 훑어보았다. 뿌루퉁하게 꾹 다문 입술이 나와 있 다. 토라진 듯, 화가 난 듯, 상심한 듯 귀여웠다. 비식 웃은 송언군 이 상인의 귀를 쭉 잡아당겼다.

"나, 나리?"

"잠깐 귀 좀 이리 다오."

당황한 상인이 미간을 찡그렸다. 송언군이 그의 귀에 내고 속식 거렸다.

"계집이 손등에 바르는 기름 같은 게 있느냐?"

의아한 듯 두 눈을 크게 뜨고 있던 상인이 활짝 웃으며 고개를 끄덕였다.

"암요! 있습니요, 나리. 잠깐만 기다리시지요."

상인은 남들 눈에는 다 똑같아 보이는 자기를 뒤적이더니 의기

양양한 표정으로 작은 자기 하나를 내밀었다.

"요거 말씀이시지요? 요거이 송나라에서 건너온 물건인데 아주 좋습니다요! 요거 쓰시는 마님들은 다른 건 거들떠도 안 봅니다요."

"참이냐?"

"어느 안전이라고 소인이 거짓말을 하겠습니까요? 요거를 처음 들여온 날은 사대부가 아씨들이 새벽부터 줄을 섭니다요! 기생들 환심 좀 사보겠다며 지체 높은 어르신들도 사가기 바쁩니다요!"

상인의 과장은 끝이 없었다. 청산유수 같은 그의 말에 반쯤 넋 놓고 멀뚱멀뚱 서 있던 송언군이 짧게 물었다.

"하여간 좋다는 것이지?"

"이만한 물건이 없습지요!"

상인이 냉큼 소리쳤다. 참으로 씩씩한 답이었다.

"얼마더냐?"

"요만큼만 주시지요. 소인이 특별히 싸게 드리는 것입니다요."

상인이 손가락 세 개를 펴 보였다. 송언군이 얼른 값을 치렀다. 상인이 정말로 물건을 싸게 주었을 거라는 생각은 하지 않았다. 그러나 물건 하나를 살 때마다 피곤하게 흥정해야 할 만큼 송언군의 주머니 사정은 팍팍하지 않았다. 그는 누가 뭐라 해도 청천의 하나뿐인 왕자였다.

"고맙습니다, 나리. 부인께서 아주 기뻐하실 것입니다요! 그럼 또 오십쇼!"

한층 더 싹싹해진 상인의 인사를 뒤로하고 송언군은 남이와 시전을 빠져나왔다. 송언군의 어느 여자가 저것을 받게 될지 부럽고도 시샘이 나 남이는 한층 더 우울해졌다. 참으로 못난 마음이었다.

시전을 벗어나 거리가 한산해지자 송언군은 발길을 멈추고서 손에 들고 있던 작은 자기를 요리조리 살폈다. 나무로 된 덮개를 연 그가 손에 약간의 기름을 묻혔다. 손등에 비벼보자 감촉이 꽤 부드럽고 괜찮았다.

"남아."

"예, 나리."

"잠깐 들고 있어라."

엉겁결에 기름 자기를 받아 든 남이가 어리둥절한 표정을 지었다. 송언군이 다소 짓궂게 웃으며 그녀의 손을 감쌌다. 화들짝 놀란 남이가 소리쳤다.

"나, 나리!"

"가만히 있어보아. 내가 네게 해코지를 하는 것도 아니고."

하얗게 질린 남이를 무시하며 송언군은 그녀의 손등에 기름을 꼼꼼히 발라주었다. 자기를 움켜쥔 채 굳어 있는 그녀의 손이 고스란히 느껴졌다. 참 아담한 손이었다. 세상을 헤쳐 나가기엔 턱없이 연약했다.

"어찌 청천의 왕자마마께서 천한 종년의 손을 그리 만지작거리십니까? 쇤네가 비록 근본 없는 계집이나 남녀칠세부동석 정도는 압니다."

남이가 겨우 떨리는 목소리를 뱉어냈다. 송언군이 피식 웃었다.

"너는 내 것이지 않으냐?"

"예?"

"내가 내 것을 만지는데 남녀칠세부동석이 대관절 무슨 상관이란 말이냐?"

기름 자기에 덮개를 씌워 남이 손에 쥐어준 송언군이 눈썹을 까딱였다. 태연한 그의 언행에 남이의 미간이 슬슬 좁아졌다.

"나리."

"왜? 너를 희롱하였다고 관아에 고발이라도 할 테냐?"

"쇤네가 어찌 그리 하오리까?"

"그럼 아무 문제 없겠구나."

"나리."

"아! 곧 네 귀빠진 날 아니더냐? 비가 올지 모르니 미리 선물을 한 것으로 치자. 작년엔 비가 와서 그냥 넘어가지 않았느냐."

남이는 결국 반론을 그만두었다. 씩 웃은 송언군이 고개를 돌렸다.

"가자, 남아. 내 금님이 기다리고 있을 것이야."

앞으로 걸어가며 송언군이 조심스럽게 오른손을 왼쪽 가슴 위에 올렸다. 두근거리는 느낌이 생소했다. 손끝에 남아 있는 남이의 체온이 애틋했다.

호색한이라는 별호가 도움되는 것은 딱 이런 순간뿐이다. 그의 떨림을 남이는 모를 테니까. 그의 행동에 별다른 의미를 부여하지 못할 테니까.

아직은 몰라야 한다. 남이는 모르는 편이 낫다.

'남이야, 너는 어려운 길을 갈 필요가 없다. 괴로운 선택을 할 필요도 없다. 아무 생각 말거라. 내 뒤에만 있거라. 나만 따라오너라. 어렵고 괴로운 것은 내가 하마.'

다정이 진심이어도 남이는 알지 못한다. 왕자의 변덕쯤으로만 여길 것이다. 그래도 상관없다. 기실 송언군조차 제가 진정 원하는 것이 무엇인지 아직은 알지 못하는 까닭이다. 그는 남이를 소중히 여기고 있지만 그녀가 어떤 식으로 자신에게 소중한지는 알지 못했다.

"금님은 또 어느 분이십니까?"

송언군의 뒤를 바라보며 남이가 애써 활기차게 물었다. 송언군이 대뜸 선물이라고 건네준 기름 자기를 소중히 품고서 그녀는 저가 별것 아닌 일로 하루에도 수십 번씩 들뜨고, 가라앉고, 기대하고, 절망하는 참으로 멍청한 열일곱 살 계집이라는 것을 사무치게 깨달았다.

"반짝반짝하고 아주 비싼 새 임이지."

반짝이지도 않고 비싸지도 않고 새롭지도 않은 종년은 어찌해야 하나.

별 의미 없을 그의 행동 하나하나에 의미를 부여하고 싶은 이 마음을 어찌해야 하나.

남이가 두 눈을 질끈 감았다. 눈꺼풀 뒤에 숨은 그녀의 눈동자엔 환멸이 가득했다.

송언군의 금님은 김 진사네 며느리였다. 열다섯 어린 나이에 시집온 그녀는 신혼 첫날밤부터 남편의 병수발을 들었다. 날 때부터 몸이 약했다는 신랑은 그녀를 끝내 한 번 품어주지도 못하고 세상을 등졌다. 그때부터 시모의 구박이 본격적으로 시작됐다. 여인의 시모는 며느리가 제 아들을 잡아먹었다며 수시로 손찌검을 했다.

"아이구, 왕자마마께서 이 누추한 곳까지 어찌……."

김 진사는 곤혹스러워하며 송언군을 맞았다. 소문 괴이한 왕자의 갑작스러운 능장이 마냥 딜가울 리 없다.

"이 집 술맛이 아주 끝내준다고 들었습니다. 어찌 한잔 얻어 마실 수 있겠습니까?"

마지못해 송언군을 안으로 들인 김 진사는 부인을 불렀다. 주안
상을 차리러 나가는 김 진사 부인의 등 뒤에 대고 송언군이 중얼거
렸다.

"술상은 젊은 여인이 내어오면 좋으련만."

김 진사 부인의 어깨가 움찔했다. 제 뜻이 관철되었음을 느낀 송
언군은 방긋 웃으며 김 진사에게 고개를 돌렸다. 여태 경험한 계집
질에 대한 무용담을 늘어놓으며 송언군이 호탕하게 웃었다. 왕자의
뜬금없는 방문과 행동이 무슨 뜻인지 당최 알 수 없는 김 진사는 땀
만 삐질삐질 흘려댔다.

잠시 후, 사랑채 밖에서 여인의 고운 목소리가 들려왔다.

"아버님, 주안상 가져왔나이다. 안으로 들어도 되겠습니까?"

"오냐, 아가. 들어오너라."

김 진사의 부인 대신 김 진사의 며느리가 술상을 들고 왔다.

"진사의 며느리인가 봅니다."

"예, 왕자마마. 소인의 며늘아기 되는 애이옵니다. 워낙 부족한
게 많은 아이라……."

부족한 게 많은 '아이'.

송언군의 눈빛이 흐려졌다.

그렇다. 아이였다. 한참 하고 싶은 것도 많고 누리고 싶은 것도
많을 나이. 그러나 실상은 참혹했다. 여인은 두 해 전 병약한 남편
에게 팔려오듯 시집와 몇 달 만에 남편을 여의고 고된 시집살이를
하고 있었다. 올해 열여덟이라 하였으니 남이보다 고작 한 살이 많
았다. 참담한 기분을 감추며 송언군이 활짝 웃었다.

"며느리가 참으로 어여쁩니다, 진사."

한 번 안겨보지도 못한 사내를 위한 수절을 강요하는 세상이 과연 옳은가. 제 지아비의 다른 계집을 시샘하는 것이 죄인 세상은 정녕 정당한가. 녹산에 끌려갔다 겨우 되돌아온 환향인들, 특히 여인들은 정조를 잃었다며 비난받는 세상은 또 어떠한가.

"아드님 자랑 좀 해보세요, 진사."

아무것도 모른다는 듯 송언군이 해맑게 물었다. 졸지에 죽은 아들에 대한 자랑을 강요받은 김 진사의 표정이 굳었다. 이 무슨 망자계치도 아니고.

"송구하옵니다, 왕자마마. 소인의 아들놈은 천하의 불효자식이라 이 아비보다 먼저 북망산에 올랐나이다."

"세상에, 그런 일이……. 내 몰라 물은 것이니 너무 마음 상하지 마세요, 진사."

"마음 상할 일이 무어 있겠습니까? 그저 죽은 자식이 조금 더 그리워진 것뿐이옵지요."

"하면 진사의 며느리는……."

쯧, 혀를 차며 송언군이 김 진사의 며느리, 즉 자신의 금님을 보았다. 시선이 마주친 여인이 처연하게 미소 지었다.

"소첩은 괜찮습니다, 왕자마마. 너무 마음 쓰지 마시옵소서."

이제 겨우 열여덟. 그 나이대의 생기발랄함이 느껴지지 않는다. 죽은 눈빛, 시든 웃음. 그녀가 지나온 고된 시간이 그녀의 뺨에, 목덜미에, 손등에 흐린 흉이 되어 남아 있었다.

시댁에서 쫓겨나지 않으면 친정으로 돌아갈 수도 없는 이 나라 과부들의 신세. 혹여 사정이 여의치 않아 친정으로 돌려보낸 며느리가 재가라도 할라치면 그것을 세상에 다시없는 치부로 아는 시대. 이것이 정녕 옳은가.

"술 잘 마셨습니다, 진사. 내 오늘 실수한 것도 있고 하니 후에 감사와 사과의 의미로 무어라도 보내지요. 내 언제 다시 찾아올지는 모르나 그때도 진사의 며느리께서 주안상을 내어주면 참 좋겠습니다. 어디 다친 곳 없이 성한 몸으로 말입니다."

송언군이 자리에서 일어났다. 김 진사와 그의 며느리의 배웅을 받으며 밖으로 나온 송언군이 무뜩 고개를 들었다. 송언군의 두 눈에 푸른 것이 비쳤다. 그 푸른 것의 중심에 더없이 밝은 태양이 있었다.

'청천에 뜬 태양은 저것보다도 밝다. 모든 어둠을 걷어낼 것이다.'

그 사실을 송언군은 믿어 의심치 않았다.

✲

청천의 태양 이유.

왕의 존함이 유라는 것을 아는 이는 많지 않다. 태어나서 이름보다는 다른 것으로 더 많이 불렸다. 어려서는 원자였고 세자였으며, 이제는 전하, 또는 주상이 되었다. 그렇기에 왕 또한 제 이름을 잊었다. 이 세상에 이유라는 사내는 없다. 청천의 왕이라는 존재만 있을 뿐이다.

"전하, 괜찮으시옵니까?"

"괜찮다."

왕이 짧게 대꾸했다. 그의 앞에는 펴보지도 않은 상소가 산처럼 쌓여 있었다. 그것을 보면 청천의 역대 왕들이 천수를 누리지 못하고 요절한 것이 당연해 보였다. 쌓이고 쌓인 피로가 그들의 생명을 좀먹은 것이다.

평소 좀체 피곤한 기색을 드러내지 않는 왕이 오늘은 왜인지 피곤을 감추지 못하고 있었다. 같은 종이를 한참이나 들여다보고 있는 모습이 심상치 않았다. 문자를 읽어도 이해가 잘 되지 않는 듯, 왕이 미간을 찡그렸다. 늘 왕의 곁에 있는 환관이나 사관들은 걱정을 감추지 못하고 왕을 살피기에 바빴다.

"전하, 금일은 이만 쉬시는 게 어떠하시옵니까? 많이 힘들어 보이시옵니다."

"괜찮다고 하였다."

무뚝뚝하게 대꾸한 왕이 종이 하나를 펴 들었다. 북평도에서 온 것이다.

왕은 애써 글자에 집중했다. 그의 잇새로 한숨이 흘러나왔다.

사건이 너무나 많았다.

사라진 사람도, 죽은 사람도 과하게 많았다.

'현원······.'

어찌 생각하면 지금껏 북평도가 존속되는 것 자체가 기적이었다. 그들은 그들 나름대로의 규율을 세우고서 살아가기 위해 애쓰고 있었다. 녹산이 아무리 노략질을 해대도 그들은 무너지지 않았다.

'네가 부르는 것이냐?'

그 모든 것이 깨어지고 있었다. 왕의 결단을 촉구하고 있다. 더 이상 기다릴 수 없다는 듯이, 구원하든지 버리든지 둘 중 하나만 하라는 듯이.

"과인이 어찌할까?"

"예?"

"과인 혼자 어찌할까."

의아해하는 신하에게 아무 설명도 없이 왕이 왕좌에서 일어났다.

"경들의 말이 옳다. 과인은 너무 무리하였다. 금일은 이만 쉬어야겠다."

편전을 빠져나가는 왕의 뒤를 급히 환관과 궁녀들이 배종하였다. 수십 명의 사람에게 보필받는 것에 이제는 익숙해진 왕이 쓰게 웃었다. 그는 이렇게 많은 수행원이 필요하지 않았다. 두세 사람만 있어도 충분하였다.

그러나 청천의 예법은 왕을 그렇게 단출히 움직이도록 허락하지 않는다. 왕의 위엄이 수행원의 숫자에서 나온다고 믿는다는 듯이 왕은 늘 수많은 사람을 대동하고 움직여야만 했다.

왕도 때론 그것이 버거웠다. 너무 많은 이들이 저 하나만 의지해서 살아가고 있다는 것이 두려웠다. 제 선택으로 인해 수만의 사람들이 살고 죽는다는 사실은 정녕 무거운 짐이었다.

"송언군은?"

편전 밖으로 나온 왕이 무뜩 물었다. 하늘이 찌뿌듯했다. 곧 비가 쏟아질 듯 어둡고 습하다.

"송언군 마마를 부르셨사옵니까?"

왕의 물음을 정확히 이해하지 못한 박 내관이 물었다.

"부르지 않았다."

"하오면……."

"비가 올 것 같다. 곧 '그날'이지 않으냐? 송언군이 괜찮은 것인지 과인은 염려스럽다. 사람을 보내 그를 살피고 오너라."

그날.

그 애매한 단어에 박 내관은 뒤늦게 왕의 물음을 이해했다.

"예, 전하. 바로 사람을 보내겠나이다."

여름이 다가온다.

민 숙의가 사사된 계절이다. 그녀의 기일이 되면 송언군은 으레 아팠다. 그것은 마음의 병일 것이다. 아비가 어미를 죽였다. 원망할 수 없었다. 상실의 슬픔을 겉으로 마음껏 드러낼 수도 없었다. 꾹꾹 눌러 담은 슬픔은 몇 해가 지나도록 사라지지 않았다. 민 숙의가 죽은 그날이 오면 그 슬픔은 기어이 터져 나왔다.

왕은 그런 아우를 늘 심려하였다.

3

신분이 천하다고
마음까지 천하리오?

후드득, 후드득.

처마에서 떨어지는 빗소리가 요란했다. 행랑채 제 방에 들어앉아 기름 자기를 만지작거리던 남이가 걱정스럽게 문을 바라보았다.

'나리께선 괜찮으실까?'

웬 비가 이리도 억수로 퍼붓는지 모르겠다.

그에게 가보고 싶었지만 그녀는 종년이었다. 그가 부른 것도 아니고 급히 고할 일이 있는 것도 아닌데 멋대로 찾아가도 되는 것인지 알 수 없었다. 물론 그녀가 먼저 찾아간다고 송언군이 화를 낼 리는 만무했지만, 그래도 그는 왕자이고 그녀는 몸종이었다.

어찌해야 할지를 몰라서 종년에겐 어울리지 않는 미용 기름이 담긴 자기만 만지작대던 남이가 어느 순간 벌떡 일어났다. 아무 일도 하지 않고 방 안에만 있자니 답답했다. 없는 일이라도 찾다 보면 사랑채 근처를 기웃거릴 수 있을 것이고, 그러면 송언군의 상태가 좀 나아졌는지 귀동냥할 수 있을지도 모른다.

그런 소박한 소망을 품으며 남이가 밖으로 나가 도롱이를 걸쳤다. 곳간에 비가 새지는 않는지, 대문이 열려 있진 않은지, 뒤뜰에 심어둔 꽃이 무사한지 분주하게 살피고 다니며 남이는 연신 사랑채 쪽을 훔쳐보았다.

빗소리만 요란했다. 사람이 살지 않는 듯 사랑채는 고요했다.

"참 조용하구나."

남이가 작게 중얼거렸다. 그녀의 목소리는 빗소리에 묻혀 금세 사라졌다.

송언군의 사저는 참으로 고요했다. 사실 이곳에서 살고 있는 인원 자체가 많지 않았다. 왕의 유일한 아우라는 지엄한 신분에 비하면 규모 자체가 지나치게 아담했다. 그도 그럴 것이, 송언군은 숙의 소생인데다 그의 생모가 투기의 죄로 사사된 까닭이다.

관례를 올린 후 송언군이 궁에서 나올 때 단 한 사람의 궁인조차 그를 따라나서지 않았다. 그의 생모가 유폐되었을 때 그 곁을 지키던 상궁 둘이 그에게 왔을 뿐이다. 그만큼 왕실 내에서 송언군의 입지는 좁았다.

딱히 사치스러운 생활을 바란 석 없는 송언군은 부당한 처우에 항의하는 대신 사적으로 노비 넷을 들였다. 그중 하나가 남이였고, 남은 셋 중 둘은 문복 부부였고, 마지막 하나는 송언군의 사저에 들어온 지 얼마 되지 않아 도로 팔려갔다. 송언군이 그를 왜 다시 팔아버렸는지는 정확하지 않았다.

하여 송언군의 사지에는 송언군과 상궁 둘, 노비 셋, 도합 여섯 명이 머물고 있었다. 물론 노비는 사람이 아니라 재산이라지만.

"남이야! 어디 있느냐?"

심 상궁의 목소리가 들렸다. 떨어진 꽃잎을 안쓰럽다는 듯이 보고 있던 남이가 급히 일어났다.

"쇤네 여기 있습니다, 마마님."

잠시 후 김 상궁이 비를 맞으며 나타났다.

"예서 뭐 하고 있느냐? 한참 찾았지 않느냐."

"꽃을 좀 돌보고 있었습니다. 쇤네를 찾으셨습니까?"

"그래, 왕자마마께서 너를 찾으시는구나. 어서 가보아라."

"예? 왕자마마께서 쇤네를……. 아! 알겠습니다. 바로 가보겠습니다."

남이가 고개를 조아리고 사랑채를 향해 후다닥 달려갔다.

"에휴, 언제쯤 벗어나시려나, 가엾은 우리 왕자마마……."

걱정스레 중얼거리는 김 상궁의 옥음이 빗속에 스며들었다.

송언군은 꿈을 꾸었다. 떨쳐 내려 할수록 더 깊이 파고드는 기억은 낚싯바늘 같았다. '그날'이 다가오면 기어이 병이 나고 말아서 송언군은 이제 앓는 것을 당연하게 여겼다. 애써 괜찮은 척하지 않고 아프면 아픈 대로 앓아누웠다. 그 편이 차라리 나았다. 크게 한번 앓고 나면 홀가분해지니까.

아파서 그런 것일까. 유독 남이가 보고 싶었다. 어미는 떠났지만 남이는 아직 곁에 있다는 것을 확인하고 싶었다.

"나리, 쇤네가 들어가도 괜찮겠습니까?"

창호지에 무언가가 어른거렸다. 도롱이 같은 것을 벗는 듯했다. 게슴츠레 눈을 뜨고서 그 인영을 노려보고 있던 송언군은 뒤늦게 그것이 남이라는 것을 깨달았다.

"남이…… 남이냐?"

"예, 나리."

조심스럽게 문이 열렸다. 이불을 꽁꽁 싸맨 채 송언군은 그녀가 들어오는 것을 바라보았다. 물에 젖은 맨발이 보였다. 하얗고 귀여웠다. 저가 버선도 신지 않았다는 것을 그제야 알았는지 남이의 걸음이 멈칫거렸다. 그녀가 혹여 버선을 신으러 돌아갈까 봐 송언군이 이불 밖으로 손을 뻗어 얼른 바닥을 툭툭 쳤다.

"예 앉아."

남이가 별수 없다는 듯이 다가와 무릎을 꿇고 앉았다.

"남아."

"예, 나리. 쇤네 여기 있습니다. 괜찮으신지요?"

"아니 괜찮다."

다 죽어가는 목소리로 대꾸한 송언군이 남이의 손을 찾아 눈동자를 굴렸다. 그녀의 작은 손이 보이는데 거리가 얼른 가늠되지 않는다. 별수 없다는 듯 손을 뻗은 그가 바닥을 더듬었다.

'둥글둥글하다……. 무어지?'

정신이 없어서 그런지 둥글둥글한 것이 무엇인지 얼른 알아챌 수 없었다. 송언군이 인상을 썼다. 그는 한참 생각한 끝에 제 손이 남이의 무릎 위에 있다는 것을 깨달았다. 남이는 완선히 굳어 있있다. 어쨌든 손은 아니었다. 송언군은 별 미련 없이 제 손을 더 움직였다.

'가늘고 길다. 다섯 개……. 손이구나.'

원하던 것을 찾은 송언군이 희미하게 웃으며 남이의 손을 끌어당겼다. 새빨개신 남이의 얼굴은 보지도 않은 채 송언군이 제 이마 위에 남이의 손을 얹었다.

"봐라. 아니 괜찮지? 열이 심하다. 이러다 딱 죽지 싶구나."

송언군이 힘없이 어리광을 부렸다. 단순한 엄살은 아니었다. 정녕 열이 심했다. 주변을 두리번거리던 남이는 구석에 내팽개쳐져 있는 물수건을 발견했다.

"열도 이리 심하신 분이 물수건은 왜 내팽개치셨습니까?"

"수건이 무겁다. 머리가 짓눌려 쪼개질 것 같은데 어찌하느냐? 김 상궁이 필시 나를 시해하려는 게야……."

김 상궁이 저를 시해할 리 없다는 것을 알면서도 송언군은 그녀를 음해했다. 머리가 아팠다. 마음이 아팠다. 아무것도 생각하고 싶지 않은 하루다. 아무것도 알고 싶지 않은 하루다. 남이가 곁에 있다는 것만 잊지 않으면 된다. 그녀의 손을 꽉 붙잡고서 송언군은 눈을 감았다. 아직 잃지 않은 것이 그의 곁에 있다. 바뀐 세상을 건네주고 싶은 이가 아직 그의 곁에 있다. 그것만이 중요하다.

"딸기…… 산…… 딸기가……."

산딸기를 드시고 싶다고 했었나.

그게 왜 하필 그날 드시고 싶으셨을까.

버림받은 것일까. 마지막 가는 길조차 보여주고 싶지 않으셨던 것일까.

"어마마마……."

지키지 못했다.

지켜 드릴 수가 없었다.

고작 열한 살. 어린 왕자는 왕실의 미움을 산 비천한 어미를 지킬 수가 없었다. 그것이 한이 되어 송언군은 눈을 감았다.

남이는 곁에 있는데, 어미는 없다.

죄 없이 버려진 이들이 애틋하다.

"남이야……."

의식이 몽롱하다. 송언군은 남이의 손을 잡은 손에 한번 힘을 주어 보았다. 아직 그의 손안에 남이의 손이 있다. 안도한 듯 희미하게 웃으며 송언군은 다시 잠에 빠져들었다. 혼미한 이 시간이 어서 지나가기를 바라면서. 빗소리가 어미의 부름처럼 들리지 않기를 바라면서.

뒤척이다 겨우 잠든 송언군을 남이가 말없이 눈에 담았다.

"참으로 잘생기시었습니다."

손을 뻗으면 닿을 거리. 허공에서 멈춘 손을 남이가 제 가슴 쪽으로 끌어당겼다. 잡생각을 떨치려는 듯 벌떡 일어난 남이가 방구석에 버려진 물수건을 챙겨 돌아왔다. 땀에 젖은 송언군의 이마에 물수건을 얹어주며 남이가 열없이 웃었다.

그 잘생긴 외모로 음전한 여인들을 홀리고 다닌다며 송언군의 성품에 대한 힐난이 팽배하였다. 그러나 정작 송언군과 만났다고 알려진 여인들은 그 누구도 그를 욕하지 않았다. 왕의 우애를 믿고 천둥벌거숭이처럼 군다며 세간의 사람들이 송언군을 손가락질할 때도 그녀들은 도리어 송언군을 변호하였다. 간도 쓸개도 다 빼줄 듯 굴던 그가 언제 그랬느냐는 듯 다른 계집을 찾아 헤매는데도 그저 평연히 웃었다. 어떻게 그럴 수가 있는지 신분 높은 여인네들의 사고방식을 남이는 참으로 모르겠다.

"모르겠습니다, 나리."

그들에게 은애란 무엇일까.

사모란 또 무엇일까.

남이가 우울한 얼굴로 자리에서 일어났다. 양반네들의 연모가 무엇인지는 몰라도 지금 자신이 해야 할 일은 알 수 있었다.

'산딸기를 찾으셨지.'

잠들기 전 송언군은 산딸기를 중얼거렸다. 남이는 그것을 찾아 오기로 했다.

"남아, 어딜 가느냐?"

사랑채에서 나와 도롱이를 챙겨 입는 남이를 보고 마루에 있던 김 상궁이 놀라 물었다.

"다녀올 곳이 있다는 게 방금 생각났습니다, 마마님."

"아니, 남아. 다녀올 곳이 있어도 그렇지, 왕자마마께서 저 모양 이신데 어딜 가겠다는 것이야?"

"금방 다녀오겠습니다."

황당해하는 김 상궁에게 남이가 단호히 말했다.

"깨시자마자 너부터 찾으실 텐데 그땐 어찌하라고 이리 나가보 겠다는 게야?"

"아주 잠깐이면 됩니다, 마마님. 왕자마마께서 깨시어 쇤네를 찾 으시면 쇤네 뒷간 좀 갔다고 둘러주시어요."

도통 모르겠다는 듯 김 상궁이 미간을 찌푸렸다. 남이의 간곡한 시선에 김 상궁이 한숨을 내쉬었다.

"알았으니 어서 갔다 오너라. 후딱 다녀와야 한다."

"예, 마마님. 그럼 쇤네, 얼른 다녀오겠습니다."

꾸벅 허리를 숙였다가 편 남이가 부리나케 궁가를 빠져나가 개 울가로 향했다.

'산딸기가 남아 있을까?'

산딸기가 익었다 하면 아이들이 몰려가 따 먹는 터라 아직까지 남아 있을까 싶긴 하였다. 그러나 그녀는 천하여 송언군에게 해줄 수 있는 것이 이런 일밖에 없다.

송언군은 청천의 왕자다. 그는 이미 모든 것을 가졌다. 남이가 아무리 아등바등해도 그에게는 별 도움이 되지 않는다. 그녀가 아주 어렵게 구할 수 있는 것들을 그는 너무도 쉽게 구할 수 있다.

그 넘을 수 없는 격차.

하늘과 땅만큼 드높은 신분의 차이.

그래도 남이는 송언군을 위해 무언가 해주고 싶었다.

'있어. 있을 거야.'

그와의 차이를 생각하면 우울해지기에 남이는 급히 고개를 저었다.

아니 된다 수백 번을 다짐해도 남이의 눈은 송언군을 향했다. 듣지 말자 수천 번 결심해도 그녀의 귀는 그의 목소리를 담았다. 감히 원할 자격 없음을 알아도 남이는 가끔은 그를 바라보고 싶었다. 그의 여인들이 해줄 수 없는 것을 해줄 수 있음에 기뻐하고 싶었다. 어쨌든 이 순간 끙끙 앓고 있는 송언군이 바라는 것을 가져다줄 가능성이 있는 이는 그녀뿐이었다. 그것이 남이를 움직이게 했다.

개천 양쪽 기슭에 산딸기나무가 무리 지어 있다.

'이쪽에 없어. 저쪽은?'

마을 쪽 기슭은 이미 아이들이 휩쓸고 간 뒤였다. 누 눈을 가늘게 뜬 남이가 건너편 기슭을 살폈다. 거리와 비 때문에 열매가 남아 있는지 확인할 수가 없었다.

봄도 여름도 아닌 애매한 계절. 쏟아지는 비. 흘러넘치는 강물. 다짜고짜 넘어가기엔 불어난 물살이 너무나 거세다. 그렇다고 빈손으로 돌아가고 싶지도 않다. 이러지도 저러지도 못한 채 남이가 두 손에 얼굴을 묻었다. 머리를 흠뻑 적신 빗물이 얼굴을 타고 흘렀다.

한참 뒤 얼굴에서 손을 뗀 그녀가 바지를 걷어 올렸다. 흰 발목에 복사뼈가 도드라졌다. 신끼지 벗어 던진 남이가 개울 속으로 뛰어들었다. 평소 무릎까지밖에 안 오던 수면이 꽤 높아져 있었다. 넘어지지 않기 위해 정신을 바짝 차린 남이가 무뜩 굳었다.

'사람?'

물에 휩쓸리듯 휘청거리고 있는 것은 분명 사람이었다. 그 남자는 금방이라도 넘어질 듯 위태로워 보였다.

"이보시오!"

넘어지면 큰일이다. 물에 휩쓸리면 죽는다. 그런데 남자가 걸어가는 부분은 개울 중에서도 특히 깊은 부분이었다. 죽을 생각인 게 틀림없다. 개울에 대해 잘 모르는 외지인이라면 비 오는 날 개울을 건널 생각을 하지 않을 것이며, 개울에 대해 잘 안다면 죽을 생각이 아니고서야 저쪽으로 건너려고 할 리 없다.

사는 게 아무리 힘들어도 그렇지 어찌 죽을 생각을 한단 말인가? 살갗과 터럭조차 부모에게서 받은 것이니 감히 상하지 않도록 노력하는 것이 효일진대.

남이는 비틀거리며 사내를 향해 뛰어갔다.

쏴아아! 후두두!

개울물 소리와 빗소리가 뒤엉켜 소란스러웠다. 겨우 남자에게 당도한 남이가 그의 허리를 세게 끌어안았다. 순간 놀란 남자가 버둥거렸다.

"이쪽은 위험합니다!"

남이가 힘껏 소리쳤다.

"사는 게 아무리 힘들어도 그렇지, 어찌 죽을 생각을 한단 말입니까!"

필사적으로 외치며 남이가 뒷걸음질쳤다.

그 작은 몸 어디에서 그런 힘이 났을까. 남자를 물가의 모래사장에 패대기친 남이가 그대로 주저앉아 숨을 헐떡였다. 비와 냇물과 땀에 젖어 엉망진창이 된 꼴을 신경 쓸 여력도 없었다.

"때론 살고 싶지 않으실 수도 있지요. 이해합니다. 죽음이 모든 걸 해결해 줄 것 같은 때도 분명 있을 것입니다. 하지만 어찌, 어찌 그런⋯⋯."

남이는 왈칵 울고 싶었다.

그녀도 살아간다. 노비 계집인 그녀도 어떻게든 살고 있다.

환향인이란 이유 하나만으로 온갖 수모를 당한 모친, 얼굴도 이름도 알지 못하는 녹산국 오랑캐일 부친, 모시는 주인은 청천 팔도 어디에도 없는 난봉꾼에 호색한. 그런데도 그만 보면 심장은 벌렁벌렁. 자꾸만 제멋대로 날뛰는 마음 때문에 딱 죽고 싶은 것이 몇 번인가. 그래도 그녀는 열심히 살고 있다.

기쁨도 고통이 있는 까닭이다. 한순간 괴로움을 못 이겨 다 놓아 버리면 기쁨은 어디에서 찾겠는가?

죽으면 송언군의 웃는 얼굴을 볼 수 없다. 그의 다정한 체온을 느낄 수도 없다. 그것은 상상도 하고 싶지 않은 일이다.

"죽음은 결코 답이 될 수 없습니다."

모래를 움켜쥔 남이의 손끝이 바르르 떨었다. 주룩주룩 쏟아지는 장대비가 그녀의 여린 몸을 때렸다. 아프고 차가웠다. 그것 또한 살아 있어 느끼는 것이어라.

남자는 당황한 눈으로 남이의 말을 듣고 있었다. 미간을 살짝 모았다가 편 그가 난처한 웃음을 지었다.

"무언가 오해가 있었나 봅니다."

남이가 고개를 들었다.

"예?"

남자가 생긋 웃고 있었다.

오해? 남이가 고개를 갸웃거렸다.

"그래도 일단은 고맙다고 해야겠지요?"

"죽으려고 강에 뛰어든 것이 아니시란 말입니까?"

남이가 겨우 물었다.

"그렇게 보였다면 그런 것이겠지요."

"하지만 필시 오해가 있었던 것 같다고……."

"그렇게 말하긴 했지요."

남자가 모호하게 대답했다. 남이는 이해가 안 된다는 듯 남자를 쳐다보았다.

"이곳 사람이십니까?"

"아니오."

"죽을 생각이 아니셨다면 이곳 출신도 아니신 분이 어찌 불어난 물을 건널 생각을 하셨습니까?"

남자가 가로지르려 했던 개울의 그 길은 정말 딱 위험한 경로였다.

"굳이 묻는다면…… 물놀이?"

"예?"

"아니면 고기잡이?"

"예에?"

"그러는 소랑께선 이곳에서 무얼 하고 계셨습니까?"

얼렁뚱땅 답을 회피한 남자가 물었다. 남이는 그가 대답을 피했다는 사실보다는 다른 것에 당황해서 새된 소리를 냈다.

"소, 소랑이라니요! 당치 않은 부름이십니다. 그냥 남이라고 편히 불러주십시오."

남이가 황급히 손을 내저었다.

상대는 아무리 봐도 양반이었다. 염색이 화려하진 않아도 단정한 비단옷을 입고 있었고 말투에서도 학식이 묻어 나왔다. 노비인 그녀와는 비교 자체가 안 되는 신분이다.

"그러지요."

남자가 대답했다.

"말씀도 편히 하십시오. 쇤네가 민망합니다."

"그러지."

그는 양반답게 말도 척척 잘 놓았다.

"남이 너는 왜 여기 있느냐?"

"쇤네는 산딸기를 따러……."

"이 비 오는 날에 말이냐?"

흥미롭다는 듯 남자가 물었다. 화제의 주인공은 자연스럽게 남이에게로 넘어가 버렸다. 남이는 더 이상 그에게 개울가에 온 이유를 묻지 못하게 되었다.

"예, 사정이 좀 있어서……."

"가만. 남이? 어디서 들어본 이름인 것 같은데."

"남이라는 이름은 흔합니다, 나리."

"왕자마마의 몸종이 딱 네 또래의…… 이름이 남이였나?"

남자가 고개를 갸웃거렸다. 남이가 두 눈을 크게 떴다.

"왕자마마를 아십니까?"

"아니다. 사적으로 일지는 못한다. 다만 여러 소문을 들었지. 내 고향에선 왕자마마와 그 몸종의 이야기가 꽤 유명하다."

"아……."

송언군과 제 이야기가 유명하다는 말에 남이가 모호한 신음을 흘렸다. 어떤 식으로 어떤 소문이 난 것인지 도대체 알 수가 없었다. 송언군을 둘러싼 소문치곤 좋은 게 하나도 없는데 종년과 얽힌 소문이라고 다를 게 있을까.

"왕자마마께선 소문 같은 분이 아니십니다, 나리."

남이가 괜히 변명했다.

"알고 있다. 한데 왕자마마의 몸종인 네가 여기 있다는 것은 왕자마마의 명으로 이곳에 와 있다는 뜻이냐? 이리 비가 오는데?"

"아! 아닙니다, 나리. 왕자마마께서 시키신 것이 아니오라 쇤네 혼자 온 것입니다."

"무엇 하러?"

"그것이…… 왕자마마께서 산딸기를 잡수시고 싶어 하는 것 같기에……."

머뭇거리며 대답하는 남이의 볼이 붉어졌다. 그 모습을 보며 남자가 빙그레 웃었다.

"왕자마마를 생각하는 네 마음이 기특하다. 어찌 되었든 네가 오늘 나를 도와주었으니 나 또한 언젠가 너를 한 번 도와주겠다."

"아닙니다! 그러실 것 없습니다, 나리."

"약조일 뿐이다. 그리 손사래 칠 것 없다. 그러나 네가 말했듯 이 비 오는 날에 불어난 개울을 건너는 것은 그리 좋은 생각이 아닌 것 같다. 혹여 네게 무슨 일이라도 생기면 왕자마마께서 크게 상심하실 터. 이만 돌아가는 게 어떻겠느냐?"

남이가 머뭇거리며 고개를 주억거렸다. 잠깐 들어갔을 때 느낀 물살이 보통이 아니었다. 무리하게 개울을 건너가는 것은 현명하지 않았다.

"나리의 말씀대로 하겠습니다."

"잘 생각하였다. 가보아라."

"고맙습니다, 나리."

"언제든 도움이 필요하다면 북평도의 최서도를 찾아오너라."

꾸벅 인사를 하고 돌아서려는 남이에게 남자가 말하였다.

'북평도?'

오랜만에 듣는 익숙한 지명에 남이의 어깨가 굳었다.

북평도. 그곳은 그녀에게 언제나 가깝고도 멀었다. 그녀의 고향이지만 그곳엔 추억할 것이 아무것도 없었다. 땅은 비옥했으나 성은이 미치지 못해 백성의 삶은 언제나 피폐했다. 녹산의 노략질에 끊임없이 시달렸다.

"더러워! 저리 꺼져! 가까이 오지 마!"

"남이는 녹산국 오랑캐래요!"

"너 때문이야! 너 때문에 우리 누이가 죽은 거야!"

숲어군에게 오기 전까지 북평도 관청에서 머물렀던 시간은 끔찍했다. 끝없이 괴롭히던 또래 노비들의 목소리가 아직도 생생하다.

그러나 식은땀을 흘리며 겨우 악몽에서 깨어났을 때 곁에 어미도 아비도 없음에 남이는 더 이상 절망하지 않았다. 그녀의 곁에는 송언군이 있기에.

다만 의문한다.

'북평도의 양반께서 왜 도성에 계시지? 그곳 사람을 이곳에서 보는 게 흔한 일이 아닐진대.'

북평도 양반은 조정에 중용되지 않는다. 변방에 위치해 있어 오랑캐의 간자가 숨어 있을 가능성이 높다는 것이 그 이유였다. 그런 까닭에 그들은 어렵게 벼슬길에 진출해도 북평도로 발령받는 것이 보통이었다. 이상하다는 생각에 남이가 고개를 돌렸다.

최서도는 이미 보이지 않았다.

"서도!"

남이와 헤어진 최서도에게 한 사내가 달려왔다. 양반의 체통도 잊고 급히 달려온 사내는 다짜고짜 서도의 몸 이곳저곳을 살폈다. 서도가 멋쩍게 웃으며 그의 손을 밀어냈다.

"웬 호들갑인가, 현원."

"자네, 괜찮은 것인가? 어찌 혼자 따라가고 그래?"

"별일 없이 돌아왔으니 되지 않았는가."

"그래도 무모한 짓은 하지 말게! 몸도 성치 않지 않은가?"

"현원 자네는 너무 걱정이 많은 게 탈이네. 어차피 죽을 몸 아닌가?"

"서도!"

"나뿐만 아니라 자네도 언젠가 죽고 전하도 언젠가는 죽겠지. 사람은 다 죽지 않는가."

서도가 무덤덤하게 말했다. 하얗게 질린 현원이 서도를 노려보았다.

"그리 말하지 말게. 설령 다 죽는다고 해도……."

"자네 말은 알겠네. 자네가 내 걱정을 하고 있다는 것도 알겠어. 하지만 현원, 내 걱정은 그만하게. 내가 한두 살 먹은 어린애던가? 내가 하는 일이 어떤 결과로 나타날지 정도는 나도 알고 있어."

"서도……."

서도가 무뜩 입을 막았다. 무언가를 참아내듯 그의 표정이 일그러졌다. 결국 거친 기침을 토하는 서도를 보며 현원이 얼어붙었다.

"쿨럭쿨럭!"

"괘, 괜찮은 겐가? 그러니 이 일은 나 혼자 하겠다고 하지 않았는가! 의원, 당장 의원에게 가보세!"

"되었네. 따뜻한 곳에서 잠 좀 자면 괜찮아질 걸세."

서도가 고집스럽게 고개를 저었다.

저 고집을 이길 수 있을 리 없다. 현원이 표정을 일그러뜨리며 입술을 물었다. 서도의 고집을 꺾을 수 있다면 애초에 그의 동행을 허락하지 않았을 것이다. 한 번 뜻을 세운 서도는 막을 수가 없다.

"그자는 어찌 되었나?"

결국 체념한 현원이 힘없이 고개를 주억거리며 물었다.

"우리의 뜻대로 될 걸세."

이번에는 틀림없이.

비틀거리는 서도를 현원이 부축하였다. 어려서부터 동문수학하며 커온 죽마고우가 천천히 빗속을 걸어갔다.

✳

남이는 결국 빈손으로 돌아왔다. 송언군은 여전히 앓고 있었고, 남이는 간간이 신음을 흘리는 그의 이마에 물수건을 계속 바꿔 얹었다.

"어마마마……."

송언군의 손이 허공을 헤맸다. 망설이던 남이가 그의 손을 향해 손을 뻗었다. 그에게 해줄 수 있는 게 없었다.

"나리, 숙의마마는 예 없지만 쇤네가 여기 있습니다."

"어마마마······."

"남이가······ 있어요."

송언군 이의.

청천 국왕의 하나뿐인 이복 아우.

그의 생모는 숙의 민씨. 그녀는 오래전 투기의 죄로 사사되었다.

언제나 웃고 계시면서, 그런 과거 따위 다 잊었다는 듯이 굴고 있으면서 사실은 그날의 악몽에서 깨어나지 못한 당신. 남이는 주제넘게도 그런 송언군을 깊이 연민하였다.

"남이······ 남이냐?"

가늘게 눈을 뜬 송언군이 탁한 목소리로 물었다. 놀란 남이가 그의 손을 잡고 있던 제 손을 얼른 떼어내려고 했으나 그녀의 노력은 야무지게 실패했다. 송언군이 그녀의 손을 꼭 붙잡아 제 가슴으로 가져갔다.

"나, 나리."

"남아."

"예?"

송언군이 가만히 남이의 손을 제 가슴 위에 얹었다. 그 아래에서 그의 심장이 불안하게 뛰고 있다.

"꿈을 꾸었다."

늘 꾸는 꿈이다. 결말도 잘 아는 과거의 기억이다. 그럼에도 송언군은 매양 두려웠다.

"무슨 꿈이냐고 아니 물어주느냐?"

옥음은 아직 꿈속을 헤매듯 몽롱했다.

"무슨 꿈을 꾸셨습니까?"

"비가 많이 왔다."

송언군이 열없이 웃었다.

"오늘처럼 비가 많이 왔다. 주르륵주르륵. 소란스럽게도 내렸지. 그날, 어마마마께서 갑자기 산딸기를 찾으시는 게다. 먹고 싶으시다며 나만 믿으시겠다는 거야. 어찌하겠어? 곧장 뒷산에 올랐다. 제철이 아니라 뒷산을 다 뒤져 겨우 한 줌을 땄다."

송언군이 잠시 눈을 감았다. 매해 반복되는 그날의 기억이 두려웠다. 어미가 원하는 것은 다 들어주려고 하였다. 모든 것을 잃은 어미가 가여워 그 어린 나이에도 연민하였다. 그러나 그녀는 송언군이 제 마지막을 지키는 것조차 용납하지 않았다.

송언군은 그것이 서러웠다. 저는 그저 어미의 청을 들어주고 싶었던 것뿐인데 그에게 남은 것은 그녀의 빈자리뿐이었다.

그러나 남이는 여기에 있다. 그의 곁에 있다. 그것만이 중요했으면 좋겠다.

"산딸기 말입니까?"

"그래, 산딸기. 빨갛고 작은 것 있지 않으냐?"

송언군이 고개를 주억거렸다. 그 순간 남이는 괴이한 허탈감을 느꼈다. 산딸기를 먹고 싶다고 찾은 것이 아니었다. 민 숙의와 있있던 일을 꿈꾼 것뿐이다. 혹 산딸기를 찾아서 그에게 먹어보라고 주기라도 했다면 참으로 낭패를 볼 뻔하지 않았는가.

남이는 헛웃음을 가까스로 삼켰다. 그의 다른 여인들은 해줄 수 없는 것을 해줄 수 있다며 우쭐하였거늘 아무것도 하지 않는 편이 차라리 나았다.

"송구합니다, 나리. 쇤네가 해드릴 수 있는 게 없어서."

"푸핫, 네 재미있는 소리를 하는구나."

송언군이 별안간 웃었다.

그는 그녀가 곁에 있어주기만 하면 된다. 아무것도 필요 없다.

"천것들이란 원래 그래. 네가 내게 무엇을 해줄 수 있겠느냐? 너는 그냥 내가 시키는 대로 내 옆에 있기만 하면 된다. 그러라고 있는 노비 아니더냐? 아무 생각도 말고 아무 노력도 말고 그냥 그리있어. 그러면 돼."

그렇다. 그것이면 된다. 송언군은 정말 그것이면 충분했다.

저를 생각해 준다고 고생하고 다닐 필요 없다. 저를 위한답시고 괴로운 노력을 반복할 필요도 없다. 그저 옆에 있어주는 것 이외엔 그 무엇도 바라지 않는다.

"남아, 잠이 온다."

송언군이 다시 눈을 감았다.

"자장가 좀 불러다오."

그는 아무것도 필요 없다는 말을 듣던 그 순간 남이가 무슨 생각을 했는지 알지 못한다.

제 손을 붙잡고 있던 송언군의 손에서 힘이 빠져나가자 남이는 입술을 꾹 깨물었다.

"아무 생각도 말고 아무 노력도 말고 그냥 이리 있으란 말입니까, 나리?"

그녀는 울고 싶었다. 아무것도 하지 않는 게 나을 뻔했다는 생각도 찰나 하였다. 그러나 아무것도 하지 않고 싶지는 않았다. 그녀는 송언군에게 무엇이라도 해주고 싶었다. 꼭 은애의 마음이 아니더라도 북평도에 두고 온 저를 잊지 않고 다시 불러준 은혜에 보답하고 싶었다.

그런데 아무것도 하지 말라니. 천것이란 본래 다 그렇다니.

"나리를 모르겠습니다."

남이가 중얼거렸다. 그녀의 눈가에 물기가 차올랐다.

그는 그녀의 마음과 노력을 한순간에 쓸모없는 것으로 치부해 버렸다. 사실이 그러할지라도 남이에겐 상처가 되었다.

"쉰네가 천것이라 쉰네의 마음도 천한 것입니까?"

다정한가 싶으면 매정한 말을 참 쉽게도 한다. 웃으며 유쾌한 목소리로 너는 노비, 나는 왕자라고 선을 딱 그어버린다. 심각할 것 없다는 그의 말투에 남이의 마음은 산산조각 난다. 그는 그것이 상처라는 것조차 모른다. 상처를 준 사람은 없고 상처를 받은 노비만 있는 것이다. 이 얼마나 심술궂고 오만하고 파렴치한 주인이신가.

"천한 것이라 필요 없으십니까?"

그런 그를 위해 하는 그녀의 행동들, 그를 생각하는 그녀의 시간.

그 모든 것이 송언군에게는 당연하면서도 무의미할 것이다.

노비란 본래 그런 것. 한평생 주인을 위해 살며, 주인만 생각한다고 해도 그 이상의 것은 없다. 보답을 바랄 수 없다.

남이의 뺨에서 눈물이 툭툭 떨어져 내렸다.

날이 개자 송언군은 언제 앓았느냐는 듯이 멀쩡해졌다. 앓는 바람에 해님, 달님, 별님 하는 임들을 못 만났다며 그는 심통이 났다.

"우리 별님을 만나지 못한 지 어언 이레로구나! 내 어찌 이리 무심했을까. 어서 가보자."

"이 대낮에요?"

"그럼 이 대낮에 가지 오밤중에 가랴?"

과부를 만나는 것이 뭐 그리 떳떳한 일이라고 송언군은 숨길 생각도 없어 보인다. 이러니 도성 안에 그를 둘러싼 추문이 끊이질 않는 것이다.

"어서 가자, 어서. 우리 별님께서 나만 기다리고 있을 것이란 말이다."

송언군이 남이의 등을 떠밀었다. 마지못해 그를 따라나선 남이가 입을 꾹 다물었다.

저렇게 시시때때로 여자나 밝히는 왕자의 도대체 어디가 그녀를 이렇게 괴롭게 만드는 것일까. 어차피 그에게 그녀는 있으나 없으나 상관없는 노비 하나. 당장 지금 죽어도 관심 두지 않을 천것인데…….

생각하지 말자. 생각하면 우울해진다. 고개를 획획 내저은 남이가 앞장서 걸었다. 비가 온 직후라 길 곳곳이 질퍽거렸다. 그 질퍽거림을 싫어하는 송언군을 위해 남이는 단단해진 부분을 찾아 이곳저곳 꾹꾹 밟아 보았다. 그렇게 한참을 걸었다.

"……아."

"……."

"남아!"

움찔.

남이가 고개를 돌렸다. 송언군이 미간을 잔뜩 모은 채 그녀를 쳐다보고 있다.

"예, 나리?"

"네 무슨 생각을 하기에 이리 불러도 듣질 못하는 게야? 아주 정신이 빠졌구나, 빠졌어."

"송구합니다, 나리."

"되었다. 돌아가자."

"예? 하지만 마나님 댁은……."

"가도 만나지 못할 것 같구나."

송언군이 희미하게 웃었다. 행인 몇이 숙덕거리며 지나가는 소리가 뒤늦게 남이의 귀에도 들렸다. 그녀의 표정이 굳었다. 설마 하는 생각이 들었다.

송언군의 추문은 늘 한 가지 방법으로 끝났다.

도성 안에 그의 바르지 못한 연애에 대한 소문이 퍼지고, 그 소문이 왕의 귀에 들어가고, 부적절한 사태를 마무리하기 위해 왕은 여자의 시댁에 압박을 넣고, 마음 같아서는 가문에 수치를 안겨준 며느리를 찢어 죽이고 싶겠지만 왕과 송언군의 눈 때문에 차마 그럴 수 없는 여자의 시댁은 여자를 멀리 쫓아낸다. 추문은 그렇게 마무리 된다.

늘 그랬다. 그래서 송언군의 연애인지 뭔지도 모를 것은 채 한 달이 되기 전에 끝나기 일쑤였고, 송언군은 만나던 여인들이 귀양 가듯 쫓겨나면 다른 여자를 찾아 헤맸다. 무엇을 위해 그토록 부적절하고 무의미한 만남을 반복하는지 남이는 알 수 없었다.

"나리."

어느새 먼저 등 돌리고 걸어가는 송언군을 남이가 불렀다. 남이가 물끄러미 그의 뒷모습을 응시했다. 흔들림 없이 길이가는 그의 뒷모습이 꼭 그녀에게 따라오라고 하는 것만 같았다. 제대로, 똑바로 보고 따라오기만 하라는 것 같았다. 하지만 그건 착각이겠지.

"나리!"

그가 멈추지 않자 남이가 더 목청을 높여 그를 불렀다. 마침내 걸음을 멈춘 그가 몸을 돌렸다. 항상 그랬듯이. 고개만 까닥 돌리는 것이 아니라 온몸을 그녀의 쪽으로 향했다.

내가 너를 보고 있다고 소리치듯이.

"왜 그러느냐?"

"쇤네는 모르겠습니다."

"무얼?"

"그 마나님들을 전부 은애하긴 하신 것입니까?"

남이가 되바라지게 물었다. 그녀가 송언군의 몸종이 되어 배운 것은 건방밖에 없다. 왕자의 몸종이란 신분은 참으로 특이해서 그 누구도 그녀를 쉽게 무시하지 못했다. 그녀를 무시하는 것은 때론 그녀의 주인을 모독하는 것으로 여겨지기도 한 까닭이다.

그리고 송언군은 남이의 되바라짐을 단 한 번도 책잡지 않았다. 때때로 오히려 아주 재미있는 놀잇감을 만났다는 듯이 흥미로워하기까지 했다.

"당연한 걸 묻는구나? 모두가 하나같이 애틋하여 내게는 소중하다."

"애틋하고 소중하고 그런 것이 아니오라 쇤네는 은애를 물었습니다."

송언군이 더 설명해 보라는 듯 남이를 응시했다. 남이가 말을 이었다.

"나리와 만난 지 한 달도 되지 않아 여인들은 쫓겨나기를 반복하는데, 나리께선 왜 이 부적절한 행위를 멈추지 않으시는 것입니까? 도성을 떠난 분들은 단 한 번도 다시 찾지 않으시면서, 그리 잊어버리실 것이면서……."

"……."

그는 말이 없다.

"모든 것이 나리께는 장난인 것입니까?"

송언군의 속내는 늘 그리 어렵다. 누구보다 쉬운 듯하면서 알 수가 없다. 손에 결코 잡히지 않을 그의 마음, 그것은 어디에 있는가.

"여인의 마음이란 것이 나리께는…… 그리 쉽게 잡았다가 내팽개쳐도 될 만큼 하찮은 것입니까? 어찌 끝까지 지켜주지도 않으실 것이면서 그녀들을 그리 쉽게 가지시는……."

"대답하지 않으마."

남이의 말을 끊어낸 송언군이 뒤돌아섰다.

몸을 돌리는 그가 희미하게 웃고 있었는가, 울고 있었는가. 기묘하게 일그러지는 그의 표정이 눈에 박혀 남이가 저도 모르게 그를 향해 달렸다.

말이 심했다. 지나치게 건방졌다. 그가 아무리 허물없이 대해줘도 그는 왕자이고 그녀는 몸종이다. 그 자명한 사실을 멍청하게도 망각하였다. 그가 화를 내며 내쫓아도 변명할 여지가 없이 방자했다.

"나, 나리! 쇤네가 주제넘은 말을……."

쉽게 만나고, 쉽게 이별하고, 쉽게 잊는 그를 보며 언젠가 저도 그리 버려지고 잊힐 것 같아 두려웠다고, 하여 심통이 났다고 솔직히 고백하면 용서받을 수 있을까?

송언군의 옷자락을 붙잡은 남이의 손이 덜덜 떨렸다.

"남아."

그가 천천히, 그러나 단호하게 남이의 손을 떼어냈다. 제 더러운 손이 그의 고귀한 옷을 더럽힌 것 같아 더욱 당황한 남이가 바닥에 엎드렸다.

"송구합니다, 나리! 쇤네가 어리석고 방자해서……."

"남아, 뭐 하는 게야? 옷이 더러워지지 않으냐. 왕자의 몸종은 항시 청결해야지."

송언군이 얼른 남이를 일으켰지만 남이의 옷 곳곳엔 이미 흙이 묻어 있었다.

"어이쿠, 벌써 더러워졌구나. 어서 돌아가서 옷부터 갈아입자. 몸종이 이리 지저분해서야 왕자 체면이 말이 아니지."

"나리……."

"어서 서두르재도?"

송언군이 다정히 웃었다. 하지만 그의 웃음에 힘이 없었다. 남이는 욱신거리는 마음을 참으며 힘들게 몸을 일으켰다. 그녀의 손목을 붙잡은 채로 송언군이 빠르게 걷기 시작했다.

남이가 두 눈을 질끈 감았다. 이게 대체 무엇일까. 아무것도 할 필요 없다는, 천것이란 원래 그런 것이라는 송언군의 말이 마음에 남아 있었다. 그래서 괜히 송언군에게 화를 냈다. 그는 틀린 말을 한 게 아닌데. 제 하잘것없음은 과부들에 비할 바도 못 되는데.

"조심해야지. 눈도 안 뜨고 걷는 것이야?"

넘어질 뻔한 남이를 단단히 잡아주며 송언군이 속삭이듯 웃었다.

겨우 눈을 뜬 남이가 입술을 깨물었다.

그의 손은 크고 다정하다. 그러니 남편을 잃은 여인들이 그리 쉽게 그에게 빠져드는 것이겠지. 이리 든든히 잡아주는 손을 외면할 수 있을 리 없으니까. 그의 손이 언제든 자신을 놓을 수 있음을 알면서. 전부 알면서.

밤이었다. 달빛 아래 우두커니 서 있는 그를 보고 매월향은 적잖게 놀랐다.

"왕자마마?"

남이도 대동하지 않고 혼자 온 송언군이 표정을 잔뜩 찌푸린 채 매월향을 기다리고 있었다.

"내가 미덥지 않으냐?"

그가 대뜸 물었다.

"예?"

"내가 모든 것을 장난으로 여기는 것 같으냐?"

"나리, 무슨 일 있으셨나이까?"

"내가 항상 심술이나 부리는 것 같으냔 말이야."

"거두절미하고 물으시면 소첩이 제대로 이해를 할 수가 없나이다."

마당으로 내려선 매월향이 송언군의 앞에 섰다. 시선을 내려뜬 그가 입을 꾹 다물고 있었다.

"모든 것이 나리께는 장난인 것입니까?"

아니다. 그렇지 않다. 송언군은 늘 절실이였다. 지키지 못한 기억, 지킬 수 없던 인연, 그 상처를 마음에 묻고 할 수 있는 일을 해왔다. 세간의 사람들이 입을 모아 저를 힐난하고 있음을 알아도 변화될 세상을 믿었기에 괴롭지는 않았다.

"나는 정녕 절실하였다."

"나리……."

"누구도 놓지 않았고 잊지 않았다. 언제나 하나만 바랐다. 나는……."

"알고 있사옵니다."

매월향이 또렷한 목소리로 말했다. 무뜩 고개를 든 송언군의 시선이 매월향의 것과 마주쳤다. 그의 우울한 눈빛에 매월향이 가만히 그의 뺨을 감싸 쥐었다.

"알고 있어?"

"예, 나리. 알고 있사옵니다. 소첩도 전하도 알고 있사옵니다."

매월향을 물끄러미 응시하던 송언군이 고개를 기울였다.

"왜 남이는 모를까?"

"정녕 답을 듣고 싶으신 것이옵니까?"

매월향이 물었다. 움찔 커진 송언군의 눈동자가 흔들렸다. 그는 입을 다물었다. 매월향은 마음이 자라지 못한 왕자의 가슴에 잠시 이마를 기댔다. 그녀의 목소리가 속삭이듯 흘러나왔다.

"나리, 나리의 곁엔 나리께서 말하지 않아도 나리의 속내를 알아주는 분이 계십니다. 전하께선 나리께서 아무 말도 하지 않아도 그 뜻을 헤아려 주시겠지요. 하오나 세상의 모두가 전하처럼 현명한 것은 아니옵니다. 나리께서 말씀해 주지 않으면 알지 못하는 어리석은 이들도 있는 법이옵니다. 남이가 알아주지 않는다고 그녀를 원망하지는 마시옵소서."

소중한 이에게 힘든 앞길을 선물하고 싶은 사람은 없을 것이다. 험난할 것이 분명하다면 그 길은 혼자 걷고자 할 것이다.

반상의 법도를 뒤흔들고 남녀의 질서를 어지럽히는 일이다. 그 혼란의 끝에서야 새로운 시대가 올 것이다. 송언군은 왕자다. 그는 왕의 비호 아래 있다. 그 누구도 쉽게 그를 해할 수는 없다.

그러나 남이는 다르다. 하찮은 노비 계집. 송언군이 그녀를 비호

한다고 해도 그는 왕이 아니다. 왕이 저를 지키듯 그 또한 남이를 지키려 하겠지만, 그는 왕이 저를 지키는 것만큼 남이를 지켜줄 수 없다. 나약하고 미천한 계집은 언제든지 꺾일 수 있다.

그것을 염려한 송언군은 결코 이 길에 남이를 끌어들일 수 없었다. 남이는 언제나 송언군의 뒤에 있지만 결코 송언군과 함께 걸어갈 수는 없다. 그것이 남이에게 상처가 될 것을 송언군은 알지 못한다. 보이는 대로 믿을 수밖에 없는 남이가 때론 절망하고 좌절할 것을 그는 이해하지 못한다.

그는 그녀를 지키기 위해 움직이고 있으므로.

그는 항상 그녀를 생각하고 있으므로.

그렇기에 송언군은 자신의 행동이 남이를 아프게 할 수 있음을 모르고 있다. 이따금 보여주는 질투 어린 그녀의 표정에 다만 즐거워할 뿐.

그의 의도치 않은 무심함으로 인해 언젠가 남이는 크게 다치게 될 터. 그때가 되면 여물지 못한 왕자의 마음이 여물게 될까. 저가 아픈 것보다 남이가 아픈 것이 더 싫어서 보다 단단해질 수 있을까.

"잘 모르겠다."

"소첩도 모르겠사옵니다."

매월향이 제 마음의 정체를 들여다볼 여력조차 없는 기어운 왕자의 가슴을 톡톡 두드렸다. 송언군이 눈을 내리뜨며 긴 한숨을 내쉬었다. 그는 여전히 시무룩한 얼굴이었다.

4

왕자마마 쫓겨납시오!

"현명한 군주는 수백만 백성을 살리지만 우매한 군주는 수백만 백성을 죽이는 법이다, 세자. 청천의 모든 삶과 죽음이 세자의 어깨 위에 있음을 잊지 말라. 가여운 이들은 한 번 더 돌아보고, 나약한 이들을 한 번 더 보살피도록 하여라. 세자는 할 수 있을 것이야."

왕은 선왕의 유지를 떠올리며 용상에 앉아 생각에 잠겼다.

'북평도, 북평도……'

그곳이 열쇠였다. 북평도의 혼란을 잠재우는 것이 새 시대의 시작일 것이다. 왕은 버림받아 안쓰러운 그 땅의 이름을 끝없이 속으로 되뇌었다.

"전하! 통촉하여 주시옵소서!"

오늘도 통촉을 외치는 노신들이 왕좌 아래에서 고개를 조아리고 있다. 모두가 바르다고 생각하는 것을 주청하고 있으니 그 누구도 죄가 없다. 왕은 단지 머리가 아팠다.

"경들은 과인이 통촉할 수 없는 것을 통촉하여 달라 아뢰고 있다."

왕이 한숨처럼 대꾸했다.

송언군의 행실을 지탄하는 상소가 그의 앞에 태산처럼 쌓여 있다. 조정의 대신들뿐만 아니라 국학*의 유생들까지 나서 그를 벌할 것을 주청하고 있다. 종친의 지엄도, 왕실의 위엄도 내던진 채 계집질을 일삼는 송언군의 추태를 더 이상 용납하지 말라는 읍소였다.

"전하! 그것은 바르지 않사옵니다! 왕자라는 이유로 모든 법도를 이리 내팽개칠 수는 없사옵니다! 언제까지 왕자마마의 행실을 묵인하실 참이옵니까? 만백성이 우러러볼 수 없는 왕실은 무너지게 마련이옵니다! 기강을 잡으셔야 하옵니다! 부디 통촉하여 주시옵소서!"

하루 이틀 있는 일이 아니었다. 왕자라고 총칭했으나 청천의 왕자가 송언군 하나라는 점을 염두에 둘 때 조정의 대신들은 명백히 송언군을 일컫고 있었다. 왕은 천천히 신하들을 차례로 응시하였다.

"과인은 송언군을 벌할 수 없다."

"전하! 어찌 송언군께만 그리 자비로우시옵니까? 아니 되옵니다!"

"송언군은 과인의 하나뿐인 아우다. 아우를 지키지 못하는 왕이 백성을 지킬 수 있겠는가? 경들은 과인에게 불가한 것을 요구하지 말라."

"어찌 불가하다고만 하시옵니까? 왕자마마를 무조건 두둔하시는 것은 왕자마마를 위한 일이 아니옵니다! 왕자마마를 바른길로 이끄시옵소서, 전하! 전하께서 왕자마마를 바른길로 이끌어야만 청

---

* 청천의 최고 교육기관.

천의 만백성이 왕자마마를 존숭할 것이옵니다!"

읍소가 이어졌다.

"과인은 그럴 수 없다."

왕은 늘 그랬듯 단호했다. 송언군의 부도덕한 짓들을 묵인하며 용인했다.

영의정은 그런 왕이 염려스러웠다. 아우에 대한 우애가 현군의 눈을 가릴까 걱정스러웠고, 송언군에 대한 평판이 왕을 향한 경외에 악영향을 미칠까 저어되었다. 그럼에도 왕은 송언군에게 지나칠 만큼 자비롭다. 답답할 노릇이다.

결국 영의정은 마지막 패를 꺼내기로 했다.

"전하께서 왕자마마를 애틋이 여기는 것은 소신도 잘 알고 있사옵니다. 하오나 전하, 모든 것은 과유불급이라 지나침은 미치지 못함만 못하옵니다. 소신은 어리석은 주군을 모시고 싶지 않사옵니다. 옳지 않은 일을 묵인하는 주군도 모시고 싶지 않사옵니다. 전하께서 왕자마마의 그 어떤 악행도 눈뜬장님처럼 보고만 계실 것이라면 소신은 더 이상 이 조정에 있을 이유가 없사옵니다."

"무슨 뜻인가, 영상?"

영의정이 품에서 무언가를 꺼내 왕에게 바쳤다.

"이것이 소신의 뜻이옵니다."

"사직서?"

기다렸다는 듯이 좌의정과 우의정도 사직서를 바쳤다. 왕이 그들을 번갈아 응시하다 잠시 눈을 감았다 떴다.

"경들이 과인을 협박하는 것인가?"

"협박이라니 당치 않사옵니다, 전하."

"송언군을 벌하라는 그 뜻을 기어이 관철시키겠다는 것인가?"

"그것이 옳은 일이옵니다, 전하! 통촉하여 주시옵소서!"

노신들이 엎드려 읍소했다. 선왕 시절부터 조정에 큰 힘을 보태어온 이들이다.

왕이 그들을 둘러보았다. 그의 검은 눈은 감정이 없듯 고요했다. 좌중을 천천히 바라본 왕의 구순이 열렸다.

"과인은 송언군을 벌할 수 없다. 다만."

"전하!"

여기저기서 비명이 터져 나왔다. 삼공이 사직서를 내밀어도 왕은 요지부동이었다. 대신들은 허탈하고 기가 막혔다. 왕자를 향한 왕의 우애가 지극한 것은 알고 있지만 이것은 정도가 심했다. 왕자를 죽이라는 것도 아니고 그 행실의 그릇됨을 깨우쳐 주라는 것뿐인데도 왕은 거부로 일관하고 있다. 영의정은 이 상황이 비통하여 눈물이라도 쏟을 표정이다.

"전하, 어찌도 소신들의 충정을 그리도 몰라주시옵니까?"

"경들은 과인의 말을 끝까지 들으라."

더 무어라고 왕께 고하려던 이들이 일제히 입을 다물었다. 왕은 각자 다른 방법으로 청천을 사랑하는 대신들의 얼굴을 하나씩 눈에 담았다.

'과인이 꿈꾸는 세상은 경들이 꿈꾸는 세상과 다를 테지. 누구도 틀리지는 않았다. 그러나 너무도 다른 두 세상을 청천 위에 만들 수는 없음이다.'

북평도.

그곳을 바꾸어야 한다.

"과인은 송언군을 멀리 보내고자 한다. 변방의 고을을 감찰하는 동안 송언군은 백성의 어려움을 몸소 깨달을 수 있을 것이다. 또한 송언군은 영리하니 저를 도성에서 떠나보내는 과인의 의중을 이해한 것이다 청천이 앞지고서 청천의 백성을 위해 어찌 살아야 하는지 스스로 알아차릴 것이다. 돌아온 그가 왕자다운 왕자가 되어 있을 것이라고 과인은 믿어 의심치 않는다. 경들은 송언군을 아끼는 과인의 마음을 헤아려 더 이상 그의 거취에 대해 왈가왈부하지 말라."

왕의 뜻은 단호하여 그 자리의 누구도 더 이상 토를 달 수 없었다. 어쨌든 그들의 뜻은 관철되었다.

업무가 만 가지는 되니 왕의 또 다른 이름은 만기(萬機)라.

과연 정사에 시달린 용안은 초췌해 보였다. 왕의 부름에 한달음에 달려온 송언군은 그런 왕이 걱정되었다. 그를 지치게 하는 상소의 절반이 저에 대한 것임을 알아서 송언군이 멋쩍은 표정을 지었다.

"오랜만에 전하를 뵈옵니다. 용안이 초췌하시니 걱정이 되옵니다."

"과인에 대해서는 걱정할 것이 없다."

"신하가 어찌 군주의 건강을 아니 염려하겠습니까?"

"신하들의 염려는 지겹도록 받고 있다."

"이 아우에겐 이제 형님밖에 없습니다. 하나 남은 피붙이가 걱정스러운 것은 당연한 도리이옵니다. 그것마저 막으시겠습니까?"

왕이 담담히 웃었다. 감정이 쉬이 드러나지 않는 용안에 따스한 애정이 묻어났다.

"아우의 걱정은 언제나 이 형님의 기쁨이다."

"형님을 걱정하는 것은 언제나 소제의 기쁨이옵니다."

왕이 가만히 송언군을 응시하였다. 민 숙의를 꼭 닮은 얼굴이 그곳에 있다. 만약 그가 선왕을 조금이라도 더 닮았다면 대신들의 반감이 조금은 누그러졌을까.

"송언군."

"예, 전하."

"고개를 들라."

"당치 않습니다."

"내 아우가 보고 싶구나."

송언군이 고개를 들었다. 왕은 가볍게 웃었다. 왕은 아우를 사랑하였다. 아우도 그를 사랑하였다. 형제는 제 혈육을 제 목숨처럼 사랑하였다. 청천의 건국 이래 그들처럼 사이좋은 왕자들은 드물었다.

침묵이 이어졌다. 형제는 물끄러미 서로를 바라보았다. 송언군이 먼저 입을 열었다.

"지쳐 보이시옵니다."

"괜찮다."

"소제를 부르신 연유는 무엇이옵니까?"

"아우를 부르는 데 꼭 이유가 필요할까."

"그런 것은 아니오나……."

"아우가 통 먼저 오질 않으니 이리 부를 수밖에."

"송구하옵니다. 도성에 소제만 기다리는 꽃들이 하도 많아 여간 바빠야 말이지요."

송언군의 너스레에 왕이 소리 없이 웃었다. 송언군의 눈매도 부드럽게 휘었다.

왕은 정녕 대신들의 말처럼 송언군을 지극히 우애하였다. 만물을 사랑하는 송언군이 더 이상 상처받지 않는 세상, 왕은 그런 세상을 바라고 있나.

"바빠도 이 형님의 부탁 하나 정도는 들어줄 수 있겠지?"

"형님의 부탁이라면 한 개가 아니라 만 개라도 들어드릴 수 있습니다."

"네게 만 개까지 부탁할 일은 없다."

"말이 그렇다는 것이지요. 소제가 무엇을 해드리오리까?"

송언군이 장난기를 거두고서 물었다. 왕이 특별히 하는 부탁이라면 필시 중요한 일일 것이다.

"은밀히 북평도에 다녀오너라."

송언군이 잠시 입을 다물었다. 북평도. 그 이름은 아무리 노력해도 익숙해지지 않는다. 어미를 빼앗아간 땅. 청천의 땅이나 보호받지 못하고, 흙은 비옥하나 잦은 노략질로 끝없이 피폐해지는 곳.

"그곳은 어찌?"

간신히 내뱉는 송언군의 목소리가 갈라졌다.

"가서 네가 볼 수 있는 모든 것을 보아라. 숨은 이야기를 들어라. 그 삶을 몸소 느껴라. 그리 보고 듣고 느낀 것을 모두 내게 고하여라. 그 땅에서 무슨 일이 벌어지고 있는지 과인은 알아야겠다."

"모든 것 말이옵니까?"

"위험한 일이 일어날 수도 있다. 나설 때와 사릴 때를 잘 구분하여라. 네 목숨을 귀히 여겨라."

송언군이 천천히 고개를 끄덕였다. 애써 웃는 그의 눈동자 아래 두려움과 거북함이 가라앉아 있다.

"형님도 참, 소제가 한두 살 먹은 어린애이옵니까? 소제가 알아서 할 것입니다."

"알겠다. 그럼 물러나 보아라. 떠나는 길은 빠르면 빠를수록 좋다."

"예, 전하."

형은 다시 왕이 되었고, 아우는 다시 왕제가 되었다.

천천히 일어나 소리 없이 걸어 나가는 송언군의 모습을 왕은 두 눈에 새겼다. 이내 송언군이 사라지자 왕이 작게 뇌까렸다.

"송언군. 그래, 아우는 한두 살 먹은 어린애는 아니야. 그러나 열한 살 먹은 어린애일 수는 있어. 아우의 마음은 열한 살 그때 그대로 머물러 있으니까."

왕은 아우를 지키지 못한 순간을 깊이 자책하였다. 그 참극을 막을 수 없었던 제 무력에 통탄하였다.

상처는 깊어 송언군은 웃어도 웃지 못한다. 제 마음을 보지 못한다. 세상의 부조리에 화를 내고 부당함에 울부짖으면서도 정작 살펴야 할 이들은 살피지 못한다. 그 모든 것을 똑바로 마주하게 되는 순간, 또다시 받을지도 모르는 상처가 가없이 두려운 까닭이다.

❋

사저로 돌아가는 길. 송언군은 익숙하고도 거북한 지명을 속으로 읊조리고 있었다.

'북평도, 북평도라……'

역시나 그 이름은 껄끄러웠다.

'위험한 일이 일어날 수도 있다라……'

하긴 그곳은 위험했다. 매양 녹산의 노략질에 시달리고 있으니 안전하다고 단언하는 쪽이 더 우스웠다.

그곳에 저를 보내는 이유를 송언군은 곰곰이 고민했다. 별일 아니라면 저를 굳이 그 위험한 곳으로 보낼 리 없는 왕이다.

'아무것도 알려주지 않으신 것은 선입견 없는 판단을 원하신 까닭인가?

"나리, 소신……."

생각에 잠긴 송언군은 남이가 저를 부르는 소리를 듣지 못했다.

"으악!"

남이가 급히 손을 뻗었지만 부질없는 짓이었다. 골목 모퉁이에 툭 튀어나온 나무뿌리에 걸려 넘어진 송언군이 그대로 아름드리나무에 온몸으로 부딪쳤다. 짧은 비명을 내지른 그가 이마를 매만지며 홱 고개를 돌렸다. 충격으로 빨갛게 충혈된 그의 눈이 남이를 쏘아보았다.

"아으으. 남아, 무얼 하는 게야, 이 나무를 얼른 치우지 않고!"

"나리…… 쇤네가 아무리 힘이 세도 그 나무를 치우는 것은 불가하지 않으오리까?"

남이가 당황하여 대답했다.

송언군이 마뜩치 않은 얼굴로 남이와 나무를 번갈아 쳐다보았다. 과연 남이가 아무리 힘이 세도 나무를 뽑아 치우는 것은 불가능할 듯싶다.

"그렇긴 하구나. 나무를 뽑을 수 없다면 얼른 알려줬어야지. 설마 내가 나무에 부딪치는 걸 보고 싶어서 아무 말도 아니 한 건 아니겠지?"

"그럴 리가 있겠습니까? 설마 저 나무를 보지 못하셨을까 생각했을 뿐입니다, 나리."

"무어야? 설마 못 보았을까 싶어 아무 말도 하지 아니했다고? 허참, 왕자의 몸종이 어찌 그리 안일하단 말이냐? 이 보아라. 내 잘난 이마에 흠이 나지 않았느냐?"

발갛게 부은 이마를 들이대며 송언군이 성을 냈다.

그는 북평도와 남이를 번갈아 생각했다. 북평도에 가야 한다. 위험할 수도 있다. 남이를 두고 가야 한다. 그녀와 떨어져 있고 싶지 않다. 어떻게 해야 할까?

"나, 나리!"

송언군이 대뜸 남이에게 얼굴을 들이밀었다. 그가 빤히 남이를 쳐다보았다. 붉어진 얼굴을 가리며 뒷걸음질치는 그녀가 고개를 홱 돌리는 것을 송언군은 용납하지 않았다. 기어이 그녀의 턱을 붙잡아서 저를 보게 만든 송언군이 뾰루퉁하게 쏘았다.

"네가 일을 잘못해서 이 사달이 난 게 아니냐? 어디서 회피하려드느냐?"

"나리, 쇤네는……."

남이는 나리께 방해가 되지 않으려고 조금 떨어져 걸은 것뿐이라고 항변하고 싶었지만, 송언군이 너무 가까운 까닭에 제대로 말을 할 수가 없었다. 심장이 자꾸만 빠르게 팔딱거렸다. 결국 두 눈을 질끈 감은 남이가 떨리는 목소리로 물었다.

"면구합니다, 나리. 쇤네가 어찌하오리까?"

송언군의 눈은 남이에게서 떨어질 줄을 몰랐다.

긴 속눈썹, 붉고 귀여운 입술.

당황한 듯 겁먹은 듯 떨리는 그 눈썹과 입술.

그녀와 당분간 떨어져 지내야 할지도 모른다. 싫다.

"호, 해다오."

"예?"

"호, 모르느냐? 입술을 이리 오므리고 숨을 뱉으란 말이다. 이렇게."

호, 하고 내뱉어진 그의 숨결이 남이의 이마를 간질였다. 당황한 남이가 입을 딱 벌렸다. 송언군은 그녀의 그 표정이 마음에 들었다. 감정을 숨기지 못하는 그 솔직한 두 눈과 입술이 더없이 사랑스러웠다.

"나, 나리, 쇤네가 어찌 그런……."

"내 친히 시범까지 보여줬잖느냐? 어서."

재촉하는 송언군의 목소리에 남이가 난색을 했다. 잔뜩 찡그려진 아미가 남이의 난처함을 항변해 주고 있다. 어정쩡하게 다리를 굽혀 그녀와 높이를 맞추고 있던 송언군이 재차 남이를 채근했다.

"다리가 저릴 것 같다, 남아."

"나리……."

"이러다 쥐라도 날까 걱정된다."

그의 투정에 진 남이가 마지못해 입술을 모았다. 작은 입술이 움직이는 것을 홀린 듯 보고 있던 송언군은 제 이마에 닿는 숨결에 두 눈을 크게 떴다. 부드럽고 따뜻한 숨결. 남이의 것이다.

"조금 나은 것 같다. 다시."

"저, 나리……."

"어허, 어서."

남이가 다시 숨을 모아 뱉었다. 송언군이 빙긋 웃었다.

송언군 이의. 춘추는 스물넷. 청천의 젊은 왕자. 그를 따르는 여인은 열 손가락으로 셀 수 없을 만큼 많았다. 그가 왜 재가를 하지 않는지는 의견이 분분하다. 여섯 해 전 사별한 첫 부인이 마음에 걸려 그런 것일 거라는 의견도 있었지만, 혼인을 하면 방탕한 생활을 영위하기 힘들어지기 때문이라는 의견이 더 많았다.

무엇이 진실인지 남이는 알지 못한다. 죽은 군부인이 어찌 생겼는지도 잘 기억나지 않는다. 단아하고 참했으며, 하인들에게도 상냥했던 것만 어렴풋이 생각난다. 송언군과의 사이는 크게 좋지도 나쁘지도 않았다. 몸이 약해 송언군과 오랜 시간을 보내지도 못했다. 남이가 기억하는 그녀에 대한 기억 또한 아프거나 잠들어 있는 모습이 거의 전부였다.

"남아?"

멍하니 생각에 잠긴 남이를 송언군이 조심스럽게 불렀다. 화들짝 놀란 남이의 두 눈이 토끼처럼 커다래졌다.

"호, 해달라 했더니 넋이나 놓고 있는 것이냐? 주인님께 이리 소홀한 몸종을 내 정녕 거느리고 다녀야 하는 것이냐."

"송구합니다."

가까워지는 그의 얼굴에 남이가 당황해서 고개를 돌렸다. 남이는 차라리 그의 몸종이 아니기를 바랐다. 보이지 않으면 가까울 수 없고, 가깝지 않으면 이내 잊힐 테니까.

"남아, 어디 아픈 게냐?"

"아닙니다. 쇤네는 괜찮습니다."

"한데 얼굴이 왜 이리 어두워?"

"어둡긴요. 쇤네 얼굴은 원래 이러합니다."

"흐응?"

"참말입니다."

"그래?"

미간을 모으며 송언군이 미심쩍은 표정을 지었지만 남이는 단호하게 고개를 주억거렸다. 그런 남이를 송언군이 말끄러미 응시했다. 아직은 앳된 얼굴. 그러나 여인이다. 올해 나이 열일곱. 반년만 지나도 계집의 냄새가 물씬 풍기게 될 것이다.

"나리?"

"알겠다. 가자."

송언군이 앞장섰다.

'북평도. 남이. 북평도. 남이……'

그는 북평도로 가야 한다. 남이를 두고 가야 한다.

그럴 수 있을까?

왕명을 성심으로 받들겠지만, 송언군은 어찌해야 할지 알 수 없었다.

사저에 도착하자마자 송언군은 짐을 싸기 시작했다. 조심스럽게 다가온 김 상궁이 물었다. 어려서부터 쭉 지켜봐 온 송언군을 김 상궁은 몹시 아꼈다.

"왕자마마, 어디 가시는 것이옵니까?"

"도성이 답답하다. 잠시 도성 밖에 나가 유랑이나 하고 돌아오겠다."

송언군의 괴행이 어디 한두 번일까.

그러나 그가 엉뚱한 일을 저지를 때마다 김 상궁은 매번 놀랐다.

"도성 밖이라니요, 왕자마마? 위험하시옵니다!"

"김 상궁은 걱정이 너무 많아. 그리 오만 것을 걱정하다간 금세 늙어버릴걸?"

"왕자마마를 걱정하는 것이 소인의 의무이옵니다!"

"어허. 좋은 게 좋은 거라고, 내가 없으면 김 상궁도 쉴 수 있고 좋지 않으냐?"

"대체 그런 말씀이 어디 있사옵니까?"

"갈수록 잔사설만 느는 것 같다, 김 상궁."

송언군이 짐짓 엄하게 인상을 썼다. 김 상궁이 불만족스러운 표정으로 입을 다물었다. 왕자를 말릴 수 없음을 아는 까닭이다. 그녀가 깊은 한숨을 내쉬었다.

"정녕 그냥 답답하여 그러시는 것입니까?"

"다른 연유라도 있을까?"

"혹 무엇을 피해 도망가시는 것은 아니온지요?"

"내가 도망? 푸핫! 김 상궁이 제법 농을 칠 줄 아는구나."

송언군이 어이없다는 듯 웃었다. 그러나 김 상궁은 웃지 않았다. 그녀는 정말로 염려스러웠다. 왕의 총애를 등에 업고 천방지축으로 날뛰는 왕자를 못마땅히 여기는 이들이 너무나 많았다. 수많은 추문을 뿌리고 다니는 왕자이니 고상한 사대부들의 눈총은 오죽하랴. 도성 밖으로 나갔다가 몹쓸 일이라도 당하시지는 않을지 김 상궁의 마음은 까맣게 타들어갔다.

희희낙락하던 송언군이 김 상궁의 심려 어린 표정에 멋쩍게 웃었다.

"정말 그런 것 아니다."

"참이옵니까?"

"나는 그저 내 매력이 전국적으로 통하는지 알아보고 싶은 것이야. 김 상궁이 걱정할 만한 일은 하나도 하지 않겠다. 약조하마."

그제야 김 상궁이 체념하듯 답하였다.

"왕자마마의 말씀을 소인이 믿사옵니다."

"그래. 그럼 문복이 좀 불러다오."

"예, 왕자마마."

김 상궁이 나가고 잠시 후 문복이 와서 아뢰었다.

"나리, 소인 문복이옵니다."

"들어오너라."

문복은 출궁한 후 송언군이 사들인 사노비 중 하나이다. 떨어거 일던 아내늘 함께 사들인 까닭에 문복은 송언군에게 깊이 감사하며 충성하고 있었다.

"어디 가시옵니까, 나리?"

"그렇다. 네가 좀 같이 가야겠다."

"남이를 아니 데려가시고요?"

문복이 의아한 듯 물었다. 송언군이 늘 남이를 데리고 다닌 까닭이다. 송언군을 배종하는 것은 남이의 몫이었고, 그 밖의 온갖 잡일이 문복의 몫이었다.

"남이와 함께 가기엔 너무 멀다."

"그리 멀리 가시옵니까?"

"그렇다."

"아……."

아내와 당분간 헤어지게 된 까닭인지 문복은 조금 당황한 듯 보였다. 하지만 곧 고개를 끄덕인 문복이 언제 떠나느냐고 물어왔다.

"내일 떠날 것이다."

"그리 서둘러서요?"

"빠르면 빠를수록 좋다. 너도 가서 채비하여라."

"알겠습니다, 나리. 하온데……."

문복이 곧장 나가지 않고 머뭇거렸다. 뒤에 이어지는 말을 재촉하듯 송언군이 문복을 쳐다보았다.

"하온데?"

"나리, 남이 나이가 올해 열일곱이지 않사옵니까?"

"그렇지."

"병판어른께서 그 댁 노비 삼돌이와 남이를 혼인시키는 게 어떻겠느냐고 물어오셨사옵니다. 오래 떠나 계실 예정이라면 먼저 병판 어른께 답을 주시고 떠나시는 것이 어떠하옵니까?"

잘 이해가 안 된다는 듯 송언군이 두 눈을 깜빡였다.

병판, 노비, 남이, 혼인……

이내 송언군의 두 눈에서 불똥이 튀었다.

"무어? 병판께서 남이를 어쩌고 어째?"

사납게 쏘아보는 송언군의 눈빛에 기가 죽은 문복이 어깨를 움츠렸다.

"우리 남이를 그 집 노비놈과 맺어주고 싶다고? 하! 그 무슨 돼먹지도 않은 소리야? 대체 누구 마음대로 우리 남이를……."

씩씩거리던 송언군이 입을 꾹 다물었다. 돌연 깨닫건대 이는 문복에게 화를 낼 일이 아니었고, 주인이 나서서 노비와 노비를 엮어주는 것이 드문 일이 아니니 병조판서에게 화를 낼 일도 아니었다. 그런데도 속이 비틀렸다.

북평도로 가야 한다. 위험할 수도 있으니 남이를 떼어놓고 가려고 했다. 그런데 어느덧 남이의 나이는 열일곱. 조금만 지나도 완연한 여인이 될 것이다. 한창 꽃필 나이이니 그녀를 넘보고 있는 종놈도 많을 것이다. 왕자의 것임에도 탐하는 놈들이 참으로 많을 것이다. 이름도 기억나지 않는 종놈 하나가 어린 남이의 문지방을 오밤중에 넘다가 걸려 죽기 직전까지 얻어맞고 쫓겨난 적도 있었다.

왕자가 없는 왕자의 사저.

남이를 노리는 놈에게는 기회가 아닐까?

송언군의 낯빛이 돌연 파리해졌다.

"나리?"

"가서 잠깐…… 잠깐 쉬도록 해라. 남이를 데려갈지 너를 데려갈지 다시 생각해 봐야겠다."

송언군이 생각에 잠겼다. 그는 깊이 고민하였다.

늦은 밤.

벌떡 일어난 송언군이 등불을 들고서 행랑채로 향했다. 저택은 고요하고 하늘의 별은 영롱하다. 사위가 쥐 죽은 듯 적막하여 송언군의 발소리가 유독 크게 들렸다.

"남아!"

남이의 방문을 당기며 송언군이 그녀를 불렀다. 문은 열리지 않았다. 문단속 좀 하고 자라는 그의 닦달이 드디어 빛을 발한 모양이다. 무슨 일이 일어날 뻔했는지도 모른 채 문도 제대로 안 잠그고 자는 그녀 때문에 송언군의 속이 얼마나 문드러졌던가. 그녀는 모르겠지만 행랑채 마루에 쪼그려 누워 잠든 송언군의 나날이 열 번은 넘었다.

"남아! 남아! 문 열어라!"

송언군의 소란에 잠시 후 안에서 우당탕거리는 소리가 들렸다. 이내 문이 열렸다.

"나, 나리?"

어리둥절한 표정의 남이가 놀란 눈으로 송언군을 쳐다보았다. 등불에 비친 그녀는 딱 잠에서 깬 직후의 모습이다. 헝클어진 머리를 어찌하지 못해 난처해하는 것이 기특했다. 먹고 자고 싸는 것밖에 하지 못하던 갓난아이가 부끄러움을 느낄 만큼 자랐으니 어찌 아니 기특할까.

"이 밤중에 어인 일이십니까? 나, 나리!"

당황한 남이를 못 본 체하며 송언군이 그녀의 방 안으로 들어갔다. 볼 사람도 없거늘 혹 누가 안 좋은 소문이라도 흘릴까 봐 남이는 안절부절못하며 주변을 두리번거렸다. 올빼미 우는 소리만 두어 번 스산하게 들려왔다.

"무어 하느냐, 어서 들어와 앉지 않고?"

송언군의 채근에 남이가 문을 단단히 닫고서 송언군에게서 멀찍이 떨어진 곳에 무릎을 꿇고 앉았다. 비몽사몽의 와중이라 정신이 하나도 없었지만 그의 행동이 비상식적이라는 것 정도는 남이도 알고 있었다.

"나리, 누가 보면 어찌하려고 이러시옵니까?"

"누가 보는 게 왜 문제가 되느냐?"

"양반들이 종년의 방에 한밤중에 들어가는 까닭은 대개 하나입니다. 혹 사악한 이들이 이를 보고 나리에 대해 험담이라도 퍼뜨릴까 저어됩니다."

송언군이 남이를 빤히 쳐다보았다. 그의 입가가 씰룩거린다. 참지 못한 그가 웃음을 터뜨렸다.

"푸핫! 무어야? 나와 네가? 아서라, 남아. 나는 음전하고 성숙한 여인이 좋다. 그것은 도성 안의 모두가 알 것이야. 내가 모든 추문의 주인공이 되어도 너와의 추문에서는 결코 주인공이 되지 못할 것이다."

송언군이 되는대로 지껄였다. 눈가에서 눈물까지 훔쳐낸 그가 문득 남이를 보았다. 불빛이 일렁이는 얼굴 위로 그림자가 춤추듯 너울졌다. 길고 풍성한 속눈썹이, 오똑한 콧날이 그림자로 인해 더욱 도드라졌다. 꾹 다물어진 입술이 유독 붉어서 달아 보였다.

열일곱의 노비 계집.

행색이 사내 같을 뿐 그 알맹이는 명백한 여인이다.

돌연 깨달은 그 사실에 송언군이 급히 고개를 돌렸다. 얼굴에 열이 오르고 말문이 막혔다.

'음전하고 성숙한 여인?'

혼사가 오고 가도 이상하지 않을 나이. 한 사내를 흠모하고 지아비로 섬기어도 흠잡을 수 없을 나이. 계집이 여인이 되고 말 그런 나이.

언젠가는 남이에게도 그런 날이 올 것을 알고 있다. 하지만 그날이 바로 코앞까지 도래해 있음을 송언군은 납득하기 어려웠다. 그의 표정이 무섭게 굳었다.

"짐을 싸거라."

송언군이 겨우 용건을 내뱉었다.

그의 굳은 표정과 탁한 목소리에 남이는 겁을 집어먹었다.

"예?"

"몸종이 필요하다."

"예?"

"잠이 덜 깼느냐? 어찌 그리 말귀를 못 알아들어?"

송언군이 사납게 쏘았다. 그러잖아도 겁먹었던 남이가 더욱 움츠러들었다. 잠이 덜 깬 것은 둘째 치고 오밤중에 찾아와 느닷없이 짐을 싸라고 하면 누가 단번에 알아들을까. 송언군이 말하는 요지를 이해하기 위해 애쓰던 남이가 두려운 눈으로 고개를 들었다.

"나리, 쇤네를…… 파시려는 것입니까?"

몸종이 필요하니 짐을 싸거라.

그것이 남이가 알아들은 전부이다. 그녀는 송언군의 몸종이고, 이곳은 송언군의 집이다. 그녀가 계속 송언군의 몸종이라면 짐을 쌀 필요가 없다. 짐을 싼다는 것은 이 집을 떠난다는 의미이다.

순간 남이는 눈앞이 컴컴해지는 것을 느꼈다. 송언군을 떠나서 그녀는 살 수가 없다. 살 수가 없게 그가 만들었다.

"어, 어째서…… 어째서 쇤네를 파시옵니까? 쇤네가 불손하여 그러하옵니까? 나리, 쇤네를 용서하세요. 쇤네는 가고 싶지 않습니다. 나리의 곁에 있고 싶습니다."

보이지 않으면 가까울 수 없고 가깝지 않으면 잊을 수 있을까 하고 생각한 것을 천신께 들켰을까. 주제넘은 마음을 주체할 수 없어서 차라리 그의 몸종이 아니기를 바라던 찰나의 소원을 천신께서 들어버린 것일까.

"나리, 쇤네를……."

"남아? 네 무슨 헛소리를 하는 것이야?"

남이가 송언군의 말을 이해하지 못한 것만큼 송언군도 남이의 말을 이해할 수 없었다. 목소리는 물론이고 온몸을 덜덜 떠는 그녀를 의아해서 쳐다보던 송언군이 미간을 찌푸리며 그녀의 어깨를 꽉 붙잡았다.

"내가 왜 너를 파느냐?"

"그야 쇤네가 나무도 못 뽑고…… 막 나리의 옥안도 건방지게 쳐다보고……."

"역사(力士)가 아니고서 어찌 나무를 뽑겠느냐? 또한 나는 네가 나를 똑바로 볼 때가 제일 좋다. 내가 왜 너를 팔겠느냐?"

송언군이 재차 물었다. 그제야 남이의 떨림이 조금 수그러졌다.

"쇤네를 파시는 것이 아닙니까?"

"아니 판다."

"하오면 어찌 짐을 싸라 하십니까?"

"유랑 좀 다녀오자. 몸종이 필요하다."

송언군의 말을 느릿하게 곱씹어본 남이가 천천히 아미를 찡그렸다.

"하오나 나리."

"또 하오나! 불손하여 파는 것이냐고 겁에 질릴 땐 언제고, 하여간 토는 꼬박꼬박 달지."

"하루 이틀도 아니고 어찌 쇤네가 따라가오리까? 먼 길을 가시는 것이라면 쇤네보다는 문복 아재가 낫지 않을는지요?"

송언군이 못마땅한 기색을 내비쳤지만 남이는 꿋꿋하게 물었다.

문복을 데려가는 것은 송언군도 고려했던 것이다. 남이 방에 쳐들어오기 직전까지도 송언군은 문복을 데려갈지 남이를 데려갈지 치열하게 고민했다. 남이의 안전을 생각하자면 문복을 데려가는 게 낫다. 그러나 만에 하나 도성을 떠나 있는 사이 웬 괘씸한 노비놈이 남이를 채가기라도 한다면? 감히 왕자의 허락 없이 그런 몹쓸 짓을 벌일 놈이 있으랴 싶지만, 안타깝게도 몹쓸 놈은 어디에든 있는 법이다.

"하루 이틀이 아니니 가자는 것이야."

"예?"

"가자. 무조건 간다, 남아."

"하오나……."

"그 하오나 좀 그만하여라!"

남이가 주저하듯 입을 여는 순간, 송언군이 버럭 소리쳤다. 움찔 입을 다문 남이를 노려보며 송언군이 물었다.

"네가 누구더냐?"

"남이입니다."

"그래, 네가 남이지. 남이의 신분은 무엇이더냐?"

찰나 남이의 표정이 어그러졌다.

노비, 하인, 몸종, 천것.

어떤 것으로 불리든 송언군에게는 어울리지 않는다.

"노비입니다."

"그렇다면 노비는 사람이더냐, 물건이더냐?"

"물건입니다."

남이가 나직이 대답했다. 그 아래 깔린 자괴감을 송언군은 알지 못했다.

"그래, 노비는 물건이지. 그 남이라는 물건의 주인은 누구더냐?"

"청천의 왕자 송언군이십니다."

"옳지. 잘 알고 있구나. 하면 너는 누구의 것?"

남이가 고개를 떨구었다. 그녀의 눈빛이 파르르 떨렸다.

"쇤네는 나리의 것입니다."

그녀는 그의 것. 그러나 그는 그녀의 것일 수 없다. 그녀는 그의 것이되 여인으로서 그의 것인 것도 아니다. 그녀는 다만 재산, 물건. 언제든 사고팔 수 있는 비천한 노비.

주인의 행동과 명령에 그 어떤 의문도 제기할 수 없다.

"짐을 싸거라."

"예, 나리."

남이가 깊게 엎드렸다. 송언군이 나가는 소리가 들린다. 남이는 혼자 남아 처량하게 웃었다.

'나리께선 참 잔인하십니다.'

그녀의 맹랑함을 한없이 받아주는 것 같다가도 어느 순간 상냥한 얼굴로 칼날을 내뱉는다. 그의 너그러움으로 인해 자칫 잊을 수 있는 상황을 너무도 뚜렷하게 상기시켜 준다. 너는 노비, 나는 주인이라는 절대 불변의 진리를 새긴 인두로 그녀의 가슴을 지진다.

'쇤네는 노비이지요. 나리의 재산이지요. 그 어떤 것도 원할 수 없는 물건이시요.'

알고 있다. 알고 있는데 왜 이토록 서러울까.

남이는 뚝뚝 떨어지는 눈물을 망연히 느꼈다. 노비의 눈물은 똥보다도 가치가 없다. 주제 모르고 넘치는 눈물을 어쩌지 못해 소리라도 꾸역꾸역 밀어 넣었다. 가늘게 흘러나온 흐느낌이 방바닥을 적셨다.

'정녕 쇤네는 사람이 아닙니까?'

자잘한 상처가 나을 틈도 없이 덧나고 또 덧난다.

당신이 싫다.

당신을 바라는 이년이 싫다.

사랑채로 돌아온 송언군은 가만히 자리에 앉아 왼쪽 가슴에 손을 갖다 대었다. 쿵쾅거리는 심장이 이내 팡 터져 버릴 것 같았다.

"열일곱?"

그 나이가 새삼 사무치게 와 닿았다. 얼굴로 확 피가 몰리며 뜨거워졌다.

"언제 이리 자랐을까."

긴 속눈썹, 반듯한 코, 앙증맞은 입술.

모든 것이 여인의 것이었다.

아이가 자라 어른이 되는 것은 당연한데, 계집이 여인이 되는 것도 당연한데, 그 당연한 변화가 송언군은 갑작스러웠다. 그녀는 언제나 그의 남이인데 벌써 혼사를 거론할 나이가 되어버렸다는 것이 황당했다.

그의 반 토막도 되지 않던 작은 계집은 한 뼘 한 뼘 자라더니 어느덧 그의 심장을 쥐어짤 정도가 되어 버렸다.

"혼인? 대체 누구 마음대로? 팔다니? 대체 누가 누굴?"

싫다. 그녀는 그의 것이었다.

그가 그녀의 목숨을 샀다. 그 누구도 넘볼 수 없도록 제 것으로 만들었다. 아무에게도 줄 수 없다. 그 누구도 그에게 그녀를 달라고 할 수는 없다.

"나리, 쇤네를…… 파시려는 것입니까?"

울먹이던 남이의 목소리가 귓가에서 되살아났다. 송언군이 고통스러운 듯 표정을 일그러뜨렸다. 아, 어찌 그리 발칙한 생각을 했을까? 짐을 싸라는 말이 왜 그런 뜻으로 해석되었을까? 정녕 귀신이 곡할 노릇이다.

별안간 벌떡 일어난 송언군이 행랑채로 달려갔다. 그는 남이를 부르며 문을 두드렸다.

"남아! 문 열어라, 당장!"

단단히 잠겨 있던 문은 금방 열렸다.

"나리?"

빨갛게 충혈된 눈으로 저를 보다가 급히 고개를 숙이는 남이를 송언군이 멍하니 응시하였다.

놀라 커진 두 눈, 살짝 벌어진 입술, 하얗고 동그란 이마, 앙증맞은 콧방울.

어리기만 한 계집이 분명 아니었다.

"네가 그랬다."

"예?"

"내 곁에 있고 싶다 하였다."

남이는 늘 그의 것이었다. 다른 이에게 그녀를 팔거나 다른 놈을 그녀의 지아비로 짝지어줄 생각은 단 한 번도 해본 적이 없다. 그녀는 그냥 그의 것이었다.

"또한 너는 내 것이라 하였지. 그러니 너는 평생 내 것이다."

"예?"

"네 나이가 열일곱인 것은 안다. 혼인에 딱 좋은 나이라는 것도 안다. 그러나 나는 내 것을 남에게 나누어 줄 생각이 없다. 그러니 너는 행여나 내게 혼인시켜 달라 청하지 말거라. 죽어도 그런 청은 하지 말거라."

송언군의 발치를 멍하니 바라보던 남이가 열없이 웃었다. 조소 섞인 목소리가 바람에 섞여 흩어졌다.

"나리, 그 무슨 해괴한 말씀이옵니까? 노비가 혼인하여 무얼 하오리까? 노비를 낳을 뿐입니다. 쇤네는 그런 것을 바라지 않습니다."

송언군이 잠시 입을 다물고 남이를 내려다보았다. 그의 얼굴에 이내 말간 웃음이 번졌다.

"하긴, 정녕 그러하다. 네 영특하구나."

송언군은 남이의 상처를 알아챌 만큼 섬세한 사내가 아니었다. 그는 단지 남이가 제 곁을 떠나가지 않을 것에 흡족해했다.

5.
당신이 좋다, 당신이 밉다

이른 시각, 송언군은 조용히 도성을 빠져나갔다. 잔뜩 낡아빠진 의복을 입은 그는 무엇이 들었는지 모를 봇짐을 메고 있었다. 사내의 자존심이라며 그리 애지중지하던 갓도 쓰지 않았고, 상투 튼 머리를 수건으로 동였다. 모르는 사람이 보면 영락없이 보부상으로 여길 차림새였다.

"남아, 어떠냐? 잘 어울리느냐?"

"예, 나리."

남이가 대충 대꾸했다.

사실 잘 어울리지는 않았다. 험한 일이라곤 한 번도 해본 적 없는 송언군은 딱 백면서생이었다. 보부상처럼 차려입었다고 해서 보부상으로 보일 리 없었다.

"그래? 보부상 같으냐?"

"예, 나리."

그러나 남이는 딱히 그 점을 짚어주지 않았다. 나들이라도 가듯 들뜬 송언군의 기분에 초를 칠 필요는 없으니까.

"역시. 내가 변장을 좀 한다."

송언군이 유쾌하게 웃으며 북쪽을 향해 걸었다. 청천은 북쪽으로 갈수록 산세가 험해지고 기온이 낮아져 사람들이 살기에 퍽 팍팍하였다. 특히 겨울에는 그 추위가 유독 혹독하여 얼어 죽는 이들이 속출하였다. 그런 까닭에 남쪽에서 나고 자란 이들은 육지로부터 떨어진 섬에 유배되는 것보다 북평도로 유배되는 것을 더욱 두려워하기도 했다.

송언군이 갈림길 앞에서 멈춰 섰다. 품에서 지도를 꺼내 펼친 그가 신중히 미간을 접었다.

"흐음."

비교적 자유롭게 살아왔다고는 해도 대부분의 시간을 도성에서 보낸 그다. 도성 밖 지리에 익숙할 리가 없었다.

"이쪽이구나."

남이는 그가 조금 못 미더웠다.

"나리, 여쭙기 송구하오나 목적지가 어디입니까?"

"여쭙기 송구하다면 여쭙지 말 것이다."

송언군이 딱 잘라 대답했다.

"쇤네를 데려갈 것이 아니라 길을 잘 아는 이를 고용하여 동행하는 것이 낫지 않겠습니까?"

"싫다."

하여간 저 고집.

남이가 뚱하게 그의 뒤통수를 노려보았다. 송언군이 조금 미웠다. 그에게 있어 그녀의 마음은 헤아릴 필요조차 없는 것이었다. 물건에게 무슨 마음이 있을 것이며, 주인이 왜 재산 따위의 기분을 생각해 줘야 하겠는가.

그것을 알고 있지만 아무렇지도 않게 내뱉는 그의 말이 남이에겐 상처가 되었다. 왕자인 그가 제멋대로 구는 것은 당연한 일이지만, 그럼에도 때론 그가 버거웠다.

"목적지라도 알려주시지요."

"모르는 게 더 흥미진진할 텐데?"

"흥미진진한 것이 문제이옵니까?"

남이의 목소리가 저절로 앙칼져졌다. 지도를 가만히 보고 있던 송언군이 고개를 들어 남이를 쳐다보았다.

"어디라 알려주면 네가 길을 아느냐?"

"그런 것은 아니오나……."

"그럼 된 것 아니냐? 내가 청양으로 간다 하고 다른 곳으로 가도 너는 모를 것이고, 남평으로 간다 하고 다른 곳으로 가도 그 또한 너는 모를 것이다. 내가 간다고 한 곳과 다른 곳으로 가도 너는 도착하기 전에는 그것을 알 수가 없다. 그렇다면 굳이 네게 목적지를 알려줄 필요가 없는 것 아니냐."

남이가 결국 입을 다물었다.

너는 모른다. 아무것도 모른다. 질책인지 힐난인지 모를 송언군의 말이 머릿속에서 메아리쳤다.

'예, 모르옵니다. 쇤네는 아무것도 모르옵니다. 무식하고 멍청한 쇤네가 무엇을 아오리까?'

남이는 송언군을 알고 싶었다. 아무것도 모르는 노비 계집을 이토록 끼고도는 이유를 알고 싶었고, 정말로 저가 그에게 재산일 뿐인지도 알고 싶었다. 저를 아끼는 것이 물건을 아끼는 것과 같은 것인지, 아니면 다른 무엇이 더 있는지 정녕 알고 싶었다.

그런데 송언군은 아무것도 말해주지 않았다.

"가자."

"예, 나리."

지도를 잘 접어 품에 넣은 송언군이 걸음을 옮기기 시작했다. 우울을 삼킨 남이가 애써 태연한 얼굴로 송언군을 배종하였다. 그녀는 자꾸만 북쪽으로 향하는 송언군의 발걸음이 두려웠다.

송언군은 계속 북쪽으로 움직였다. 갈림길이 나오면 지도를 펼쳐 방향을 확인했고, 그 뒤에는 또다시 쉬지 않고 걸었다. 남이가 비록 노비라 해도 하루 동안 이리 많이 걸은 적은 없었다. 해질 무렵이 되자 다리가 천근만근 무거워졌다.

"오늘은 여기서 묵자꾸나."

송언군이 주막을 가리켰다.

"주모! 방 있소?"

그는 온갖 사람들과 뒤엉켜 자는 데에 별다른 거부감이 없는 것 같았다. 난감한 것은 남이였다.

"방이야 없어도 있고 그런 것이지요. 한데 저쪽은……."

주모가 남이를 쳐다보았다. 주모는 남이가 사내인지 계집인지 얼른 판단을 못하는 눈치였다. 계집이라면 사내들만 득실거리는 방에 집어넣을 수 없을 터인데, 오늘은 계집에게 내어줄 방도 없었다. 그렇다고 하루의 느지막이 찾아온 손님을 둘이나 그냥 보내기는 아까웠다.

"사내요."

주모의 난감함을 해치워주듯 송언군이 말했다. 주모가 당장 반색을 했다.

"역시 그렇지요? 이년은 또 혹시나 해서. 이쪽으로 오시지요."

"가자, 남아."

송언군이 남이의 손목을 잡아끌었다. 안색이 파리해진 남이가 그가 저를 쳐다보는 틈을 타 얼른 입을 벙긋거렸다.

'나리, 무슨 생각이십니까? 쇤네는 계집입니다!'

그러자 송언군도 입만 벙긋댔다.

'하면? 노숙이라도 할 테냐?'

'노숙을 하자는 것이 아니라…….'

고을 현령을 찾아가면 되는 일 아니냐고, 그들이 왕자마마께 설마 객방 하나둘 아니 내어주겠느냐고 남이는 묻고 싶었다.

하지만 그녀가 묻기 전 주모가 뒤돌아서서 그들을 불렀다.

"아니 묵으실 겁니까요?"

"아니오. 묵을 거요. 지금 가오."

남이는 결국 송언군에게 등 떠밀려 사내들이 득실거리는 객방에 발을 디뎠다.

객방에서 퀴퀴한 냄새가 났다. 발 고린내, 겨드랑이 암내 등 온갖 땀 냄새가 뒤엉켜 있었다. 제때 씻지 못하고 정천의 구석구석을 유랑해 다니는 보부상이 가득한 까닭이다. 코를 틀어막고 싶은 욕구를 가까스로 참는 남이의 얼굴이 형편없이 일그러졌다. 털로 반쯤 뒤덮인 배를 북북 긁는 남자를 발견한 순간 더 참지 못한 남이가 송언군의 뒤로 숨어버렸다.

"꼭 계집같이 숨는구려."

그 모습을 보고 누워 있던 사내 몇이 낄낄거렸다. 송언군의 옷자락을 붙잡은 남이의 손이 달달 떨렸다.

"서, 나리……"

"저쪽으로 가자."

송언군이 남이를 윗목 쪽으로 이끌었다. 방바닥이 미지근해 상대적으로 사람이 적었다. 본래 누워 있던 이에게 은근히 엽전 하나를 쥐어주며 옆으로 밀어낸 송언군이 제 옆자리를 툭툭 두드렸다.

남이가 머뭇머뭇 그의 옆에 앉았다. 송언군의 모습이 사내들을 막아주자 마음이 좀 진정되었다.

"그쪽도 보부상이오?"

엽전 한 닢에 자리를 조금 내어준 사내가 물었다. 영 미심쩍은 듯한 눈초리다.

"그렇소."

"어디로들 가시오?"

"북쪽으로 가오."

"북쪽?"

남자가 미간을 찌푸렸다. 고개를 절레절레 흔드는 그의 안색이 어두웠다.

"설마 북평도로 가오?"

"신경 쓰지 마시오."

송언군이 다소 날카롭게 대꾸했다. 그를 빤히 바라보던 남자가 선심 쓴다는 듯 이런저런 말을 주절거렸다.

"보아하니 이 일을 시작한 지 얼마 안 된 것 같은데 내 충고 하나만 하겠소. 북평도로 갈 거라면 다시 생각하시오. 때가 좋지 않소. 얼마 전 녹산국 놈들이 또 한 차례 휩쓸었다는구려. 노인, 아이 할 것 없이 몽땅 그놈들에게 끌려가 텅 비어버린 고을도 있다고 하오.

잡혀간 이들을 되찾아오려고 이런저런 회담이 오가고 있다고는 하는데, 돌아온들 누가 그들을 환영하겠소? 차라리 죽는 게 낫지."

송언군은 이해할 수 없다는 듯 남자를 노려보았다.

"그럴 때일수록 우리네가 더욱 물건을 유통해야 하는 것 아니오? 또한 고립된 곳일수록 큰 부를 이룰 수 있소."

"누가 그걸 모르겠소? 하나 유통도, 부도 다 우리가 살아 있어야 의미 있는 것이오. 나라에서도 못하는 걸 우리네가 무슨 수로 하겠소? 자칫했다간 개죽음만 당하오. 지금 북평도로 가는 건 용기가 아니라 만용이오."

"북평도로 가는 건 아니오만, 충고는 고맙소."

잠시 뜸을 들인 후 잘라 말한 송언군이 고개를 돌렸다. 남자도 신출내기를 상대로 하는 잔소리엔 흥이 떨어졌는지 곧 자리에 드러누워 이불을 뒤집어썼다.

남이는 걱정스러운 표정으로 송언군의 눈치를 살폈다. 남자의 말에 북평도로 아니 간다 대답하긴 했지만 송언군은 수상할 정도로 곧장 북쪽으로 향하고 있었다. 북쪽의 끝엔 북평도가 있을 뿐이다.

"저, 나리……."

"피곤하다, 남아. 우리도 잠이나 자자. 네가 벽 쪽에 누워라."

더 이상 말하고 싶지 않다는 듯 송언군이 먼저 사리에 누웠다. 그 완강한 거부의 몸짓에 남이는 하는 수 없이 뒷말을 삼켰다. 베개도 없어 제 팔을 베고 누운 남이는 한참을 뒤척이다가 겨우 잠이 들었다.

밤은 금세 깊어갔다. 천장을 바라보며 말똥말똥 눈을 뜨고 있던 송언군이 남이 쪽으로 몸을 틀었다. 남이의 윤곽이 어슴푸레 보였다. 작고 가냘팠다.

"남아."

남이를 데려오지 말았어야 했다. 문복과 함께 왔어야 했다.

"자느냐?"

그러나 두고 올 수가 없었다.

혼사? 남이의?

생각할 수도 없고 생각하기도 싫은 일이다. 그의 것이다. 남이는 언제나 그의 것이어야 했다.

"자는구나."

송언군이 슬쩍 남이 머리 아래쪽에 팔을 끼워 넣었다. 불편한 듯 몇 번 뒤척거리던 남이가 송언군의 가슴에 머리를 묻고는 이내 잠 잠해졌다. 색색 숨소리가 평온했다. 가만히 눈을 감은 송언군이 속 으로 자조했다.

'내가 나쁜 것이냐?'

그가 그녀를 샀다. 정조를 잃었다는 이유로 맞아 죽은 여인의 품 속에 안겨 울고 있던 갓난아이를 제 권속으로 만들었다. 감히 왕자 의 재산에 함부로 손을 댈 이 없을 거라 믿고 말 한마디 못하는 아 이의 인생을 빼앗았다. 그 뒤로도 노비라는 이유로 그녀의 삶을 속 박했다. 살리고 싶어 그리 하였고, 살고 싶어 그리 하였다.

그것이 나쁜가?

'모르겠다, 남아.'

송언군이 머뭇거리며 남이를 끌어안았다.

그는 남이가 두려웠다. 맹랑하게 저를 응시하는 그 눈빛이 사라 질까 두려웠고, 그녀의 두 눈에 다른 사내가 담길까 두려웠다. 언제 나 너는 내 것이라 말했지만, 기실 그녀가 제 것이 아님을 송언군의 무의식이 그 무엇보다 잘 알고 있었다.

노비, 천것, 왕자, 귀인.

'것'과 '사람'의 차이. 날 때부터 정해진 귀천. 사람들의 사고를 속박하는 고루한 이념들. 그런 것은 상관없다. 그녀의 육신은 명으로써 곁에 묶어둘 수는 있겠지만, 그녀의 마음은 무엇으로 묶어둘 수 있을까.

'너는 내 무엇이냐?'

당장 남이가 혼인할 리는 없다. 그의 허락 없이는 불가능하다. 그것을 알면서도 송언군은 남이를 데려올 수밖에 없었다. 저가 없는 사이 결코 잡을 수 없는 남이의 마음이 어디론가 달아나 버릴 것 같아 두려웠던 까닭이다.

그것이 왜 그토록 두려운지 송언군은 알 수 없었다. 알기를 거부하였다.

보부상의 하루는 일찍 시작된다. 해가 뜨기도 전에 떠날 준비를 하는 그들 때문에 객방은 금세 어수선해졌다. 소란스러운 소리에 비몽사몽 눈을 뜬 남이가 멍하니 두 눈을 끔뻑거렸다. 무언가에 육신을 속박당한 듯 답답하여 잠결에 몸을 뒤척이다가 화들짝 놀랐다. 악, 튀어나올 뻔한 비명을 가까스로 삼킨 남이가 제 어깨를 감싸 안고 있는 팔을 내려다보았다.

그녀의 팔은 아니다. 그렇다면 이것은 뉘의 팔인가?

'나, 나리?'

송언군의 잠버릇이 이따금 고약해지는 건 알고 있었다. 하지만 이 무슨 해괴한 꼴인가? 설마 밤새 이러고 있었던 것일까?

남이의 눈앞이 새까매졌다. 혼인을 할 생각도 없지만 정녕 시집은 다 갔다. 경악한 남이의 심장이 터질 듯이 격동했다.

'어, 어찌 이런 망측한……'

더 망측한 것은 송언군의 품이 싫지 않다는 것이다. 할 수만 있다면 이대로 눈을 감고 더 자고 싶었다. 어처구니없는 욕정이다. 두 눈을 질끈 감았다 뜨기를 수차례 반복한 남이가 아쉬운 마음을 뒤로하고 조심스럽게 송언군의 품에서 빠져나왔다.

"나리."

그를 흔들어 깨울 생각으로 천천히 뻗던 손을 남이가 허공에서 멈추었다. 두 눈을 굳게 닫은 채 잠들어 있는 송언군은 미동도 없었다. 남이는 무언가에 홀린 듯 그의 얼굴을 바라보았다. 새삼스레 그의 얼굴이 두 눈에 각인되었다.

무인의 상은 결코 아니었다. 기골도 장대하지 않았다. 그는 확실히 문인이었다. 시문서화를 사랑하여 의복에선 늘 묵 냄새가 났다. 신기한 일이다. 땀 냄새에 전 객방에서 묵어도 그에게선 묵향이 났다. 선이 고운 얼굴은 유약하기 짝이 없어 보인다. 여인처럼 흰 피부와 긴 속눈썹이 유독 도드라졌다.

무심코 그의 뺨에 제 손끝이 닿은 순간, 남이는 소스라치게 놀랐다. 그의 입술로 향하려는 손끝을 가까스로 추스른 남이가 그의 어깨를 흔들었다.

"나리, 일어나십시오. 해가 중천입니다."

"으음……"

일어나기 싫다는 듯 그가 인상을 쓰며 이불을 뒤집어썼다. 남이가 가차 없이 그에게서 이불을 확 빼앗아 버렸다.

"일어나세요, 나리."

게슴츠레 눈을 뜬 송언군이 원망스럽다는 듯이 남이를 노려보았다.

"매정하다."

"무엇이요?"

"어찌 그리 내 이불을 가차 없이 빼앗아가느냐? 얼어 죽으라는 게야? 매정해."

"이 정도로는 얼어 죽지 않습니다. 어디로 가시든지 어서 출발하셔야지요, 나리."

"쳇."

마지못해 일어나는 송언군의 눈은 여전히 반쯤 감겨 있었다. 피식 웃으며 먼저 짐을 챙기는 남이를 향해 송언군이 불퉁하게 중얼거렸다.

"남이 너는 아침잠도 없느냐?"

"몸종에게 아침잠이 어디 있습니까?"

"없느냐?"

"없습니다."

"없단 말이야?"

"예, 나리."

남이의 단호한 대꾸에 송언군이 마침내 입을 다물었다. 그는 큰 마음 먹었다는 듯 단호한 표정을 하더니 이내 벌떡 일어났다. 또 쓰러져 자고 싶어질까 봐 봇짐까지 착실히 멘 송언군이 먼저 객방을 빠져나갔다.

"세수를 안 했더니 잠이 아니 깬다."

비틀거리며 마루에 선 송언군이 중얼거렸다.

"주모에게 물이라도 한 바가지 달라고 하오리까?"

"되었다. 근처에 개울이 하나 있는 깃 같으니 게 가서 씻으면 될 것이다."

눈을 비비며 송언군이 앞장섰다. 주모가 내어온 아침밥을 먹는 동안에도 꾸벅꾸벅 졸던 그는 개울에서 찬물로 얼굴을 씻은 뒤에야 조금 정신을 차렸다.

"이제야 좀 정신이 든다."

바람이 불자 얼굴이 시원해졌다. 송언군이 상쾌하다는 듯 웃었다.

"가자."

송언군은 역시나 북쪽으로 움직였다. 남이는 그가 북평도로 향하는 것 같다는 생각을 떨칠 수 없게 되었다. 결국 남이가 머뭇거리며 물었다.

"나리, 정녕 북평도로 아니 가는 것이지요?"

남이는 일곱 살 무렵까지 그곳에서 관노의 신분으로 살았다. 오랑캐 자식이라는 손가락질은 늘 그녀를 따라다녔지만, 그녀의 진짜 주인은 송언군이었기에 아주 험한 일을 당하지 않을 수 있었다. 그래도 좋은 기억은 없는 곳이다.

그리고 그곳은 송언군에게도 아마 좋게 기억되는 곳은 아닐 것이다.

"쇤네가 일자무식이긴 하오나 북평도가 나리께 좋은 곳이 아니라는 것 정도는 알고 있습니다. 정말 그곳으로 가는 것이 아니시지요?"

"일자무식이라니? 내가 너에게 천자문을 가르쳐 준 것을 아직도 생생히 기억하거늘, 설마 다 잊어버린 것이냐?"

송언군이 이상한 곳에서 발끈했다.

"예? 나리, 쇤네 말은 그것이 아니오라……."

"오! 남아, 저거 보아라! 까마귀다, 까마귀!"

송언군이 이번에는 느닷없이 하늘을 가리키며 호들갑을 떨었다. 과연 그의 말대로 까마귀 두어 마리가 천공을 가로지르고 있었다. 남이가 입술을 꾹 깨물었다. 갑자기 화제를 돌리는 것은 그녀의 물음에 답하고 싶지 않다는 완강한 거부였다.

'북평도로 가시는 것입니까?'

송언군은 그녀에게 단 한 번도 북평도로 아니 간다고 말하지 않았다. 정말로 북평도로 아니 간다면 아니 간다고 말하지 않을 이유가 없다. 남이는 비로소 확신하였다. 송언군은 북평도로 향하고 있었다.

북평도.

청천의 북쪽 땅끝.

죄인들의 유배지.

그곳에서 송언군의 생모는 사사되었다. 그 가슴 아픈 곳으로 가는 까닭을 알 수 없었다. 누군가의 명을 받은 것이라면 그 누군가가 왜 굳이 송언군을 그곳으로 보내는지도 알 수 없었다.

✻

며칠이 흘렀다. 아침에 일어나 해가 서녘 무렵까지 쉬지 않고 걸은 탓에 남이의 발은 이미 만신창이였다.

이제 큰 고개 하나만 넘으면 북평도다. 말이 좋아 고개지, 넘어가는 데만 꼬박 이틀이 걸리는 산이다.

"저곳이 고개를 넘기 전에 있는 마지막 주막일 게야."

도성을 떠난다며 생기 넘치던 모습은 온데간데없이 송언군은 무척이나 초췌해 보였다. 그는 왜인지 한숨도 못 잔 듯한 얼굴이다.

"나리, 괜찮으신지요?"

"안 괜찮을 이유는 또 무엇일까? 하하."

여유로운 척하는 그의 웃음소리가 공허했다.

"그래, 아니 괜찮다."

게슴츠레해지는 남이의 눈빛에 송언군이 마지못해 실토했다. 그가 주절주절 변명을 덧붙였다.

"잠자리가 바뀌어서 그런 것인지 며칠째 잠을 설치고만 있다."

"의원이라도 만났다 가시는 게 어떠하오리까?"

"의원은 싫다."

송언군이 딱 잘라 거절했다.

"하오나……."

"또, 또 하오나! 그 하오나 좀 그만하여라. 가뜩이나 피곤한데 피곤함이 두 배가 되는 기분이 든단 말이다."

송언군이 귀를 틀어막았다.

"나리."

"안 들린다. 아무것도 아니 들린다."

송언군은 사실 두 가지 거짓말을 했다.

하나는 잠자리가 바뀌어 잠이 잘 안 온다는 것이고, 둘은 잠을 설치고 있다는 것이다. 사실 그는 잠자리에 무척 무딘 편이다. 잠이 오지 않는 것은 품 안의 남이 때문이다. 게다가 설치는 정도가 아니라 왜인지 불안해서 밤을 지새우기 부지기수였다.

하루 이틀은 견딜 만했다. 그러나 사흘째부터는 거의 미칠 노릇이었다. 먼 어느 나라에는 잠을 안 재워 죽이는 형벌이 있다던데 그게 참인 모양이다. 정말 자지 못하면 죽을 수도 있을 것 같다. 재우지 않는 형벌보다 잔인한 형벌은 이 세상에 없을 것이다.

해결책은 간단하다. 남이와 떨어져 자면 된다.

그러나 안타깝게도 남자만 득실거리는 객방에서 남이와 떨어질 수는 없었다. 그렇다고 남이를 길 위에 재울 수도 없었다. 북평도로 통하는 산을 넘기 위해 하룻밤 야숙을 하는 건 어쩔 수 없겠지만, 그 어쩔 수 없는 경우를 제외하고는 적어도 방처럼 생긴 곳에 그녀를 재우고 싶었다. 그것은 위험한 곳에 남이를 데려가고 있는 송언군 나름의 고집이었다.

한참이나 귀를 틀어막고 있던 송언군이 남이의 눈치를 살피며 귀에서 손을 떼었다.

"가서 무어라도 먹고 쉴까?"

"예, 나리. 그리하시지요."

남이가 의원타령을 하지 않자 송언군은 크게 안도했다. 지금과 같은 몸 상태로 의원을 만났다가는 며칠 내내 잠 한숨 자지 못한 것을 꼼짝없이 들킬 것이다. 그럼 남이가 걱정할 테니 썩 바라는 결과가 아니다.

송언군과 남이가 마침내 마지막 주막에 들어섰다.

주막은 여태 묵어온 곳들과 달리 조금 한산했다. 녹산국 놈들이 또 한바탕 휩쓸고 갔다는 흉흉한 소문이 과연 거짓은 아닌 모양이다.

포로로 끌려가면 잘해야 노비이고, 어찌어찌 데려오면 환향인이라고 손가락질받는다. 북평도에서 태어난 것이 잘못은 아닐진대 그들의 삶은 너무도 고달팠다. 송언군은 그들이 가여웠다.

마지막 주막이었다. 북평도와 통하는 곳인 만큼 질 나빠 보이는 이들도 많았다.

송언군과 남이의 객방 위치는 언제나 그랬듯 윗목 구석이었다. 윗목은 아궁이와 멀어서 방바닥이 크게 따뜻하지 않았다. 덕분에 조금 늦게 도착해도 비어 있는 경우가 대부분이었다.

송언군의 체력은 이미 바닥이었고, 제대로 자지 못한 까닭에 신경은 곤두서 있었다. 객방에 삼삼오오 모여 있는 나그네들이 남이를 힐끔거리는 게 가히 불쾌하였다. 송언군은 사나운 눈으로 그들을 노려보며 남이를 제 등 뒤에 숨겼다. 사내들이 낄낄 조소를 터뜨렸다.

"무얼 그리 숨기시오? 누가 보면 계집이라도 되는지 알겠소."

"계집이라니? 무슨 헛소리를 지껄이는 것이오?"

송언군이 날카롭게 응수했다.

"젊은이가 참 무섭구먼. 어찌 말이라도 붙여보겠소? 아니들 그러오?"

"그러게 말이오. 거참, 운수가 사나우려니."

그들을 지나친 송언군은 남이를 벽에 딱 붙여 앉히고는 자신도 그녀의 옆에 자리를 폈다.

"나리, 괜찮으십니까?"

"괜찮다."

남이의 걱정스러운 물음에 무뚝뚝하게 대꾸한 송언군이 두 눈을 느리게 끔뻑거렸다. 어마어마하게 잠이 쏟아졌다.

'아직은 자면 아니 되는데…….'

송언군이 두 눈을 부릅떴다.

아무리 남이를 남자처럼 꾸며서 데리고 다닌다고 해도 모두가 눈치채지 못할 리는 없었다. 저가 잠든 사이 웬 불한당 놈이 남이의 손끝이라도 건드릴까 송언군은 억지로 잠을 몰아냈다.

"나리?"

"괜찮다."

무엇이 괜찮은지도 모른 채 송언군이 괜찮다고 중얼거렸다.

어쩌자고 남이를 데려왔을까. 역시 문복을 데려와야 했다. 그랬다면 적어도 잠은 편히 잘 수 있었을 텐데. 송언군은 며칠 전의 자신을 저주했다. 그러나 이미 돌이킬 수 없었다.

꾸벅꾸벅 졸던 송언군의 정신이 힘없이 허물어졌다.

'남아······.'

끔뻑끔뻑 느리게 깜빡이던 송언군의 눈꺼풀이 무겁게 감겼다.

아, 잠이란 얼마나 강대한가. 결국 잠과의 싸움에서 장렬히 패배한 송언군은 빠른 속도로 잠에 빠져들었다.

남이는 한참이나 잠든 송언군을 말끄러미 바라보았다. 완전히 잠에 빠진 그는 평온해 보였다.

그가 좋았다. 심술궂지만 다정했다. 왕자답게 오만했으나 동시에 자비로웠다. 노비 계집이 배울 수 없는 것들을 가르쳐 줬다. 말갛게 웃는 그가 남이는 좋았다. 어리석은 마음이다. 그의 말대로 그녀는 노비다. 노비는 물건이며 재산이다. 깊이 품은 마음은 정녕 하잘것없다.

그러나 어이할까.

다리가 퉁퉁 붓도록 걷고 또 걸어도, 땀 냄새에 전 객방에서 새우잠을 자도, 사내인 척하느라 간이 쪼그라들어도 그래도 남이는 송언군의 곁에 있어서 좋았다.

'나리, 쇤네를 어이하오리까?'

무심코 그의 얼굴을 향해 손을 뻗던 남이가 무뜩 굳었다. 정수리에 닿는 느낌이 심상치 않았다. 주변의 눈초리가 왜인지 따가웠다.

고개를 들고 싶지 않았다. 주변을 살피고 싶지 않았다. 세상에서 가장 무서운 것과 마주하게 될 것만 같았다.

"계집이잖아?"

순간 피가 얼어붙는 기분이 들었다. 가까스로 고개를 든 남이는 희번덕거리는 눈동자를 보았다.

"누, 누가 말입니까?"

"너 말이다."

입술을 길게 찢은 사내가 야차처럼 웃었다.

"쇤네는 사내입니다."

남이가 반사적으로 거짓말을 했다.

"사내라고?"

사내가 조소했다. 그는 지극히 위험해 보였다. 북평도의 냄새가 났다. 야만적이고 흉포하다.

남이는 송언군을 깨워야겠다고 생각했다. 그녀의 떨리는 손이 송언군을 향했다.

사내는 남이가 송언군을 깨우는 것을 두고 보지 않았다. 남이에게 달려든 사내가 남이의 손을 확 낚아챘다.

"이게 사내놈 손목인가?"

"그러게. 딱 계집년이구먼."

사내의 동료가 합세했다. 두 남자가 낄낄거리는 것을 남이는 겁에 질려 쳐다보았다. 그녀의 불안한 시선이 애타게 송언군을 향했다. 객방의 손님들은 일이 어떻게 흘러가나 구경만 할 뿐 남이를 도와줄 생각은 없어 보였다.

"나, 나……."

남이는 그 상황이 끔찍했다. 송언군을 부르고 싶었다. 입이 떨어지지 않는다. 더럽혀지는 것 같다. 사내의 거친 손아귀에 잡혀 있는 손목을 잘라내고 싶다. 무슨 자격으로 만지는가? 대체 무슨 자격이 있어 희롱하는 것인가!

"놓으시오! 놓으란 말이오!"

"목소리 한번 앙칼지구면. 무슨 생각으로 사내들이 득실거리는 객방에 들어왔을까? 다 그렇고 그런 이유 아니겠소? 다들 그리 생각하지 않으시오?"

사내와 그의 동료가 낄낄거렸다. 손목을 빼내기 위해 애쓰며 남이가 그들을 노려보았다. 그녀는 왈칵 울고 싶었다.

이런 꼴을 당하려고 송언군과 함께 왔나? 고작 이런 수모나 당하려고 태어났나? 어미는 녹산의 오랑캐에게 유린당하고, 그 딸년은 북평의 무뢰배에게 희롱당한다. 계집이라서, 다만 계집이란 이유로 이토록 세상은 부당하다.

"더러운 손 놓으란 말이오! 나리! 나리!"

"무어? 더러워? 이년이 뚫린 입이라고 못하는 말이 없군. 큭!"

사내가 별안간 신음을 토했다. 있는 힘껏 사내의 손등을 깨문 남이가 그와 동시에 패대기쳐졌다.

"이게 미쳤나? 누굴 개처럼 물어! 계집 따위가!"

계집 따위.

그래, 계집 따위.

그냥 계집보다도 비천한 노비 계집.

짓밟히는 것이 보통인 삶. 길가에 핀 들꽃보다 비천한 목숨…….

남이는 이 나라가 지긋지긋했다. 저에게 준 것도 없이 빼앗아가기만 하는 청천이 미웠다. 날 때부터 정해진 귀천. 노비에겐 마음이 없어야 한다. 그러나 사람으로 태어났는데 어찌 마음이 없을까? 존중받지 못하고 밟히기만 한 마음이 산산조각 났다. 객방의 그 누구도 그녀를 존귀하게 대해주지 않는다. 짓밟히고 패대기쳐진 그녀를 연민하는 목소리조차 없다. 누군가는 숨죽여 웃었고, 누군가는 흥미로운 눈동자를 굴리며 상황을 관망했다. 그 무심함에 소름 끼쳤다.

"나리! 나리! 악!"

송언군. 그녀의 주인은 이 상황에서도 잘도 잔다. 어지간히 피곤했던 모양이다. 남이는 울음을 삼키며 그를 불렀다. 사내의 무자비한 발길질 아래 몸을 웅크리고서 그가 깨기를 간절히 바랐다.

'나리…… 왜, 왜 쉰네가 이런 꼴을 당해야 합니까? 나리의 몸종이라서? 청천에서 태어나서? 아님 계집이라서? 그게 무슨 죄라고. 그게 도대체 무슨 죄라고! 끔찍합니다. 이 세상이 끔찍합니다. 이런 세상, 살아서 무어 합니까?

청천은 그랬다. 계집이라서, 노비라서 참으로 쉽게 꺾였다. 사내는 계집의 위에 있고, 양민과 양반은 노비의 위에 있다. 다 같이 한 목숨을 가지고 태어난 사람일진대 그 목숨의 무게는 천차만별이었다. 다름이 포용되지 않고, 차별이 당연시되는 세상. 그곳이 청천이었다. 이 나라였다.

"나리!"

그래도 살아가는 건 송언군 때문이다. 그는 단 한 번도 그녀를 무자비하게 대한 적이 없다. 이따금 노비는 물건일 뿐이라며 그녀를 상처내긴 해도 그는 결코 그녀를 함부로 대하지는 않았다.

따스한 눈빛, 다정한 말투, 상냥한 손길…… 그는 온기였다. 이 세상이 결코 차갑고 매정한 것만은 아니라는 것을 남이는 송언군이 있어서 알 수 있었다.

어느 순간, 사내의 발길질이 멈췄다. 대신 우당탕 소리가 들렸다.

"뭐, 뭐요! 무슨 짓이오?"

흐트러진 옷깃을 꽉 붙잡고 몸을 일으킨 남이는 송언군을 보았다. 눈이 젖은 까닭인지 그의 모습이 흐릿했다.

"나리……."

그제야 긴장이 풀린 듯 눈물이 후드득 떨어졌다.

송언군은 무시무시했다. 사내 둘을 단숨에 제압한 그는 무자비하게 그들을 걷어찼다. 그가 청천 최고의 학자와 무인에게 교육받은 청천의 왕자라는 것을 남이는 새삼 깨달았다. 호위도 없이 이리저리 잘도 돌아다니던 것은 결코 만용이 아니었다.

"컥! 그, 그만…… 커헉!"

"누구의 것을 탐내느냐? 그 천박한 손을 감히 어디서 함부로 놀린단 말이냐?"

"그만하시오. 제발…… 컥!"

"마음 같아서는 너희 두 놈을 갈기갈기 찢어 죽이고 싶구나. 그러지 않음은 지금은 그보다 더 중한 임무가 있는 까닭이다. 그러나 그 일이 끝나면 내 결단코 지옥 끝까지라도 찾아가 너희의 심장을 뜯어낼 것이다."

옥음은 싸늘하여 소름 끼쳤다. 사내들의 허리춤에 달려 있는 호패를 차례대로 뜯어낸 송언군이 고개를 돌려 남이를 응시했다. 얼음장 같은 왕자의 옥안을 마주하며 남이가 어깨를 움츠렸다.

"일어나라, 남아. 이 추잡한 곳에 더는 있고 싶지 않다."

봇짐을 들어 올린 송언군이 곧장 남이에게 다가와 그녀의 손목을 꽉 움켜쥐었다. 그에게 붙잡혀 끌려가던 남이는 몇 번이고 넘어졌다. 이미 멀어져 주막이 보이지 않는데도 송언군은 멈추지 않았다.

남이는 울음을 꾹 참으며 겨우 그를 따라갔다. 손목이 아팠고, 넘어져 까진 무릎이 쓰라렸다. 사내들에게 맞은 곳도 자꾸만 욱신거리는데 송언군은 괜찮으냐는 걱정도 없이 걷기만 하니 더럭 서러워졌다.

기어이 한 번 더 엎어진 남이가 왈칵 소리쳤다.

"나리! 그만 멈춰주십시오! 아니면 쇤네 손이라도 놓아주시든지요!"

송언군이 그제야 멈추었다. 남이의 손목을 놓아주며 천천히 고개를 돌린 송언군은 어떤 표정을 해야 할지 모르는 얼굴이다.

"남아, 괜찮으냐?"

그가 뒤늦게 물었다. 원망스럽게 그를 쏘아보던 남이가 입술을 꾹 깨물었다. 그녀의 입술이 파르르 떨렸다. 화나고 분하고 억울하고 서러운 온갖 감정이 뒤엉켰다. 손바닥으로 눈물을 쓱 문댄 남이가 제 손목을 쳐다보았다.

놈들의 손이 닿았었다. 벌레가 기어가듯 더러운 감촉만 남았다.

여정 내내 피로해 보이던 송언군은 완전히 곯아떨어져서 한참 뒤에 깨어났다. 그것이 그의 잘못이 아니라는 것은 안다. 피곤하면 깊이 잠들 수 있고, 주변에서 무슨 일이 일어나는지 모를 수도 있다.

그런데도 남이는 화가 났다. 송언군이 아닌 다른 자들이 제 몸에 손을 댔다는 게 끔찍했다. 아무리 발버둥 쳐도 그들의 손아귀에서 벗어날 수 없었다. 그들에게 희롱당하는 징면을 송언군에게 들켰다. 한순간 수치심과 모멸감이 치올랐다.

"이런 꼴을…… 이런 꼴을 보시려고 쇤네를 데려오셨습니까? 그러게 쇤네가 무어라고 하였습니까? 쇤네보다 문복 아재를 데려가는 것이 낫다고 도대체 몇 번을…… 흐윽…… 몇 번을 정녕……."

"남이야."

"언제고 일어날 일이었습니다! 그런 나라 아니옵니까? 노비 계집은 누구나 마음대로 할 수 있는 세상이 아니옵니까? 싫다고, 쇤네는 아니 간다고, 궁가나 지키고 있겠다고 그리 말씀드렸는데……."

"너는 내 것이다. 누가 너를 마음대로 할 수 있다고 그러하느냐? 내가 그것을 그냥 보고 있겠느냐?"

남이가 고개를 들어 그를 쏘아보았다. 눈물이 멈추질 않았다. 같은 사내의 손인데 놈들의 손길은 정녕 끔찍했다. 어쩔 줄 모르겠다는 듯 조심스럽게 다가오는 송언군의 손과 너무도 달라서 무서웠다. 무섭고 무서워서 차라리 사라지고 싶었다.

"밉습니다! 나리가 밉단 말입니다! 어디로 간다 말씀도 아니 해 주시고, 무조건 끌고 다니기만 하시고, 다리가 아파 아프다고 하면 엄살이 심하다고 타박만 하시고, 혹 나리 몸이 상하실까 조금 쉬엄쉬엄 가시라 하면 어디서 게으름 피우려는 것이냐고 구박이나 하시고! 쇤네가 노비라고 그리 막 대해도 되는 섯입니끼?"

내내 쌓아둔 서러움이 폭발했다.

"그런 거 아니다. 알지 않으냐?"

"모릅니다! 멍청한 쇤네가 무얼 알겠습니까? 그저 끔찍하고, 더럽고, 소름 끼치고, 싫고, 싫어서 계속 불렀는데 나리계선……."

"내가 잘못했다. 미안하다, 남아. 응?"

"왜 쇤네가 이런 꼴을 당해야 합니까? 진저리납니다. 더럽습니다. 놈들이 닿은 곳이 벌레가 기어가듯 끔찍합니다. 싫고, 정녕 싫어서…….."

"남아."

흐트러진 옷고름을 꽉 붙잡고 있는 남이의 작은 손이 바들바들 떨렸다. 시선조차 마주해 주지 않는 그녀를 어찌해야 하는지 송언군은 알 수 없었다.

"앞으로 천천히 가마. 네가 쉬자고 하면 무조건 쉬마. 그러니 얼굴 좀 보여줘 보아. 응?"

"싫습니다. 정녕 왜 쇤네가 이런 꼴을 당해야 합니까? 계집이라서 그렇습니까? 노비라서 그렇습니까? 청천의 사내들은 하나같이 발정 난 짐승인 것입니까? 정녕 끔찍합니다! 사내들이 다 끔찍합니다! 노비는 물건이라서 막 짓밟고 부수어도 되는 것입니까? 천것이면 늘 그리 당해야 합니까? 억울합니다! 분합니다! 끔찍해서 죽고만 싶습니다! 뿌리치고 싶었는데…… 도망가고 싶었는데……. 그럴 힘도 없다는 게 너무나도 수치스러워서…….."

"남아."

한숨처럼 송언군이 그녀를 불렀다. 그의 손이 남이의 뺨을 감쌌다. 남이는 반항했지만 이내 그의 손이 움직이는 대로 고개를 움직였다. 원망과 수치심이 가득 담긴 그녀의 시선이 송언군에게 닿았다. 그녀보다 더 괴로운 표정을 짓고 있는 왕자가 보였다.

"그리도 끔찍했느냐?"

"예. 나리께서 조금만 더 늦게 깨어나셨어도 확 혀 깨물고 죽어 버렸을 것입니다."

"그러지 말거라. 네겐 죄가 없다. 죽어야 한다면 죄를 지은 놈들이 죽어야지."

"죄를 지은 사내는 잘 먹고 잘살고, 죄 없는 계집들이 죽어나는 곳이 청천 아닙니까?"

남이가 되바라지게 따졌다. 송언군이 열없이 웃었다. 부정도 긍정도 아닌 그 웃음이 쓸쓸했다.

"놈들이 어디어디 만졌느냐?"

"그것을 쇤네 입으로 말해야 합니까? 쇤네가 노비라 해도 수치는 압니다."

"입술이 터졌다. 아프지 않으냐?"

송언군의 손끝이 남이의 입술에 닿았다. 쓰린 듯 남이가 표정을 찡그렸다. 그의 손길은 부드럽고 정중했다. 더러움이 씻기는 듯했다. 그의 손길이 좋았다. 그것이 비참해서 남이는 입술을 꾹 깨물었다.

"뺨이 부었다. 아프지 않으냐?"

"……."

"남아."

남이는 고집스레 입을 다물었다. 그녀의 상처를 하나하나 섬세하게 어루만져 주는 송언군은 울음을 터뜨릴 것 같은 표정이다. 그의 손끝이 닿는 곳마다 화끈거렸다. 따스하고 상냥하다. 그래서 더 무서운 다정(多情)이었다.

난폭한 사내들의 손아귀에 상처받은 마음이 아물어갔다. 오물이 씻기고 청아함이 남는다.

"나도 끔찍하더냐?"

송언군이 불쑥 물었다.

"예?"

"사내란 다 싫다고, 끔찍하다고 하지 않았느냐."

걱정 가득한 그의 눈빛에 남이가 살짝 입술을 벌렸다. 그녀는 돌연 깨달았다. 싫고 끔찍한 사내에 송언군은 결코 포함될 수 없었다. 또한 청천이 싫다고, 이 세상이 진저리 난다고 바락바락 악을 써도 송언군이 있는 한 이곳은 남이에게 최고의 장소였다.

그녀는 그런 제 마음이 서글퍼 힘없이 웃었다.

송언군은 이 세상의 모든 것보다 소중하다. 그는 이미 남이에게 있어 만물의 모든 의미를 뛰어넘고 있었다.

"나리는……."

숨죽이고 이어질 말을 기다리는 송언군의 손에 남이는 뺨을 묻었다. 따뜻하고 부드럽다.

"아니 끔찍합니다. 쇤네가 어찌 나리를 끔찍하다 여기겠습니까?"

"나도 사내인데?"

"나리는 쇤네의 주인입니다."

남이가 체념처럼 웃었다. 그녀는 제 마음이 막막하였다. 잡힐 수 없는 송언군의 마음보다 제 것임에도 제 의지를 일찍이 벗어난 마음이 더 두려웠다. 세상 그 무엇보다 강하게 송언군을 원하는 이 마음이 용납되지 않을 것을 알아서 무서웠다.

"그렇구나."

기묘하게 일그러진 웃음을 지은 송언군이 남이의 이마에 제 것을 맞댔다.

"나리?"

"남아, 미안하다. 아니 자려고 하였는데 그만 잠들어 버렸다. 그와 같은 사달이 언제든 일어날 수 있음을 알고 있었다. 네 말대로 청천은 그런 나라이지 않으냐? 문복이를 데려오는 게 옳았는데도 고집을 부려 너를 데려와 놓고서 한심하게 방심하였다. 결국 너를 상처 입혔으니 이를 어찌 용서받을까?"

남이는 송언군의 마음을 모른다. 그가 그녀의 마음을 모르듯이.

"이상합니다, 나리. 종년에게 용서받고 말고 할 것이 있습니까?"

주인은 노비에게 잘못할 수가 없다. 왕자는 몸종에게 사과할 것도 없다. 사과를 하고 용서를 구하는 그의 마음을 남이는 알 수가 없었다.

"그러게 말이다. 이상한 일이다."

송언군이 가만히 그녀를 끌어안았다. 놀란 남이가 살짝 버둥거렸다.

"나, 나리?"

"남아, 나는 누가 내 것에 손대는 것이 싫다. 내 것을 상처 입히는 것도 싫다. 내 것을 탐내는 이도 싫다. 너는 오로지 내 것인데, 왜 자꾸 이런 일이 생기는 것인지 알 수가 없다."

"나리……."

"네 말이 옳다. 청천은 그런 나라다. 쉽게 상처 입히고 짓밟지. 그것이 나 역시 싫다. 그러나 내 형님의 나라다. 조금만 기다려 다오. 변할 것이다. 바뀔 것이다. 달라질 것이다. 그럴 수밖에 없다. 약조받았다."

버둥거림을 멈춘 남이가 입을 다물었다. 그의 가슴에서 느껴지는 박동 소리가 귓가에 닿았다. 불안할 정도로 빠르게 뛰는 그 소리를 계속 듣고 싶었다. 정인에게 안기듯 그의 품에 안겨 노비가 아닌 여인이 되어 줄곧 함께하고 싶었다.

말도 안 되는 바람이란 것을 안다.

그는 왕자, 그녀는 몸종.

타고난 차이가 드높았다. 신분의 벽은 쉬이 넘어지는 것이 아니다.

"나리, 쇤네가……."

그는 다정하다. 짓궂고 오만하지만 분명 상냥하다. 그가 왕자라는 태생적 권위를 내세워 사람을 짓누르는 모습을 남이는 본 적이 없다. 노비라는 이유로 그녀를 때리거나 못살게 한 적도 없다. 남이는 그 다정에 취해 그를 마음에 품었다.

영원히는 아니라도 괜찮다. 찰나라도 그에게 안기고 싶었다.

양반 댁 여종이 그 주인의 천첩이 된 경우도 드물게는 있었다. 눈총은 따갑더라도 그 주인을 지아비로 섬기며 행복할 수 있었다. 그 불완전한 관계라도 기대하면 안 되는 것일까?

"쇤네가 나리께 계집일 수도 있습니까?"

송언군의 품에서 벗어난 남이가 두 눈을 질끈 감고 물었다. 심장이 터질 듯 쿵쾅거렸다.

참으로 발칙한 물음이다. 남이 스스로도 기가 막힐 정도이다. 그러나 이미 튀어나온 말이고, 어쩌면 그가 저에게 계집으로서 특별히 여기고 있다는 말을 해줄지도 모른다는 일말의 기대감이 들었다.

분명 헛된 바람일 터였다. 만약 송언군이 그녀를 특별히 여기고 있다고 해도 그것은 노비치고 특별하다는 것이고, 여인으로 특별하다기보다는 누이로서 특별한 것에 가까울 터였다.

그래도 그의 따뜻함, 친절함.

거리낌 없이 내밀어주는 크고 다정한 손…….

그를 잃고 싶지 않았다. 그의 곁에 있고 싶다.

"……."

송언군은 답이 없었다. 길어지는 침묵에 남이가 두 눈을 떴다. 미간을 잔뜩 모은 송언군이 그녀를 바라보고 있다.

"나리."

그가 한 발짝 뒤로 물러나며 어색하게 웃었다. 비로소 열린 그의 입술에서 흘러나오는 목소리가 꼭 천리만리에서 들려오듯 아득했다.

"무슨 소릴 하는 게야? 너는 내 '것' 이지, 계집이라니? 당치 않다. 그놈들처럼 너를 덮치려는 일은 결코 없을 것이야. 나를 믿어라, 남아."

남이의 표정이 차츰 굳었다. 찬물을 뒤집어쓴 듯 머리가 맑아졌다.

너는 내 '것' 이다. 따라서 결코 계집일 수 없다…….

예상한 대답인데 왜인지 그가 미워진다. 아무것도 바라선 안 되는 천한 노비. 그런데 자꾸만 무언가를 원해서 상처받는다.

남이는 자신의 하찮음이 진절머리 나게 싫었다. 제 주제넘음이 역겨울 만치 끔찍했다.

"예, 나리."

그녀가 가까스로 대답했다.

❆

가장 좋은 나라는 왕이 있는지도 모르는 나라다. 왕이 앞으로 나서지 않아도 천하가 태평하고 만인이 행복하며 문물이 융성한 시대. 언젠가는 그런 청천이 될 것이라고 왕은 믿고 있었지만, 안타깝게도 그 언젠가가 지금은 아니라는 것을 알고 있다.

왕은 늘 현명하고 이성적인 왕이라도 되고자 했지만, 안타깝게도 그도 완벽하진 않았다. 사람인 까닭이다.

"누구를 데려갔다고?"

술잔을 기울이며 왕이 무심히 물었다. 용안을 물끄러미 응시하고 있던 매월향이 나긋이 답하였다.

"남이를 데려갔나이다."

"그 몸종 말이냐?"

"예, 전하."

왕이 술을 마셨다. 매실주였다. 매실 향이 났다.

"네가 고생이 많다."

"아니옵니다. 다 소첩이 좋아서 하는 일이옵니다."

왕은 그 말을 믿지 않는다.

"정녕?"

"예?"

"정녕 좋아서 하는 일이냐?"

매월향이 입을 다물었다. 왕은 그녀를 가만히 응시하였다. 왕은 그녀가 송언군과 닮았음을 알 수 있었다. 자세히 뜯어보지 않으면 결코 알 수 없을 것이나 닮았다고 가정하고 살펴보면 참으로 닮은 표정이다.

반듯한 신념이 담긴 눈빛이 왕은 때론 싫었다. 미움도 원망도 없는 그 눈빛이 이따금 버거웠다. 절대적 신뢰를 담아 보내는 그녀의 눈빛은 송언군의 것과 참 많이 닮았다.

'너희는 참으로 이상하지. 너희를 가장 상처 낸 이는 나일진대 어찌 내가 너희를 결코 버리지 않을 것이라고 그리 맹목적으로 믿을 수 있는 것일까?'

왕이 세자이던 시절, 한 나인이 있었다. 민 숙의의 나인이었다. 세자는 영민한 나인을 아꼈다. 그것이 어떤 일을 불러올지 그때의 세자는 알지 못했다. 왕의 총애가 천한 민 숙의에게 향한 때에 세자의 마음이 민 숙의의 나인에게 기울었다. 왕실은 그 상황을 좌시할 수 없었다.

민 숙의를 쫓아낸 표면적 이유는 그녀의 축출이었다. 그러나 그것만은 아니었다. 왕실은 민 숙의와 함께 세자의 현안을 흐리는 나인 하나를 쫓아내기를 원했다. 그것을 알기에 왕은 늘 자책하였다.

"이만 가봐야겠구나."

왕이 일어났다. 뒤 한 번 돌아보지 않고 가버리는 그를 매월향이 젖은 눈으로 응시하였다. 애써 웃던 그녀가 잔에 술을 채우며 처연히 중얼거렸다.

"정녕 좋아서 하는 일이냐고 물으셨습니까? 아니요. 좋아서 하는 일만은 아니옵니다. 하루에도 몇 번씩 자괴하옵니다. 절망하옵니다. 원망하옵니다. 이 미련한 마음…… 끊어내지 못해 너무도 괴롭나이다. 하오나 어찌하오리까? 소첩이 어찌하오리까? 뵙지도 못하면 소첩은 살 수가 없나이다."

송언군을 돕는다는 미명 아래 매월향은 연락책을 자처하였다. 온갖 소문을 물어다 주며 송언군의 망상을 부추겼다. 왕은 이따금 들러 송언군과 그의 비행에 대해 물었다. 남자가 수도 없이 드나드는 기루. 미복을 차려입은 왕이 잠깐씩 들렀다 가기에 그보다 좋은 곳은 없었다.

그 찰나의 만남을 위해 매월향은 살고 있었다.

그녀는 남이가 부러웠다. 송언군이 부러웠다. 그들은 왕의 절대적 보호를 받을 것이다. 하지만 왕은? 왕은 누가 보호해 줄까. 방황

하는 왕의 뒤는 누가 지켜주며, 흐르지 못한 눈물은 누가 닦아줄까.

매월향은 왕을 연모하였다. 여릴 수 없고 나약할 수 없는 청천의 왕을 깊이 연민하였다. 언제나 바른길을 걸어야 하기에 고독할 수밖에 없는 그가 애틋하였다.

6.
땅끝의 고을 북평도

간밤 야숙을 하였다. 송언군은 자지 않았다. 허벅지를 꼬집어가
며 잠을 참았다. 눈빛이 퀭하고 눈 밑이 검게 물들었다.

남이는 당연히 그가 염려되었다. 혹 쓰러지기라도 하면 큰일이
었다.

"나리, 괜찮으십니까?"

"음…… 응?"

말을 걸어보아도 돌아오는 대답은 신통치 않았다. 남이가 조심
스럽게 송언군의 옷자락을 붙잡아 그를 세웠다. 남이의 입에서 가
느다란 한숨이 흘렀다.

"나리."

"왜 그러느냐?"

"잠깐 쉬었다 가시는 게 어떻겠습니까?"

무슨 말인지 잘 이해되지 않는다는 듯 고개를 기울이던 송언군이 피뜩 고개를 끄덕였다.

"쉬고 싶으냐? 그래, 그럼 쉬어야지."

험한 일을 당할 뻔한 후 인내심이 바닥난 남이에게 한 말이 거짓이 아니었던 듯 송언군이 당장 자리부터 깔고 앉았다. 힘들면 바로 말하라던, 그리고 쉬었다 가자던 그의 다정한 음성이 남이의 귓가에 어른거렸다.

다정(多情).

그래, 당신은 그렇지. 세상 만물에게 다정하다. 특히 계집들에게 다정하고, 당신의 다정에 반한 계집은 하늘의 별만큼 많지. 그리고 나는 그 별 중 하나도 되지 못하지.

씁쓸히 웃으며 남이가 그의 옆에 앉았다.

"나리."

"응?"

잠이 묻어나는 목소리다. 무릎을 모아 뺨을 기대고서 그가 남이를 비스듬히 올려다보았다.

"잠깐 주무시지요. 걷다가 조실 것 같습니다."

"과연. 걸으며 졸기라……. 그것을 해낼 만큼 내 능력이 출중하긴 하다. 어디 그뿐이랴? 기회만 된다면 필시 졸면서 활쏘기, 졸면서 말 타기 등등도 가능할 것이야."

"농이 아닙니다."

부러 거드름을 피우는 그를 바라보는 남이의 눈빛이 어두웠다. 혹시나 맹수 따위와 마주칠까 하루 종일 신경을 곤두세우고 있는 그는 예전에 한계에 다다른 것처럼 보였다.

"한 시진 정도만 주무십시오. 쉰네가 나리를 지켜 드리지요."

"남아, 나는 괜찮다."

"나리, 쇤네 말 좀 들으세요."

"정히 괜찮대도."

"아니 괜찮으십니다."

"괜찮아."

고개를 젓던 송언군이 잠시 눈을 감았다. 그는 그대로 곯아떨어져도 이상하지 않을 것 같았다. 그러나 기어코 도로 눈을 뜬 송언군이 남이를 쳐다보며 되지도 않는 핑계를 댔다.

"베개가 없으면 잘 수가 없다."

그것은 자지 않겠다는 완곡한 거절이었다.

그때, 무슨 용기가 났을까? 허벅지를 툭툭 두드리며 남이가 그를 향해 웃어 보였다.

"그럼 쇤네를 베고 누우세요. 그러시려고 가지고 다니는 물건 아닙니까?"

"남아."

"베개, 해드리지요."

송언군은 정말로 졸렸다. 도성을 떠난 후 며칠 내내 한숨도 자지 못했고, 곯아떨어졌던 지난밤에는 남이가 험한 일을 겪을 뻔했다. 북평도에 도착할 때까지는 절대 자지 않으셨고 굳게 다짐했으나 사람은 자야만 한다. 지금의 송언군은 딱 미치기 직전이었다. 남이의 허벅지는 너무도 유혹적인 베개였다.

"그럼 딱 한 시진만 자마."

수면욕에 진 송언군이 남이의 허벅지를 베고 누웠다. 눈이 절로 감겼다.

"한 시진 뒤에 깨워야 한다. 너무 오래 자게 내버려 두지 말거라."

느리게 이어지던 송언군의 말이 잦아들었다. 말끄러미 그를 바라보던 남이가 과감하게 그의 뺨을 쓸었다.

'나리, 모르겠습니다. 쉰네는 쉰네를 모르겠습니다. 쉰네의 속도 모르니 나리의 속을 모르는 것은 당연한 일이겠지요. 그런데도 모르는 것이 싫습니다.'

사각사각. 바람이 불며 나뭇잎 따위가 서로 스쳤다. 고르게 드나드는 숨소리가 그 속에 스며들었다.

자지 않아도 괜찮다는 말은 과연 억지였던 모양이다. 그도 사람인데 어찌 자지 않고 버틸 수 있겠는가? 수척해진 송언군이 애틋하기도 하고, 밉기도 하고, 그립기도 하여 남이는 가만히 눈을 감았다.

"나리께는 모든 것이 장난이지요?"

날 때부터 그는 왕자이고 그녀는 천것이라 그와의 연은 잡을 수 없을 만큼 멀다. 툭하면 구박에 타박에 얄밉게 구는 그인데도 그 잡을 수 없는 연을 남이는 잡고 싶다. 계집이 배우지 말아야 할 것들을 배워서 그럴까? 활을 쏘고, 글을 쓰다 보니 다른 것들도 전부 할 수 있다고 생각하게 된 것일까? 정녕 어리석은 생각이다.

국법으로 노비는 재산이라 정의해 주고 있다. 그런데도 노비는 재산이란 말에 상처받는다. 재산에 욕정을 품을 리 없지 않겠느냐는 웃음에 상처받는다. 따지고 보면 지극히 당연한 말인데도 그에게 사람일 수 없고, 계집일 수 없어서 남이의 마음은 문드러진다. 스스럼없이 저를 대하는 그의 행동에 여인을 향한 열망은 일절 없어서 남이는 더욱 괴로울 뿐이다.

"항상 쉰네만 어리석지요?"

그럼에도 줄곧 그의 곁에 있기를 원하여 너는 평생 내 것이라는 그의 말에 안도하였다.

"왕자마마의 눈으로 보는 세상은 어떠할지, 노비는 또 어떠할지 쇤네는 짐작도 할 수가 없습니다."

송언군 이의.

그는 청천의 왕자. 왕이 사랑하는 왕의 아우.

날 때부터 모든 것을 가진 왕자에게 이 세상은 얼마나 시시할까. 원하는 것은 손만 뻗으면 늘 가질 수 있다. 세상 모든 것이 그의 뜻대로.

그에게 세상의 모든 것이 정녕 얼마나 하찮을까. 아무것도 가진 것 없이 살겠다고 아등바등하는 꼴이 얼마나 우스울까.

남이는 알 수 없다. 괴롭히고, 못살게 굴고, 그러다가도 다정히 웃어주는 그의 행동에 마음만 갈팡질팡 흔들린다.

"너무…… 너무 다릅니다."

남이의 눈이 감겼다. 이대로 모든 것을 다 잊고서 송언군과 잠시나마 잠들고 싶었다.

한 시진이 훌쩍 지난 시각. 땅거미가 내려앉은 산에 송언군의 절규가 울렸다.

"한 시진만 있다가 깨워달라 하지 않았느냐!"

"쇤네는 분명 깨웠습니다."

남이가 얼굴색 하나 안 바꾸고 거짓말을 했다.

"무어? 참으로?"

"예, 나리. 몇 번이나 흔들었는데 나리께서 아니 일어나셨습니다."

"내 잠귀가 얼마나 밝은데 네가 깨우는 소리를 못 들었단 말이냐?"

"정녕 잠귀가 밝으시옵니까?"

남이가 조금 뾰루퉁하게 물었다. 지난밤, 저가 한참이나 애타게 불러도 깨지 않던 점을 꼬집고 있었다. 할 말을 잃은 송언군이 입을 꾹 다물었다. 남이는 여전히 태연자약했고, 괜히 한 번 그녀를 노려본 송언군이 주변을 살폈다.

밤의 산은 위험하다. 몸을 사리고 있던 맹수들이 기지개를 켜고 날뛸 시간이다.

'어찌한다……'

제 몸 하나라면 밤새 못 걸을 것도 없다. 그러나 남이를 데리고서는 곤란하다. 그녀가 혹 발을 잘못 디뎌 산에서 구르기라도 하면 큰일이지 않겠는가.

송언군은 자신에게 화가 났다. 짐승들로부터 숨기 좋은 곳을 미리 찾아뒀어야 하는데 무릎베개를 해주겠다는 남이의 말에 홀랑 넘어가 너무 많이 잤다. 이불도 없는 흙바닥이 어찌 그리 포근했을까. 기가 막힐 따름이다.

"나리, 저쪽에 불……."

"지금 심각하다. 말 걸지 말거라."

남이의 말을 자른 송언군이 입술을 짓이겼다. 미간을 찡그린 남이가 그를 쏘아보았다.

"지금 들어주십시오."

"무언데?"

눈썹을 치켜 올린 송언군이 살짝 신경질을 냈다. 남이가 움찔하며 어깨를 움츠렸다. 그제야 저가 남이에게 화풀이를 하고 있다는 것을 깨달은 송언군이 잔뜩 미안한 표정을 지었다. 남이는 죄가 없다. 죄는 너무 많이 자버린 그에게 있다.

"네게 화내는 거 아니다, 남아. 겁먹지 마라. 너만큼은 내게 겁먹지 말거라. 나는 그저 오늘 밤 어디에서 보내야 할지 걱정되어 그런 것뿐이다. 또 네게 험한 일이 생길까 봐 염려되어 조급하게 굴었다. 미안하다."

그가 고집을 부려 그녀를 데려왔다. 그런데 제대로 지킬 수도 없다면 송언군은 자신을 용서할 수 없을 것이다.

"하려는 말이 무어냐? 말해보아라."

남이의 눈가가 기묘하게 일그러졌다. 그녀는 어떤 말부터 꺼내야 할지 모르겠다는 듯 송언군을 쳐다봤다. 사과가 부족하다고 판단한 송언군이 재차 사과했다.

"남아, 미안하다. 응?"

남이가 고개를 기울였다.

"나리, 노비에게 미안할 것이 무어 있습니까? 나리께선 쇤네에게 사과하실 필요가 없습니다."

"그게 무슨 소리냐?"

남이는 송언군의 물음에 답하는 대신 하려던 이야기를 마저 꺼냈다.

"쇤네가 알려 드리려고 한 것은 나리께서 깨시기 일다경 전쯤 보부상 서넛이 지나갔다는 것입니다. 저쪽에 불빛이 보이는 걸로 보이 멀리 가지는 않은 것 같습니다. 오늘은 그들과 함께 지새우는 것이 어떠하옵니까?"

"싫다!"

송언군이 단박에 소리쳤다.

"그놈들이 어떤 놈일 줄 알고 같이 밤을 새워? 차라리 여기서 새는 게 낫다! 어차피 여태 잤으니 별로 졸릴 것도 없다!"

"나리, 쇤네와 나리를 보고 그냥 지나친 이들입니다. 해코지를 할 리가 없습니다."

"그래도 싫다. 금수 하나둘은 상대하기 어렵지 않다. 정녕 어려운 것은 사람이지. 속으로 무슨 생각을 하는지 도통 알 수가 없는 족속들이다. 그런데 먼저 이빨을 드러내고 덤비기 전엔 해할 수도 없지. 그런 면에서 차라리 짐승이 낫다."

송언군의 목소리가 날이 섰다. 남이는 조금 당혹스러웠다. 주막에서의 일도 있고 하니 사람을 경계하는 것은 당연한 일이다. 그러나 무언가 달랐다. 무언가 다른 것이 있다.

"나리……."

그것은 깊은 불신, 뿌리 깊은 분노.

아주 오래되어 실체조차 불분명한 그런 것이었다.

남이는 새삼스럽게 송언군을 응시하였다. 의심과는 삼천 리쯤 떨어져 있을 것 같은 송언군은 사실 그 누구보다 의심과 가깝다는 것을 남이는 알아차렸다.

인간은 신뢰할 수 없다. 인두겁을 쓴 그 짐승을 상대하고 싶지 않다. 송언군의 표정이 그리 말하고 있었다.

"남이 너는 좀 자두어라. 내가 망을 보마. 내일 쉬지 않고 걸으면 목적지에 도착할 수 있을 것이다. 오늘 밤만 지나면 된다."

단호한 송언군의 말에 남이가 마지못해 고개를 주억거렸다.

"하온데 나리."

"말하여라."

"쇤네는 믿으시옵니까?"

"무슨 뜻이냐?"

인간에 대한 불신을 말하고 있는 송언군은 완전히 무방비하게 몇 시진 동안 잠들어 있었다. 잠든 그는 자신을 보호할 방도가 전혀 없었다.

"나리께서 잠드셨을 때 쇤네가 혹 해코지라도 했다면요?"

"아니 그러지 않았느냐?"

"그랬을 수도 있습니다."

"흠."

송언군이 뺨을 긁적였다. 이내 그가 환히 웃었다.

"네가 그럴 리 없다."

그것은 맹목적인 신뢰.

"내 것이지 않으냐?"

'사람'은 믿지 않지만 '것'은 믿는다.

"노비는 물건이지."

남이가 살짝 미간을 찡그리며 송언군을 쳐다보았다.

당신은 이상하다. 노비는 사람이 아니라서, 물건일 뿐이라서 의심할 필요가 없다는 것일까?

"그런 것이옵니까?"

"그런 것이다."

고개를 주억거리는 남이는 가슴이 저릿했다. 누구나 어두운 면은 있다. 정도의 차이가 있을 뿐이다. 남이는 저가 바로 그 순간 송언군의 깊은 어둠과 마주했음을 느꼈다.

무엇이 당신의 그리 깊은 곳에 불신을 심어버렸을까. 열세 해 전 그 일이 새긴 상처가 낫지 못한 것일까.

다음날, 송언군과 남이는 쉬지 않고 걸었다. 또 하룻밤을 산에서 머물 수는 없다. 첫날의 행운이 둘째 날에도 계속되리란 보장은 없었다.

마침내 드높은 산맥 아래 자리한 북평도가 모습을 드러냈다. 황량한 길 위에 서서 송언군이 함박웃음을 지었다.

어린 나이에 떠나온 고향은 남이의 기억 속에서 지워진 지 오래였다. 그녀는 낯선 땅을 바라보며 복잡한 기분에 사로잡혔다.

'저곳이 북평도구나. 저곳이⋯⋯.'

남이의 생모는 북평도의 여인이었다. 녹산국에 끌려갔고, 그곳에서 겁탈당한 채 돌아왔다. 그 후, 북평도에서 남이를 낳았다. 정조를 지키지 못한 여인은 비난받았다. 오랑캐의 긴 노략질에 흉포해진 북평도의 백성은 화풀이할 곳이 필요했다. 힘없는 환향인은 딱 좋은 먹잇감이었다.

"남아, 보아라! 우리가 무사히 도착해 버렸다!"

송언군이 즐거운 표정을 지었다. 남이는 그를 알 수 없었다. 이곳은 그녀에게 있어 기억하고 싶지 않은 땅임과 동시에 송언군에게도 아픈 땅이다. 이 땅에서 그의 생모인 숙의 민씨는 사사되었다.

극악한 죄인들의 유배지. 차갑고 황량한 상처의 땅⋯⋯.

왜 이곳에 왔을까? 무엇을 찾기 위해 이곳에 와야만 했을까? 안 좋은 기억만이 가득한 땅을 앞에 두고서 어찌 저리 웃을 수 있는 것일까?

"저곳이 북평도입니까?"

"그렇다."

"이제 어디로 가면 됩니까, 나리?"

괴이한 차림을 하고서 고을 현령의 도움도 없이 온 길. 유희나 유랑이 목적은 아닐 것이다.

어명이 있었던 것일까. 북평도에서 무슨 일이 일어나고 있기에 아우를 그리도 아낀다는 왕이 송언군을 이곳으로 보낸 것일까.

의문이 꼬리에 꼬리를 물었다. 남이는 답을 낼 수 없는 것들이다.

"네가 누이고 내가 오라비다."

"예?"

"누군가 묻거든 그리 답하여라. 짐을 풀러 가자."

제 할 말을 끝내고 앞장서 걷는 송언군을 남이가 졸졸 따라갔다. 서늘한 바람이 불었다. 바람에는 흙냄새, 산 냄새, 차디찬 북쪽의 냄새가 스미어 있다.

남이는 머릿속에 가득한 그 어떤 의문도 입 밖으로 끄집어낼 수 없었다. 그는 말해주지 않을 테니까. 왕자가 노비에게 설명해야 하는 일은 이 세상에 없었으니까. 오랜 시간 그래 왔듯 남이는 체념하였다. 체념만이 쉽다. 늘 그랬듯.

간절히 원하고 따라도 그에게 그녀는 노비 이상의 존재가 되지 못한다. 물을 자격도, 궁금해할 이지도 없어야 하는 '것'이라서 남이는 생각을 그만두었다. 아무것도 생각하지 않으면 차라리 편했다. 아무리 생각하고 노력해도 어차피 그녀가 할 수 있는 것은 없었다. 바꿀 수 있는 것도 없었다. 송언군을 도울 수 있는 것도 아니었다. 그냥 아무것도 하지 않는 쪽이 오히려 송언군을 돕는 것이었다.

그 사실이 돌연 사무치게 와 닿아서 남이는 불처럼 서러워졌다.

노비가 아니라면 좋겠다. 어차피 노비가 될 운명이었다면 계집이라도 아니었으면 좋았겠다. 그랬다면 적어도 송언군을 바라보며 마음 아플 일은 없었겠지. 평범한 노비 계집을 만나, 평범한 노비 가정을 이루고, 평범한 노비 자식을 낳고, 그렇게 살 수 있었겠지.

그러나 그녀는 노비 계집이었다. 배우지 말아야 할 것을 배워 되바라지고 맹랑해진, 가진 것은 건방밖에 없는 몸종이었다. 차라리 여타 다른 누비둘치럼 아무것도 허락받지 않았으면 나았을지도 모른다. 송언군이 이 세상은 노비가 꿈꾸지 말아야 하는 것들로 가득하다는 것을 알려주는 주인이었다면 백일몽에 빠지지 않았을지도 모른다.

그런데 그는 너무 많은 것을 주었다. 덕분에 남이의 절망은 오히려 점점 잦아졌다.

몰랐다면 실망하지 않을 것들, 애초에 원하지 않았다면 상처받을 리 없는 마음, 아무리 아등바등해도 할 수 있는 것은 체념밖에 없다는 것을 깨닫지 않아도 되는 나날들.

그렇지 않은 시간 속에서 남이의 마음은 매번 갈기갈기 찢겨진다. 그것이 싫어서 남이가 소리 없이 웃었다. 그녀의 웃음에 스민 울음이 먹처럼 번졌다.

❋

낡은 초가에 짐을 푼 지 이레가 지났다. 달랑 방 두 개와 부엌이 딸려 있는 초가는 초라하기 짝이 없었다. 유배당한 죄인도 이보다는 좋은 집에서 살 거라고 생각하며 남이는 쌀독에서 쌀을 펐다. 송언군을 따라온 몸종이 그녀뿐인지라 온갖 허드렛일이 그녀의 몫이 되었다. 남이는 군말 없이 늘어난 일을 감당했다. 왕자에게 청소며 부엌일을 시킬 수는 없는 노릇이니까.

'물이 떨어졌네.'

쌀을 씻어 솥에 안친 남이가 한숨을 내쉬었다. 우물까지 가서 물을 길어올 일이 까마득했다. 송언군의 궁가엔 우물이 딸려 있어 따로 물을 길러 다닐 필요가 없었다. 그러나 지금은 사정이 달라졌다. 그럼에도 궁가에 있을 때처럼 물을 펑펑 써대는 송언군 탓에 남이 몸은 남아나질 않았다.

정말 물 귀한 줄을 모르신다. 그렇다고 왕자에게 물 좀 길어오라 할 수도 없고.

살결에 좋은 기름만 사주면 뭐 하나? 애써 바른 기름이 무색할 정도로 물일을 이리 많이 시키시는데.

남이가 샐쭉거리며 몸을 일으켰다. 물도 길어오고 장도 봐야 했다. 몸이 열 개라도 모자랐다. 나물 두어 가지에 쌀밥 한 그릇이면 군말 없이 잘 먹는 송언군이지만, 찬거리 없는 헐렁한 밥상을 내어 놓기에는 남이가 민망했다. 누가 뭐라고 해도 그는 왕의 하나뿐인 아우였다.

'오늘이 장날이던가? 가서 찬거리 좀 사오고, 물도 길어오고, 빨래도 좀 하고…….'

할 일을 꼽아보던 남이가 싱겁게 웃었다. 그녀의 눈빛이 아련했다. 무엇을 위해 이곳에 왔든, 할 일이 얼마나 많든 그녀는 이 생활이 좋았다. 그녀가 아니면 송언군을 돌봐줄 이가 없는 상황이 좋았고, 거짓으로나마 그의 노비가 아닌 것 또한 좋았다.

지금 이 순간 그에게 필요한 손새는 비고 지신뿐일 거라는 자만.

'참으로 발칙하구나.'

괜찮다. 어차피 곧 환도할 것 아닌가.

영원히 북평도에 눌러 살 리 없으니 무언지 모르는 송언군의 볼 일이 끝나면 이 거짓된 극도 끝날 것이다.

그때까지만 자만하고 싶다.

송언군을 잘 먹인 후 남이는 물을 길러 나갔다. 우물은 마을 어귀에 있는데, 본래는 북녕노의 유력가인 최씨 문중 소유였다. 최씨 문중은 고을민이 쓰는 우물이 마을에서 너무 멀다는 점을 가엾게 여겨 모두가 쓸 수 있도록 문중의 우물을 개방해 주었다. 그런 까닭에 마을 사람들은 하나같이 최씨 문중의 덕을 칭송하였다.

두레로 물을 푸며 남이는 불현듯 비 오는 날 개천가에서 만났던 한 남자를 떠올렸다.

"언제든 도움이 필요하다면 북평도의 최서도를 찾아오너라."

북평도의 최서도라…….

혹시 이 마을에 살지는 않겠지?

남이는 저가 송언군의 몸종이라는 것을 최서도가 알고 있다는 것에 마음이 쓰였다. 그러나 북평도는 넓다. 최씨 집성촌은 다른 곳에도 얼마든지 있고, 우물 옆에 서 있는 으리으리한 기와집이 그때 그 최서도의 집일 가능성은 극히 낮았다.

느닷없이 떠오른 최서도에 대한 생각을 머릿속에서 튕겨내며 남이는 이제는 물이 가득 찬 물독을 흐뭇하게 바라보았다. 이 무거운 걸 들고 갈 길이 아득했지만 귀하신 나리를 먹이고 씻길 물이라고 생각하면 참을 수 있을 것 같았다.

"웃차!"

힘을 내서 물독을 드는 순간이다.

"남이 아니냐?"

남이가 반사적으로 고개를 돌렸다. 그녀의 동공이 활짝 열렸다.

"나, 나리?"

방금 전까지 최서도에 대한 생각을 하고 있던 남이는 정말로 그의 얼굴이 눈앞에 있자 깜짝 놀랐다. 두루마기를 단정히 차려입고 갓을 쓴 남자는 분명 최서도였다. 그의 얼굴에 반가운 미소가 번졌다.

"네가 어찌 여기 있느냐? 왕자마마께서 이곳에 오셨다는 소문은 여적 듣지 못하였는데 그분과 함께 온 것이냐?"

"그, 그것이!"

남이는 낭패감을 느꼈다. 송언군은 자신의 정체를 꽁꽁 숨기고 있었다. 신분 노출이 있을까 봐 심지어 역참에서 말을 빌리지 않을 정도였다. 그것은 은밀히 완수할 일이 있다는 뜻인데, 남이가 송언군의 몸종이라는 것을 알고 있는 최서도는 송언군이 북평도에 와 있다는 것을 금세 유추해 버렸다.

곤란해하는 남이를 보며 서도가 빙긋 웃었다.

"혹 그분의 행차가 알려지면 곤란한 것이냐?"

"저, 그것이……. 예, 나리. 왕자마마께서 비밀로 하신 일입니다."

난색을 표한 남이가 솔직히 고했다. 그녀의 눈빛이 파르르 떨렸다.

이 일을 어찌할까? 일부러 은밀히 온 길이다. 그런데 도성에서 만난 북평도 사람을 다시 만날 줄이야! 남이는 울고 싶었다. 저가 송언군의 일을 망쳤을지도 모르는 상황을 견디기 어려웠다.

그녀의 표정을 본 서도가 다정히 얼렀다.

"걱정 마라. 생명의 은인에게 곤란한 말은 결코 흘리고 다니지 않을 것이다."

"참입니까, 나리?"

남이가 반색을 했다.

"내가 거짓말이나 할 작자로 보이느냐?"

"아닙니다!"

그새 대답하는 동시에 남이가 고개를 힘차게 저었다. 송언군에 대해 비밀로 해주겠다는 그에게서 조금의 거짓도 보이지 않았다. 서도는 정녕 믿을 만해 보였다.

"고맙습니다, 나리!"

"고맙기는. 한데 그 물독, 괜찮은 것이냐?"

"예?"

"네가 들기엔 너무 무거워 보이는구나."

"아! 괜찮습니다, 나리. 쇤네가 이래 보여도 힘이 무척 좋습니다!"

씩씩하게 대답하는 남이를 다정히 보고 있던 서도가 다짜고짜 물독을 빼앗아 들었다. 놀란 남이가 물독을 돌려받으려고 했지만 서도는 능숙하게 몸을 틀었다.

"나, 나리!"

"어허! 잘못해서 내가 이 물독을 놓치면 어쩌려고 그러느냐? 어디로 가면 되는지 안내나 해다오."

"하오나 나리!"

"내가 혹 그분께 해코지라도 할까 봐 그러느냐? 하하, 걱정도 팔자로구나. 남이야, 이곳은 작은 고을이란다. 새로 온 이가 어디에 사는지 정도는 금방 알아낼 수 있다."

"그렇긴 하오나……."

남이가 머뭇머뭇 말끝을 흐렸다. 일리 있는 말이었다. 이곳은 작은 고을이다. 들어오고 나가는 사람이 적을 테니 마음만 먹으면 최근에 흘러들어 온 이의 거처를 찾는 것은 식은 죽 먹기일 것이다. 특히 최서도 같은 지역 유지에겐 눈과 귀가 수백 개씩 있는 것과 다름없다.

"물독을 들어다 주는 것뿐이다."

남이와 서도가 승강이를 벌이는 사이 마을 아낙 하나가 다가왔다. 아낙이 크게 반색하며 서도에게 허리를 굽혔다.

"나리! 그간 안녕하셨습니까요?"

"철이 어멈이구려. 잘 지내시었소? 철이는 잘 크오?"

"예, 나리. 다 나리께서 이전에 보내주신 약재 덕분입니다요. 제법 살도 통통하게 오르고 이젠 잘 칭얼대지도 않습니다요."

"잘되었구려."

"한데 그 아이는……."

아낙의 시선이 남이에게 향했다. '아!' 소리를 낸 아낙이 반가운 표정을 지었다.

"서쪽에 있던 빈 초가에 이사 온 아이구나! 오라비와 함께 이사 왔다고 했던가? 어찌, 마을 생활을 괜찮으냐?"

아낙의 물음에 남이가 속으로 한숨을 삼켰다. 서도는 씩 웃고는 아낙과 헤어짐의 말을 주고받은 후 서쪽으로 몸을 틀었다. 난처한 표정으로 그와 아낙을 번갈아 쳐다보던 남이도 곧 그를 뒤따라갔다.

초가로 돌아가는 내내 남이는 최서도에게서 물독을 들어받을 기회를 호시탐탐 노렸지만 서도는 끈질기게 물독을 사수했다. 결국 포기하고 어깨를 축 내리는 남이를 보며 서도가 작게 소리 내어 웃었다.

"사람과 사람이 우연히 세 번을 만나면 인연이라 하더구나. 너와 나는 이미 두 번을 만났으니 이제 한 번만 더 만나면 진정한 인연이 되는 셈이다. 인연인 자에게 작은 도움을 받는 것을 마다하지 말거

라. 더욱이 너는 내 생명의 은인이니 이 정도 보답은 해두 되기 않 겠느냐?"

남이는 무어라고 대꾸하고 싶었지만 그 무엇도 서도를 막을 수 는 없을 것 같았다. 결국 입을 다문 남이가 속으로 한숨을 폭 내쉬 었다.

서도는 호미질 한 번 안 해본 백면서생처럼 생겨서는 의외로 힘 은 좋았다. 역시 사내는 사내인 모양이었다. 고뿔에 심하게 걸린 것 인지 간혹 물독을 내려놓고 기침을 쏟아내긴 했지만, 그 와중에도 남이에게 물독을 빼앗기진 않았다.

긴 다리로 성큼성큼 걸어가는 그를 졸졸 따라가던 남이가 말없 이 따라 걷기만 하는 게 머쓱해 아무 물음이나 던졌다.

"나리께선 이곳에서 쭉 살고 계신 것입니까?"

"그렇지. 이곳이 내 고향이다."

"최씨 가문은 북평도 최고의 부자라 들었습니다. 그 정도 재산이 라면 더 안전한 지방으로 본가를 옮길 만도 하온데 어찌 이곳에서 계속 사시는 것인지요?"

"여우도 죽을 때는 고향을 그리워하며 죽는 법인데 사람이 어찌 고향을 등지겠느냐? 그것은 옳지 않다."

남이는 그가 자존심 강하고 고집스러운 북평도의 양반이라는 것 을 알았다. 그는 제 배만 불리는 데 급급한 탐관오리들과 달리 가엾 은 고을민을 위해 아낌없이 베풀어주는 자애로운 양반이었다.

북평도의 정신적인 지주.

끝없는 녹산국의 노략질에도 북평도를 떠날 수 없는 가난한 이 들에게 그는 희망 그 자체일 것이다.

한낱 노비에게도 상냥하고 힘없는 모자에게도 관심을 베푸는 다정한 사람. 그게 최서도라는 선비일 거라고 남이는 생각했다.

"하오나 나리, 고향이 사람 목숨보다 중합니까? 쇤네는 잘 모르겠습니다."

"너도 북평도에서 태어난 아이가 아니냐? 이곳에 오니 어떤 생각이 들더냐? 다른 지방과 똑같이 느껴지더냐?"

남이는 망설이다가 고개를 저었다.

"조금…… 달랐습니다."

"그렇다. 어려서 떠난 너조차도 이곳에서 남다른 것을 느꼈지. 나는 이곳에서 평생을 살았다. 태어나고 자랐지. 스승을 만났고, 벗을 사귀었다. 녹산의 말발굽에 짓밟히는 그들의 비명을 들었다. 혼자 달아날 수 있겠느냐?"

남이는 대답할 수가 없었다. 서도가 빙그레 웃었다.

"북평도의 최서도로 태어났으니 죽을 때도 북평도의 최서도로 죽어야지. 그것이 운명이라는 것이 아닐까 싶구나."

그의 말투에서 북평도를 향한 애정이 묻어 나왔다. 그는 이 척박한 땅을 사랑한다. 북평도의 양반으로 태어났기 때문이다.

'무언가'로 태어난다는 것은 그런 것일까? 그 어떤 위협과 역경 속에서도, 그 무엇이길 포기할 수 없는, 그런 것.

남이는 서도를 보며 송언군을 생각했다. 청천의 왕자로 태어니 청천의 왕자로 살아가고 있는 그를 떠올렸다.

왕자로 태어나 모든 귀애를 받았다. 그러나 아비의 손에 어미를 여의고, 어려서 얻은 부인을 잃었다. 그 뒤 왕자의 체통은 잊은 듯 방탕한 생활을 이어가고 있으나 그는 언제나 도성으로 돌아간다. 모든 것에 불복해도 왕에게만큼은 복종한다.

그가 왕자이기 때문일까? 아무리 세상이 싫고 불만스러워도 왕자이기 때문에 어찌할 수 없는 그런 것. 그렇기에 송언군이 설령 다른 양반과 낡이 다르다고 해도 그에게 저는 계집종일 수밖에 없는 것일까.

갑자기 가슴이 답답해진 남이가 우뚝 멈추었다. 그녀의 발소리가 들리지 않자 의아한 듯 서도가 고개를 돌린다.

"남이야?"

"쇤네는 잘 모르겠습니다."

"무얼 말이냐?"

"무엇으로 태어났으면 꼭 그 무엇으로 살아야 하는 것입니까?"

"……?"

"그 이상은 꿈꾸면 아니 됩니까?"

남이는 제가 맹랑한 말을 했다는 것을 퍼뜩 깨달았다. 그녀의 안색이 파리해졌다.

"송구합니다, 나리! 쇤네가 도대체 무슨 말을……. 초가는 저곳입니다. 고맙습니다. 나리 덕분에 편히 왔습니다. 여기서부터는 쇤네가 들지요. 애먼 분 부려먹은 걸 왕자마마께서 아시면 쇤네가 혼이 납니다. 게으름 피운다고."

남이가 급히 물독을 뺏어 들었다. 서도는 얼떨결에 물독을 빼앗기고는 당황한 표정을 지었다. 남이의 표정을 가만히 응시하던 서도가 한숨과 함께 고개를 주억거렸다.

"그래? 혼이 나면 곤란하지. 어서 가보려무나."

"고맙습니다, 나리."

거듭 고맙다고 하는 남이를 보는 서도의 표정이 헐겁게 풀어졌다.

"고맙기는. 내가 너를 귀찮게 한 모양이구나."

"귀찮게 하시다니요! 아닙니다!"

"세 번째 우연이 계속되어 인연이 이어지면 좋겠구나."

"쇤네도 그리 생각합니다."

남이가 물독을 내려놓고 꾸벅 고개를 숙였다. 먼저 가시는 모습 보고 들어가겠다고 남이가 몇 번을 우긴 뒤에야 서도는 등을 돌렸다. 기품이 느껴지는 뒷모습이다. 남이의 시선이 물끄러미 서도의 발걸음을 좇았다.

'저분에 대해서 말씀드려야 할까?'

남이는 잠시 고민하다가 이내 고개를 저었다. 가난한 백성의 생활을 두루두루 살피고, 약재도 챙겨주고, 우물도 내어주고, 노비의 물독까지 들어다 주는 양반께서 송언군에게 해를 입힐 리 없다. 괜히 말해서 송언군을 귀찮게 하고 싶지 않았다.

물독을 이고서 초가로 돌아온 남이는 송언군을 찾아 이리저리 둘러보았다. 지난 이레 동안 그러했듯 송언군은 보이지 않았다.

"또 어디 가시었나?"

도대체 어딜 그렇게 돌아다니는지.

송언군 대신 빨랫더미를 찾아낸 남이는 바구니에 빨래를 챙겨 넣었다. 송언군이 없는 동안 빨래를 해두면 딱 좋을 것 같았다. 빨래 도구를 야무지게 챙긴 남이가 초가를 나섰다.

구름 한 점 없이 맑은 화창한 날이었다.

❋

북평도 시계(詩契)*의 계원들이 한데 모였다. 계장의 갑작스러운 부름에 계원들은 당황한 눈치였다.

---

* 시나 문장을 지으면서 즐기는 것을 목적으로 하는 계.

"최 형, 웬일이시오?"

계원이 물었다. 그를 보며 최서도가 입을 열었다.

"왕자께서 이곳에 와 계신 모양이오."

"왕자라면…… 송언군 말이오?"

"그렇소."

"송언군께서 어찌?"

그것을 최서도라고 알 리 없었다. 그러나 짐작 가는 바는 있었다. 왕자가 비밀리에 북평도에 온 것은 왕이 드디어 행동을 개시했다는 방증일 수 있었다. 그것이 서도를 들뜨게 했다. 기대감으로 손바닥이 축축해지며 온몸의 감각이 곤두섰다.

바라고 바라온 일이다. 도망간 이방을 끈질기게 뒤쫓다가 바로 코앞에서 놓아준 것도 왕의 간섭을 바라서였다.

가엾은 환향인들이 울며불며 살려달라 울부짖어도 손 쓸 수 없는 왕이라 해도 사건이 커지면 상황은 달라질 것이다. 왕군의 개입을 끝끝내 만류하는 대신들도 제 밥그릇이 위험해지면 출군하라며 왕의 등을 떠밀 터였다.

그들은 늘 그랬다. 항상 그렇다. 다른 땐 눈 감고 귀 막고 있다가도 자신들에게 터럭의 위협이라도 될 것 같으면 들개처럼 달려든다. 힘없는 백성들을 돌보려고 오른 자리에서 그들은 제 살만 찌운다. 살피기 위한 양반이거늘 왜 항상 지배하려고 드는가.

서도는 권력의 개들이 진정 역겨웠다. 그러나 그러한 본성 덕분에 그들을 이용할 수 있는 것이다.

서도와 현원이 의미심장한 눈빛을 주고받았다. 현원이 고개를 천천히 주억거렸다.

"주상전하께선 그 누구도 버리지 않으실 걸세. 기회가 온다면…… 기회만 온다면 어떻게든 붙잡으실 걸세."

왕은 온다. 청천의 왕은 기필코 온다.

"모르긴 해도 도망간 자가 제 역할을 해준 모양이오. 변하고 있는 이곳의 정세를 하나도 빠짐없이 고하였겠지."

"허어!"

서도의 말에 계원들이 일제히 탄식했다. 그것은 일종의 환희였다. 그러나 누군가 쉽게 휩쓸려 기뻐하지 않고 근심스럽게 속삭였다.

"최 형, 하나 너무 빠르지 않소? 아직은 때가 아니오. 왕자께서 왔다가 그냥 가버리면…… 그야말로 낭패 아니오?"

"그리되지 않게 하겠소."

서도가 단호히 말했다. 계원들의 눈빛에도 결의가 차올랐다.

"그렇다면 이제 우린 어찌해야 하오? 무얼 하면 되겠소? 말만 해주시오, 최 형."

"수상하게 행동하시오. 그것이 가장 중요하오. 전하께서 의심하도록, 도성의 양반들이 의아하도록. 하여 북평도로 올 수밖에 없도록. 그리 만들어야 하오."

둘도 없을 성군이라고 칭송받아노 왕의 자비는 북평도까지 닿지 않는다.

최후까지 내몰린 이들을 더 이상은 두고 볼 수 없기에 서도와 현원은 악수를 두었다. 그것이 옳지 않음을 알면서도 어쩔 수가 없다.

"그리 하겠소. 우리만 믿으시오."

"믿고 있소. 이만들 가보시오. 오래 모여 있어 좋을 것이 없으니."

서도의 말에 계원들이 서둘러 떠나갔다. 현원과 서도만 남았다.

"서도."

"자넨 왜 아니 가고?"

"자네 안색이 요새 많이 안 좋으이. 약은 잘 챙겨 먹고 있는 겐가?"

현원은 영민한 자였다. 북평도의 자랑이었다. 그는 어린 나이에 국학에 입학해 일찍이 유력가들과 친분을 맺었다. 북평도의 모두가 그의 출세를 믿어 의심치 않았다. 비록 천대받는 북평도 출신이라고 해도 그의 재능은 결코 무시하지 못할 만큼 뛰어났기에.

그러나 현원은 벼슬길로 나가는 대신 북평도로 돌아왔다. 도성에서의 순탄치 않은 생활을 짐작할 수 있었기에 그 누구도 현원에게 그곳에서의 일을 묻지 못했다.

"내 걱정은 말게. 자네는 괜찮은가? 요즘 부쩍 기력이 달려 보이네그려."

"아직 기력 달릴 나이는 아닐세."

눈썹을 찡그리는 현원을 보며 서도가 부드럽게 웃었다.

현원은 서도의 위안이었다. 서도는 그를 믿고 의지하였다. 북평도 사람들은 그들을 백아와 종자기라 불렀다. 둘은 서로에게 하나뿐인 벗이었다. 서도는 북평도의 그 누구보다 현원을 염려하였다. 저가 떠나면 오롯이 혼자가 될 그가 안쓰러웠다.

"정녕?"

짓궂게 웃는 서도를 현원이 노려보았다.

"현원, 내 걱정은 말게. 자네에겐 자네가 해야 하는 일이 있어. 나에겐 나만이 할 수 있는 일이 있지. 우리 모두 서둘러야 할 걸세. 왕자께서 떠나기 전에 해내야 할 터이니."

"서도……."

"자네도 이만 가보게."

서도가 고개를 돌렸다. 그를 안타깝게 바라보던 현원이 마지못해 자리에서 일어났다.

"또 오겠네."

현원마저 떠나고 혼자 남은 서도는 느긋이 술잔을 기울였다. 기침이 터져 나왔다.

달은 휘영청 밝다.

"현원, 나는 말일세. 이것이 내 마지막 기회가 아닐까 그런 생각이 들어."

조용히 뇌까리는 서도의 음성에 조소가 묻어났다. 그의 시선 끝에 하얀 술잔이 있다. 술잔 표면에 묻은 것은 분명 핏방울이었다. 입가를 문지르며 서도가 지친 눈꺼풀을 내렸다.

시간이 많지 않았다. 왕자가 이곳에 있다. 계획의 성사를 두 눈으로 보고 싶다. 생각이 겹치고 겹쳐 최서도를 뒤덮는다.

"마지막 악수를 두어야겠네. 모든 죄는 나의 몫일세."

이 희망이 더 큰 절망이 되어 심장을 쥐어뜯을지라도 서도는 멈출 수 없다. 그가 절망처럼 웃었다.

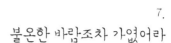

7

불온한 바람조차 가엾어라

송언군이 마을 뒷산에 올랐다. 그의 시선 끝에 작은 집들이 옹기
종기 모여 있다. 산자락에 폭 안긴 초가들이 노랗게 반짝인다. 마을
을 휘감은 물길은 푸르고 고요하다. 모락모락 피어오르는 연기는
고향의 것인 양 정겹다. 정자에 앉아 턱을 괸 송언군이 미간을 살포
시 찌푸렸다.

작은 마을이다. 녹산의 노략질만 없다면 청천의 어느 고을보다
살기 좋고 아름다운 곳이 되리라.

그러나……

'이 평화는 거짓이지. 사고가 많다. 지나칠 정도로 많아. 어째서
나?'

송언군의 눈매가 사나워졌다. 그는 마을을 노려보았다. 새로 이
사 온 고을에 대한 궁금증을 누르지 못하는 팔푼이 시늉을 하며 알

아낸 것은 마을에 사고가 끊이지 않고 있다는 것이었다. 녹산의 노략질이 없어도 북평도는 충분히 혼란스러웠다.

'이전엔 사고가 이리 많지 않았다. 그때가 이상했던 것일까, 지금이 이상한 것일까.'

정말로 팔푼이가 된 것일까? 사건의 본질이 잡힐 듯 말 듯 빠져나간다. 탄식과 같은 한숨을 터뜨리며 뒤로 벌렁 드러누운 송언군이 두 눈을 끔뻑거렸다.

"모르겠다."

아니면 모르고 싶거나.

떠오르는 전말이 전혀 없는 것은 아니다. 그러나 그것을 하나의 사실로 받아들이는 것은 또 다른 문제였다. 만약 저가 생각하는 일이 진짜라면 그것은 조금, 아니, 많이 슬프지 않을까.

"남이를 보러 갈까?"

아주 좋은 생각이라는 듯 송언군이 발딱 몸을 일으켰다. 후다닥 산을 내려가는 그의 입가에 다정한 미소가 번졌다.

남이의 말을 듣고 나면 외면하고 싶은 현실을 마주할 용기가 생길 것이다. 항상 그랬듯이.

개울가에 남이가 보인다. 송언군이 맑가 얼굴로 그녀를 불렀다.

"남아!"

한참 방망이질을 하고 있던 남이가 고개를 돌렸다.

"나리?"

송언군을 알아본 남이가 꾸벅 머리를 숙였다. 그녀의 앞에 멈춰 선 송언군이 물었다.

"혼자 무어 하느냐?"

"빨래합니다."

"빨래? 빨래라……. 빨래 좋지."

다짜고짜 옆에 쪼그려 앉아 빨랫감을 향해 손을 뻗는 송언군을 보고 남이가 기함을 했다.

"나리! 무, 무슨!"

"혼자 하면 오래 걸리지 않으냐? 내가 도와주마."

"아니 됩니다! 당치도 않습니다! 이건 쉰네 일입니다!"

"네가 몰라서 그래. 내 별호가 세탁이니라. 이세탁. 혹 옷감을 망칠까 염려하는 것이라면 그럴 필요 없다."

"논지가 그것이 아니지 않습니까? 아녀자들이 하는 일입니다, 나리. 노비들이 하는 일이란 말입니다. 귀하신 왕자마마 손에 빨랫물을 묻히지 마십시오."

남이는 단호했다. 미간을 모으며 뿌루퉁한 표정을 짓는 송언군에게서 매정히 빨랫감을 빼앗은 남이가 안도의 한숨을 내쉬었다. 졌다는 듯 입술을 샐쭉거리며 송언군이 남이를 쏘아보았다. 남이는 송언군의 시선을 모른 척하며 빨래를 냇물에 흔들었다. 구정물이 씻겨 나간다.

냇물에 흩어지는 뿌연 구정물을 말끄러미 응시하던 송언군이 잠시 눈을 감았다 떴다. 깊고 검푸른 눈동자에 고독이 어슴푸레 어렸다.

구정물이 냇물에 섞이듯 북평도인들이 청천에 온전히 스며들 수는 없는 것일까. 모든 뻣물도 냇물에 섞이면 결국 그냥 물인 것을.

"남아."

"예, 나리."

"남아."

"예?"

냇물에서 시선을 뗀 송언군이 남이를 응시하였다. 고개를 든 그녀가 그를 똑바로 마주 보고 있다. 할 말 있으면 얼른 하라는 듯 그녀가 눈빛으로 재촉했다.

송언군은 그녀의 그 시선이 좋았다. 늘 무언가를 똑바로 바라보고 도망갈 줄 모르는 그 눈빛이 좋았다. 칠흑보다 검고 깨끗한 눈동자에 제 모습이 비칠 때면 더없이 신기하였다.

"내가 옛날이야기 하나 해주마."

"느닷없이 웬 옛날이야기입니까?"

"그냥 들어보아. 듣고 네 생각을 한번 이야기해 보려무나."

송언군이 적당한 곳에 엉덩이를 붙이고 앉았다.

"나리, 그런 곳에 앉지 마십시오! 쇤네가 무어라도 깔아드릴 테니 잠시만……."

"괜찮다. 그냥 있어."

발딱 일어나 어디론가 달려가려는 남이의 손목을 꽉 붙잡으며 송언군은 머릿속으로 사건이 일어난 순서를 정리했다. 시간 순서는 비교적 명확했다.

"나리, 물가라 옷이 금방 축축해지실 터인데……."

"쪼그려 앉으면 다리가 저려. 그에 비하면 옷 젖는 게 무슨 대수이랴?"

"의복이 엉망이 되시잖습니까."

"네가 빨아주니 괜찮다."

결국 반박을 포기한 남이가 입을 꾹 다물었다. 송언군은 턱을 괴고서 이야기를 시작하였다.

"어느 외진 고을에 석이라는 사내가 살았다. 그에게는 연이라는 누이가 있었지. 조실부모한 오누이는 서로만 의지해 살았다. 가진 것이 없어 고향을 떠날 수도 없었지. 불모지를 개척하여 삼 년 이상 경작한 이에게는 그 땅의 소유권을 인정해 주지 않으냐? 그들의 고향엔 불모지가 많았고, 가난한 오누이에겐 그 험난한 고향이 유일한 꿈이었던 것이다."

송언군은 단지 어느 외진 고을이라고만 표현했지만, 남이는 그곳이 북평도라는 것을 금세 알아챘다. 북평도에 남아 있는 백성의 사정은 대부분 비슷했다. 있는 자들은 북평도를 벗어나려고 발버둥쳤다.

유독 길고 추운 겨울. 툭하면 쳐들어오는 녹산의 화적떼. 남아 있는 양반의 대부분은 가난한 백성의 고혈을 쥐어짜는 데 혈안이 되어 있고, 성군의 은덕은 이 땅에 미치지 않는다. 절망과 좌절. 북평도 구석구석 똬리를 틀고 있는 죽음의 기운……. 떠나서 살 수 없기에 머무르지만, 머물러서도 살 수 없는 땅. 생과 사가 종이 한 장 차이로 자리하고 있어 그 어떤 안락도 보장되지 않는 땅.

그곳이 북평도였다. 관리는 녹산의 오랑캐와 작당하여 서로의 뒤를 봐주고, 최씨 일가만이 이 땅을 어렵게 지키고 있다.

"어느 날 산에 나물을 캐러 나갔던 연이가 돌아오지 않았다. 석이는 반미치광이가 되어 온 고을을 뒤지고 다녔다. 그가 들은 것은 누이가 몹쓸 놈들에게 붙잡혀 갔다는 소식이었지."

흔한 이야기였다. 이곳 북평도에서는 정녕 흔해빠진 사정이었다.

남이는 목구멍으로 삐져나오려는 울음을 가까스로 삼키고 물었다.

"그래서 연이는 어찌 되었습니까?"

"두 해 뒤 돌아왔다."

환향(還鄕).

환영받지 못하는 귀환.

"환향인이 되었습니까?"

남이의 목소리가 살짝 떨렸다.

"그런 셈이지."

대수롭지 않다는 듯 대꾸하는 송언군의 눈빛도 가라앉았다.

환향인이라는 족쇄는 참으로 무겁다.

녹산에 끌려간 계집들이 어떤 삶을 살게 될지는 불 보듯 뻔하다. 전장으로 끌려간 계집들은 창부처럼 온갖 사내의 욕정을 받아내야 하고, 전장으로 끌려가지 않은 경우도 크게 다르지 않았다. 녹산 놈들을 주인으로 섬기며 그들의 밤 노리개가 된다. 지아비가 있는 여인도, 없는 여인도, 반가의 규수도, 여염집 계집도…….

녹산에서 청천 여인의 삶은 너무도 비참하다. 더럽혀진 몸. 갈가리 찢겨진 마음. 죽음보다 못한 삶을 이어가며 어렵게 돌아온 그들을 기다리고 있는 것은 잔인한 환멸의 눈초리뿐.

"비난…… 받았겠군요."

"그랬지."

"살해…… 당했습니까?"

남이의 목이 메었다. 그녀에게 눈길을 준 송언군이 모호한 눈웃음을 지었다. 그의 눈가에 그늘이 졌다.

남이는 환향인의 딸이다. 그녀의 아비는 아마 녹산 놈일 것이다. 그녀의 어미는 고향에 돌아와 어렵게 딸을 낳았으나 곧 가문으로부터 버림받고 돌팔매질에 죽었다. 갓난쟁이 시절이라 기억은 못할지라도 이곳에서 살던 동안 남이는 분명 그 이야기를 들었을 것이다.

비난받았느냐고, 살해당했느냐고 묻는 그녀의 목소리가 가없이 안쓰럽다.

"어땠을까?"

나직이 읊조리며 송언군이 남이를 응시하였다. 슬픔으로 어그러진 그녀의 두 눈 아래 깊게 가라앉아 있는 것은 일종의 분노였다. 송언군은 그 분노를 똑바로 마주하며 마음에 새겼다. 지금쯤 남이는 옛날이야기를 해주겠다며 환향인의 비극을 이야기하는 저를 원망하고 있을지도 모른다. 그래도 송언군은 남이의 답을 듣고 싶었다. 남이의 대답을 들으면 필시 용기가 나리라.

"어쨌든 연이는 죽었다. 석이는 관아에 철저한 조사를 요구하였지. 남들에겐 더럽고 죽어 마땅한 환향인이라 해도 그에게는 하나뿐인 누이였으니까. 환향인의 핍박을 금지하는 국법을 근거로 들어 그는 제 누이를 죽음으로 몰고 간 이들의 처벌을 읍소하였다."

"받아들여졌습니까?"

"……"

"아니군요."

남이가 두 눈을 질끈 감았다 떴다. 그녀의 두 눈에 고통이 여울졌다.

흔해빠진 환향인의 죽음, 무능한 관청, 부패한 관리들, 왕의 무관심, 그것들 속에서 석이의 읍소는 철저히 묵살당할 수밖에 없었다.

"그래, 받아들여지지 않았다. 흔해빠진 이야기 중 하나가 아니냐? 가난하고 천박한 환향인의 죽음 따위에 관심을 기울일 사람은 없었다. 환향인은 계속 죽었다. 누군가는 자살하고, 살해당하고, 그냥 죽었다. 겨우 돌아온 고향 땅에서 그들은 위로받지 못한 채 외로

이 죽음으로 내몰렸다."

송언군이 살짝 눈썹을 찡그렸다. 이야기가 여기까지라면 그다지 새로울 것도 아니다. 환향인은 언제나 죽어왔으니까. 문제는 그다음이다.

"그리고 이제는 환향인만 죽는 게 아니게 되었다."

"예?"

"환향인을 핍박하고 괄시했던 마을 사람들, 특히 환향 여인의 시댁 사람들, 그들이 사라지기 시작했다. 녹산의 놈들에게 잡혀갔다고 보기에는 그 숫자가 너무나 많다."

송언군의 이야기는 어느새 옛날의 것이 아니라 현재의 것이 되어버렸다. 남이는 두 눈을 동그랗게 뜨고 그를 바라보다가 멍하니 입술을 벌렸다.

"아."

망연한 탄식이 흘렀다. 눈동자에 일순 스민 두려움을 감추듯 남이가 고개를 떨구었다.

환향인이 차례로 죽어 나가고, 그들을 죽음으로 내몰았던 이들이 사라져 간다. 왕이 온갖 정책을 쏟아부어 겨우 위태롭게나마 유지시켜 오던 북평도의 질서가 무너지고 있다.

"혹 보복입니까?"

"역시 보복으로 보이는구나."

"다른 이유가 없지 않습니까?"

"그렇긴 하지. 문제는…… 왜 지금이냐는 것이지."

"예?"

송언군이 힘없이 웃으며 남이를 바라보았다.

그렇다, 지금.

문제는 '지금' 이라는 것이다.

지금껏 북평도는 위태롭게나마 그 질서가 유지되어 왔다. 왕이 멀리서 쏟아내는 무수한 정책이 있었고, 그 왕의 정책을 떠받들며 어떻게든 북평도를 지키려는 무리도 있었다. 대다수의 관리가 무능하고 부패했다고 해도, 이 북평도를 잃지 않으려고 애쓰는 이들이 있었다.

그런데 지금의 북평도는 그 바른 자들이 일시에 사라진 느낌이었다. 북평도를 지키려는 이들은 전부 사라지고 북평도를 갉아먹는 이들만 남아 있는 것 같았다. 이런 상태라면 북평도는 오래 지탱될 수 없다. 삭고 썩은 이 땅은 곧 폭삭 무너져 버릴 것이다.

왜 지금일까?

왜 지금 모두가 일시에 사라져 버린 것일까?

왜 다들 이 위태로움을 관망만 하는 것일까?

"무슨 일이…… 일어나려는 것입니까?"

"모르겠다."

"북평도에 변고가 닥칠 것이라면 어서 이곳을 떠나셔야 합니다, 나리. 나리는 청천의 왕자마마이십니다. 이런 위험한 곳에 있으실 필요가 없습니다."

"그럴까?"

"나리!"

능글맞게 웃는 송언군을 향해 남이가 버럭 소리쳤다. 송언군은 눈매를 내리며 느긋이 눈웃음쳤다. 듣고 싶던 남이의 답을 들었다.

'혼란이 가중되고 있구나. 남이 눈에도 이곳은 곧 변고가 일어날 땅으로 보이는구나. 역시 그렇구나.'

청천은 제 백성을 지키지 못하여 녹산으로 끌려가게 만들었다.

어렵게 그들을 다시 데려온 뒤에도 지켜주지 못하여 끝내는 죽게 만들었다. 더 이상 견딜 수 없게 된 이들은 최후의 수를 쓰려고 한다. 왕을 직접 이 땅으로 불러오려고 한다. 그것은 곧 반란이어라. 송언군이 비로소 그 서글픈 사실과 마주하였다.

"모두가 가엾다."

"예?"

"투기하여 죽고 정절을 잃어 죽으니 하나같이 애틋하구나. 이것이 정녕 옳은 것일까."

약한 것이 죄일까.

지친 듯 송언군이 가만히 눈을 내리떴다. 흘리듯 중얼거리는 옥음엔 깊은 그리움이 사무쳐 있었다. 그는 죽은 이들을 떠올렸다. 이 땅에서 사약을 받은 어미를 떠올렸다. 그 죽음을 지키지도 못하게한, 그래서 어린 아들의 마음에 비수를 꽂은 매정한 어미였다. 왕실에 버려지고도 하루하루 지아비만 그리워하던 그 모습이 송언군의 뇌리에는 화상처럼 각인되어 있었다.

약해서 죽은 이들, 약해서 죽어야만 했던 이들…….

스스로 지킬 수 없어 더 큰 힘을 청해야만 하는 애타는 이들.

그들이 하나같이 가엾다.

"나리, 쇤네가 백숙을 끓여 드리지요."

"백숙?"

느닷없는 남이의 말에 송언군은 상념에서 깼다. 남이가 그를 빤히 쳐다보고 있었다.

"우울하실 때는 고기가 제일입니다. 쇤네가 닭 한 마리 구해두었습니다. 돼지나 소는 아니 드시지 않습니까? 쇤네가 닭으로 솜씨좀 부려보지요."

"내가 우울해 보였느냐?"

"예. 나리께 어울리지 않으십니다."

송언군이 엷게 웃었다. 예리하게 그의 기분을 읽고 기운을 북돋아주려는 그녀가 고마웠다. 그 순간 송언군은 약해서 상처받아야 하는 이들 사이에 남이만은 없기를 간절히 원했다.

"흐음. 남이가 끓여주는 백숙이라……. 김 상궁의 것보다 훌륭하냐?"

"나리, 어찌 감히 상궁 마마님의 솜씨에 비하오리까? 하오나 나리의 솜씨보단 분명 나을 테니 그건 믿으셔도 됩니다."

"오호! 그거 구미가 당기는구나. 어서 빨래를 끝내고 돌아가자."

"예, 나리."

생긋 웃으며 풀어진 송언군의 표정에 남이도 희미하게 웃었다. 얼마 남지 않은 빨랫감으로 손을 옮기던 남이가 무뜩 미간을 찡그렸다.

'보복?'

보복에는 선(善)도 없고 선(線)도 없다.

누구에게 죄가 있고 누구에게 죄가 없는지 중요하지 않았다.

그 새삼스러운 자각이 갑작스레 납덩이처럼 가슴을 눌렀다. 무언가 찝찝하다. 그 찝찝함의 근본을 남이는 알 수 없었다.

'왜 이런 기분이 드는 것이지?'

남이의 미간이 한껏 찌푸려졌다.

찝찝한 기분을 품고서 남이는 빨래를 마쳤다. 빨래를 잘 짜서 바구니에 차곡차곡 담던 그녀가 돌연 굳었다. 무엇이 그토록 마음에 걸리던 것인지 비로소 깨달았다. 제 무심함에 치를 떨며 그녀는 송언군을 올려다보았다.

"젖은 빨래는 튼튼한 내가 들어주마."

짐짓 으스대며 바구니를 빼앗아가던 송언군이 남이의 시선에 흠칫거렸다. 평소라면 왕자께서 할 일이 아니라며 눈을 치뜰 남이가 두 눈만 크게 뜨고 있자 당황스러웠다.

"남아?"

"……."

"남아!"

송언군이 바구니를 들지 않은 손을 남이의 눈앞에 흔들었다. 멍하니 그를 쳐다보고 있던 남이가 번뜩 정신을 차리고는 어색하게 웃었다.

"예, 나리."

"정신을 어디다 두고 다니는 것이야? 왜 그리 멍하니 있어?"

"송구합니다, 나리."

"어디 아픈 게냐? 의원을 불러주랴?"

"아닙니다. 아픈 것이 아닙니다."

"한데 표정이 어찌 그리 안 좋아?"

송언군이 걱정스레 물었다.

"마음에 걸리는 일이 있어 그러하옵니다."

"으음? 마음에 걸리는 일이 있어? 그것이 무엇이냐? 노비는 주인님께 비밀이 있어서는 아니 되지. 어서 말해보아라. 내가 해결해주마. 내가 이래 보여도 청천의 왕자마마이니라."

남이가 머뭇거리듯 입술을 달싹였다.

환향인이 계속 생기는 까닭은 관리의 무능과 조정의 무심함 때문이다. 부패한 관리는 녹산의 횡포를 모른 체하고, 탁상공론을 하느라 바쁜 조정은 변방의 고통에 귀 기울이지 않는다. 참고 견디다 죽어가도 그 원통함을 알아줄 이 없으니 살아남은 자들의 비통함은 오죽하랴.

더 이상 왕의 보살핌을 기다리지 않고 환향인들 스스로 제 살길을 모색하고 자신들을 핍박한 이들에게 복수하기로 하였다면, 그렇다면 북평도의 유지들은 어찌 되는 것일까? 제 곳간만 불리고 제 식솔만 살찌우는 그들에게 환향인은 어떤 감정을 가지고 있을까? 또 환향인의 분노가 북평도 유지들에게만 국한될까? 그들의 고통은 근본적으로 조정의 무능으로부터 비롯된 것. 왕실을 원망하고 있진 않을까?

"나리, 만약에…… 만약에 말입니다."

"그래, 남아. 말해보아라."

송언군이 참을성 있게 기다렸다. 어렵게 그와 눈을 맞춘 남이가 입을 열었다.

"만약에 보복이라면…… 그 범위가 어찌 되겠습니까?"

"으음?"

"환향인의 분노가 길을 잃으면 어찌합니까? 녹산과 탐관오리를 향해 마땅한 분노가 자신을 제외한 모두에게 향하면 어찌합니까? '나는 녹산에 끌려가 그 험한 꼴을 당했는데 어찌 너만 멀쩡한 것이냐? 혹 녹산의 놈들에게 뇌물을 바친 것은 아니냐? 내 고혈을 짜내 너만 호의호식한 것이냐? 용서할 수 없다! 모두 다 용서할 수 없다!', 이리 광분하면 어찌합니까? 그 분노가 종내는 청천의 모두를 향하면 어찌합니까?"

청천의 모두라고 표현했지만 남이가 실로 걱정되는 이는 송언군이었다. 북평도의 백성들은 화가 났다. 그 화의 끝은 어디일까.

변방의 국경조차 지키지 못하는 나라가 무슨 나라야? 제 백성들이 죽어나는 것을 빤히 알면서도 침묵하는 왕이 무슨 얼어죽을 왕이야? 송언군이라는 왕자 놈은 날마다 계집질만 한대. 백성을 돌봐야 하는 왕족이 그리 난잡하니 이곳이 이 모양 이 꼴인 거 아냐? 왜 우리만 버림받아야 하지? 정말 버려져야 할 것은 저 버리지 같은 왕실이야! 마침 이곳에 왕자가 와 있대. 그를 잡자. 그를 잡아 복수하자. 우리의 원통함을 풀어내자. 나만 죽을 수 없어. 다 데리고 갈 거야. 지옥에 그들을 끌어안고 떨어질 거야…….

남이는 성난 환향인의 비명이 제 온몸을 때리는 듯 느꼈다.

"보복엔 선이 없지 않습니까, 나리?"

길 잃은 그들의 분노가 탐관오리를 넘어서서 종내는 송언군을 덮쳐올 듯 두려웠다. 오랜 세월 두려움에 숨죽여 온 고통이 이미 곪아 썩어 터져 버렸다면, 될 일과 아니 될 일을 구분할 이성이 남아 있을 리 없다. 그 광기 어린 분노가 마른 볏짚에 붙은 불길처럼 송언군을 집어삼키면 어쩌나. 머리털이 쭈뼛 서자 남이는 공포에 몸을 떨었다.

"내 걱정을 하는 것이냐?"

남이는 입술을 깨문 채 시선을 떨구었다. 그녀와 달리 송언군은 여유롭게 웃었다.

"내 걱정은 할 것 없다. 혹 있을 변고에 대비하여 왕자임을 숨기고 행차한 것 아니겠느냐?"

혹 있을 변고에 대비하여 왕자임을 숨기고 행차했다니……. 그 느긋한 말에 남이는 소름이 끼쳤다. 송언군이 북평도에 와 있다는 것을 아는 사람이 북평도에 있다.

"전하께서는…… 전하께서는 이곳에 어떤 일이 일어나고 있는지 짐작하시면서 나리를 보내신 것입니까?"

"전하께서는 아무 말씀도 아니 하셨다."

"이 위험한 곳에 하나뿐인 아우를 보내면서 아무 말씀도 아니 하셨다고요?"

"조정까지 들려오는 소문은 형체가 없어 빈약하다. 전하께선 이 땅에서 일어나고 있는 일의 실체를 잡길 원하셨고, 하여 내게 아무 선입견도 심어주지 않으셨다."

"이해할 수 없습니다."

남이가 울 듯한 표정을 지었다.

송언군에 대한 왕의 총애는 소문이 자자하다. 그 총애가 겨우 이 정도였던 것인가? 저가 알고자 하는 것을 위해 아우의 목숨 따위 바람 앞의 등불로 만들어도 아무렇지 않을 정도의 애정? 그게 총애인가? 그따위 게 무슨 총애란 말인가!

"이해할 것 없다."

"쇤네가 노비라서요?"

말이 뾰족하게 튀어나갔다. 남이가 놀란 듯 커지는 송언군의 눈을 쏘아보았다.

"남아?"

"나리는 안전하지 않습니다! 전하께서 나리를 사지로 몰아넣었단 말입니다! 당장 이곳을 떠나셔야 합니다!"

"그 무슨 소리냐?"

"나리의 정체를 아는 사람이 있습니다. 나리께서 왕자마마라는 걸 아는 사람이 있단 말입니다!"

남이가 버럭 소리쳤다. 이해가 안 된다는 듯 송언군이 고개를 살짝 갸웃거렸다.

"나를 아는 이가 있다?"

"예, 나리."

"어찌?"

남이가 최서도와의 인연을 이야기했다. 서도가 송언군을 위험에 빠뜨릴 인물로 보이지는 않았지만 사람 속을 어찌 장담할까. 위험하니 어서 이곳을 떠나자며 재촉하는 남이를 보며 송언군은 애매한 미소를 지었다.

"북평도의 양반이 도성에 왔었구나."

그 뒤 왕이 송언군에게 북평도 행을 명했다. 우연일 리 없다.

"언제나 중요한 것은 명분이지."

왕은 움직일 기회를 엿보고, 북평도의 사람들은 왕의 보살핌을 기다린다. 그들을 가로막는 것은 명분에 취한 양반들과 무도한 녹산의 오랑캐들.

'형님, 북평도는 멉니다. 그 고통의 실체가 형님께 닿지를 못합니다. 이들의 신음이, 통곡이 닿기에는 형님께서 너무 높이 있습니다. 부패한 양반들은 형님의 눈과 귀를 가린 채 공을 조작하고 죄를 은폐합니다. 형님께서 바꾸고자 하여도 그 뜻을 쉬이 펼칠 수 없으니 형님께선 출군할 명분을 위하여 소제를 이 땅에 보내신 것입니까?'

반란은 일어날 것이다.

그 땅에 왕자가 있다면 왕은 출군할 것이다.

왕이 제 목숨을 빌미로 삼았을 것이라고 송언군은 생각하지 않았다. 왕은 분명 위험한 짓은 하지 말라고 하였다. 그러나 아우가 지독히도 말을 안 들어먹는 왕자라는 것을 왕은 알고 있었다. 왕뿐만 아니라 조정의 모두가 그것을 알고 있을 것이다.

송언군이 피식 웃었다.

"가서 백숙이나 끓여나오."

"나리, 백숙보다 어서 돌아가시는 게 중요합니다. 백숙은 궁가에 돌아가서 끓여 드리겠습니다."

"싫다. 지금 먹고 싶다."

"나리!"

"걱정 말거라, 남아. 다 잘될 것이다."

빨래바구니를 든 송언군이 먼저 걸어가기 시작했다. 후다닥 그를 따라 걸으며 남이가 잔소리를 쏟아냈다. 요지는 어서 환도해야 한다는 것이었다. 이 위험한 북평도에 더 있을 이유가 없다는 남이의 주장을 들으며 송언군은 그저 웃었다.

초가로 돌아온 남이는 두 개의 물동이를 발견했다. 그녀가 물을 채워 가져온 물동이는 분명 하나였다. 그렇다면 다른 하나는 어디에서 솟았는가?

'최서도 나리……'

그밖에 없었다. 서도의 우직한 얼굴이 떠올랐다. 맑고 곧은 눈빛, 다정한 말투, 그 어떤 오물로도 더럽히지 못할 것 같은 북평도의 고결한 선비. 그가 왕실에 대한 충정으로 왕자께서 사용할 물을 길어다 준 것이라 생각하면 느닷없이 나타난 물동이의 존재가 설명된다.

그러나 믿어도 되는가? 이 위험한 북평도의 사람을 믿어도 되는가? 그가 혹 사람들에게 송언군의 정체에 대해 말하고 다녔다면? 분노한 환향인의 손길에 송언군을 밀어 넣어버렸다면?

"남아, 무얼 하는 게야? 다치면 어찌하려고!"

송언군의 경악스러운 외침을 듣고서야 남이는 저가 물독을 깨뜨렸다는 것을 알았다. 쨍! 깨어진 항아리 조각이 어지럽게 흩어졌다. 그녀가 혹 깨진 조각을 밟을세라 새하얗게 질린 송언군이 얼른 남이를 안아 들었다.

"나, 나리!"

"가만히 있어라. 위험하지 않느냐?"

"나리……."

물이 흥건한 곳을 지나 마루에 당도한 뒤에야 송언군은 남이를 내려주었다. 잘 익은 사과처럼 빨개진 얼굴로 남이가 어쩔 줄 몰라 했다.

"죄송합니다, 나리."

"무엇이?"

"물독을 깨뜨려서……."

"되었다. 갑자기 깨고 싶을 수도 있지."

별일 아니라는 듯 송언군이 대꾸했다. 그러나 남이에게는 별일 아닌 게 아니었다. 정체불명의 물독이 나타났다. 누구든 이곳에 드나들 수 있다는 뜻이다. 초가의 경비는 형편없다. 누가 물에 독이라도 탔다면? 저로 인해 송언군이 위험에 빠졌을 수도 있다고 생각하자 남이는 더럭 울고 싶어졌다.

"남아? 어디 아픈 게야?"

"아픈 것이 아닙니다."

그녀는 아픈 것이 아니라 두려운 것이었다. 송언군이 다칠까 봐, 그에게 무슨 일이라도 생길까 봐.

그는 그녀의 전부다. 그가 있어서 그녀가 살고 있다. 다정한 그의 옥음, 따뜻한 그의 눈빛, 짓궂은 그의 웃음, 그 모든 것이 소중하다. 잃고 싶지 않다. 때로 그의 무심함으로 인해 마음이 난도질당해도, 그래서 이따금 그가 미워져도 남이는 여전히 송언군이 좋았다.

"나리, 당장 도성으로 돌아가면 아니 됩니까?"

"남아."

"이곳이 싫습니다. 쇤네는 북평도가 싫습니다. 괴로운 기억만 자꾸 떠오릅니다. 나리께 가기 전 있었던 일들이, 오랑캐의 자식이라고 비웃던 그 눈빛들이…… 계속 생각납니다. 괴롭습니다. 돌아가면…… 아니 됩니까?"

남이가 간절히 청했다. 송언군은 모호한 눈빛으로 그녀를 응시할 뿐이다. 그가 돌연 손을 뻗어 남이의 머리를 쓰다듬었다. 남이의 뺨이 화악 붉어졌다.

"나, 나리……."

"괜찮다."

"예?"

"이제 아무도 너를 괴롭히지 못하게 하마. 누가 감히 왕자의 몸종을 못살게 굴어? 그놈들 잡아다가 주리를 틀어주마."

"주리까지는 필요치 않습니다."

"그래? 그럼 하루쯤 뒤주에 가둬둘까?"

"나리!"

당황해서 소리치는 남이를 쳐다보며 송언군이 낮게 웃었다.

"되었다. 물이나 길러 가자. 네가 끓여준 백숙 먹을 생각에 기운 내고 있었는데 물을 다 엎어버리면 어찌해? 백숙은 어찌 끓이려고?"

"나리, 지금 중요한 것은 그것이 아니라……."

"중요하다! 엄청 중요해!"

송언군이 단호히 남이의 말허리를 잘랐다. 말문을 닫은 남이가 한숨을 내쉬자 송언군이 달래듯 덧붙였다.

"백숙을 먹고 돌아갈지 말지 생각해 보자꾸나."

"참입니까?"

"참이다."

앞장선 송언군이 빈 물독을 들었다. 남이는 여전히 심려 가득한 얼굴로 총총 그를 뒤따랐다.

그의 등이 참 넓다.

'나리……'

늘 그랬다.

송언군이 가고, 남이는 뒤따른다.

'나리, 쇤네는요. 쇤네는 말입니다……. 가능하다면 나리의 뒤만 따르고 싶습니다. 나리만 모시고 싶습니다. 여인으로 사는 것이 불가하다면 다른 뉘의 재산 말고 나리의 재산이고 싶습니다. 어차피 나리와 마주 설 수 없는 천것이라면 나리의 뒷모습이라도 이리 실컷 보고 싶습니다. 그러니 나리께서 위험해지는 게 싫습니다. 쇤네가 무식하여 나리를 위험에 빠뜨리는 상황은 더욱 싫습니다. 이런 쇤네를 어찌하오리까? 나리를 걱정하면서도 결국 쇤네의 이기심만 채우려는 이 발칙한 것을 정녕 어찌하오리까?'

마음이 이리저리 휘청거린다.

"남아."

송언군이 불쑥 남이를 불렀다.

"예, 나리."

"물동이가 꽤 무겁다."

"물이 들어가면 더 무겁습니다."

"이 무거운 걸 매일 혼자 들고 물을 길러 다녔느냐?"

"그것이 쇤네의 소임이니까요."

"힘들었겠구나."

힘들지 않았다면 거짓말이다. 그러나 그의 곁에 있는 것이 저 혼자라서, 북평도에서 송언군이 오롯이 믿을 수 있는 자가 저 하나라서 남이는 기뻐했다.

"괜찮았습니다."

"거 거짓말은."

"참말입니다, 나리."

송언군이 픽 소리 없이 웃었다.

도란도란 담소를 나누는 사이 그들은 우물가에 도착했다. 물동이를 우물가에 내려놓은 송언군이 두레박으로 물을 퍼 담았다. 내리뜬 그의 속눈썹 뒤 눈동자는 깊은 상념에 잠겨 있다. 신중해 보이는 그의 눈은 매혹적이었다. 마지막 물을 부으며 송언군이 웃었다. 가득 찬 물이 찰랑거렸다. 맑은 소리가 또렷하였다.

"앞으로 힘들면 말하여라. 도와주마."

"일 못하는 몸종은 밥 먹을 자격이 없습니다, 나리."

"고집은. 네가 이 무거운 걸 들고 다니다가 다치는 것이 더 큰 문제다."

물독을 들며 송언군이 살짝 표정을 찡그렸다. 그 무게가 상당한 까닭이다.

"쇤네는 튼튼해서 다쳐도 금방 낫습니다."

"네가 다치는 것이 싫다."

"……"

"역시 문복이를 데려오는 게 나았을까? 내가 고집을 부려 너만

고생시키는구나."

송언군이 자조적으로 웃었다. 혹 저가 북평도에 있는 사이 어떤 몹쓸 놈이 남이를 훔쳐 갈까 무서워 차마 남이를 두고 올 수 없었다. 주인의 허락이 없다 한들 야심한 밤 쳐들어와 그녀를 보쌈해 가 버린다면 어찌 그 혼인을 막겠는가.

"늘 내가 욕심을 부리지."

늘 하나, 욕심을 부린다.

세상이 바뀌면, 귀천(貴賤)의 기준이 달라지면…….

그 얼마나 좋을까.

✻

―봄이면 봄마다 당신이 그리워라.

그믐달 숨겨두고 만난 날 꺼내오리까

함박눈 모아두고 가는 날 뿌리오리까

수줍어 얼굴 붉히던 그 연정 애달파라.

부드러워진 바람이 겨울의 끝을 알리더니 이제는 훈훈해진 바람이 봄의 끝을 알리고 있다. '애달파라'를 마지막 줄에 적어 넣은 후 최서도는 붓을 내려놓았다.

'……'

집이 부서지면 다시 짓고, 벽이 무너지면 다시 쌓는다.

그러나 마음이 무너지면 어찌해야 할까? 산산조각 난 그 마음, 어디부터 어떻게 이어 붙여야 할까?

서도가 쓸쓸히 웃었다.

봄이 지나갈 무렵이면 그는 늘 부인이 그리웠다. 너무도 고운 이를 시켜주지 못한 것이 한이 되었다.

'부인, 이 땅에 희망이 있소? 내게서 부인을 빼앗아간 이 북평도에 과연 희망이 있겠소?'

왕으로부터 버려진 땅인가, 왕조차 구원할 수 없는 땅인가. 자애로운 그들의 왕은 어찌 이 가엾은 땅을 돌보지 않는가.

'나는 모르겠소. 이곳을 사랑하지만 이제는 모르겠소. 전하께서 정녕 오시겠소? 현원은 전하께서 필히 오실 거라 하였지만…… 정녕 그러겠소? 나는 믿을 수가 없소.'

출병할 명분이 없으면 왕은 북평도로 행차할 수 없다.

청천에 속해 있되 국경 문제가 예로부터 끊이지 않는 분란의 땅. 국력이 비슷한 녹산과의 전쟁은 필시 두 나라 중 하나를 파멸로 이끌 것이다.

승리하는 쪽은 전쟁의 명분을 쥔 쪽일 터. 두 나라의 눈치를 살피고 있는 주변국들은 분명 명분이 있는 쪽으로 붙을 것이다.

양위 후 혼란이 겨우 진정되어 가는 청천. 이 모든 평화를 저당 잡아 북평도를 구원하러 올 만큼 왕에게 북평도가 귀할까.

"쿨럭쿨럭!"

출병할 명분 없이는 이대로 방치하는 것이 왕에게는 최선이었다.

그러나 그것은 북평도인에게는 결코 최선이 아니다. 피, 피, 또다시 피……. 왜 청천을 위해 북평도의 백성만 희생해야 하는가. 어째서 이토록 고통받아야 하는가.

'시간이 없소, 시간이. 나는 선택을 해야 하오, 부인.'

폐를 찢는 듯한 고통에 서도는 한참을 입을 막고서 고통스러워했다.

"아름다운 곳이잖아요, 나리. 소첩은 이곳이 좋습니다."

겨우 기침이 잦아들자 서도가 입을 막았던 손을 떼었다. 그의 얼굴에 절망이 스쳤다. 붉은 핏덩이가 그의 동공에 비쳤다. 애써 담담함을 유지하던 서도의 표정이 한순간에 허물어졌다.

정말로 시간이 없다.

이제는 마지막 수를 던져야 한다.

8

악수를 둔다, 당신을 부르고자

북평도 시계원들이 다시 모였다. 뜻 있는 이는 살아남기 어려운 세상. 그들은 꿋꿋하게 지금까지 버텼다. 부모를 잃고, 연인을 잃고, 자식을 잃고, 지우를 잃으며 어떻게든 살아왔다.

"쿨럭쿨럭!"

서도가 피가래를 토해냈다. 그를 바라보는 계원들의 안색이 창백해졌다. 계장인 서도는 물질적인 지원자일 뿐만 아니라 정신적인 지도자였다.

"서도, 괜찮은 게야?"

현원이 물었다. 서도가 입가를 닦은 옷에 붉은 핏자국이 선명했다.

"자, 자네!"

"당장 죽는 것도 아니네. 호들갑 떨지 말게."

당장 의원을 부르러 튀어갈 것 같은 현원의 어깨를 지그시 누르며 서도가 말했다. 입술을 꾹 짓눌러 문 현원이 서도를 노려보았다.

"서도, 자네가 잘못되어선 아니 돼."

"알아."

"안다는 사람 몸이 그 모양인가? 아직…… 아직일세. 아직 충분하지 않아. 자네가 버텨야 해. 자네를 잃으면 우리에겐 아무것도 남지 않아."

"그것도 알고 있네, 현원."

"그리 잘 안다는 작자가 어찌 의원조차 부르지 못하게 해?"

서도가 현원을 안심시키기 위해 애써 웃었다.

"괜찮네."

"서도!"

"자네들이 내 걱정을 하고 있다는 것은 알고 있네. 아직 죽을 생각도 없고."

북평도 시계원들은 힘이 없다. 그들은 몰락한 양반의 후예일 뿐이다. 보통 양민보다 심지가 조금 더 굳은 것 외에는 아무것도 없다. 당장 서도가 사라지면 그들은 제 입에 풀칠하는 것조차 버거워질 것이다. 녹산의 세력과 결탁하지 않은 북평도의 양반 중 가세를 유지하고 있는 것은 최씨 문중뿐이다. 최서도가 죽으면 최씨 문중의 가주는 남평도에 있는 자가 된다. 그자는 북평노에 아무 애정이 없다. 그들이 목숨을 걸고 진행시켜 온 염원이 힘없이 사그라져 버릴 것이다. 그렇게는 만들 수 없었다.

"계획을 바꾸기로 하였네."

계원들의 얼굴을 하나하나 뜯어보며 서도가 나직이 선언했다. 일순 찬물을 끼얹은 듯한 고요가 찾아들었다.

"무어?"

뒤늦게 현원이 두 눈을 크게 떴다.

"시간이 없네. 내게 시간이 충분하지가 않아. 내 목숨이 언제 어떻게 될지 장담할 수가 없네."

"그러니 의원에게 가보자는 것이야!"

"소용없을 걸세. 보고도 모르겠는가?"

피에 젖은 소매를 들어 보이는 서도의 표정은 담담했다. 오히려 계원들의 얼굴만 사색으로 질려갔다.

"최 형!"

"소리 지르기 말게. 냉정하게 생각해 보세, 우리. 나는 곧 죽고 내가 죽으면 자네들은 그 어떤 지원도 받지 못하겠지. 끼니조차 제대로 잇지 못하면서 자네들이 일을 성사시킬 수 있겠는가?"

계원들 중 그 누구도 대답할 수 없었다.

"못하겠지. 못할 것이네. 모든 것이 수포로 돌아가겠지. 그럴 수는 없네. 내 평생의 염원이네. 포기하고 싶지 않아. 왕자를 더 직접적으로 이용해야겠네."

모두의 경악 속에서 서도는 평연히 웃었다.

"서도, 아니 되네. 그건 너무 위험해!"

"현원, 그런 말 말게. 지금보다 더 위험해질 수 있는가? 이미 최악인데 최악을 염려할 필요가 있느냔 말이야."

현원이 입을 다물었다. 반박할 말을 떠올리지 못한 현원의 얼굴이 처참하게 일그러졌다.

"자네들은 물러나 있게. 내가 하겠네. 모든 죄는 나의 것일세."

"아니 되네. 어찌 그래? 이건 우리 모두의 싸움이야. 어찌 자네에게 모든 짐을 맡기란 말이야? 그리는 못해. 그렇게는 못한단 말일세."

"나는 괜찮네."

서도가 부드럽게, 그러나 재고의 여지가 없다는 듯 미소 지었다.

그들에게 필요한 것은 왕과 왕의 군대였다. 정당한 이유를 가지고 북평도로 진격해 올 그들의 왕. 녹산을 자극하지 않으면서 녹산의 말발굽을 몰아낼 만큼 큰 왕의 군대. 그것들이 필요했다.

왕에게 군대를 움직일 빌미를 주어야 했다. 그래야 북평도가 살아날 수 있다.

"전하께서 기필코 올 것이라 말한 것은 자네였네, 현원."

결정을 내린 서도는 홀가분해 보였다.

현원이 이를 악물었다.

❋

기루와 어울리지 않는 사내였다. 매월향은 겁 없이 그를 응시하였다. 단정한 이목구비는 표정이 없어 무심했다. 부드러운 눈매와 달리 그 안에 자리한 눈동자는 무섭도록 무감했다. 박제된 짐승의 눈동자가 저러했던가.

"송언군에게 기별이 왔느냐?"

그가 물었다. 담담한 어조엔 고저가 없다. 나직한 음성은 놀랍도록 또렷하여 귓가에 선명히 박힌다.

"예, 전하."

언제부터 이분이 제 앞에서 웃지 않게 되셨을까. 매월향은 기억을 더듬다가 그만두었다. 상처를 헤집는 것은 이제 그만하기로 하였다. 그는 왕이었고, 그녀는 기생이었다. 결코 맞닿을 수 없는 관계였다.

"이리 다오."

매월향이 나긋한 태도로 잘 동봉된 서찰을 내밀었다. 청천의 왕
은 군더더기 없는 동작으로 봉인을 뜯었다. 극도로 절제된 그의 행
동에선 어떤 감정도 읽을 수가 없다. 송언군을 향한 무조건적인 애
정이 아니라면 왕을 아는 사람들은 왕께선 감정이 없다고 단정 지
어 버렸을 것이다.

"네가 고생이 많다."

"아니옵니다, 전하."

왕은 천천히 서찰을 읽어 내렸다. 한 자 한 자 정성을 기울여 쓴
필체가 그의 눈에 박혔다. 과연 송언군다웠다. 참으로 성실하지 않
은가?

무표정하던 왕의 얼굴에 희미한 미소가 번졌다. 차갑기론 얼음
같고 단단하기론 철옹성 같은 이 왕은 아우에 대해서만은 한없이
따뜻하고 부드러웠다.

그는 천천히 편지를 읽었다. 용안에서 미소가 걷히며 그늘이 내
려앉았다.

"가엾어라……."

"전하?"

"송언군에게 돌아오라고 전하라. 이만하면 충분하다. 그 위험한
곳에 굳이 송언군이 더 있을 필요가 없다."

왕이 자리에서 일어났다. 놀란 매월향이 그를 따라 일어서려 하
였지만 왕은 손을 들어 그녀를 저지하였다.

"나올 것 없다."

"전하……."

정자에서 내려선 왕이 무뜩 고개를 돌렸다. 일어서지 말라고 하

였지만 기어이 일어나 서 있는 매월향을 올려다보는 그의 눈가에 찰나 수많은 상념이 스쳤다.

"다시 오마."

짧은 침묵 뒤 다시 오겠다는 말을 남기고 왕은 몸을 돌렸다. 천천히 멀어지는 그의 뒷모습을 매월향은 하염없이 응시하였다.

"가엾어라……."

그 말이 그녀의 가슴에 콕 박혔다.

'전하, 소첩의 눈에 그 누구보다 가여우신 분은 전하이시옵니다. 백성들은 괴로우면 전하께 기댑니다. 왕자마마도 힘이 들면 전하를 찾습니다. 전하는…… 전하는 어찌하시옵니까? 괴롭고 힘이 들 때 어찌하시옵니까?'

늘 다정하던 눈빛이 죽어버린 것은 민 숙의가 북평도로 내쫓긴 뒤였다. 민 숙의의 나인이었던 매월향이 함께 쫓겨난 뒤였다.

그리 쉽게 버려질 수 있음에 절망한 것은 민 숙의만이 아니었다. 왕실의 매정함에 상처받은 것은 송언군만이 아니었다. 세자라는 이유로 그 어떤 나약함도 허락받지 못한 소년은 누가 달래줘야 하는 것일까.

'소첩은 정녕 괜찮은데, 용심은 어떠하옵니까? 전하의 마음은 괜찮은 것이옵니까?'

백성을 달래고 아우를 지키는 데 온 힘을 쏟고 있는 왕의 용안은 지독히 무표정하다. 조금의 감정이라도 드러내면 그대로 허물어져 버릴 듯 표정을 죽이고 있나.

매월향은 그가 애틋하였다. 오직 그만이 애틋하였다.

잉은 전천이 섞어 기루를 빠져나왔다. 수없이 많은 사내들이 드나드는 기루만큼 잠행을 하기 좋은 곳은 없었다.

'내 백성이 악수를 두는구나. 내가 올 것이라고 믿고 제 목숨을 거는구나. 어찌 그리 무모할까?'

왕이 힘없이 웃었다. 눈가가 뻐근했다.

북평도에서 도망친 이방에 대한 소식을 들은 순간 왕은 모든 것을 직감하였다. 조정과는 별도로 북평도의 질서를 지키기 위해 노력하고 있던 이들이 일제히 손을 뗐다. 온갖 고통이 뒤엉켜 있는 북평도는 급격히 혼란에 빠져들기 시작하였다.

그곳은 이미 한계였다. 녹산의 말발굽에 짓밟히고, 조국의 탐관오리에게 고혈을 쥐어 짜인다. 양민들은 긴 겨울에 얼어 죽고, 여름 홍수에 빠져 죽고, 그렇게 죽고 죽어가며 비명을 내질러 댔다. 그 비명이 송언군의 서찰 안에 가득했다. 분노를 표할 곳 없어 환향인에게 풀어내던 분노가 이제 세상 전부를 향하고 있었다. 당하고만 있던 환향인들도 더 이상 참지 못하고 보복의 칼날을 갈고 있다. 그것을 애써 막고 있던 이들이 보이지 않는다.

'모르겠다. 아우야, 달아, 나는…….'

찰나 허물어지려는 표정을 왕이 가까스로 다잡았다. 예의 무심한 얼굴로 돌아온 그가 고개를 들었다. 햇빛이 쏟아지자 눈이 시큰거렸다.

'몰라도 알아야 하겠지. 내가 길을 잃고 흔들리면 모두가 따라 흔들리게 되지 않느냐? 그것은 아니 된다. 나는 약조하였어. 왕이 되어 약조를 지키지 않는다면 청천의 그 뉘도 약조를 귀히 여기지 않게 될 것이다.'

왕이 잠시 눈을 감았다.

시큰거리던 눈가가 잠잠해졌다.

성군이 되기로 하였다. 만백성을 사랑하는 어진 임금이 되기로 맹세하였다. 왕자로 태어나 왕이 됨에 자신은 비록 아무 꿈도 꿀 수 없으나 다른 모든 이가 꿈을 꿀 수 있는 세상을 만들어주기로 하였다.

그러나 세상은 보기보다 복잡하고 어렵다. 바라는 바는 쉽게 손에 닿지 않는다. 사람의 수만큼 생각도 달라서 모두의 생각이 저와 같지 않다. 왕에게는 모두가 원하는 각각의 세상을 만들어줄 능력은 없다. 그가 만들 수 있는 세상은 단 하나뿐이다. 그렇다면 왕은 송언군을 위한 세상을 만들고 싶다.

그의 하나뿐인 아우…….

"소제는 모르겠습니다, 형님. 지금의 청천이 정녕 옳습니까? 정녕 바릅니까? 어찌 계집이 투기한 것만이 죄입니까? 처첩을 여럿 두어 서로 투기하게끔 만든 사내에겐 죄가 없습니까? 모두 귀한 존재라면서 왜 차별을 당연시합니까? 이상합니다. 부조리합니다. 이런 청천은 싫습니다!"

아우를 사랑한다.

자신의 청천을 아우가 싫어하지 않기를 바란다.

"세자 형님! 이것 좀 보세요. 꽃입니다, 꽃. 무척 예쁩니다. 꼭 형님을 닮았습니다!"

"형님! 형님! 이리 와보세요! 여기! 여기 보세요! 소제가 이만큼이나 자랐습니다! 한 뼘만 자라면 형님만큼 자랄 것입니다! 예? 형님도 자랐다고요? 한 뼘이 아니라…… 더 자라야 하는 겁니까?"

"형님! 세자 형님! 이 약과 좀 드셔보세요. 소제가 형님이랑 같이 먹고 싶다고 했는데 어마마마가 막 말리는 겁니다. 왜 안 되는지는 말씀도 아니 해주시고 그냥 안 된다고만 하시지 않습니까? 소제, 하여 처음으로 어마마마께 반항했습니다. 형님과 함께 먹으려고 냉큼 집어 들고 달렸습니다. 잘했지요?"

"형님! 이것 좀……."

그 맹목적인 우애, 애정.

사람들은 왕이 송언군을 지나치게 총애한다고 말한다. 건방진 왕자가 왕을 우습게 볼까 미리부터 시름한다.

송언군이 그럴 리 없다는 것을 어찌 모를까.

왕은 저가 송언군에게 주는 우애는 송언군에게 받은 우애의 반도 되지 않는다고 생각하였다. 아니 되는 것과 해야만 하는 것이 셀 수 없이 많은 삶 속에서 송언군만이 그의 유일한 위안이었다.

그 다정한 아우가 더 울어야 하는 청천을 왕은 바라지 않는다.

이상하지 않은 나라, 부조리하지 않는 나라, 송언군이 싫어하지 않는 나라, 그런 나라를 만들고 싶다. 그러기 위해서는 북평도로 가야 한다. 저를 부르는 그들의 목숨을 건 악수가 반가운 것은 그런 까닭이다.

"과인은 과연 폭군이로다."

수만 백성의 바람보다 아우 하나의 바람이 더 중하니 이 얼마나 부도덕한가.

왕은 탄식하였다.

✳

두 사람이 투덕거리며 길을 가고 있었다. 그 뒷모습을 바라보는 최서도의 표정이 어두웠다. 본래대로라면 천천히 수상한 증거를 뿌려 왕과 왕의 군대를 북평도로 이끌 생각이었다. 그 소문을 물고 나르는 역할은 송언군이 해줄 터였다. 왕자의 보고는 그 무엇보다 큰 도움이 될 것이다.

불온한 낌새를 읽은 왕이 군대를 이끌고 행차했으나 죄인은 없는 상황. 역도를 완전히 뿌리 뽑기 전까지는 떠날 수 없다며 왕의 군대는 북평도에 주둔할 명분을 얻는다. 그것을 가지고 녹산에서 불평할 수는 없을 터.

그러나 그렇게 만들기 위해서는 많은 시간이 필요했다.

시간이 많다면……. 아니, 조금이라도 더 있다면…….

"쿨럭쿨럭!"

기침이 심해졌다. 폐가 찢어질 것 같았다. 핏덩이가 목구멍에서 튀어나왔다. 언젠가 앓던 폐병이 도진 것이었다. 재발하면 손쓸 수 없을 거라던 의원이 말이 망령처럼 뇌리를 맴돌았다.

조금만 더…….

제발 조금만 더…….

기침 소리가 들렸을까. 아옹다옹 걸어가던 두 사람이 걸음을 멈추고 뒤돌아보았다. 서도와 눈이 마주친 남이의 두 눈이 커다래졌다.

"최서도 니리?"

가볍게 손을 들어 응대한 서도가 힘겹게 웃었다. 천천히 그들을 향해 걸어가는 서도의 얼굴이 점점 더 어두워졌다. 남이와 반갑게 인사를 나누는 저를 잔뜩 노려보고 있는 송언군을 향해 그가 깊이 몸을 숙였다.

현재 남이와 평민 오누이 행세를 하는 중이라던 송언군은 꼿꼿하게 허리를 세우고 있었다. 자신이 그의 정체를 알고 있다는 것을 송언군이 알고 있다는 뜻이다. 서도는 고민 없이 예를 차렸다.

"왕자마마께 인사드리옵니다. 북평도의 최서도라 하옵니다."

"북평도의 최서도라……. 우리 남이와 면식이 있다 들었다."

"예, 왕자마마. 우연히 몇 번 만난 적이 있습니다. 남이에게 목숨을 구원받았으니 그 인연이 실로 깊습니다."

표정을 잔뜩 일그러뜨렸던 송언군이 억지로 웃음을 터뜨렸다.

"하하! 그 정도로 무슨 인연이라 그러느냐? 인연이라 함은 적어도 나와 남이의 주종(主從)의 연 정도는 되어야지. 너와 남이의 연은 옷깃 스친 정도밖에 되지 않는다."

"예?"

서도가 미간을 찡그렸다. 남이를 뒤로 숨기다시피 하며 송언군이 마저 말을 뱉었다.

"특별히 할 말이 있는 것이 아니라면 가던 길을 마저 가도록 하여라. 계집과 외간 사내가 길게 말을 섞는 것은 보기에 썩 좋지 않다."

그걸 그리 잘 아는 분께서 날마다 분탕질을 하고 계실까?

잔뜩 날을 세우고 경계하는 송언군을 물끄러미 응시하던 서도가 급히 고개를 조아렸다. 퍼뜩 깨닫건대 송언군의 모습이 꼭 정적을 경계하는 사내의 모습과 같지 않은가? 서도의 눈빛이 가라앉았다.

왕자를 여어낼 방법이 코앞에 있었구나.

"왕자마마의 배려에 감읍합니다. 소인의 무례를 용서하소서."

서도가 송언군을 지나쳐 갔다. 초췌한 그의 얼굴에 결의가 서렸다.

집으로 돌아간 서도는 곧장 믿을 만한 수하 몇을 불러 송언군의 거처를 감시하도록 시켰다. 송언군과 남이가 갑자기 도성으로 돌아가면 참으로 곤란할 테니까.

"남이가 물을 길으러 오면 고하여라. 그 아이를 잡아야 한다."

"예, 나리."

수하가 굳은 표정으로 대답했다. 기합이 너무 들어가 있다. 뭐든 지나치게 긴장하면 일을 그르치는 법이거늘.

"너무 험하게 다루지는 말거라. 작은 아이일 뿐이다."

"예, 나리."

수하가 사라졌다. 혼자 남은 서도는 아픔을 무릅쓰고 크게 심호흡했다.

'미안하다, 남아. 네게 은혜를 입었거늘 그 은혜를 원수로 갚겠구나.'

서도가 쓰게 웃었다.

최서도와 우연히 만난 후 초가로 돌아오는 내내 남이는 송언군을 쏘아보았다. 금방이라도 환도할 것 같더니 송언군은 여전히 미적거리고 있었다. 이전과 달라진 점이라곤 외출할 때 그녀를 꼭 대동한다는 것뿐이다. 아무리 봐도 송언군은 아직 북평도를 떠날 생각이 없어 보였다.

"나리, 언제 돌아가는 것입니까?"

"곧 갈 것이다. 그리 재촉하지 않아노 산내도. 우리 남이는 외심도 많지."

"나리……."

"그런데 정말 딱 두 번 만난 거 맞느냐?"

"예?"

"최서도란 놈 말이다. 아주 너를 잃어버린 누이 보듯 하더구나?"

"예?"

"불쾌하다."

송언군이 이죽거렸다. 남이가 황당한 눈으로 그를 올려다보았다.

송언군은 최서도에 대해서 불쾌해할 게 아니라 어서 환도할 생각을 해야 하는 상황이었다. 그의 머릿속에 든 것이 당최 무엇인지 알 수 없는 남이는 이 상황이 지극히 불만스러웠다. 송언군이 위험할 수 있는 이 상황이 싫고, 지나치게 태연해 보이는 그의 안위가 염려되었다. 송언군이 비록 문무에 고루 능하다고 해도 일당백의 장수가 아닌 것은 분명 사실이다. 그의 능력을 폄하하는 것이 아니라 그것이 진실이었다.

"나 몰래 그놈을 만나고 다닌 것은 아니겠지?"

"나리! 그 무슨 말도 아니 되는 말씀이십니까? 종일 나리께서 쇤네를 이리저리 끌고 다니시는데 쇤네가 어느 뉘를 몰래 만나오리까?"

"으음. 그런가?"

송언군이 고개를 갸웃거렸다.

"도성으로 돌아가시긴 할 것입니까? 제발 쇤네 말 좀 들으세요."

"돌아간대도 그러는구나. 우리 남이는 잔소리도 잘하지."

"나리……."

"집에나 가자."

능청스레 남이의 어깨에 팔을 두른 송언군이 척척 발걸음을 옮겼다. 못마땅한 것이 가득하여 입술을 꾹 깨문 남이가 한숨을 폭 내쉬었다.

혹 전하께서 환도를 명하기 전에는 돌아갈 수 없는 것일까. 아직은 돌아갈 수 없다고 하면 저가 걱정할까 봐 부러 저리 느긋하게 구시는 것일까.

남이의 속만 바짝바짝 타들어갔다.

✻

다음날 아침 일찍 매월향에게서 기별이 왔다. 환도를 명하는 왕의 뜻이 적혀 있었다. 명 받잡겠다는 내용의 답신을 쓰려다가 송언군은 잠시 머뭇거렸다.

남이와 반갑게 인사를 나누던 서도의 모습이 눈앞에 아른거렸다. 그가 누구이든 남이에게 친근하게 구는 것은 달갑지 않았다. 할 수만 있다면 모가지를 확 틀어쥐고 싶었다.

그러나…….

'병색이 완연하였다. 죽을 날을 받아둔 것인가?'

송언군이 신음했다. 남이는 분명 그를 도성에서 만났다고 하였다. 그리고 그는 지금 북평도에 있다. 북평도에서 만난 모든 이들이 서도의 덕을 칭송한다. 그를 따르는 이가 셀 수 없이 많다. 제 안위보다 헐벗은 백성을 먼저 챙기는 자였다.

만약 이 모든 일의 배후에 그자가 있는 것이라면…….

'지금 떠나는 것이 성녕 옳을까?'

송언군은 쉽게 판단할 수 없었다. 왕은 그에게 환도를 명했지만 정말 이대로 북평도를 버려두고 뒤돌아서도 되는 것일까.

무료겠다. 스르륵 바닥에 몸을 누인 송언군이 눈을 감았다. 지독히 피곤하였다. 왕실의 무능과 마주하는 것은 그의 심신을 지치게 했다. 최서도와 마주친 순간 이러지도 저러지도 못하는 무력감이 휘몰아쳤었다.

더 큰 힘이 있으면 좋겠다.

더 많은 지혜가 있으면 좋겠다.

가엾은 북평도의 백성들을 한 번에 안을 수 있도록 이 품이 넓었으면 좋겠다.

'어찌할까? 어찌할까, 남아.'

지친 송언군은 까무룩 잠이 들었다.

송언군이 잠에서 깬 것은 정오 무렵이었다. 깜빡 잠이 들었다는 것을 지각한 송언군이 번쩍 눈을 떴다.

"잠들었나……."

어지간히 피곤했던 모양이다. 남이에겐 걱정할 일은 아무것도 없다는 듯한 태도로 일관하고 있었지만 도성을 떠나온 이후부터 송언군은 줄곧 신경이 곤두선 채였다. 목덜미를 주무르며 몸을 일으킨 송언군이 마루로 나왔다. 정오의 뙤약볕이 마당 위로 떨어지고 있었다.

"남아?"

습관적으로 남이를 찾아 두리번거리던 송언군이 미간을 찡그렸다.

"남아, 어디에 있느냐?"

혼자 돌아다니지 말라고 그리 일러두었는데 어쩐지 느낌이 불길했다. 모골이 송연해지는 기분이 드는 순간 송언군은 정신없이 초가를 뒤지기 시작했다. 남이가 없었다.

"또 어딜 간 것이야! 그리 혼자 다니지 말라고 하였거늘!"

빨래를 하러 갔을까? 나물을 캐러 갔을까?

가만, 물독! 물독은 어디 간 것이지?

물독이 없다. 송언군은 그대로 우물가를 향해 뛰어갔다. 심장이 거칠게 요동쳤다. 불길하고 또 불길하였다.

"남아?"

우물가는 비어 있었다. 우두커니 선 채 송언군은 이해할 수 없다는 듯 미간을 찌푸렸다. 남이의 대답이 들리지 않는다. 살랑 불어온 바람만 그의 머리칼을 어루만지며 사근사근 속삭인다. 아무도 없다고. 이곳엔 아무도 없다고.

송언군의 시선이 힘없이 떨어졌다.

깨진 항아리 조각이 보인다. 그 주위로 채 마르지 않은 물이 흩어져 있다.

남이다. 남이가 바로 조금 전까지만 해도 이곳에 있었다. 그런 불길한 직감이 엄습하였다.

"남아, 여기 있는 것이지? 물독을 깼다고 혼날까 숨은 것이지? 응? 그런 것이지? 괜찮다, 남아. 이 징모르는 혼내지 아니 해, 내가 이래 보여도 청천의 왕자인데 고작 물독 하나 때문에 너에게 성을 낼까. 네 주인을 아직도 그리 몰라?"

송언군의 목소리가 애처롭게 떨렸다. 남이의 대답은 여전히 없다. 금방이라도 울음을 터뜨릴 듯 일그러진 얼굴로 송언군이 주변을 급히 누비면서렸다. 나무 뒤도 살펴보고 우물 속도 내려다보았다. 남이는 없었다. 그림자도 보이지 않는다. 두 눈을 질끈 감았다

뜬 송언군이 크게 심호흡을 했다. 심장이 터질 것 같다.

"보복엔 선이 없지 않습니까, 나리?"

그렇다. 보복엔 선이 없다. 무엇이 옳은지는 중요치 않고, 어디까지 용서받을 수 있는지도 중요치 않다.

"남아…… 남이야."

어딜 간 것일까. 남이가 어디로 사라져 버린 것일까.

허물어지듯 주저앉은 송언군의 손끝이 덜덜 떨렸다. 머릿속이 텅 비어갔다. 거대한 두려움이 그를 집어삼켰다. 최악의 가능성이 엄습해 왔다.

"아니 되는데…… 이럼 아니 되는데……."

세상 전부를 잃어도 남이는 잃을 수 없다.

북평도를 걱정하다가 남이를 잃을 수도 있다는 것을 진즉 알았다면 송언군은 미련 없이 이곳을 떠났을 것이다. 그 무엇보다 남이가 소중했다. 북평도의 아픔을 어루만지는 것보다 남이를 무사히 지키는 것이 더 중요했다.

"왜…… 어째서 남이를……."

떨어질 것 같은 눈물을 송언군은 가까스로 참아냈다. 우는 것은 아니 된다. 남이는 무사하다. 그녀를 벌써 잃어버린 듯이 포기해서는 안 된다. 생각하자. 생각하자. 남이가 어디로 갔을까? 남이가 사라졌다면 왜 사라졌을까? 스스로 사라진 것일까, 누군가 사라지게 한 것일까? 누군가 그녀를 사라지게 했다면 누가 그랬을까? 왜 그랬을까?

왜…… 대체 왜…….

송언군이 천천히 고개를 들었다. 으리으리한 기와집이 보였다. 최서도의 집이다.

'최서도……'

결국 그가 모든 일의 열쇠로구나.

벌떡 일어난 송언군이 서도의 집을 향해 달렸다. 쾅쾅 문을 두드리자마자 기다렸다는 듯이 문이 열렸다. 잔뜩 성난 표정으로 사랑 마당에 들어선 송언군이 두 눈을 부릅떴다.

"최서도!"

대문이 닫히는 소리가 들렸다. 저를 둘러싸는 이들의 모습도 보였다. 송언군은 저가 미끼를 물었음을 조금 늦게 알아챘다. 그의 몸이 분노로 떨렸다.

"어서 오시지요, 왕자마마."

드높은 벽, 세상과 고립된 대저택.

병든 사내가 송언군을 기다리고 있었다. 잔잔히 웃는 사내는 평온해 보였다. 송언군의 눈에서 불똥이 일었다.

송언군과 마주 선 순간 서도는 마지막 선을 넘긴 것이었다. 타오르는 송언군의 두 눈에 분노가 일렁이고 있었다. 아무렴 상관없다. 왕자를 잡았다. 이젠 멈출 수 없다.

"남이는 어디 있느냐?"

송언군이 사납게 물었다.

"그것이 중요합니까?"

"대체 무슨 짓을 저지르려는 것이냐?"

"알고 계시지 않습니까?"

송언군이 입술을 시트물었다.

"남이를 어찌하려고 그러느냐? 왕자의 가노를 팔아넘기기라도 할 테냐?"

"팔다니요, 왕자마마. 소인의 삶이 그 정도로 궁핍해 보이옵니까?"

"그럼 대체 왜! 남이를 놓아주어라! 착하고 고운 아이다! 아무 죄도 없단 말이다!"

송언군이 격분해 소리쳤다. 서도가 쓴웃음을 삼켰다.

'세상 모든 양반과 왕족이 왕자마마와 같다면 청천은 지금과 같지 않겠지요.'

왕자의 가노(家奴). 그것이 남이의 현 신분이다. 고작 노비 따위를 되찾기 위해 위험을 뻔히 알면서도 뛰어든 왕자. 그는 쉽게 멸시받는 천것을 더없이 아끼고 있었다.

청천의 모든 이가 그와 같다면 북평도의 상황도 달라졌을 터. 모욕과 핍박 받는 대신 위로와 보호를 받을 수 있었겠지.

그러나 안타깝게도 송언군 같은 이는 많지 않다. 천것을 소중히 여기는 이들은 정녕 없다. 제 뱃속을 채우는 데 급급하여 힘없는 이들을 쉽게 짓밟아 버린다.

그것이 안타깝다.

"남이를 놓아달란 말이다!"

"왕자마마의 명치, 목덜미, 심장…… 모든 곳에 화살이 겨누어져 있습니다. 무모한 짓은 하지 마시옵소서."

송언군의 손이 허리춤의 칼로 옮겨가는 것을 본 순간 서도가 나직이 경고하였다. 입술을 짓이기며 손을 내린 송언군의 얼굴이 분노로 물들었다.

"네놈……"

"소인도 소인의 백성을 다치게 하고 싶지 않습니다. 왕자마마도 남이도 좋내는 소인의 백성이 될 것이니 귀히 여기고 싶습니다."

"네놈이 지금 역모를 말하는 것이냐? 감히!"

서도가 소리 없이 웃었다. 그의 웃음은 가을바람을 닮았다. 쓸쓸하고 서늘하다. 그것이 체념이라는 것을 송언군은 알 수 있었다.

왕을 부르기 위해 스스로 역도가 된 사내를 보며 송언군은 분노와 절망, 연민을 동시에 느꼈다.

"왕이 없는 땅입니다, 왕자마마."

"무어라?"

"알고 계시지 않습니까? 북평도는 버려진 땅입니다. 왕이 없는 땅의 왕이 되고자 함이 어찌 역모입니까?"

서도가 오만하게 턱을 치켜들었다. 그 모습이 하나도 위협적으로 보이지 않는 것은 그의 얼굴에 완연한 병색 때문이리라. 당장 쓰러져도 이상하지 않을 것 같은 서도를 차마 더 보지 못한 송언군이 시선을 떨어뜨렸다.

"남이…… 남이는 괜찮은 것이냐?"

"아직은 무사합니다, 왕자마마. 그러니 소인이 그 아이를 해치지 않도록 왕자마마께서 도와주시옵소서."

"네가 감히 지금 남이를 해하겠다고 나를 겁박하는 것이냐?"

"남이를 해하지 않도록 도와달라 청한 것입니다."

서도가 침착하게 대꾸했다.

그는 지금 송언군의 기분을 짐작도 할 수 없었다. 자신의 소유인 게 분명한 것을 빼앗아 협박하는 비겁자에게 속으로 어떤 비난을 보내고 있을까.

그러나 다 괜찮다. 시키고 싶던 부인은 이미 오래전 잃었다. 더 잃을 것도 없는 상황이다. 녹산의 노략질로부터 북평도의 사람들을 구할 수만 있다면 서도는 제 몸이 부서져도 정녕 상관없었다. 어차피 곧 부서질 몸이었다.

"소인은 왕자마마께서 북평도에 온 연유를 알아야겠습니다."

"네놈이 알 것 없다."

"그 무능한 왕에게 무엇을 고자질할 생각인지도 알아야겠습니다."

"고, 고자질?"

송언군의 표정이 구겨졌다. 서도가 씁쓸히 웃었다.

생모가 사사되었다고 해도 송언군은 궁 안의 꽃이었다. 왕이 하나뿐인 아우를 심히 아끼니 송언군의 파락호 같은 짓거리에도 양반들이 할 수 있는 일은 송언군을 벌하라는 상소가 고작이었다. 그 상소조차 결코 받아들여지지 않으니 왕은 과연 아우를 극진히 우애하였다.

남이가 송언군의 약점이라면 송언군은 왕의 약점이었다. 왕을 움직이게 하는 데에 송언군만 한 미끼는 없을 것이다.

남은 시간이 없어 더욱 절박해진 서도는 벼랑 끝에 선 마음으로 송언군을 붙잡아야 했다. 이 죄는 모든 그의 것이다. 모든 벌은 그가 받을 것이다.

"소인은 심히 궁금하군요. 도대체 이제 와서 무얼 하겠다고 전하께서 왕자마마를 보냈을까요? 없는 죄라도 뒤집어씌워 이 땅의 가엾은 백성을 몰살시키기라도 하실 셈이랍니까?"

"그럴 리가 없지 않으냐? 전하께선 그런 분이 아니시다!"

"아닌지 맞는지 소인이 어찌 아오리까?"

"최서도!"

"조사해 보면 무엇이든 나오겠지요. 왕자마마께서는 그때까지 얌전히 계셔야겠습니다."

"네놈……."

"아무리 분하셔도 이곳에 왕자마마를 구해줄 이가 없다는 것을 기억하소서. 도성의 왕군이 설마 왕자마마를 도울 수 있을 거라는 생각은 아니 하시겠지요? 북평도의 헐벗은 이들이 왕자마마를 구해주리란 생각도 아니 하시겠지요? 조정과 왕실을 향한 이 땅의 원망은 이미 하늘에 닿을 듯 드높습니다. 우리를 버린 왕족을 혹여 동정이라도 할 리 없으니 왕자마마께서는 부디 현명하게 처신하시기를 바랄 뿐입니다. 현실을 똑바로 보시옵소서."

감정 없는 목소리로 경고를 마친 서도가 손을 들었다. 서너 명의 장정이 나타나 송언군을 둘러쌌다.

송언군이 이를 악물었다. 이곳은 드높은 담으로 둘러싸인 최씨 저택. 서도의 말처럼 그 어떤 도움도 기대할 수 없었다.

송언군은 서도의 속을 뜯어볼 기세로 그를 노려보았다. 서도가 어디까지 할 생각인지 알 수 없었다. 이것이 왕을 부르기 위한 반항의 일종일 뿐이라고 해도, 서도는 어쩌면 모든 종류의 죄를 지을 각오를 했는지도 모른다.

그런 상황에서 남이의 안전을 보장받을 수 있을까?

"나는…… 나는 죽여도 좋다, 최서도. 남이는 살려다오. 그 아이만은 살려다오. 남이에겐 죄가 없다. 남이는 북평도의 아이다. 이곳에서 나고 자랐다. 내 가노이나 나와는 무관하다. 남이는 오히려 이곳의 헐벗은 이들과 같다. 그러니 남이는……."

"모시어라!"

송언군의 말을 자르며 서도가 소리쳤다. 장정들이 일제히 달려들었다.

송언군의 두 눈이 번쩍 뜨였다가 감겼다. 바닥으로 쓰러지는 그를 덩치 큰 사내가 받아 들었다. 송언군을 둘러메고 곳간으로 사라지는 이를 말없이 응시하던 서도가 마루에 털썩 주저앉았다.

'모든 죄는 소인의 것입니다.'

제 목숨보다 계집종의 목숨을 더 귀히 여기는 송언군이 인상적이었다. 그토록 아끼는구나. 그 아이를 그리 많이 아끼시는구나.

처음 만난 날 남이도 송언군만 생각하였다. 둘은 서로를 지극히 소중히 여기고 있었다.

그 마음이 은애임을 서도는 알 수 있었다. 왕자와 노비라는 신분의 차가 그들의 마음이 은애가 아닌 것처럼 보이게 하였지만, 그것은 필시 은애였다.

누군가를 그토록 아낄 줄 아는 왕자라면 북평도를 지키고 싶은 이 마음도 이해해 주겠지.

"왕은 올 것이다."

나직이 뇌까린 서도가 지친 웃음을 지었다.

❋

"읍, 우읍!"

괴이한 소리에 송언군은 가까스로 눈을 떴다. 해가 지고 있는지 창살 너머로 햇빛이 기어들어 왔다. 눈이 부셔서 아미를 찡그린 송언군이 도로 눈을 감았다.

"우우읍!"

수상한 소리가 다시 들렸다. 피곤하여 자고 싶거늘 웬 놈이 소란을 피우는 게야. 짜증스레 눈을 뜬 송언군이 다음 순간 벌떡 일어나려고 하였다.

남아!

"우웁!"

남이를 힘껏 불렀으나 소리가 제대로 만들어지지 않았다. 더욱이 벌떡 일어났다고 생각했는데 몸은 여전히 바닥에 엎어져 있었다. 그제야 무언가 잘못되었다는 사실을 깨달은 송언군이 미간을 모았다.

온몸이 결박되어 있고 입에는 재갈이 물려 있었다.

'최서도!'

자신이 잡힌 신세라는 것을 그제야 떠올린 송언군의 표정이 무섭게 일그러졌다.

"우웁! 우우웁!"

그러나 당장 급한 것은 남이였다. 그녀가 무사하다는 것이 제일 중요했다.

'남아! 괜찮은 것이냐?'

우웁거리며 송언군이 눈빛으로 간절히 물었다. 남이가 힘껏 고개를 끄덕였다.

'어디 다친 곳은 없느냐? 좀 살펴…… 보기는 힘들겠구나.'

손이 뒤로 묶인 채 불편한 자세로 꿇어앉아 있는 남이는 울 것 같은 얼굴이었다. 송언군은 마음 같아서는 그녀의 뺨을 어루만져 주고 싶었다. 그러나 두 손이 자유롭지 않아 그것은 불가능했다.

일단 재갈부터 풀어야 했기에 송언군은 머리를 굴려댔다.

'오호라!'

송언군은 제 재치에 감탄했다. 손이 뒤로 묶여 있어 자신의 손으로 자신의 재갈은 어찌할 수 없으나 다른 사람 손을 이용하면 뭔가 되지 않겠는가?

꼴이 조금 사납긴 하지만 열심히 뒤척여 남이에게 등을 돌리고 누운 송언군이 부지런히 두 손을 꼼지락댔다. 한참 뒤 남이가 그의 뜻을 이해한 것인지 그의 손에 얼굴을 묻어왔다. 긴 시간 재갈과 싸움을 한 끝에 송언군은 남이의 입을 막고 있던 재갈을 아래로 치워냈다.

"나리! 괜찮으시옵니까?"

숨을 탁 토해낸 남이가 다급하게 물었다.

'괜찮으냐고 묻지 말고 재갈부터 풀어줘야지!'

송언군이 고개를 돌려 그녀를 애타게 쳐다보았다. 두 눈을 끔뻑거리던 남이가 뒤늦게 이해하고는 등을 돌렸다.

송언군은 남이가 했던 대로 그녀의 손에 얼굴을 묻었다. 작은 손이 재갈을 풀기 위해 꼼지락거렸다. 송언군이 엷게 웃었다.

'남아, 네 손이 참말 작다. 이 작은 손으로 그 많은 일을 해온 것이냐?'

"아!"

겨우 송언군의 입에 물린 재갈을 아래로 내린 남이가 작은 탄성을 내뱉었다. 숨을 훅 내쉰 송언군이 작게 웃었다.

"남아, 네 꽤 엉큼하구나."

"예? 그 무슨……."

"아무리 사내가 궁하기로서니 주인의 얼굴을 그리 더듬더듬해도 되는 것이냐?"

"나, 나리! 그런 것이 아니옵니다! 쇤네는 그저!"

"쉿! 놈들이 듣겠다. 목소리를 낮추어라."

"아! 예, 나리. 쇤네가 조심성이 없어……."

꾸물꾸물 힘들게 몸을 일으킨 송언군이 벽에 기대어 앉았다. 불편하게 앉아 있던 남이가 그를 바라보았다.

"다친 곳은 없느냐?"

송언군이 다정히 물었다. 울먹울먹 남이의 두 눈에 물기가 차올랐다. 자초지종을 설명하려는 듯 입술을 달싹이던 남이는 몇 번이고 입을 다물었다. 납치당해 감금되어 있는 이 상황이 무섭고도 서러운 것 같았다.

"남아, 나를 보아."

"나리……. 나리, 쇤네는……."

"설명은 되었다. 네가 다치지 않았다면 그것으로 충분하다. 아무 걱정 말거라."

"나리와 함께 납치되었는데 어찌 아무 걱정도 아니 하겠습니까?"

"너는 내 것이지 않으냐? 그 누구도 내 것을 다치게 할 수 없다. 너는 내가 구할 것이다."

남이가 픽 웃었다.

"나리께서도 그리 묶여 계신데요?"

"네가 몰라서 그러는데 내 별호가 탈출이다, 이탈출."

"전에는 별호가 세탁이라고 하지 않으셨습니까?"

"별호가 어디 하나뿐일까?"

송언군이 능청스럽게 웃었다. 한숨을 폭 내쉰 남이가 화제를 돌렸다.

"나리, 하온데 누가 왜 쇤네와 나리를 납치한 것입니까?"

"알 게 무어냐. 남아, 여기 좀 보아다오. 놈들이 머리를 얼마나 세게 쳤는지 혹이 난 것 같다. 네가 호, 해주면 좀 나을 것 같구나."

"나리, 쉰네 지금 심각합니다."

"나노 심삭하다."

송언군이 머리를 들이밀었다. 눈썹을 찡그린 남이가 마지못해 그의 머리를 살폈다. 호, 불어오는 그녀의 숨결에 송언군이 배시시 웃었다.

"되었다. 이젠 하나도 아니 아프구나. 슬슬 어찌 탈출할지 고민이나 해볼까?"

"나리."

"으음. 조용히 해보아라. 내 영혼 속 이탈출이 속삭이고 있노라."

"나리!"

남이가 버럭 송언군을 불렀다. 움찔 놀란 송언군이 남이를 쏘아보았다.

"쉿! 놈들이 오면 어찌하려고!"

"나리, 그전에 말씀 좀 해주십시오."

"무엇을?"

"쉰네와 나리를 납치한 작자들이 무슨 짓을 꾸미고 있는 것입니까? 나리께서는 짐작하고 계신 것이지요?"

"내가 그리 영리해 보이느냐?"

흐뭇한 표정을 지으며 잠시 입을 다문 송언군이 눈을 내리떴다.

남이가 송언군을 빤히 바라보았다.

조각 같은 외모다. 부드러운 선이 여인의 것보다 곱다. 천하절색이었다는 민 숙의를 쏙 빼닮았다는 이야기가 과연 과장은 아니었다. 이 상황에서 그를 가까이 볼 수 있다는 이유 하나만으로 빠르게 뛰는 제 심장이 남이는 어처구니없었다.

"반란…… 이려나?"

반 박자 뒤에 송언군이 혼잣말처럼 중얼거렸다. 남이의 입만 떡 벌어졌다.

"예에? 바, 반란이요?"

"반란이 아니라면 무얼 위해 왕자를 붙잡겠느냐?"

"그렇긴 하오나……."

"괜찮다. 반란이라 하여도 왕자의 목숨을 가벼이 볼 수는 없을 터이니."

송언군은 눈빛이 가라앉았다.

반란이라는 단어를 가볍게 입에 담았지만 그의 마음은 천근만근 무거웠다. 서도는 스스로 역도라 일컬으며 모습을 드러냈다. 그는 영민한 자이다. 송언군과 남이가 제때 돌아가지 못한다면 왕이 군대를 보낼 것을 알고 있다.

그것을 바라는 것일까. 제 목숨은 안중에도 없이 다만 그것만을 바라는 것일까.

"가엾도다."

송언군이 작게 중얼거렸다. 흠칫 커진 남이의 동공이 송언군을 향했다. 문득 고개를 돌린 송언군이 그녀와 눈이 마주치자 짓궂게 웃었다.

"남아, 네 정녕 엉큼하다. 고뇌에 빠진 선비의 얼굴을 그리 빤히 보며 무슨 생각을 하는 것이야?"

최서도. 그의 본심이 떨어지는 나뭇잎처럼 애달프다.

9.
북평도에 부는 바람

응당 와야 했음에도 오지 않는 송언군의 답신에 왕은 과거의 기억을 더듬었다. 환도하라는 왕명을 송언군이 받지 못했을 리는 없다. 어떤 변고가 생긴 것인가.

나부끼는 바람에 애틋한 기억이 뒤섞인다.

"세자 저하, 성군이 되시옵소서. 꼭 성군이 되시옵소서⋯⋯."

정자에 걸터앉아 눈을 내리뜬 왕은 상황을 곱씹었다. 군을 움직일 준비를 슬슬 하고 있었지만 더 서둘러야 할 것 같았다.

'곧이라고는 생각하였다. 더 부서질 곳도, 삭을 곳도 없는 북평도가 아닌가. 그 애타는 부름을 과인은 무력하여 여태 외면만 하였다. 이제 갈 것이다. 내 아우를 찾으러 갈 것이다. 현원, 그대를 만

나라 갈 것이다.'

무심한 용안에 찰나 동요가 일었다. 그러나 굳게 감았다 뜬 두 눈엔 그 어떤 번뇌도 없었다.

"내금위장."

"예, 전하."

왕은 먼 곳을 응시했다. 북쪽이었다.

"기병을 집결시켜라."

"예?"

"북평도로 갈 것이다."

"전하, 출병을 결정하시기엔 시기가……."

"송언군이 사라졌다. 내 아우를 찾아야 한다."

성군? 그것이 무엇인지는 모르겠다.

언제나 성군이 되고자 하였지만 모두에게 성군이 되어줄 수 없다는 것을 안다. 누군가는 반드시 그의 결정에 불만을 가진다. 새로 시작되는 정책들은 큰 반발을 불러올 것이다.

모두의 성군이 될 수 없다면 왕은 아우의 성군이 되어주기로 했다. 나약하여 잃기만 하는 이들을 위하는 왕이 되기로 했다.

남녀가 다르지 않는 세상, 출신지에 구애받지 않는 세상, 노소가 똑같이 존중받는 세상, 다름이 차별의 이유가 아니라 기쁨의 이유가 되는 세상……

그런 세상을 만들고 싶다.

그리고 이제 겨우 북평도의 처절한 부름에 응할 기회를 얻었다.

왕은 그곳으로 갈 것이다.

지금 당장 머뭇거림 없이 갈 것이다.

꼬박 며칠이 지나도록 송언군과 남이는 갇혀 있었다. 끼니를 들고 온 서도는 친히 그들에게 음식을 먹여주었다. 그는 재갈을 풀고 끙끙대고 있는 송언군과 남이를 보며 고개를 절레절레 내저었다. 서도는 밥을 다 먹여준 후 재갈을 다시 물려주고는 돌아갔다. 송언군과 남이는 최서도 외의 얼굴은 볼 수 없었다. 그를 제외한 이들은 모두 복면을 쓰고 있었다.

'모든 죄를 저 혼자 뒤집어쓰겠다는 것이로군.'

송언군은 직감하였다. 모두의 정체를 철저히 감추는 것은 그 이유밖에 없었다.

"나리, 괜찮으십니까? 피, 피가······."

겁에 질린 남이의 목소리에 송언군이 가볍게 웃었다. 송언군은 손목을 결박한 밧줄을 풀어내려 애쓰는 중이다. 해진 살갗에서 배어나온 피가 남이를 겁먹게 했다. 보는 것만으로도 아픈 듯 남이는 잔뜩 울상을 하고 있었다.

"괜찮다, 남아. 자고로 사내라면 이 정도 피에 물러나선 아니 되지. 그나저나 참 튼튼하게도 묶어놨구나. 톡 치면 툭 쓰러질 듯 비리비리하게 생겨서는······."

너스레를 떤 송언군이 또다시 손목을 바르작거렸다. 풀릴 일이 요원해 보이던 밧줄은 그래도 처음보다는 헐렁해져 있었다. 수시로 찾아와서 다시 묶어놓고 가던 서도의 발길이 뜸한 오늘이 기회였다. 오늘 줄을 풀고 탈출하지 못한다면 또 처음부터 시작해야 할지도 모른다.

살이 다 쓸려서 움직일 때마다 아릿한 고통이 찾아들었지만 송언군은 젖은 눈으로 저를 걱정하고 있는 남이를 보며 힘을 내기로 했다. 그녀의 시선이 오롯이 저를 향하는 게 흡족하였다.

"남아, 너는 나만 믿으면 된다. 그 누구도 왕자의 것에 손대지 못하게 할 것이니. 오!"

한참을 끙끙거리던 송언군이 순간 희열에 찬 비명을 내지르다 입을 꾹 다물었다. 밧줄이 풀렸다. 저가 해내고도 믿을 수 없어 두 눈을 끔뻑거리던 송언군이 이내 콜록콜록 기침을 해댔다. 사레가 들린 모양이다. 한참 계속되던 기침이 멎자 송언군은 발갛게 변한 얼굴로 의기양양하게 웃었다.

"해냈다, 남아!"

송언군이 밧줄이 풀린 손목을 자랑스럽게 내밀었다. 밝은 그의 표정과는 반대로 남이의 얼굴은 사색이 되었다.

"나, 나리! 나리 손목이……."

"밧줄이 풀렸다! 밧줄이 풀렸는데 이깟 살갗 좀 벗겨진 게 무슨 대수겠느냐? 잠시 기다리거라. 네 것도 풀어주마."

발을 묶고 있던 밧줄도 풀어낸 송언군이 얼른 남이의 뒤쪽으로 가 그녀의 상태를 살폈다. 그의 다정한 손길이 혹여 남이가 아플세라 조심조심 밧줄을 풀기 시작했다. 남이의 밧줄도 다 풀어낸 송언군이 그녀의 손목을 보며 사납게 중얼거렸다.

"우악스러운 놈!"

그의 두 눈에 붉은 자국이 선명한 남이의 손목이 비쳤다. 서도의 절박함을 이해 못하는 것은 아니지만 남이를 함부로 하는 자는 죽어도 용서하기 싫었다.

"나리, 쇤네는 괜찮습니다. 쇤네보단 나리가……."

"나가서 의원을 찾아주마."

"쇤네는 정말 괜찮습니다."

남이가 거듭 말했다. 송언군은 개의치 않았다. 그는 남이의 손목을 조심스럽게 어루만졌다.

"또, 또. 어찌 그리 주인님 말씀에 꼬박꼬박 말대꾸야? 내가 무슨 말을 하면 너는 그냥 그리 하겠습니다 대답하면 된단 말이다."

"나리……."

괜히 신경질을 부린 송언군이 벌떡 일어나서는 곳간 여기저기를 살폈다. 북평도 최고 부자의 곳간이라고 보기엔 너무나 곤궁하였다. 식솔들을 제대로 먹일 수는 있을까 싶을 정도였다. 굶주린 이들에게 전부 베푼 까닭이겠지.

"왕이 없는 땅입니다, 왕자마마."

"왕이 없는 땅의 왕이 되고자 함이 어찌 역모입니까?"

왕이 없는 땅. 반박할 여지가 없었다. 왕조차 버린 땅. 그것이 사실이었다.

그런 왕조차 애타게 기다릴 수밖에 없는 북평도의 백성들이 애달프다.

'진짜 왕이 되려는 것은 아닐 터. 역모를 꿈꾸는 것은 쉽되 그 역모를 유지하는 것은 어렵다는 것을 최서도가 모를 리 없다. 일 년에도 수차례 일어나는 민란은 난(亂)이되 결코 전하께 진심으로 대항하는 것은 아니다. 그것은 일종의 처절한 읍소……. 최서도라고 다를 것인가…….'

서도의 발자취를 따라 북평도인의 울부짖음이 들려왔다.

살려주소서. 보살펴 주소서. 버리지 마소서.

비명, 절규, 끝없는 절망…….

그 속에서 어떻게든 왕의 구원을 붙잡아보려는 보잘것없는 손길들. 왕자를 붙잡아 외쳐야만 그들의 반란은 '진심'으로 여겨져 왕을 부를 수 있는 것일까? 이리 모든 것을 내던져야 그 바람이 도성까지 갈 수 있는 것일까?

마음이 지끈거리며 아파왔다. 송언군이 미간을 누르며 벽 높이 위치한 창을 바라보았다.

"남아, 이리 와보거라. 저기로 네가 넘어갈 수 있지 않을까?"

창을 막고 있는 것은 나무로 된 살 두어 개였다. 그나마도 몹시 낡아서 금방이라도 부서질 듯했다. 힘을 주어 뜯는다면 필시 뜯어질 것이다.

"너무 높습니다, 나리."

"높기는. 너는 할 수 있다. 내 것이지 않으냐?"

"예?"

송언군은 다짜고짜 벽 아래 엎드렸다. 남이의 얼굴이 하얗게 질렸다.

"나, 나리!"

"바쁘다, 남아. 네가 꾸물거리는 동안 악의 무리가 돌아오면 어쩔 테냐? 어서 서둘러라!"

"나리, 하오나…….."

"어서!"

송언군이 다그치자 남이가 마지못해 신을 벗고서 조심스럽게 송언군의 등을 밟고 섰다.

끙끙거리며 살을 뜯던 남이가 표정을 찡그렸다. 무언가 이상했다. 도대체 무엇이 이상한 것인지 한참 밖을 둘러보던 남이가 무뜩 깨달았다.

조용하다. 지나치게.

무시무시할 정도의 적막, 집 안이 텅 비어버린 것만 같은 고요, 잡일 하는 몸종들의 재잘거림조차 없다.

"이상합니다, 나리."

송언군의 등에서 내려서며 남이가 중얼거렸다.

"무엇이?"

"너무 조용합니다."

밑도 끝도 없는 불길함이 남이를 덮쳤다. 오한이 든 듯 바르르 몸을 떠는 그녀를 송언군이 놀란 눈으로 바라보았다.

"조용하다?"

"예, 나리. 인기척이 전혀 없습니다. 온 집 안이 텅 빈 듯 썰렁합니다."

"그거 참 이상하구나."

송언군도 동의하였다.

눈썹을 찡긋거린 송언군이 바닥에 앉아 생각에 잠겼다.

'밖에서 무슨 일이 벌어지고 있는 것이지?'

처음에는 남이를 창문으로 밀어 넣어 밖으로 내보낸 뒤 곳간 문을 열게 할 계획이었다. 그러나 무엇이 도사리고 있는지 알 수 없는 곳에 남이를 보낼 수는 없었다.

'이를 어찌한다.'

언제 최서도가 돌아와서 그들을 다시 묶을지 모른다. 도망갈 기회는 지금이었다. 설령 자신은 잡히더라도 남이는 탈출시켜야 한다고 송언군은 생각했다. 세상 전부를 잃어도 남이는 지켜야 했다. 남이가 가장 중요하다.

"나리, 이제 어찌……."

조심스럽게 말을 걸던 남이가 순간 입을 다물었다. 그녀의 얼굴에 긴장감이 스쳤다.

다다다다!

다급한 발소리였다. 발소리는 곧장 송언군과 남이가 갇혀 있는 곳간으로 달려왔다.

철커덩, 철컹!

자물쇠 따는 소리가 요란하다.

송언군이 반사적으로 남이를 등 뒤로 숨겼다. 벌컥 곳간 문이 열리자마자 한 사내가 소리쳤다.

"도망가십시오, 어서!"

그는 밧줄을 풀어낸 송언군과 남이를 보고 당황할 틈도 없는 것 같았다.

"최서도?"

"머뭇거릴 시간이 없습니다! 남이를 데리고 어서 가십시오!"

이해할 수 없는 말이다. 송언군이 미간을 찡그렸다.

최서도는 북평도에서 나고 자랐다. 이 땅이 그의 고향이고 그의 삶이었다. 그는 북평도를 벗어날 수 없었다. 모두가 못 살겠다며 떠나가도 서도는 결코 그럴 수 없었다. 얼마 남지 않은 생을 전부 불태워서라도 북평도를 지켜야 했다. 이 땅에서 태어나 버림받았음에도 북평도를 사랑하였던 그의 부인을 위해서였다.

서도는 다시는 세 부인과 같은 이들이 생기지 않기를 바랐다. 그것만이 그의 소망이었다.

"도망가라?"

남이를 등 뒤에 숨긴 송언군이 멍하니 중얼거렸다. 이내 그가 코웃음 쳤다.

"무슨 뜻이냐? 잡아다 묶어둘 때는 어쩌고 다짜고짜 가라니? 내가 네놈 말대로 할 것 같으냐? 네 음흉한 속을 어찌 알고!"

서도는 답답함을 느꼈다. 저도 일이 이리 흘러가게 될 줄은 몰랐다.

왜 지금, 왜 하필 지금…….

휩쓸고 지나간 지 한 달도 채 지나지 않았거늘 녹산국 놈들이 또다시 쳐들어왔다. 놈들의 손속엔 자비가 없다. 송언군은 왕자이니 그렇다 쳐도 남이는 지극히 위험했다. 열일곱의 어여쁜 계집. 그들이 남이를 지나칠 리 없었다. 남이가 끌려가기라도 하는 날에, 송언군은 어찌할까? 제 것을 빼앗긴 왕자. 제 것을 빼앗긴 채로 방관하면 왕실의 위엄은 어찌될까? 녹산과 전쟁을 할 수는 없어도 북평도에 화풀이를 할 수 있지는 않을까? 상상도 하고 싶지 않은 일이다. 북평도는 지금과 비교할 수 없을 정도로 황폐해질 것이다. 막아야 했다.

"왕자마마, 소인이 밉더라도 지금은 소인의 말을 들으셔야 합니다. 녹산국 놈들이 오고 있습니다. 노략질을 해간 지 얼마 되지도 않았는데, 빌어먹을! 놈들의 약탈 간격이 점점 짧아지고 있단 말입니다. 그래도 이 달은 괜찮을 것이라 여겼거늘 소인의 오판이었습니다. 보기 좋게 틀렸습니다. 그러니 왕자마마와 남이는 어서 몸을 피하십시오. 북평도를 빨리 떠나시란 말입니다! 소인을 의심하느라 시간을 지체하여 남이가 그들에게 끌려가게 하고 싶으신 것은 아니겠지요?"

송언군을 붙잡은 것은 왕을 하루빨리 오게 하기 위해서였다. 역모라는 빌미를 주어 여러 제약 때문에 움직이지 못하고 있는 왕을 불러들이기 위함이었다. 왕은 역모를 진압한다는 명분 아래 북평도로 행차할 수 있을 터였다. 자애로운 왕은 이 황폐한 변방을 손수 수습하며 돌볼 것이다. 왕의 손길이 미치는 동안 녹산국은 결코 북평도를 넘볼 수 없다.

그 모든 것은 송언군이 무사하다는 전제가 필요했다. 송언군이 다쳐서는 아무것도 아니 된다. 그리고 송언군의 무사함은 남이의 무사함을 포함한다. 남이가 잘못되면 북평도는 그 어떤 자비도 바랄 수 없었다. 최악의 경우, 왕과 왕자는 북평도를 돌보는 대신 몰살시켜 버릴 수도 있음이다. 그런 일은 무슨 짓을 해서라도 막아야 했다.

"녹산 놈들이 어쩌고 어쨌다고?"

"소인은 시간이 없습니다, 왕자마마. 왕자마마께 하나하나 이해시켜 드릴 수가 없단 말입니다. 이곳은 도성이 아닙니다. 왕자마마를 지켜주실 주상전하가 아니 계신다는 것, 그것만 기억하십시오! 그리고 어서 달아나십시오! 힘껏 이곳으로부터 멀어지시란 말입니다!"

버럭 소리친 서도가 순간 입을 틀어막았다. 기침이 터질 것 같았다. 목에서 피가래가 끓었다.

"이상하구나."

송언군이 나직이 중얼거렸다.

"최서도, 너는 역모를 일으키겠다고 하더니 이제는 나를 살려주겠다고 한다. 그게 맞는 것이냐? 내기 도성으로 돌아가면 너의 그 불온한 마음을 고하여 군을 보낼지도 모르는데?"

"어쩔 수 없지 않습니까? 최선은 못 이뤄도 최악은 절대 아니 됩니다. 제발 가십시오."

가까스로 기침을 참아낸 서도가 하얗게 질린 얼굴로 대꾸했다. 무슨 생각인지 알 수 없는 송언군의 검은 눈동자가 서도를 가만히 응시하였다. 송언군이 움직일 기미가 없자 서도가 답답한 듯 표정을 일그러뜨렸다.

"이곳은 소인의 땅입니다, 왕자마마. 소인은 이곳의 왕이 되기로 결정하였습니다. 소인은 소인의 백성을 지킬 것입니다. 그 백성에 왕자마마는 포함되지 않습니다. 그러니 떠나십시오. 북평도의 일은 소인과 북평도인이 알아서 할 테니 도움도 아니 되는 왕자마마께선 썩 꺼지시란 말입니다! 흡!"

격한 말을 쏟아내던 서도가 급히 입을 막았다. 때는 이미 늦었다. 무시무시한 기침이 쏟아져 나왔다.

"쿨럭쿨럭! 쿨럭!"

"최서도? 네 괜찮은 것이냐?"

"마, 만지지 마십시오!"

조심스럽게 내뻗는 송언군의 손을 거칠게 쳐낸 서도가 거친 호흡을 내뱉었다.

"헉헉……."

서도는 무너지고 싶었다. 절망하고 싶었다. 가슴속 깊이 오래도록 품어온 칼날이 목표 앞에서 부러져 버린 기분이다. 이제 더는 시간이 없는데, 더는 기회도 없는데, 왕자를 붙잡아두지 않으면 왕의 행차가 언제가 될지 알 수 없게 되는데, 그런데 녹산국 놈들 때문에 송언군을 보내주어야만 한다.

왜 이렇게 어려운 것일까. 왜 이토록 운이 따라주지 않는 것일까. 평화로운 북평도를 바랄 뿐인데. 그것 외에는 더 바라는 것도 없는데.

"왕자마마는 몰라도 남이는 녹산국 놈들에게 좋은 전리품이 될 겁니다. 녹산으로 끌고 가겠지요. 왕자마마께서 기억하셔야 할 것은 녹산으로 끌려간 여인들이 어찌 살다 죽었는지…… 그것뿐입니다."

겨우 호흡을 고른 서도가 힘들게 말을 마친 후 뒤돌아섰다.

"최서도!"

저를 부르는 송언군의 목소리가 들렸지만 서도는 그대로 달려 나갔다. 시간이 없었다. 녹산의 침입을 알리는 연기가 점점 가까워지고 있었다. 마을에 혹 남아 있을지 모르는 아녀자들을 대피시켜야 했다. 설령 이제 다시는 왕을 부를 기회를 얻지 못하게 된다고 해도 아직은 절망할 수 없었다. 사람들을 지켜야 한다.

이를 악문 채 서도가 이리저리 움직였다.

송언군과 남이는 서도가 떠난 후에도 한동안 멍하니 자리를 지키고 있었다. 도망가려는 그간의 노력이 무색하게도 서도는 문을 활짝 열어주고 가버렸다.

"나리, 이제 어찌하오리까?"

남이가 먼저 입을 열었다.

"나리?"

"피였다……."

"예?"

송언군이 두 눈을 내리떴다. 서도는 무의식적으로 손을 두루마기에 닦았다. 그 천에 묻어난 것은 분명 피였다.

그것이 서도를 다급하게 만들었을까.

'역시 병 때문이었나.'

어째서 서도가 이와 같은 무리수를 던지는 것인지 의아하였다. 북평도를 탐문하며 송언군은 서도가 왕을 이곳으로 부르기 위해 차근차근 준비해 왔다는 것을 알아냈다. 그간의 오랜 준비가 무색하도록 요즘의 서도는 서두르고 있었다.

'곧 죽어도 꺾이지 않을 눈빛을 하고서 홀로 모든 것을 짊어지려는 것이냐?'

마음이 저릿하였다. 송언군은 책임감을 통감하였다. 서도가 짊어진 것은 송언군이나 왕이 짊어져야 하는 것이었다. 청천의 왕실이 해야 하는 일이었다.

"왕자마마!"

"음? 왜, 왜 그러느냐, 남아?"

남이의 부름에 송언군이 화들짝 놀라 말을 더듬었다.

"나리야말로 어찌 그러십니까? 녹산 놈들이 쳐들어오고 있다 하지 않습니까? 어서 이곳을 떠나야 합니다."

"아하, 그렇지. 그랬었지. 하하!"

"나리?"

송언군이 어색하게 웃었다. 그는 사실 울고 싶었다.

백성이 살지 못하겠다고 한다. 오랑캐의 노략질에 죽어나고, 그들에게 끌려가 힘겹게 돌아와도 같은 민족에게 손가락질받고 살해당한다. 못살겠다고, 살려달라고 울부짖는다. 그 울부짖음이 닿지 않아 더욱 과격해지고 무모해진다.

전하, 전하, 들어주시옵소서. 소인들의 원통함을 들어주시옵소서. 이 가엾은 땅을 부디 보살피소서.

절규, 절망, 원통, 원망…….

아아, 참담하도다.

"가자, 남아. 어서 이곳에서 떠나자꾸나."

송언군이 남이의 손을 잡아끌었다.

그는 도망치듯 빠르게 걸었다. 제 무능과 무력함으로부터 달아나듯 발걸음을 재촉했다. 남이는 몇 번이고 넘어질 듯 기우뚱했다.

'최서도……. 네놈에겐 애초부터 나나 남이를 해할 생각이 없었겠지. 그저 나를 붙잡아 전하를 부르려 한 것이겠지. 죽기 전 전하를 뵙고 싶었던 것이냐? 그런 것이냐?'

안쓰럽고 애틋하다.

가엾고 어여쁘다.

"나, 나리, 이 손 좀 놓아주십시오! 넘어질 것 같습니다!"

돌아오라는 왕명을 받잡지 못한 채 얼마나 흘렀는가. 돌아가겠다는 답신 또한 띄우지 못했으니 왕은 이미 수상한 낌새를 눈치챘을지도 모른다. 왕은 애초부터 이런 상황을 기대하고 송언군을 보낼 것일 수도 있었다.

"나리! 악!"

남이가 기어코 넘어졌다. 그제야 정신을 차린 송언군이 남이의 손을 놓아주었다.

"미안하다, 남아."

"아……."

"어디 좀 보자. 많이 다쳤느냐?"

송언군이 무릎을 굽혔다. 남이의 무릎에 피가 묻어 나왔다. 고통스레 인상을 찌푸린 송언군이 입술을 깨물었다.

북평도를 버릴 수 없다. 그들을 내팽개칠 수 없다. 모든 것을 걸고 내지른 최서도의 읍소를 차마 모른 척하고 싶지 않다.

그러나 남이…… 남이를 지켜야 한다.

"업히거라."

"나리!"

"어서 가자. 도성으로 돌아가자."

송언군이 두 눈을 질끈 감았다. 그의 최우선은 늘 남이였다.

만약 그때 남이의 물음이 없었다면 송언군은 그대로 도성으로 돌아갔을지도 모른다. 그리고 평생 후회하였을 터.

"북평도의 백성을 버리시는 것입니까?"

송언군이 떨리는 눈으로 남이를 바라보았다.

"무어라?"

북평도. 남이. 최서도. 남이…….

그 어떤 것과 비교해도 송언군에게는 남이가 제일 중요했다. 그 중요한 남이의 두 눈에 찰나 슬픔 같은 것이 어렸다. 어서 빨리 도성으로 돌아가자며 채근하던 남이가 정작 돌아가자는 송언군의 말에 실망하고 있었다.

"무자비한 오랑캐가 쳐들어온다고 하지 않느냐? 나처럼 연약한 왕자는 이런 위험한 곳에 있어선 아니 돼."

"하오나…….'"

"내 백성도 아니다."

"나리."

"최서도가 그러지 않았느냐? 이곳의 왕은 바로 저라고. 그러니 그들의 일은 그들이 알아서 하라고 하고 우리는 어서 돌아가자꾸나, 안전한 곳으로."

송언군이 태연이 말했다. 그러나 그의 마음은 천 갈래 만 갈래 찢어졌다.

왕자가 어찌 백성을 버리랴. 청천의 왕자가 되어 이 가엾은 이들을 어찌 모른 척하랴. 송언군의 표정이 일그러졌다.

"남아……."

한숨을 내쉰 송언군이 짧은 침묵 끝에 남이를 불렀다.

"예, 나리."

"혼자 갈 수 있겠느냐?"

"예?"

"나는…… 나는 갈 수가 없다."

남이를 지키고 싶다. 그러나 북평도를 버리고 싶지도 않다. 남이 혼자 보내는 것은 영 불안하다. 활은 좀 쏠 줄 알아도 칼은 전혀 쓰지 못하는 그녀이다. 혹 위험한 이들과 마주치면 어쩌나. 전하께서 이리로 오고 계신 것이 아니면 또 어쩌나. 무섭고 두려운 생각이 송언군을 좀먹었다.

"나는 청천의 왕자다. 청천의 백성을 지켜야 한다."

"나리……."

"너는 이것을 들고 이 길로 곧장 가거라."

"쇤네는 나리와 함께 있을 것입니다."

"계집에게 이 땅은 너무도 위험하다."

"하오나!"

송언군이 남이의 손에 무언가를 꼭 쥐어주었다. 그것은 두 개의 패였다. 동그랗게 뜨인 남이의 두 눈에 당혹감이 고스란히 드러났다.

"잘 챙기지 않고 무얼 해!"

"나리, 어찌 쇤네에게 이것들을 주십니까?"

"내 말 잘 듣거라, 남아. 마패를 보이고 역참에서 말을 빌려라. 쉬지 않고 달려라. 달리다 보면 필시 군이 있을 것이다. 무조건 선봉에 선 자에게 가서 내 호패를 보여라. 그 후 전하를 직접 알현하여라."

"예?"

남이의 두 눈이 점점 더 커졌다. 더더욱 모를 소리였다. 전하를 알현하라니? 왕궁에 있을 전하를 어찌?

"전하께선 분명 오고 계시다."

송언군이 당황한 남이를 안정시키려는 듯 다정히 웃었다.

"전하께 고하여라, 남아. 왕자 송언군은 북평도 반란군에게 인질로 붙잡혀 있다고. 녹산국 놈들이 순진한 북평도인을 꼬드겨 전쟁을 일으키려 한다고."

"나리……."

"자! 서둘러라. 왕자의 목숨이 달린 일이다. 왕실의 존엄이 땅에 떨어지고 있다. 반상의 법도가 뒤집어지고, 천륜이 오물을 뒤집어썼다. 전하께서 속히 용단을 내리시도록 어서 가서 도와라!"

송언군이 남이의 이마를 톡 건드렸다. 바이없이 떨리던 남이의 시선이 안정되어 갔다.

"네 손과 발에 네 주인의 목숨이 달려 있다, 남아. 멈추지 말고 가거라. 머뭇거리지 말거라. 이 앞길은 필시 위험할 것이다. 위험한 곳에 너를 보내고 싶지 않다. 그러나 남아, 나는 북평도를 버리고 싶지 않구나. 그래서 나는 너를 믿어 나의 사자로서 너를 보낸다."

남이가 어느 순간 벌떡 일어났다. 송언군의 뜻을 이해한 그녀의 눈빛이 결연히 빛났다.

"예, 나리! 쇤네만 믿으세요. 다녀오겠습니다!"

"아무에게도 잡히지 말거라. 다치지도 말거라."

"염려 마세요, 나리."

그녀가 달리기 시작했다. 멀어지는 남이의 모습에서 겨우 눈을 뗀 송언군이 초조하게 입가를 문질렀다.

"잘한 것인가?"

모르겠다.

남이와 함께 간다면 남이 하나는 지킬 수 있었다. 그러나 평생 후회했겠지. 최서도의 얼굴을 떠올리며, 북평도에서 만났던 가난한 백성의 눈빛을 떠올리며 그리 괴로워했겠지.

버리고 싶지 않다. 북평도든 어디든 포기하고 싶지 않다. 그들이 절망 속에서 살아가는 것이 이 나라 왕실의 무능 때문이라면 더더욱 그럴 수 없다. 다 부서진 몸으로 피를 토하며 악수를 거듭하는 이를, 누구보다 바른 눈을 하고서 역모를 말하는 이를 지키고 싶다. 역적이 되어서라도 이 땅을 지키고자 하는 어여쁜 이들을 한껏 품어주고 싶다.

"송언군이 간다. 길을 비켜라, 북평도의 이 무지렁이들아!"

송언군이 웃었다. 바람에 울음이 섞였다.

❋

북평도 시계원들은 아녀자와 아이들을 산속 동굴로 은신시키느라 눈코 뜰 새 없이 바빴다. 멀리서 피어오르는 연기가 그들을 재촉하고 있었다.

녹산국 놈들이 오고 있다. 단순한 노략질을 위한 것일 수도 있고, 놈들과 손잡고 있는 탐관오리들이 시계의 수상쩍은 움직임을 눈치채고서 그들을 불러들인 것일 수도 있었다. 어느 쪽이든 일반 백성에게 녹산국의 침입은 치명적이다. 여인에게 있어서는 더더욱.

"쿨럭! 쿨럭쿨럭! 헉헉……."

"서도, 자네 괜찮은가?"

하얗게 질려 각혈을 거듭하는 서도를 살피는 현원의 안색이 어두웠다.

"괜찮네."

전혀 괜찮지 않은 얼굴로 서도가 힘겹게 웃었다.

"자네 정말……."

"당장 죽는 것도 아니니 그런 표정 짓지 말게."

"서도."

"마을은 어떤가? 모두 피신시킨 것이 맞는가?"

현원이 살짝 고개를 주억거렸다. 희미하게 웃으며 현원을 바라보던 서도의 얼굴이 별안간 구겨졌다.

"서도?"

"어, 어찌 이곳에……."

서도는 귀신이라도 본 얼굴이다. 현원이 고개를 돌렸다. 마지막으로 피난한 무리의 가장 뒤에 낯선 얼굴이 보였다.

"오, 여기로구나, 불순한 반란 분자들의 본거지가!"

두 손을 번쩍 들며 환호하는 이는 다행히도 사람이었다. 이마에 흐른 땀을 훔쳐 낸 후 옷가지에 묻은 나뭇잎을 떼어낸 사내가 씨익 웃었다.

"어찌 이곳에 계십니까?"

벌떡 일어난 서도는 당장에라도 그의 멱살을 잡고 흔들 기세로 달려들었다. 다 죽어가는 사람의 어디에 그런 기력이 숨어 있던 것인지. 현원이 아연한 표정으로 서도를 바라보았다.

"어쩌다 보니 그리되었다. 음, 그래, 길을 잃은 걸로 하자. 길을 잃고 헤매다 보니 이곳에 오게 되었다."

"왕자마마!"

"어이구, 여기 귀머거리 있느냐? 북평도의 최서도는 목청도 크지."

"소인을 미치게 할 생각입니까?"

서도는 송언군의 멱살을 잡고 흔드는 대신 이를 악물었다. 여유롭게 웃으며 주변을 살피는 송언군을 잡아먹을 듯이 노려보던 서도의 표정이 별안간 굳었다.

"남이…… 남이는 어디 있습니까?"

"남이? 아! 그 발칙한 계집애 말이냐. 우리 남이는 배은망덕하게도 주인마마를 버리고 혼자 내뺐다."

"예?"

말도 안 되는 말을 하며 송언군은 어둠이 깊은 동굴을 물끄러미 응시했다. 북평도의 힘없는 백성들은 한 치 앞도 보이지 않는 그곳에 숨어 떨고 있을 것이다. 가엾고 가엾도다. 장난스럽던 송언군의 옥안에 안쓰러움이 스몄다.

"나는 아니 간다."

"왕자마마!"

동굴에서 뗀 시선을 먼 곳으로 던지며 송언군이 선언했다. 그의 시선 방향에서 검은 연기가 모락모락 피어오르고 있다. 연기는 아주 먼 곳에서부터 가까운 곳까지 쉴 새 없이 피어올랐다. 녹산의 침입을 알리는 신호였나.

"아니 간다. 아니 갈 것이야."

송언군은 아예 동굴 앞 바위에 자리 잡고 앉았다.

"왕자마마께서 다치시면 그 후환은 누가 감당합니까? 가십시오! 가시란 말입니다!"

"서도야, 이곳은 참으로 괴이하지. 청천의 땅인데 청천이 아니야. 왕의 나라인데 왕이 없다. 녹산과의 오래된 반목이 그 나름의 규칙을 만들어낸 까닭이지. 그들은 북평도를 노략질하되 그 아래로는 결코 내려오지 않는다. 당장은 국경 문제에 신경 쓸 여력이 없는 청천의 왕들은 그런 녹산을 묵인하였다. 북평도를 외면하였다. 구십구 명의 백성을 위해 한 명의 백성을 희생시킨 것이다. 그 한 명 또한 귀한 백성이거늘."

청천의 태평성대는 그렇게 이루어졌다. 청천은 버림받은 백성의 피를 자양분 삼아 자라났다.

옳지 않다. 부당하다. 모두가 그것을 알면서도 모른 척했다.

"왕자마마의 백성이 아닙니다! 어서 돌아가십시오!"

"그래, 내 백성이 아니지. 내 형님의 백성이다. 주상전하의 백성이다. 형님의 것을 지키는 것이 아우 된 도리이고, 전하의 것을 지키는 것이 신하 된 도리이다. 내 도리를 내가 다하겠다는데 네가 감히 막을 테냐?"

송언군이 웃었다. 그 눈웃음이 쓸쓸했다. 서도는 답답했다. 이곳이 은신처이긴 하지만 녹산국 놈들이 작정하고 찾으면 못 찾을 것도 없었다. 녹산국 놈들은 마을을 노략질한 것이 성에 차지 않으면 야산을 뒤져 여인과 아이들까지 약탈해 갈 것이 뻔했다. 이런 곳에 있으면 송언군이 위험하다.

"제발…… 소인 좀 봐주시지요, 왕자마마."

"왕자를 납치, 감금한 놈이 제발이라 하니 듣기 좋구나. 조금 더

빌어보아라."

"왕자마마……."

송언군이 죽어도 가지 않을 것을 서도는 알 수 있었다. 기어이 이곳에 있겠다는 의지가 송언군의 두 눈 속에서 결연히 빛나고 있었다. 서도는 가슴을 퍽퍽 내려치는 대신 두 눈을 질끈 감았다. 체념의 한숨이 그의 잇새로 새어 나왔다.

이를 어찌해야 하는가.

"최서도."

"……."

"서도야."

"예, 왕자마마."

송언군의 부름에 서도가 마지못해 대꾸했다.

"내가 이곳에 있으면 적어도 저 동굴 속 백성들은 안전하겠지."

"……."

"아무리 녹산국 놈들이 정신이 나갔어도 왕자의 앞에서 청천의 백성에게 해코지하진 못할 것이야. 그것이야말로 선전포고 아니냐? 녹산이나 청천이나 그토록 애쓰며 피해온 전쟁을 위한 선전포고 말이다."

"……."

"그래서 나는 아니 간다. 보지 않았다면 외면하겠다. 들리지 않았다면 모른 척하겠다. 손에 닿지 않았다면 달아나겠다. 그러나 그게 아니다. 보였고, 들렸고, 손에 닿는다. 갈 수가 없다."

"왕자마마……."

"네 넘려가 무엇인지 안다. 그러나 나의 형님은…… 너희의 왕은 네가 걱정하는 만큼 어리석지 않다. 설령 내가 잘못되어도 전하께서는 이 땅에 죄를 묻지 않으실 테지. 그분은 너희를 탓하는 대신 백성을 버리지 않은 왕자를 무척 자랑스러워하실 것이다. 전하를 믿어라. 너희의 왕을 한 번만 믿어보아라."

서도가 체념의 한숨을 내쉬었다.

"왕자마마 마음대로 하십시오."

송언군이 빙긋 웃었다.

"고맙다."

"고마워 마십시오. 소인은 왕자마마가 싫습니다."

"안다."

송언군의 눈앞에 서 있는 서도는 역도도 양반도 아니었다. 그는 제 고향을 지키기 위해 모든 것을 내던진 청천의 백성일 뿐이다. 의를 중시하고 신념을 지키려 발버둥 치는 청천의 선비일 뿐이었다.

송언군은 그것을 알 수 있었다.

❀

남이는 정신없이 달렸다. 넘어지고 구르며 심장이 터지도록 내달렸다. 역참이 있는 마을까지 그녀는 그렇게 쉴 새 없이 뛰었다.

"말을 내어주시오!"

역참에 다다르자마자 마패를 내밀며 남이가 소리쳤다. 계집처럼 생긴 주제에 마패를 내미는 그녀를 관원은 수상하게 여기는 듯했다. 다행히 바지를 입은 탓인지 관원은 그녀를 계집으로 판단하진 않았다.

"어서! 어서 내어달란 말이오!"

"아, 알았소. 잠깐 기다리시오."

머뭇거리는 관원에게 거의 윽박지르다시피 해 말 한 필을 건네받은 남이가 당장 안장에 올라탔다. 말이 땅을 박차고 화살처럼 쏘아져 나갔다.

땅이 진동하였다. 메마른 먼지가 말발굽 아래에서 피어올랐다.

남이는 처음으로 송언군을 이해했다. 왜 그가 종년에 불과한 저에게 문자는 물론이고 하등 쓸모가 없을 것 같은 승마 따위를 알려주었는지 이제야 어렴풋이 알 것 같았다. 그녀는 송언군의 몸종으로 살면서 여염집의 규수들도 배울 기회가 없는 많은 것을 배웠다. 그는 배움에 남녀의 차를 두지 않고 신분의 차도 두지 않았다.

청천의 왕자 송언군.

그 누구보다 반상의 법도를 바로 세워야 하는 그는 우습게도 그 누구보다 자주 반상의 법도를 무시했다. 그 덕분에 지금 남이가 구원병을 청하러 갈 수 있는 것이다.

북평도가 점점 멀어졌다. 기억에도 흐릿한 그녀의 고향이다. 멀리서 위험을 알리며 피어오르는 연기마저 꿈처럼 아뜩했다.

남이는 달렸다. 쉴 수 없었다.

송언군은 쭉 가다 보면 왕과 왕의 군대를 만날 수 있을 것이라고 했다. 송언군이 빈말을 했을 리 없다. 어째서 왕궁에 계셔야 할 왕께서 이곳으로 오고 계시는지는 모르겠지만, 그런 건 아무래도 상관없다.

송언군을 구할 수만 있다면, 그가 무사히 환도할 수만 있다면, 그럴 수만 있다면 남이는 제 심장이라도 뜯어줄 준비가 되어 있었다.

'부디…… 부디……!'

남이는 왕을 애타게 부르며 달렸다.

그녀는 왕을 모른다. 그림자도 본 적 없다. 그러나 송언군이 말하는 왕을 믿고 싶었다. 송언군은 언제나 왕을 경외했다. 왕은 청천의 백성을 사랑한다 하였다. 죄인도 천것도 어여삐 여긴다고 하였다. 그런 왕이시니 북평도를 언제까지 나 몰라라 할 리 없었다. 왕께서 정말로 송언군의 말 그대로라면 그는 분명 일찍이 북평도의 혼란을 다스릴 계획을 짜고 있었을 것이다.

남이는 그런 믿음으로 달리며 쉴 새 없이 바랐다. 녹산국의 말발굽에 더 이상 북평도가 짓밟히지 않기를, 가엾은 여인들이 환향인이라는 이유로 살해당하지 않기를, 정절이니 지조니 하는 같잖은 잣대를 들이밀며 그녀들을 상처 내는 세상이 사라지기를, 무엇보다 제 목숨을 무기 삼아 그들을 지키고자 하는 송언군이 다치지 않기를 간절히 소망하고 또 소망하였다.

그리고 최서도. 한낱 종년조차 함부로 천대하지 않던 그. 스스로를 반역자라 칭하던 북평도의 선비. 제 힘으로 제 소중한 것을 지킬 수 없음에 무너지고, 아무리 울부짖어도 왕께 제 부름이 닿지 않음에 주저앉았을 그가 괜찮기를 원했다. 죽지 않고 살아남아서 그가 바란 세상, 그가 원한 세상에 대한 이야기를 들려주었으면 좋겠다.

'무사하셔야 합니다! 쇤네가 돌아올 때까지 아무 일도 없으셔야 합니다!'

울컥울컥 신물이 치올랐다. 토악질이 날 것 같았고 눈앞이 빙빙 돌았다. 어지럽다. 눈앞이 흐리다. 당장에라도 기절할 것 같았다. 남이는 억지로 정신을 붙들었다. 낙마해서 죽을 수는 없었다. 지독히 쉬고 싶었다. 그러나 쉴 수 없었다. 남이는 두 눈을 부릅뜨며 말을 재촉했다.

왕의 군(軍)이 있을 것이다.

송언군이 틀리지 않았다면 왕이 친히 북평도로 오고 있을 것이다.

'제발!'

마침내 멀리서 다가오는 먼지구름을 발견했을 때, 남이는 비명을 내질렀다.

먼지구름은 빠른 속도로 가까워지고 있었다. 사람일 리 없다. 그것은 말이었다. 이토록 많은 말이 한 번에 움직이는 까닭은 자명해 보였다.

'전하……'

남이의 두 눈이 간절히 빛났다.

"전하! 전하를 뵙게 해주십시오! 왕자마마의 전갈을 가지고 왔습니다!"

목이 터지도록 남이가 소리쳤다.

10

그들이 꿈꾸는 내일

　남이는 바닥에 엎드렸다. 왕의 호위들이 송언군의 호패를 가지고 있는 그녀를 형형하게 노려보고 있었다. 조금이라도 허튼짓을 하면 당장 그녀를 죽일 기세이다.

　"남이라는 계집이옵니다, 전하."

　"남이?"

　용음이 들렸다. 남이는 땅에 이마를 박은 상태라 용안을 보지는 못했다. 다만 목소리. 송언군과 닮은 듯 다른 용음. 건조하고 냉랭하여 본능적으로 두려움이 일었다.

　"남쪽의 배꽃인가……."

　왕이 혼잣말처럼 중얼거렸다. 그가 곧장 다가오는 소리가 들린다. 남이는 온몸이 얼어붙는 것 같았다.

　"송언군은 어디에 있느냐?"

왕의 하문에 남이는 저도 모르게 고개를 번쩍 들었다가 제 무례함에 놀라서 이마에 멍이 들 정도로 도로 머리를 땅에 박았다.

"바, 반란이옵니다! 왕자마마께선 북평도에 인질로 붙잡혀 계시옵니다! 녹산국 오랑캐 놈들이 북평도의 순진한 민초들을 속여 저, 전쟁을 일으키려 하고 있사옵니다!"

송언군께서 이리 고하라고 한 게 맞나?

거짓인지 진실인지 알 수 없는 것을 고하는 남이의 눈동자가 불안하게 흔들렸다. 혹 저가 송언군의 말을 잘못 전해 엉뚱하게도 북평도인이 몰살당하지는 않을는지 두려워서 남이는 벌벌 떨었다.

"알겠다."

짧은 적막 후 왕이 말했다.

"일어나라."

"예?"

"네가 그리 엎드리고 있으면 과인이 군을 움직일 수가 없다."

남이는 어안이 벙벙했다.

알겠다고? 정말로? 이걸로 된 것일까? 정말로 알아들으신 것일까? 일어나라는 명을 들어도 되는 것일까? 그냥 하신 말씀은 아닐까? 어떻게 해야 하지?

온갖 의문이 남이의 머릿속에서 시끄럽게 뒤엉켰다. 송언군의 앞에서는 하나도 어렵지 않던 것들이 왕의 앞에서는 너무도 어려웠다. 무엇을 말해도 되고 무엇을 말해선 아니 되는지조차 알 수 없었다. 혹 저가 실수하여 송언군과 북평도에 해를 끼칠까 봐 두렵고 무서웠다.

"보고 오라고만 했더니 과연 말을 아니 듣는 아우로구나. 잃을 게 없어 두려움마저 잊은 것인지, 얻고 싶은 게 너무 커 두려움마저 이겨낸 것인지……. 너는 어찌하겠느냐?"

뜻 모를 말을 중얼거리던 왕이 흘리듯 남이에게 물었다. 남이는 무어라고 대답해야 하는지 알 수 없어 입술만 잘근거렸다.

"도성으로 돌아가겠느냐?"

"예?"

"북평도는 위험하다. 너와 같은 계집에겐 어울리지 않지. 호위를 내어주마. 도성으로 돌아가거라."

하문은 명령으로 바뀌었다. 그 뜻을 그제야 이해한 남이가 퍼뜩 고개를 저었다.

"당치 않사옵니다, 전하."

"당치 않다?"

왕의 발치만 내려다보던 남이는 그가 눈썹을 치켜 올리는 것을 보지 못했다. 자신이 감히 왕께 '당치 않다'고 건방지게 지껄였다는 것을 깨닫지 못한 남이가 조소하듯 덧붙였다.

"노비를 위해 호위를 내어주시다니요? 그것은 당치 않사옵니다. 그분들은 쇤네가 아니라 왕자마마를 지키러 가셔야 하옵니다. 한 분이라도 더 계셔야 왕자마마를 무사히 구해낼 가능성이 높아질 테니까요."

"네 말이 그르지 않다. 그러나 보지 못했다면 모를까, 어찌 도성까지 가는 그 위험한 길에 너를 혼자 보낼까. 더욱이 너는 송언군이 보낸 특사이며 과인의 백성이다. 너를 지키는 것 또한 과인의 책임일진대 너는 그것이 당치 않다고 아뢰는 것이냐?"

무섭도록 무감한 목소리.

그러나 남이는 차츰 처음의 두려움이 가시는 것을 느꼈다. 왕은 왕이었으되 송언군의 형님이기도 했다. 무뚝뚝한 말투에서 묻어 나오는 것은 강압이 아닌 배려였다.

"노비는 백성이 아니옵니다."

"무어라?"

"노비는 재산이옵니다."

"……."

"재산은 잃으면 다시 찾으면 되옵니다. 하오나 왕자마마는 그렇지가 않사옵니다."

남이는 호위를 바라지 않았다. 그 두 사람이 부족해서 송언군을 구출하지 못할 수도 있었다. 그런 끔찍한 상황은 결코 원하지 않았다. 그녀에게 가장 중요한 것은 송언군의 안위였다.

왕이 긴 침묵 끝에 입을 열었다.

"되바라진 계집이로구나."

잠시 그 말을 이해하지 못하고 두 눈을 끔뻑이던 남이가 사색이 되었다.

"소, 송구하옵니다!"

"네가 방자한 것이 어찌 너의 탓일까? 벌을 하여도 송언군에게 할 것이니 그리 떨 것 없다."

"전하! 왕자마마께는 죄가 없사옵니다! 쇤네가 잘못한 것이 있다면 그것은 모두 쇤네의 죄이옵니다! 벌을 하실 것이라면 부디 쇤네를……."

"너와 이러는 동안에도 시간은 자꾸 흐른다. 이미 송언군에게 변고가 생겼을지도 모르지. 다시 묻겠다. 어찌하겠느냐?"

"쇤네는 호위가 필요치가……."

"그럼 과인과 함께 가겠느냐?"

"예?"

"너는 호위를 받지 않겠다고 하고, 과인은 너를 혼자 보낼 수가 없다. 그렇다면 방법은 하나뿐이지 않으냐?"

"아······."

남이가 멍하니 탄성을 흘렸다.

송언군은 그녀가 북평도로 돌아오는 것을 바라지 않을 수도 있었다. 그는 남이에게 곧장 달려가 왕을 만나라고만 했지 왕을 만난 후 어찌하라는 것은 명하지 않았다.

하지만 남이는 송언군이 보고 싶었다. 그가 염려되었고, 그의 무사함을 가장 먼저 확인하고 싶었다. 도성으로 돌아가 그가 무사하다는 소식이 오기만을 오매불망 기다리는 것은 못할 짓이었다. 또한 종년 따위에게 그런 소식이 올지도 미지수였다.

"전하와 함께 가도록 허락해 주시옵소서."

남이는 망설임 없이 결정을 내렸다.

"알겠다."

짧게 대답한 후 왕이 살짝 웃었다. 그 웃음은 아무도 보지 못했다. 아주 찰나였으므로.

왕은 송언군을 지극히 생각하는 계집종이 마음에 들었다.

✳

일반적으로 동굴은 은신처로 쓰기에 적합하지 않았다. 입구가 막히면 도망조차 갈 수 없게 되기 때문이다. 그럼에도 최서도 일행이 동굴을 은신처로 정한 것은 들킨 후 도망가는 것보다는 반항 없이 잡히는 것이 차라리 나은 까닭이다. 녹산의 침입자가 도망치는 북평도인에게 베푸는 손속은 잔인했다. 살해당할 뿐이다. 동굴 은

신처는 한 번 들키면 도망치지 못하게 되는 대신 목숨은 부지할 수 있었다. 구차하지만 그렇게라도 살아남아야 내일이 온다.

송언군은 동굴 앞 바위 뒤에 숨어 하늘을 바라보고 있었다. 사위에서 들리는 말발굽 소리가 어지러웠다.

'놈들이 결국 온 것인가?'

살랑 바람이 분다. 작금의 위험은 아무것도 아니라는 듯 바람은 포근했다.

목덜미를 만지작거리며 송언군이 옆에 앉아 있는 서도를 보았다.

"최서도."

"예."

"안으로 들어가 백성들을 달래라."

송언군이 명했다. 서도는 미간을 찌푸리며 송언군을 노려보았다.

"어떤 일이 일어날지 알 수 없다. 놈들이 그냥 돌아가면 좋겠지만 그건 모를 일이지. 혹 일이 잘못되더라도 백성들을 잘 달래 되도록 피해가 없게 하여라. 아무도 죽지 않게 하여라."

"왕자마마!"

"어서!"

송언군이 나직이 소리쳤다. 무서운 기세로 그를 노려보던 서도가 마지못해 동굴 속으로 들어갔다. 말발굽 소리가 들려오는 쪽으로 귀를 기울이며 송언군은 가슴에 손을 얹었다. 팔딱이는 심장이 불안을 호소하였다.

'괜찮다. 괜찮을 것이다.'

자신이 청천의 왕자라는 말로 정녕 녹산의 침입자를 몰아낼 수 있을지 송언군은 확신할 수 없었다. 재수가 없다면 오늘 뜬 해가 송언군 인생의 마지막 태양이 될 것이었다.

'남이…… 남이를 혼자 남겨둘 수는 없지.'

송언군이 픽 웃었다.

그에겐 남이가 있다. 남이가 기다리고 있으니 전부 괜찮을 것이다. 남이 앞에서 부끄러운 왕자는 되고 싶지 않다. 용기를 내자. 침착해지자. 애써 마음을 다독이고 평정을 되찾았다.

"여기로군."

마침내 나무 사이로 말 몇 구가 튀어나왔다. 당장에라도 동굴로 들이닥칠 것 같은 그들 앞을 송언군이 태연을 가장한 얼굴로 막아섰다.

녹산. 그곳은 청천과 말도, 사람의 생김새도 같은 나라였다. 기록에 따르면 지금은 멸망한 옛 나라의 두 왕자가 각각 청천과 녹산을 세웠다. 뿌리가 같은 만큼 두 나라가 처음부터 지금처럼 사이가 나빴던 것은 아니다. 그러나 철 제련 기술이 발달하고 영토 확장 전쟁이 잦아지면서 청천과 녹산도 충돌을 피하지 못했다. 그 와중에 녹산의 왕이 전사하는 일이 발생했고, 두 나라는 철천지원수가 되었다.

"멈추어라!"

"멈추라?"

우두머리로 보이는 사내가 조소했다. 감히 녹산의 앞을 가로막는 샌님이 우스운 듯했다. 송언군은 피가 차갑게 식는 것을 느꼈다. 그들의 말발굽 소리에 불안하게 뛰던 심장이 놀랍도록 차분해졌다.

놈들을 동굴 안으로 들여보내선 아니 된다. 바로 여기에서 되돌려 보내야 한다.

그는 청천의 왕자. 청천의 백성을 지킬 의무가 있었다.

"나는 청천의 왕자 송언군이다."

"무어? 왕자?"

사내의 눈이 휘어졌다. 웃기는 소리를 들었다는 듯한 반응이다. 배를 붙잡고 데굴데굴 구를 기세다.

"별 해괴한 소리를 다 듣는군. 청천의 왕자가 왜 이곳에 있나? 왕에게 버림이라도 받았나?"

"북평도는 청천의 땅. 내가 있어서 아니 될 이유가 없다. 감히 왕자의 앞에서 이곳을 노략질하겠다는 것이냐? 그것은 명분 없는 도발이다. 청천의 땅을 유린한 것으로 모자라 청천의 왕족을 모욕하는 것은 전쟁을 바란다는 뜻밖에 되지 않는다. 그것이 정녕 네놈들이 원하는 바이냐? 청천과 녹산의 전쟁이?"

"그놈 이름이……. 그래, 최서도라 하였던가? 그놈이 꽤 엉큼한 술수를 생각해 낸 모양이구나. 네놈에게 네가 왕자라고 주장하라고 시키더냐? 그리 하면 우리가 겁먹고 물러날 것이라고? 하하! 우습지도 않다! 도성에 있어야 할 왕자 놈이 왜 이곳에 있겠느냐? 이곳은 어차피 네놈들의 왕조차 버린 땅이거늘!"

버럭 소리친 사내가 칼을 뽑아 들었다. 우두머리를 따라 다른 놈들도 각자 무기를 들었다. 그 모습을 보고 송언군은 입술을 꾹 물었다. 아니 먹힐 수도 있다고 생각하였다. 대뜸 나타난 남자가 자신이 청천의 왕자라고 주장한다면 어느 누가 덥석 믿겠는가? 그러나 물러날 곳은 없다.

"좋다! 나를 죽여라! 너희 녹산은 정전의 땅에 침입해 청천의 왕자를 살해한 죄의 벌을 받게 될 것이다! 대륙의 모든 나라가 너희의 아랄찬에 듬을 돌릴 것이다! 명분이 청천에 있으니 너희는 끝내 고립되어 멸망할 것이다!"

당장 송언군의 목을 칠 기세이던 사내가 순간 움찔거렸다. 그의 두 눈에 의혹이 어렸다. 설마 하는 의구심. 청천의 왕자가 북평도에 있을 리 없다고 생각하면서도 이자가 진실을 말하는 것이면 어쩌나 하는 찰나의 망설임. 청천의 왕자를 죽일 경우 일어날 일들을 자신이 감당할 수 있을까? 사내는 확신할 수 없었다.

"두목, 설마 저자의 말을 믿는 것입니까?"

"믿지 않는다."

"그렇다면 왜……?"

"믿지 않으나 굳이 위험을 감수할 필요는 없다. 저자는 생포한다."

침략자들의 동요를 놓치지 않고 송언군이 끼어들어 소리쳤다.

"청천의 백성을 건들지 말라! 내 눈앞에서 감히 형님의 백성을 유린하지 말란 말이다! 용서하지 않겠다!"

"그 입 닥쳐라!"

그때였다.

"윽!"

동굴 속에서 날아온 돌멩이가 우두머리 사내의 이마에 맞았다. 분노한 그가 두 눈을 부라렸다. 당장 동굴에 숨어 있는 자들의 목을 다 베어버릴 기세이다.

"내 형님의 백성을 그런 식으로 보지 말거라!"

송언군이 사내의 앞을 가로막았다. 사내의 표정이 사납게 일그러졌다.

"한 놈이 겁을 상실했나 싶더니 단체로 실성이라도 한 것이냐?

살려달라고 빌어도 모자랄 판에 그깟 돌멩이를 들어?"

사내의 눈은 송언군을 보고 있지 않았다. 그의 시선은 좀 더 뒤에 있었다. 자신이 고개를 돌리면 사내가 무슨 짓을 할세라 뒤를 살필 수 없는 송언군이 의아한 듯 미간을 찡그렸다. 그때, 뒤에서 아이의 앙칼진 외침이 들려왔다.

"우리 왕자님을 괴롭히지 마! 나쁜 놈아!"

녹산의 사내는 기가 찬 얼굴이다. 하도 황당하고 어이가 없어 할 말마저 잃은 듯 입술을 벌렸다.

"맞아! 우리 왕자님을 놓아줘! 누나도 데려가고! 이 오랑캐 자식!"

"가! 가버려! 너희 나라로 돌아가란 말이야! 왜 자꾸 우릴 괴롭혀!"

온갖 욕설을 쏟아내며 아이들이 돌팔매질을 시작했다. 당혹스러운 얼굴로 송언군이 자신도 모르게 고개를 돌렸다. 난처한 얼굴로 아이들을 끌어안고 있는 서도와 어떻게든 그의 품에서 벗어나 돌멩이를 집어 들고 던져 대는 아이들이 보였다. 그 작고 여린 반항에 송언군의 심중에서 울컥 뜨거운 것이 치올랐다.

"잘 달래고 있으라고 하지 않았느냐!"

"소인의 말을 듣지를 않습니다."

서도가 난처한 얼굴로 대꾸했다.

"왕자님을 괴롭히지 마! 우리 왕자님을 놓아줘!"

아이들이 바락바락 소리를 질렀다. 녹산의 오랑캐라고 하면 자다가도 일어나 벌벌 떠는 아이들이 겁에 질린 얼굴로 왕자님을 놓아달라며 울부짖었다. 그 괴이함에 송언군은 아무 말도 할 수 없었다.

미움받아도 변명의 여지가 없었다. 왕실은 북평도를 지켜주지 못했다. 오랜 세월 방치하며 그들의 희생을 받판 삼아 청천을 키웠다. 그런데도 북평도의 아이들은 왕자님을 놓아달라며 녹산의 칼날 앞에 섰다.

"돌아간다."

"두목!"

"이곳은 아니다."

무리의 우두머리는 잠시 혼란스러워하더니 퇴각 명령을 내렸다. 수하들의 반발을 억제하듯 그가 제일 먼저 말 머리를 돌렸다. 분노의 눈초리를 남기고 이내 멀어지는 말발굽 소리에 송언군은 그대로 뒤로 달려가 아이들부터 살폈다.

"어찌 그리 무모한 짓을 해? 다친 곳은 없느냐?"

"무, 무서웠어요. 흐윽, 흐어엉!"

"으아앙!"

침입자들이 사라지기 무섭게 아이들이 울음을 터뜨렸다. 송언군은 난처해하면서도 그들을 꼭 안아주었다. 몇 달을 씻지 못해 지저분하고 냄새가 나도 송언군은 아이들이 너무도 애틋하였다. 어째서 서도가 그토록 북평도를 지키려고 하는지 조금은 알 것 같았다.

녹산의 오랑캐가 한 번 다녀간 후 서도는 송언군을 돌려보내지 못해서 안달이 나 있었다.

"행운은 한 번으로 끝입니다! 정말로 죽으실 작정입니까?"

"서도야, 네가 모르나 본데, 내 별호가 행운이다. 이행운."

"예?"

황당한 표정을 짓는 서도를 보며 송언군이 낮게 웃음을 터뜨렸다.

"네 참 모질다."

"예?"

"우리 왕자님을 괴롭히지 말라고 그 작은 아이들이 나서주지 않았느냐? 그 얼굴을 이미 보아버렸는데 내가 어찌 돌아갈까? 어찌 나 혼자 살겠다고 달아날까? 나더러 그러라고 하는 너는 능히 그럴 수 있을 만큼 모진 게 틀림없다. 나는 그리 모질지 못하다."

"왕자마마!"

"나는 너희가 궁금해졌다. 너희가 애틋해졌다. 이미 돌이킬 수가 없구나."

송언군은 흔들리지 않았다. 쇠심줄처럼 질긴 고집이다. 지끈거리는 머리를 꾹꾹 누르다가, 터져 나오는 기침을 겨우 삼키다가 서도는 한숨을 길게 내쉬었다.

"일이 이리되어 면목이 없습니다, 왕자마마."

"되었다. 네 의도는 이미 파악하였다. 내가 아는 것을 전하께서 모를 리 없지. 전하께선 필시 오실 것이다. 이 기회를 놓치지 않으실 것이다."

송언군이 파악한 바로 서도는 긴 시간 무언가를 준비해 왔다. 표면적으로는 바람이었으되 그 내면을 살펴보면 결코 바람이 아니었다.

반란에는 여러 종류가 있다. 진실로 왕좌를 탐하여 무기를 드는 경우는 생각보다 많지 않다. 북평도와 같은 변방에서 그런 일이 일어나는 경우는 더더욱 드물다. 대개 그들은 왕께 고함치는 것이다. 자신의 고통이 닿지 않을 만큼 왕께선 멀리 있어 몸이 부서지고 목이 터지도록 소리치는 것이다.

'왕이시여, 이 땅을 지켜주소서!'

서도의 모든 계획은 여러 제약에 묶여 북평도로 발걸음하지 못하는 왕을 부르기 위한 처절한 읍소였다.

"이제는 사라진 옛 나라 중 특별한 행정 구역이 있던 나라가 있었지. 그 구역에 사는 백성은 양민임에도 차별당하며 더 많은 조세를 감당해야만 했었다. 어느 날 그들은 더는 참지 못하고 일제히 봉기하였지. 사라진 그 옛 나라는 백성의 원성을 모른 척하는 대신 그들이 살던 구역을 일반 군현으로 승격시켜 그들을 위로하였다. 네가 원하는 것은 그 정도겠지."

"……."

"청천이 북평도를 조금 더 품어주길 바라는 것이겠지."

서도가 입술을 깨물었다. 한 많은 그의 두 눈이 붉어졌다. 송언군은 다정히 웃었다.

"너의 꿈은 이루어질 것이다."

"어찌 장담하십니까?"

"네가 나를 가두었지. 전하께서 환도를 명령하신 뒤였다. 그 명에 응하지 못하였으니 전하께서는 이곳으로 오실 것이다."

"아……."

"네 뜻이 마음에 든다. 네가 비록 나를 기절시키고 가두었으나 나는 너를 용서하겠다."

서도가 두 손으로 얼굴을 가렸다. 그의 어깨가 가늘게 들썩였다.

동굴에 숨어 있던 아이들은 이따금 밖으로 나왔다. 위험하니 들어가 있으라며 서도가 꾸지람했지만 도통 말을 듣지 않았다. 어차피 침입자들에게 발견되면 동굴 안에 있든 밖에 있든 위험한 것은 마찬가지이긴 했다. 아이들은 왕자님을 지켜주겠다며 고집을 부렸다.

"누가 누굴 지켜주겠다는 것인지⋯⋯."

송언군이 웃었다. 왕자라는 신분에 어려워하며 데면데면하게 굴던 아이들도 그 다정한 미소에 긴장을 풀고 다가왔다. 팔이나 어깨에 매달리는 아이들을 귀찮아하는 기색도 없이 송언군은 이따금 그들의 머리를 쓰다듬어 주었다.

"왕자님!"

"왕자마마!"

아이들이 까르르 웃었다. 송언군은 그 웃음소리가 좋았다.

이 척박한 땅에서조차 해맑게 자란 아이들을 지켜주고 싶다. 그것이 서도의 꿈이다. 그는 절박하고 진실했다. 송언군은 서도의 그 뜻이 숭고하여 애틋하였다.

"아이들이 왕자마마를 아주 좋아하는군요."

"내가 원래 인기가 많다. 내 별호가⋯⋯."

"이인기이시군요?"

"어찌 알았느냐?"

짐짓 놀란 표정을 짓는 송언군을 보며 서도가 한숨을 터뜨렸다. 한없이 가벼워 보이는 왕자는 아무리 노력해도 적응되지 않는다. 남녀노소 할 것 없이, 신분의 귀천에 상관없이 저리 다정하니 남이 그토록 맹목적으로 송언군을 위하던 것일까.

송언군 이의.

비를 좋아하지 않는데도 역설적으로 자는 호우, 비를 즐기지 못하는데도 그의 호는 낙우. 그를 부르는 별명은 무수히도 많다. 변방의 북평도까지 들려올 만큼 청천에는 그를 폄훼하고 우습게 보는 이늘이 널리고 깔렸다. 호색한, 난봉꾼, 파락호, 과부둥이, 왕실의 수치, 청천의 문제아, 기타 등등⋯⋯. 그 수많은 별명 중 그 무엇도 진짜 송언군은 아니었다.

"왕자마마, 소인은 약한 이들이 상처받지 않는 세상을 원합니다. 제 죄가 아닌 걸로 비난받고 죽어야 하는 세상이 아니기를 원합니다. 왕자마마가 바라는 세상은 어떤 세상입니까?"

"내가 원하는 세상? 아얏! 소, 솔아, 구레나룻 당기지 말거라. 아프다."

눈썹을 찡그리는 송언군을 보는 서도의 표정이 풀어졌다.

약자라는 이유로 부당하게 상처받아야 하는 세상, 계집이란 이유로 힘겹게 고향 땅에 돌아왔는데 손가락질받다가 죽어야 하는 세상, 부모가 노비였단 이유로 꿈도 희망도 박탈당한 채 겁탈당하는 세상, 빈농이란 이유로 탐관오리에게 여식을 빼앗기는 세상…… 청천이 그런 세상이 아니게 되기를 원했다.

왕의 은총이 전국 방방곡곡까지 미치는 세상, 그 누구의 눈치도 보지 않고 국경을 넘나드는 오랑캐와 맞설 수 있는 세상, 계집이란 이유로 더 많은 정절과 지조를 강요당하지 않는 세상, 내 잘못이 아니라면 벌받지 않는 세상, 온전히 나의 삶을 살아낼 수 있는 세상……. 그런 세상을 꿈꾸었다.

송언군과 송언군이 맹목적으로 믿는 왕이라면 그런 세상을 만들어주지 않을까. 그리 밝고 아름다운 청천이 될 수 있지 않을까. 서도는 믿고 싶었다.

"나는……."

솔이를 겨우 떼어낸 송언군의 입에서 바람 같은 목소리가 흘러나왔다. 보이지 않아도 온몸을 어루만지듯 포근하였다.

"남이가 상처받지 않는 세상을 원한다."

서도가 소리 없이 웃었다.

남이는 송언군의 몸종이다. 더욱이 그녀의 몸속에 흐르는 피의 절반은 녹산의 오랑캐로부터 왔다. 아비가 누구인지 알 수 없는 환향인의 자식. 그런 남이는 청천국 신분제의 가장 아래에 위치해 있다.

남이가 상처받지 않는 세상은 서도가 바라는 세상과 크게 다르지 않을 것이다.

"그 세상은 필시 올 것입니다, 왕자마마."

서도는 굳이 남이의 세상은 이미 송언군 당신뿐이라고 말해주지는 않았다.

그것은 송언군 스스로 깨달아야 할 것이다.

❀

왕은 조금 놀랐다. 남이는 웬만한 사내보다 말을 잘 탔다. 혹 속도가 느려 뒤처지면 그것을 핑계 삼아 도성으로 돌려보낼 생각이었는데 글러먹은 것이다.

'송언군이 싫어할 터인데.'

왕은 아무도 모르게 근심했다. 남이를 북평도로 다시 데려갔다간 송언군이 길길이 날뛸 것이 불 보듯 뻔했다. 어쩌자고 이 위험한 곳에 데리고 왔느냐고 두 눈을 부릅뜨고 달려들겠지.

그렇다면 왕은 또 원치 않는 벌을 아우에게 내려야 할 것이다. 왕은 그런 상황이 만족스럽지 않아서 남이를 돌려보낼 구실을 열심히 찾았다.

'어쩔 수 없군.'

그러나 구실을 찾을 수 없었다. 남이는 필사적으로 행렬을 따르고 있었다. 자기 때문에 속도가 늦춰지는 것은 견딜 수 없다는 듯 남이는 사내들도 겁을 집어먹을 속도로 말을 몰았다.

왕은 남이를 돌려보내는 것을 포기하고 면밀히 관찰하기 시작했다.

'고집은 제 주인을 닮았구나.'

송언군이 아끼는 아이. 갓난아기이던 무렵부터 그녀는 송언군의 권속이었다. 반쪽짜리 청천인. 아비는 누구인지 알 수조차 없다. 그런 까닭에 제 피붙이에게조차 버림받은 그 아이를 송언군은 끔찍이도 소중히 여겼다. 노비라는 신분으로 그녀를 묶어 누구도 그녀를 해할 수 없게 하였다.

왕자의 몸종. 천것이나 천것일 수 없는 그 기묘한 위치. 송언군이 꿈꾸는 새로운 내일은 분명 그녀로 인한 것일 터.

"멈추어라. 잠깐 쉬며 군을 정비하도록 하여라."

왕이 멈추라는 신호를 보냈다. 기병이 일제히 멈추었다. 말발굽 소리가 사라진 평야는 놀랍도록 고요했다.

땅에 내려선 왕은 손수 자기 말에게 물을 먹였다. 히이잉, 콧소리를 내는 말을 보는 왕의 무뚝뚝한 용안이 찰나 풀어졌다.

그의 곁에 서 있던 호위 하나가 넌지시 말을 건네왔다.

"전하, 어찌 저 계집을 돌려보내지 않는 것이옵니까?"

"글쎄다."

"명령하면 그만인 일 아니옵니까?"

"……."

호위의 말대로다. 남이가 싫다고 우겨도 왕이 명령하면 그만이다. 노비 따위가 왕명에 토를 달 수 있을 리 없다. 목숨이 아홉 개가 아니라면 말이다. 그러나 왕은 그녀에게 명을 내리는 대신 그녀의 청을 들어주었다. 정말로 북평도가 반란을 일으키기 직전의 상황이라면 제 몸 하나 건사하지 못할 계집을 데려가는 것은 현명치 못한일이다.

양반 댁 규수도 아닌 천것. 그 천것의 의지조차 존중하는 왕의판단을 호위는 이해할 수 없었다.

"청수야."

"예, 전하."

"너는 네 부인을 사랑하지."

"예에?"

느닷없는 말에 호위가 얼굴을 붉혔다. 당황해서 헛기침을 하는그를 응시하는 무심한 용안에 어렴풋이 웃음기가 스몄다.

"네 부인이 매화를 무척 좋아한다고 치자. 너는 뒤뜰의 매화나무를 벨 것이냐, 가꿀 것이냐?"

"당연히 가꿀 것이옵니다!"

"그것과 같다."

"예?"

"과인은 송언군이 사랑하는 것 모두를 지켜주고 싶구나."

왕은 그리 답하고서 남이에게로 걸어갔다.

시꺼먼 남자들 사이에 낀 그녀는 볼일이 급한 강아지 같았다. 안절부절못하며 눈치를 살피는 모습이 퍽 인상적이었다. 왕이 자신에게 오고 있다는 것을 뒤늦게 알아챈 남이는 더 굽을 수 없을 만큼굽어서 바닥에 엎드리려고 했다.

"엎드릴 것 없다."

"하, 하오나……."

"괜찮다."

"예, 전하……."

남이가 머뭇머뭇 고개만 숙였다.

"목은 아니 마르냐?"

"괜찮사옵니다!"

남이가 제법 씩씩하게 대답했다.

"괜찮아도 조금 마셔라. 네가 낙마라도 하면 과인이 곤란하다."

"송구하옵니다, 전하!"

왕이 물주머니를 내밀자 남이가 황송해하며 받들었다. 왕 앞에서 물을 마셔도 되는 것인지 고민하는 그녀에게 왕이 나직이 일렀다.

"마셔도 좋다."

"송구하옵니다!"

재차 씩씩하게 대답한 남이가 고개를 돌리고서 물을 마셨다.

"승마 말고 또 무얼 할 줄 아느냐?"

"예?"

입가에 흐르는 물을 닦으며 남이가 두 눈을 동그랗게 떴다. 퍽 귀여웠다.

"송언군에게 또 무엇을 배웠느냐고 물었다."

"아…… 활도 조금 쏠 줄 알고 문자도 조금 배웠사옵니다."

"계집에게 어울리지 않는 것들만 가르쳤구나."

왕의 눈가가 슬며시 풀어졌다. 항상 무표정한 왕은 송언군에 대한 이야기를 할 때만 무척 따뜻한 얼굴을 한다. 남이는 그런 왕이 신기했다. 소문으로만 듣던 아우를 향한 왕의 큰 우애를 이제는 가슴으로 느낄 수 있었다.

"송구하옵니다. 쇤네가 배우지 말아야 할 것들을 배워서……."

"네가 송구할 것이 무엇일까."

왕이 가만히 남이를 응시했다.

남이는 송언군이 바라는 세상을 닮았다. 밝고 명랑하고 자유롭다. 제 신분을 생각하며 풀이 죽었다가도 금방 까만 두 눈을 반짝인다. 생명, 순수……

그리고 왕은 아우가 바라는 그 세상을 존중하고 싶었다. 아우가 바라는 세상을 만들어주고 싶었다.

"남이야."

"예? 예, 전하."

왕의 입에서 제 이름이 나오자 화들짝 놀란 남이가 어깨를 크게 들썩였다.

남이는 단 한 번도 청천의 왕이 그녀를 '남이야' 하고 다정하게 부르는 상황은 상상해 보지 못했다. 왕은 분명 송언군의 형제이지만 남이의 세상에서 왕은 없는 것과 똑같았다. 그녀에게 왕이란 용이나 봉황 같은 상상 속 동물에 불과했다. 따라서 남이가 당황한 것은 당연했다.

"너는 꿈을 꾼 적이 있느냐?"

"예?"

뜬금이 없어도 너무나 뜬금없는 물음이다.

그 뜬금없는 물음에 남이는 왕이 상상 속 동물이 아니라 송언군의 형님이란 것을 퍼뜩 깨달았다. 그녀는 어이없게도 왕의 뜬금없는 물음에 왕과 송언군이 조금 닮았다는 생각을 해버렸다. 세상이 무어라고 하든지 제 할 말만 던지고 사라지는 오만함이 비슷했나.

"잠을 잘 때 꾸는 꿈을 말씀하시는 것이옵니까?"

송언군과 닮았다는 생각이 들자 남이의 긴장감은 눈에 띄게 풀어졌다. 온몸이 덜덜 떨릴 정도로 두렵지도 않았다.

"그 꿈 말고 다른 꿈 말이다. 바람 같은 것."

"아……."

모호하게 말끝을 늘리며 고민에 잠긴 남이를 왕은 찬찬히 응시했다.

"괴팍하시옵니다, 전하."

"무어라?"

맹랑한 대답에 왕이 어이없다는 듯 눈살을 찌푸렸다.

"천것에게 꿈을 물으시다니요. 당치 않사옵니다."

"당치 않다?"

"꿈꾸는 것이 허락되지 않은 신분이옵니다. 하오니 쇤네는 왕자마마의 몸종으로 족할 것이옵니다. 왕자마마를 모실 수 있어 진정 행복하다고 생각하옵니다."

남이가 또렷한 목소리로 대답했다. 왕은 그녀의 무덤덤한 대답 아래 숨은 깊은 상처 같은 것을 보았다.

꿈꾸는 것이 허락되지 않기에 그저 만족한다…….

그것은 일종의 체념이었다. 변치 않는 세상을 향한 원망이었다. 용심은 바이없이 쓸쓸해졌다.

"그래도 무언가 되고 싶은 게 있을 수는 있지 않으냐? 활을 쏠 줄 아니 궁수가 되고 싶었을 수도 있고, 말 타는 법을 배웠으니 기병이 되고 싶었을 수도 있겠구나. 아니면 글을 쓸 줄 아니 시인이 되고 싶었던 적은 없느냐?"

"굳이 그렇게 물으신다면 쇤네는……."

남이의 눈빛이 흐려졌다.

"사내가 될 수 있으면 좋겠사옵니다."

예상외의 대답에 왕이 미간을 모았다.

"사내?"

"종이라서 괴로운 것보다 계집이라서 괴로운 것이 더 많으니까요."

남이가 불현듯 웃었다.

왕은 더 이상 아무 말도 하지 않았다.

부당한 것이 부당하다는 것조차 알지 못하는 세상은 슬프다. 부조리한 것을 당연시하게 되는 세상 또한 슬프다. 오래된 악습을 악습이라 인지할 수조차 없고, 무고한 자에게 죄를 뒤집어씌우는 세상은 옳지 않다. 그러나 그것을 안다고 해도 아무것도 할 수 없는 상황은 더욱 슬프구나.

노비 계집이 되었으나 평범한 노비 계집일 수 없는 남이의 상처가 보였다. 낫지 않은 아픔이 그녀의 대답에 서려 있다.

왕은 그녀가 가여웠다. 전통이라는 미명하에 틀린 것의 상속이 강요되는 세상이 안타까웠다.

"사내가 되지 않아도 좋은 세상이 올 것이다."

다만 그리 말하고서 왕이 몸을 일으켰다.

"예?"

"너의 주인을 믿어라."

앞으로도 청천의 가엾은 백성은 계속 다칠 것이다. 피눈물을 쏟아내며 억울함을 항변해도 그 울부짖음은 하늘에 쉽게 닿지 못할 것이다. 송언군 같은 이가, 송언군의 죽은 부인 같은 여인이, 지금의 대비와 같은 사람이, 남이 같은 아이가 계속 태어날 것이다.

계속 태어날 그들이 괴롭지 않은 세상, 슬프지 않은 세상.

일부 양반 남성만 잘 먹고 잘살고 꿈꿀 수 있는 청천을 뛰어넘이, 민인이 씽능하게 행복할 권리가 있는 세상을 원한다. 불가하다는 말을 왕은 이미 귀에 딱지가 앉도록 들었다. 그러나 아니 될 것이 정녕 무엇인가?

방법이야 만들면 되는 것을.

"이 세상이 정녕 옳습니까? 그렇다면 소제를 버리세요. 소제 또한 죽이세요. 형님께서 바라는 청천이 이와 같은 부조리로 가득 차 있다면 소제는 더 이상 청천에서 살아갈 이유가 없습니다."

그는 아우를 버리지 않을 것이다. 나약하여 애틋한 이들 또한 포기하지 않을 것이다.

"충분히 쉬었느냐? 다시 출발할 것이다."

남이에게서 멀어진 왕이 말안장 위에 올라탔다.

옳지 않다면 바꾸기로 왕은 아우와 약조하였다. 청천의 그 어떤 땅도 왕의 은혜로부터 버려지지 않게 하겠다고, 그 어떤 백성도 부당하게 상처받지 않게 하겠다고 그렇게 맹세하였다. 왕은 아우를 사랑하고, 아우가 사랑하는 것들 또한 사랑하여 제 삶을 걸고서 모든 것을 바꾸기로 하였다.

말은 힘차게 내달렸다. 버려진 땅에 들어서며 왕은 세상으로부터 상처받은 또 다른 한 사람을 떠올렸다.

'현원…….'

그가 잠시 지친 눈을 내리떴다.

'과인이 왔다.'

해묵은 상처가 욱신거렸다.

왕에게는 이현원이라는 벗이 있었다. 국학에서 유학을 공부하던 시절 사귄 이다.

현원은 영민했으나 가문이 지나치게 한미하였다. 북평도 출신인 그의 출셋길은 사실상 막혀 있었다. 앞선 그 어떤 왕도 북평도 출신을 중용하지 않았다. 세자이던 왕은 그의 재주가 아까웠다. 용좌에 오른다면 출신지에 구애받지 않고 인재를 등용하고 싶다는 소망을 품었다.

현원은 도성의 명문가 규수와 사랑에 빠졌다. 규수의 집안에선 그 사실을 알고 길길이 날뛰었으며, 얼마 후 군부인 간택에 제 딸의 명의를 밀어 넣었다. 여인은 군부인이 되었다.

왕은 그때만큼 절망한 현원을 본 적이 없다. 제 출신지로 인해 제 재주를 마음껏 펴지 못할 때에도, 무고하게 비난받을 때에도 현원은 늘 자신만만했었다. 왕은 그런 현원의 절망을 위로하는 방법을 알지 못했다.

"세자저하, 성군이 되시옵소서. 소인은 다시는 도성으로 돌아오 지 않을 것이옵니다."

그 말만 남기고 현원은 북평도로 떠나 버렸다. 그 안쓰러운 지우의 고향에 왕은 비로소 발을 디뎠다. 지켜주지 못한 인연과 아끼지 못한 재주가 떠올라 가슴이 지끈거렸다.

그토록 북평도의 의미는 남달랐다. 북평도는 청천의 모든 고통을 담고 있다고 해도 과언이 아니었다. 이 땅의 아픔을 어루만져야 청천은 변할 수 있으리라.

"녹산으로 보낸 특별 사신은 돌아왔느냐?"

"아직이옵니다, 전하."

"송언군의 행방은?"

"송구하옵니다."

청수가 고개를 조아렸다. 왕은 북평도를 굽어보며 씁쓸히 웃었다.

"관찰사들에게 명령한 증병은 어찌 되었느냐?"

청수는 조금 걱정스러워 보였다. 그도 그럴 것이, 왕과 왕자가 북평도에 온 것으로도 모자라 각 도에 출병 명령까지 내린 것이다. 녹산에 특별 사신을 파견하긴 했으나 이는 어찌 보면 도발이었다. 자칫 양국 간 치명적인 전쟁이 발발할지도 모른다. 고작 북평도 따위를 위해 그런 위험을 감수해야 하는 것이냐고 청수는 묻고 싶었다. 그러나 차마 왕의 결정에 토를 달 수 없는 입장이라 그는 상황만 고했다.

약 이만에 달하는 원군이 급히 오고 있었다. 왕이 북평도에 있는 까닭이다. 현재 오백에 달하는 정예병이 있지만 녹산이 정말로 북평도를 꼬드겨 전쟁을 일으킬 심산이라면 그 정도 숫자로는 왕을 지킬 수 없었다. 원군이 오는 것이 당연했다.

"전하, 혹 전쟁까지 고려하고 계신 것이옵니까?"

참지 못한 누군가가 물었다. 왕은 무심히 대답했다.

"먼저 도발한 것은 놈들이다. 놈들이 시도 때도 없이 우리의 국경을 넘보고 있다. 이제는 과인의 아우를 인질로 붙잡아가기까지 했구나. 북평도를 버리라고 한다면 버릴 수 있다. 이 척박한 땅을 지키기 위해 과인의 백성에게 피를 흘리라 하고 싶지는 않다. 그러나 송언군은 다르다. 송언군은 청천의 유일한 왕자이며 과인의 아우다. 그를 지키는 것은 왕실을 지키는 것과 같고, 그것은 곧 청천을 지키는 것과 같다. 과인은 송언군을 구하기 위해서라면 녹산의 왕 목이라도 칠 것이다. 명분은 우리에게 있다."

진심 반 거짓 반의 말이다. 북평도인을 지키기 위해 싸우라 하면 반발한 이들조차 왕자를 구하기 위해 싸우라 하면 군말 없이 목숨을 바칠 것이다. 왕은 그 맹점을 잘 알고 있었다.

당장 전쟁이 일어날 리는 없다. 녹산의 왕은 바보가 아니다. 그는 영악하고 야비하다. 북평도를 노략질하는 것은 그들에게 유희거리밖에 되지 않는다. 그 유희를 위해 전쟁의 위험을 감수할 필요는 없을 것이다. 청천에서 보낸 특별 사신이 그곳에 당도한다면 녹산의 왕은 일단 청천의 국경을 넘은 녹산인을 소환할 것이다. 그들이 녹산왕 휘하의 비밀병인지 순전히 제멋대로 날뛰는 화적떼인지는 중요하지 않았다.

모든 것은 그들을 소환한 후 천천히 결정되겠지. 이대로 물러날 것인가, 말 것인가.

물러난다면 그들은 더 이상 북평도를 노략질할 수 없게 된다. 청천왕은 북평도의 상황을 더 이상 좌시하지 않겠다고 스스로 북평도에 행차함으로써 만천하에 공표하였다.

만약 녹산이 물러나지 않는다면 남는 것은 전쟁뿐이다. 명분은 이미 청천에 있다. 청천의 왕자가 있는 북평도 땅에 녹산 놈들이 침략해 들어왔다. 그것은 명백한 위협이다. 주변국이 어느 쪽 손을 들어줄지는 자명한 일이다. 어느 한쪽이 압도적인 힘을 지닌 것이 아니라면 명분을 얻는 쪽이 항상 유리하다.

이리저리 따져 보나도 전쟁이 당장 일어나는 것은 녹산에게 불리하다.

그러나 완전히 방심할 수도 없다. 제국으로 성장할 기회를 호시 탐탐 엿보고 있는 녹산이 눌러서는 대신 청천을 첫 희생양으로 결정할 수도 있기 때문이다. 그렇게 된다면 수많은 이의 피가 이 황폐한 땅을 적실 것이다.

그 모든 가능성을 감수하며 왕은 북평도로 왔다. 깃발을 휘날리며 북평도에 섰다.

잃는 것이 두렵다면 아무것도 얻을 수 없다. 변화를 두려워한다면 부조리가 계속될 뿐이다. 부당한 세상은 사람을 상처 낸다. 꿈을 꿀 수 없게 한다. 절망하고 좌절하다 끝내는 포기하게 만든다.

왕은 송언군을 생각했고, 현원을 생각했다. 송언군은 힘이 없어 어미가 아비에 의해 사사되는 것을 지켜보았고, 현원은 가진 것이 없어 제 여인을 지키지 못했다. 현원의 옛 정인은 군부인이 되어 세상의 모든 부귀를 누릴 수 있는 위치에 섰으나, 현원만 그리워하다가 상사병으로 죽어버렸다.

송언군은 슬퍼했다. 원치 않는 혼인으로 저를 밀어 넣은 왕실을 원망했다. 혼인 당사자의 의견은 완전히 묵살하는 청천을 저주했다. 송언군이 원한 여인은 명문가의 아름다운 규수가 아니었다. 그 규수가 바란 이 또한 왕자가 아니었다.

지금의 청천은 사람의 마음을 돌보지 않는다. 그런 까닭에 왕은 새로운 질서를 만들 것이다. 이 나라를 개혁할 것이다. 왕자도 노비도 꿈꿀 수 있는 세상이 되도록.

"전하! 연기이옵니다!"

누군가 고함쳤다. 왕의 시선이 먼 곳으로 향했다.

녹산 쪽에서 검은 연기가 피어오르고 있었다. 회군을 알리는 녹산의 왕이 내린 엄명이었다.

북평도를 짓밟던 말발굽이 멀어지기 시작했다. 말고삐를 움켜잡으며 왕은 각오를 새로이 했다.

"이것이 끝일 리 없다."

필시 모든 것의 시작이리라.

"송언군을 찾아라!"

왕이 명했다. 녹산이 물러난 자리를 청천의 군사가 채웠다. 가파른 지형을 오르내리는 군졸들은 내처 사람의 흔적을 좇았다. 파랗게 우거진 나무와 풀이 흔적을 흐리게 했다. 좁게 난 오솔길은 그 흙이 단단해 발자국이 남지 않았다. 꽁꽁 숨어 있느라 녹산이 물러간 것을 알지 못하는 것인지, 혹 변고를 당하여 돌아올 수 없게 된 것인지. 왕은 아우의 안위를 염려하였다.

"전하, 이쪽으로 사람이 지나간 흔적이 있사옵니다."

청수가 고했다. 청수의 손끝이 밟히고 꺾인 풀을 가리키고 있다. 말에서 내린 왕이 친히 그 흔적을 살폈다.

지나간 것이 짐승은 아니었다. 흔적을 남기지 않으려는 조심스러움이 묻어 나왔다. 숨어 있던 누군가가 고을의 상태를 살피러 온 것일지도 모른다. 그들 사이에 송언군이 있었을지도.

왕의 심장이 거칠게 뛰었다.

북평도의 동태만 살펴보라고 보냈더니 기어이 이 난장판에 끼어들어 버린 송언군이 그리웠다. 위험할 줄 알면서도 그를 보낸 제 선택을 후회하는 참이다.

"가자."

"소신들이 먼저 가 살펴보겠사옵니다."

"그럴 필요 없다. 한시가 급하여 초조하다."

왕이 말에 올라탔다. 그는 반쯤 가리어진 좁은 길로 말을 몰았다. 말발굽 소리가 조급하게 울렸다.

산속으로 한참을 더 들어간 뒤에야 왕은 말을 세웠다. 큰 바위 뒤로 동굴 입구가 빠끔히 고개를 내밀고 있다. 신경 써서 보지 않으면 필시 지나칠 터였다.

"송언군!"

왕이 큰 소리로 아우를 불렀다.

"전하!"

혹시 녹산의 잔당이 숨어 있을까 잔뜩 긴장하고 있던 청수가 경악했다. 모든 일에 침착하고 무심한 그의 주군은 송언군만 관련되면 침착함을 잃는다. 주군께서 절명하게 된다면 그는 필시 아우를 지나치게 우애한 까닭이리라.

"송언군!"

왕은 아예 말에서 내려 송언군을 불렀다. 변고를 대비하여 무기를 움켜쥔 청수가 왕에게 밀디밑었다. 동굴 속에서 숨죽인 발소리가 들려왔다. 발소리는 점점 더 가까워지더니 이내 빨라졌다.

"형님!"

당장 왕에게 안길 기세로 달려오던 송언군은 왕에게 안기기 직전 정신을 차리고 땅에 엎드렸다.

"전하, 무탈하시옵니까?"

"아우는 강녕한가?"

"소제는 건강하옵니다. 심려치 마시옵소서."

"네 목숨을 귀하게 여겨 나설 때와 사릴 때를 잘 구분하라 하였다. 한데도 이리도 무모하게 구는구나."

"송구하옵니다."

전혀 송구하지 않은 말투로 송구함을 말하는 송언군을 왕은 다정히 굽어보았다. 긴장이 한순간 풀려 쓰러지고 싶었다.

"아우가 무사하여 기쁘구나."

동굴에 숨어 상황을 주시하고 있던 이들도 하나둘 모습을 드러냈다. 오십여 명의 민초가 제 앞에서 읍하는 것을 보는 용안에 많은 감정이 어렸다.

익숙한 얼굴이 있다. 살아서 다시는 만나지 못하리라 여겼다.

'세상을 다 잃은 눈으로 떠나더니 그럼에도 살아 있구나.'

이현원. 엎드린 그의 정수리에 박힌 왕의 시선이 떨어질 줄 몰랐다.

"저자들을 체포하여라."

왕이 천천히 어수를 들었다. 그 손끝에 서도와 현원이 있다. 역모를 빌미로 왔으니 역도를 잡아야 한다. 그 역심이 진심인지 아닌지는 중요치 않다.

왕이 지친 눈을 내리떴다.

이현원과 최서도는 옥사에 갇혔다. 그런데도 서도는 지극히 기뻐 보였다.

왕이 정말로 왔다. 오백의 직속병을 이끌고 온 것으로도 모자라서 가까운 곳의 관찰사에게 증원 병력을 명했다. 유례없이 수많은 군인이 북평도 국경에 모여들었다. 그 아찔한 숫자에 서도는 마음이 벅찼다.

왕이 왜 왔느냐는 중요치 않다. 북평도의 반란을 진압한다는 명분하에 북평도에 행차한 왕은 향후 몇 년간 북평도를 특별 관리할 것이다. 북평도의 황폐함을 손수 다스릴 것이다. 그것만으로도 서도는 눈가가 시큰거렸다.

"정말로 오시었군."

서도가 중얼거렸다.

"오실 거라 하지 않았는가?"

건너 옥사에서 현원이 대꾸했다. 서도가 픽 웃었다.

"자네 말이 맞았네. 늘 자네가 옳았지."

왕과 숙언군. 그들이라면 이 나라도 변하지 않을까?

물론 세상은 쉽게 변하지 않는다. 오랜 시간 지속되어 온 고루한 이념들, 자유를 속박하는 고리타분한 사상들, 날 때부터 끝없이 세뇌되어 온 그것들로부터 사람은 쉽게 자유로워질 수 없다. 변화는 두렵고 불편하며, 답습은 쉽고 편하니까.

백성이 울부짖는 것만으로는 세상은 바뀌지 않고, 왕이 엄명하는 것만으로도 세상은 바뀌지 않는다. 백성과 왕과 양반과 천것이 다 같이 열망해야만 세상은 조금씩 변화할 수 있다. 그 어려운 변화의 가능성을 서도는 믿고 싶었다.

"전하께선 성군이 되실 것이야."

"그래, 이젠 믿네."

현원의 믿음에 서도가 동조를 보냈다.

현원에게는 상처밖에 되지 않았을 국학에서의 시간. 절망과 좌절 속에서 산 주검이 되어 돌아온 현원은 그럼에도 주군에 대한 신뢰만큼은 버리지 않았다. 서도는 그 맹목적인 믿음의 주인을 이제야 보았다.

표정이 없던 용안. 그러나 반듯한 시선 속에 담긴 것은 한없는 애정이었다.

아우를 사랑하고, 신료를 존중하고, 백성을 아끼는 청천의 왕. 제 국토를 온전히 지킬 수 없음에 제위에 오른 후부터 줄곧 고통스러워했을 그들의 왕. 그가 이곳에 있다. 북평도를 포기하지 않기 위해, 오랑캐의 말발굽을 몰아내기 위해 도성에서 가장 멀리 떨어진 변방의 고을까지 왔다.

그것이면 충분하였다.

'백성의 임금이 되어주시겠지요. 부디 감당해 주시옵소서. 도성의 양반네가 녹록한 상대가 아니라 해도 가여운 민초의 왕이 되어주시옵소서.'

서도의 표정이 순간 찌푸려졌다. 극렬한 고통이 가슴을 강타하였다. 신음을 억지로 삼키며 그는 웃었다. 북평도가 평화로워진다면 역도의 죄를 쓰고 제 한 목숨 내바쳐도 상관없으리라.

❉

며칠 후, 서도와 현원은 왕 앞에 불려갔다.

왕은 막사에 머물렀다. 높은 곳에 앉아 제 권위를 내보이는 대신 그는 가장 낮은 곳에서 북평도의 민심을 수습하였다.

서도와 현원이 묶인 채 무릎을 꿇었다.

"죄인들은 들으라."

용음이 들렸다. 서도와 현원이 고개를 들었다. 무례하게 왕을 응시하는 그들을 본 청수의 표정이 무섭게 일그러졌다. 현원은 개의치 않았다.

'이제야 오셨사옵니까?'

현원이 눈으로 물었다. 무심한 용안이 그에게로 향했다. 수천만의 목숨을 짊어졌기에 작은 일 하나하나에 기뻐하거나 슬퍼할 수 없게 된 왕의 눈빛이 찰나 흔들렸다. 지켜주지 못한 벗에 대한 자책감이 한순간 떠올랐다가 사그라졌다.

왕은 사죄하는 대신 나직이 입을 열었다. 용음은 기이할 정도로 뚜렷하였다.

"녹산과 손을 잡고 과인의 어린 백성을 선동하여 반역을 일으킨 너희의 죄가 실로 크다."

현원은 홀가분한 마음으로 저에게 내려질 선고를 기다렸다.

"그러나 그것이 어찌 너희만의 잘못일까? 이 땅에 무심하였던 과인의 과오 또한 크다."

"전하! 그 무슨 망측한 말씀이옵니까?"

뜻밖의 말에 누군가 소리쳤다. 왕은 신경 쓰지 않았다.

"태조께서 유언하시길, 북평도는 흉(凶)의 땅이라 그 인재를 중용하지 말라 하였다. 그에 오랜 시간 북평도에 대한 차별이 있어왔음을 과인은 부정하지 않는다. 그러나 길흉은 언제나 뒤바뀌는 법. 인재는 하늘이 주시는 것이거늘 그를 중히 여기지 않음 또한 흉이라. 흉이 흉을 불렀으니 이는 태조대왕의 뜻이 아닐 것이다."

기나긴 외면의 역사.

위대한 군주였던 태조의 유언에 의해 정당화된 차별.

그것이 틀렸다고 왕이 말한다.

"흉을 길로 만드는 것이 과인의 업일 것이다. 자비를 베푸는 것이 과인의 덕일 것이다. 금일 이래로 과인은 과인의 백성을 똑같이 사랑하며, 과인의 땅을 똑같이 아끼고 싶다. 과인은 청천의 모든 것을 걸고 국경을 분명히 하여 이 땅을 평안케 할 것이다. 오랑캐들이 더 이상 과인의 옥토에서 날뛰지 못하게 할 것이다."

왕이 잠시 침묵했다. 용안이 살짝 일그러지는 것을 현원은 보았다.

"그러나."

왕의 반듯한 입술이 엷게 질렸다.

현원의 마음이 욱신거렸다.

"현원, 나는…… 나는 아무도 버리고 싶지 않다. 내 아우도, 너도 잃고 싶지 않다. 그것이 욕심인 것이냐?"

국학의 유생이던 시절 현원은 세자의 인품에 탄복하였다. 현원뿐만 아니라 세자와 잠시라도 말을 섞어본 모든 유생이 세자의 신하가 될 것에 행복해했다. 형식적으로만 국학에 입학한 선대의 다른 왕자들과 달리 세자는 성실히 국학에 다니며 차근차근 제 사람을 만들었다. 그때의 유생들이 이제는 관직에 진출하여 왕의 든든한 힘이 되어주고 있었다.

왕은 나약한 모든 이들을 사랑한다. 그 왕에게 내 심장에 비수를 꽂아주십사 청하는 현원의 마음이 편할 리 없다.

"과인은 역모의 주동자를 벌하지 아니할 수 없다. 어떤 경우라도 역모는 용서받을 수 없다. 주동자인 최서도에게는 사형을, 그 외 이현원 등에게는 유배형을 명하는 바이다."

내처 무심하던 왕의 말끝이 희미하게 떨렸다.

현원이 입술을 지르물었다.

그 밤은 달이 밝았다.

현원과 서도는 멀리 떨어진 옥사에 따로 갇혔다.

창살 사이로 쏟아지는 창백한 달빛을 넋 없이 응시하던 현원이 불현듯 고개를 돌렸다. 지척에서 들려온 인기척의 주인을 찾은 현원의 동공이 커다랗게 열렸다.

"네 뜻대로 되었다."

사내의 발치 아래 현원이 깊게 엎드렸다.

"송구하옵니다, 전하."

"송구하다?"

여상한 용음에 슬픔이 흐리게 묻어났다.

"현원."

"예, 전하."

"과인은 네가 밉구나."

느닷없이 튀어나온 왕의 정제되지 않은 감정에 현원은 입을 다물었다. 무어라 답해야 할지 현원은 알 수 없었다.

"망극하옵니다……."

겨우 꺼져 가는 목소리로 대꾸하는 현원을 왕이 무심한 눈으로 노려보았다.

"백아와 종자기라지?"

"예?"

"너와 최서도 말이다."

"죽마고우이옵니다."

"죽마고우라……. 좋은 말이다."

"……."

"역모는 누군가 죽지 않으면 끝날 수가 없다. 과인은 너의 종자기를 죽일 수밖에 없다. 너는…… 과인에게 모진 일만 바라는구나."

"송구하옵니다."

나는 아무도 잃고 싶지 않다.

어린 세자의 말이 현원의 귓가를 맴돌았다. 살리기 위해서 죽이고, 죽이기 위해서 살리고……. 아무도 잃지 않을 수 없는 왕좌에 앉은 사내는 왕이라서 언제나 흔들리지 말아야 한다. 천방지축으로 날뛰는 아우를 비호하기 위해, 제 고향의 아픔을 돌보아달라 소리치는 벗을 찾기 위해 왕은 늘 강인해야 했다.

수천만의 목숨을 책임져야 하기에 바란 적 없는 죽음을 선고해야 하는 그의 마음은 몇 갈래로 찢겨져 있을까? 그 마음은 누가 달래어주나.

"성군이…… 되시옵소서."

"성군이 무엇이관데?"

"가야 할 길은 능히 가고 가지 말아야 할 길은 결코 가지 않는 왕이옵니다."

"과인이 가야 한다 생각한 길이 가지 말아야 할 길이라면 어찌할까?"

"전하는 틀리지 않으셨사옵니다."

"네 너무 확신하는구나."

왕이 픽 웃었다. 그 조소가 현원의 심장을 찔러왔다.

너무 많은 것을 사랑하여 왕은 수없이 상처받을 것이다. 왕이기에 드러낼 수도 없는 그 상처는 오래도록 그를 갉아먹을 것이다.

현원은 왕을 깊이 연민하였다.

"인재를 귀하게 쓴 나라는 흥하였고 그렇지 못한 나라는 쇠하였사옵니다. 성별 때문에, 신분 때문에, 출신지 때문에 그 재주를 중히 쓰지 않는 나라가 가는 길은 쇠락의 길뿐일 것이옵니다. 전하의 길을 믿으시옵소서."

"과인도 때론 버겁다."

"……."

"너나 송언군은 어찌 그리도 과인을 맹목적으로 신뢰할까? 무슨 근거로 과인이 절대로 너희를 외면치 못할 것이라고 자만하는 것일까? 과인은 신이 아니거늘, 언제든 실수할 수 있거늘."

현원은 여상해 보이는 용안을 무례하게도 응시했다. 세자 시절의 왕은 잘 웃는 이였다. 그의 말간 웃음이 없어 현원은 서글펐다.

"전하께서 모든 이를 사랑하시지요. 매관매직을 일삼는 탐관오리도 사랑하시고, 도적질을 일삼는 가난한 백성도 사랑하시고, 제어미의 모든 것을 빼앗아간 후궁 소생의 왕자조차 지극히 사랑하시지요. 하오니 설령 실수하셔도 괜찮사옵니다."

"현원."

"예, 전하는 신이 아니시지요. 언제든 실수할 수 있으시지요. 하오나 부러 그러실 리가 없사옵니다. 백성을 욕되게 히기 위해 실수하실 리 없고, 아우를 상처 주기 위해 실수하실 리 없고, 벗을 실망

시키기 위해 실수하실 리 없사옵니다. 전하의 곧음을 믿사옵니다. 전하의 마음을 믿사옵니다."

왕이 짧은 한숨을 내쉬었다.

"그것이 숨 막힌다는 것이다."

"견디시옵소서."

"……."

매정하고도 단호한 현원의 말에 왕이 몸을 일으켰다. 그의 등에 대고 현원이 다정히 속삭였다.

"전하께선 앞으로도 무수한 피와 눈물을 보시겠지요. 전하의 무력함에 수없이 절망하고 전하의 무정함에 끝없이 무너지시겠지요. 그래도 강건하시옵소서. 굳게 앞으로 가시옵소서."

기척 없이 멀어지던 왕이 돌연 고개를 돌렸다.

"과인 혼자?"

"예?"

"늘 과인 혼자 하라고 하지, 너는."

"……."

"싫다."

찰나의 원망을 남기고서 왕은 떠났다. 옥사에 홀로 남은 현원이 미간을 모았다. 왕 또한 결국은 한 명의 사람일 뿐일 텐데 그 혼자서만 너무나 많은 짐을 지고 있다. 그것이 안쓰러워 현원은 울었다. 이 세상에 어울리지 않게 다정한 왕을 연민하였고, 이 세상에 어울리도록 무력한 자신을 책망하였다.

✳

날은 덥고 습했다. 하늘은 당장에라도 비를 뿌릴 듯 먹구름이 가득했다. 송언군이 잰걸음으로 움직였다.

북평도인이 대피해 있던 동굴을 내내 지키고 있던 송언군은 왕과 만난 후 꼬박 이틀을 기절하듯 잠들어 있었다. 겨우 정신을 차린 후에는 왕을 도와 민심을 수습하느라 눈코 뜰 새 없이 바빴다. 북평도의 백성들은 동굴에서 함께 동고동락해 준 송언군을 믿고 따랐다. 덕분에 북평도의 혼란은 빠르게 수습되어 갔다.

'남이는 궁가에 잘 도착했겠지?'

왕의 막사로 향하는 동안 송언군은 남이의 안부를 궁금해했다. 정신없이 피곤하고 바쁜 나날을 보내느라 그는 남이가 도성으로 가는 대신 북평도로 되돌아온 것조차 모르고 있었다.

'남이?'

바쁘게 길을 걷던 송언군이 문뜩 눈썹을 찡그렸다.

여기 있을 수 없는 남이와 꼭 닮은 계집이 길에 서 있다. 남색 저고리에 남색 바지. 수수하다 못해 사내놈처럼 보이기까지 한 그 차림이 정녕 남이 같았다.

'남이는 예 있으면 아니 되는데…….'

혼란이 많이 수습되었지만 아직은 곳곳에 위험이 도사리고 있었다. 제때 후퇴하지 못한 녹산의 잔당이 산에 숨어 있었니.

"나리!"

유령이라도 보듯 남이를 닮은 계집을 노려보던 송언군의 표정이 확 구겨졌다. 남이를 닮은 계집이 아니라 진짜 남이인가 보다.

"무탈하십니까?"

"네가 왜 여기 있느냐?"

걱정스럽게 묻는 남이에게 날카로운 질책이 쏟아져 나갔다. 반가음이 가득하던 남이의 얼굴에서 표정이 순식간에 사라졌다. 서슬 퍼런 송언군의 기세에 겁먹은 듯 어깨를 움츠린 남이가 한 걸음 뒤로 물러섰다.

"예?"

그녀가 겨우 되물었다. 탁 막힌 목소리가 당혹감으로 갈라졌다.

"네가 왜 여기 있느냐? 여기가 어디라고 돌아와! 정신이 나간 게야? 설마 무례하게 전하께 데려와 달라고 억지라도 부린 것이냐? 응?"

남이는 이곳에 있으면 안 된다.

북평도는 그녀에게 너무나 위험하다. 남이를 지켜야 한다. 그녀를 소중하게 아끼고 또 아껴야 한다. 안전한 곳에 꽁꽁 숨겨두고서 위험이 사라진 뒤에야 꺼내 만나야 한다. 그래야만 하는 남이가 왜 북평도에 있단 말인가?

"나리께서 이곳에 계시기에 쇤네가 여기에 있습니다. 쇤네는 나리의 몸종이지 않습니까? 왜 화를 내십니까?"

"왜 화를 내냐고? 네가 잘못하였으니 화를 낸다! 도성으로 돌아갔어야지! 전하께 호위를 달라 청해 궁가로 돌아가 얌전히 기다리고 있어야지! 머리는 장식으로 달고 있는 것이냐? 어찌 그리 생각이 없어!"

버럭버럭 화를 내면서 송언군은 바쁘게 남이의 몸을 살폈다.

다행이다. 다친 곳은 없어 보인다. 그러나 안색이 안 좋다. 창백해서 꼭 시체 같다. 그 모습을 본 송언군의 심장이 무언가에 아파왔다.

"쇤네는…… 쇤네는 나리의 몸종입니다."

남이가 같은 말을 재차 읊조렸다. 그녀는 지금과 같이 화를 내는 송언군을 본 적이 없다. 이토록 화가 난 송언군에게 어떻게 반응해야 하는지 당연히 알지 못한다.

그는 왕자이고 그녀는 왕자의 몸종이다. 주인의 곁에 있는 게 몸종의 역할이라고 누차 말한 것은 다른 누구도 아닌 송언군이다. 그 송언군이 왜 화를 내는 것일까? 울컥 서러움이 치올랐다.

"나리께서 계시는 곳이 쇤네가 있어야 하는 곳입니다. 설령 지옥이라도, 불바다라도 쇤네는 나리의 곁에 있어야 합니다."

"내가 그러라고 하더냐?"

"예?"

"네가 도대체 이곳에서 무얼 할 수 있느냐? 계집종인 네가 도대체 무슨 일을 할 수 있느냐! 사내도 멀쩡하기 힘든 이 사지에 대체 무슨 생각으로 돌아왔느냐? 너를 전하께 보내 내 말을 전하게 한 내 의중을 왜 헤아리지 못하느냐?"

송언군의 눈길이 남이의 손에 들린 나물 보따리로 향했다. 그의 두 눈에서 순간 불똥이 일었다.

오늘 아침 근방에서 퇴로를 잃고 헤매던 녹산인 넷을 붙잡았다. 나물을 캐러 갔던 고을의 늙은이 둘이 그들에게 살해된 뒤였다. 그들에게 살해당한 이가 그 늙은이들이 아니라 남이였을 수도 있다. 위험한 줄도 모르고 천둥벌거숭이처럼 산천으로 쏘다녔을 남이 생각에 송언군의 머릿속이 뜨거워졌다.

송언군은 남이를 당장에라도 도성으로 돌려보내고 싶었다. 이 위험한 곳으로 돌아온 그녀가 미웠다. 마음이 바짝 타들어가서 괜히 남이가 원망스러웠다. 그립고 보고팠던 마음은 속내 깊숙이 꽁꽁 숨어버리고 밉고 원망스러운 모난 마음만 가시처럼 툭 튀어나왔다.

"네가 처음으로 밉구나."

송언군이 남이를 홱 지나쳐 가버렸다.

혼자 덩그러니 남겨진 남이는 어떤 표정을 지어야 할지 모르는 얼굴로 한참을 서 있었다. 애써 덤덤한 척하던 그녀의 표정이 한순간 일그러졌다.

'쇤네가 잘못했습니까?'

도성으로 돌아갔어야 하는 것일까? 그를 구출하는 데 중요한 역할을 했을지도 모르는 사내 둘을 빼돌려 호위로 삼고서? 그랬다간 송언군의 안위에 변고가 생길지도 모르는데? 그런데도 혼자 안전한 도성으로 돌아가 따뜻한 아랫목에 누워 그를 기다려야 했다는 것일까?

남이의 두 눈이 붉어졌다. 울음을 참는 그녀의 입가가 파르르 떨렸다.

'쇤네가 잘못했다고 칩시다, 나리. 그래도…… 그래도 빈말로나마 오느라 고생 많았다, 말을 타고 내달리느라 혹 몸이 상하진 않았느냐, 그리 물어주시면 아니 됩니까? 나리를 걱정하고 또 걱정한 쇤네의 마음을 헤아려 주시면 아니 됩니까?'

서럽고 서운했다. 이런 말이나 들으려고 북평도로 되돌아온 것이 아니다. 이리 구박만 받고 꾸중이나 들으려고 온 것이 결코 아니었다.

혹시라도 그가 잘못되진 않았을까 조마조마 불안한 이 마음. 그의 눈웃음을 보면 좀 풀어지지 않을까.

영영 뵙지 못할까 두렵고 떨리는 마음. 그의 온기를 느끼면 좀 누그러지지 않을까.

다만 그런 소망을 품었을 뿐이다.

'나리는 쉰네 걱정은 아니 하셨습니까?'

이리 무사하니 참으로 다행이다. 그런 말은 어찌 안 해주실까.

'쉰네를 귀히 여기신 것은 나리셨습니다. 종년이 배울 필요 없는 것을 배우게 하고, 종년이 꿈꿀 수 없는 것을 꿈꾸게 하고……. 쉰 네를 이리 방자하게 만든 것은 모두 나리이시란 말입니다. 하온데 어찌 화만 내십니까? 나리를 걱정한 것이 그리 큰 죄입니까?'

낫지 않은 마음의 상처가 또 덧난다. 시름과 그리움에 쌓인 원망 이 날카로워진다. 심장이 콕콕 아프다.

'쉰네는 나리께 그저 애물단지입니까? 귀찮은 계집종일 뿐입니 까?'

후드득!

우중충한 하늘에서 비가 쏟아져 내리기 시작했다. 그제야 남이 는 울음을 터뜨렸다. 더운 눈물이 찬비와 뒤엉켰다. 소리 죽인 흐느 낌이 새어 나왔다. 끅끅. 참고 참은 울음이 목에서 울렁였다. 가녀 린 어깨가 들썩인다.

"쉰네도 나리가 밉습니다."

남이가 흐느끼듯 중얼거렸다.

귀할 것 없는 종년에게 애정을 먼저 베푼 것은 그였다. 그녀의 마음을 뒤흔든 것도 그였다. 그런 그는 실없이 웃다가도 냉랭히 놀 아서고, 한없이 자애롭다가도 끝 간 데 없이 매정해진다.

노비는 재산이고 물건이지. 생각 따위 필요 없지.

생각…… 필요 없다고 하시고서, 이제는 왜 그리 생각이 없느냐 고 화를 낸다.

그녀가 무얼 하든지 저에게는 노움이 되지 않는다며, 방해가 될 뿐이라며 그녀를 꾸중한다.

292 내 것이로다

"나리가 밉단 말입니다……."

바이없이 쏟아지는 빗속에 남이는 엎드려서 울었다.

온몸이 흠뻑 젖는다.

제 무지와 하찮음에 신물이 난다.

송언군이 밉다.

북평도 생각으로 꽉 차 있던 송언군의 머릿속이 이번에는 남이로 가득 찼다. 그녀를 도성으로 돌려보낼 궁리를 하며 초조하게 입술을 깨물었다. 괜히 그녀를 따로 도성으로 돌려보내지 않은 왕이 원망스러웠다.

"송언군?"

"형님이 밉습니다!"

"무어라?"

황당하다는 듯 용안이 찌푸려졌다. 왕은 느닷없는 아우의 원망이 곤혹스러웠다.

"잠시 물러나 있으라."

주변을 물리친 왕이 송언군을 응시했다. 잔뜩 심통이 나서 땅만 바라보고 있는 표정이 심상치 않다.

"아우야."

"어째서 남이를 돌려보내지 않으셨습니까?"

다정한 부름에 송언군이 다짜고짜 따졌다.

역시 그것이었나. 왕이 얕은 한숨을 흘렸다. 송언군은 오는 길에 이미 남이와 한바탕한 모양이었다.

"그 아이의 뜻이었다."

"노비에게 뜻이 어디 있습니까? 강제로라도 도성으로 돌려보내셨어야지요!"

그 아이를 방자하게 키운 것은 바로 너이다. 입술 끝에 맺힌 말을 왕은 목울대 아래로 밀어 넣었다.

"남이의 뜻이었다."

왕이 재차 같은 말을 반복했다. 송언군은 답답한 듯 눈을 치켜떴다.

"설령 남이의 뜻이었다 한들 그 아이가 이 북평도에 무슨 도움이 되겠습니까? 위험해지기만 할 것입니다!"

왕의 눈매가 가늘어졌다.

마음이 자라지 못한 아우를 바라보는 용안에 애틋함이 어렸다. 소중한 이를 지키지 못한 상처는 송언군의 마음에 깊은 상흔을 남겼다. 위험한 길은 저가 먼저 걷고 제 소중한 이들은 그저 편히 뒤따라오기만을 바라고 있다.

그러나 그 마음이 어찌 송언군만의 것일까. 힘들고 어려운 가시밭길. 소중한 이가 그 길을 걷게 하느니 차라리 저가 걸어가겠다는 이가 어찌 송언군뿐일까. 아끼는 이를 지키고 싶고 편히 누리게 하고픈 마음이 어찌 송언군의 전유물이겠는가.

왕도 그러하고, 최서도 그러하고, 이현원도 그러하다. 힘든 것은 홀로 도맡고 다른 이들은 편한 길만 걸었으면 좋겠다.

"내일 당장 환도하여라, 송언군."

짧은 침묵을 깨며 왕이 명했다.

"예에?"

느닷없는 말에 송언군이 입을 벌렸다.

"오늘 밤 채비를 하고 떠나라."

"형님, 어찌 그런 말씀을 하십니까? 소제는 아직 형님을 돕고 싶습니다!"

송언군이 소리쳤다. 딱딱하던 왕의 표정이 흐리게 풀어졌다.

"과인은 송언군의 도움이 필요치 않다."

"형님……."

"왕자가 가는 곳마다 추문이 들끓으니 민심이 어지럽다. 과인은 왕자의 뒤치다꺼리를 할 여력이 없다. 당장 도성으로 돌아가 근신하라."

송언군의 표정이 일그러졌다. 서운함 가득한 눈빛이 왕에게로 쏘아져 나갔다.

"소제는 북평도에서 아무 사고도 치지 않았습니다. 근신은 이곳에서 할 것입니다. 어찌 이 위험한 곳에 형님만 두고 돌아가오리까? 소제는 싫습니다. 죽어도 형님 곁에 있을 것입니다. 소제를 떨쳐 내려면 소제를 죽이셔야 할 것입니다."

"왕자를 죽이라? 맹랑한 말이로다."

"예! 소제가 제법 맹랑하지요. 예의는 일찍이 녹산에 던져 줘버렸습니다! 소제는 형님을 돕고 싶은데 어찌 돌아가라고 하십니까? 소제는 형님 곁에 있고 싶은데 어찌 필요 없다 하십니까? 소제가 정히 무능해도 그리 말씀하시면 아니 되지요! 소제가 모자라도 고맙다, 그리 말씀하셔야지요!"

용안이 더 헐거워졌다. 왕은 희미하게 웃으며 잔뜩 화가 나 씩씩거리는 아우를 응시하였다. 웃음기 어린 그 눈빛에 송언군이 두 눈에 더욱 힘을 주었다.

"아우야, 그 마음을 기억하여라."

"예?"

"돕고 싶고 곁에 있고 싶은데, 필요 없다며 떨쳐 내는 이에 대한 서운함을 기억하여라."

"……."

송언군이 미간을 찌푸렸다.

"설령 정녕 필요 없어도 고맙다고 말해주길 바라는 마음을 기억하여라. 험한 길, 혼자 걷게 하고 싶지 않은 마음을 기억하여라."

"……."

"내 마음이 네 마음과 같고, 네 마음이 남이와 같음을 잊지 말지어다. 노비라고 정히 마음이 없겠느냐? 재산이라고 정녕 물건과 같겠느냐?"

송언군의 눈빛이 움찔 커졌다. 무례인 것도 잊고 벌떡 일어난 송언군이 어찌할 바 모르는 표정을 지었다.

"어…… 음……. 소제가…… 잘못했습니까?"

띄엄띄엄 흘러나와 완성된 물음이 간절했다.

"아우는 답을 알 것이다."

송언군의 안색이 새파래졌다. 물러나는 좋다는 윤허도 구하지 못한 채 그가 급히 뛰쳐나갔다.

혼자 남은 왕이 엷게 웃었다. 그의 아우는 역시나 어리다. 두려움이 커 많은 것을 보지 않는다. 그러나 분명 소중한 마음이 커질수록 두려움은 사그라질 터. 송언군은 필시 과거로부터 벗어날 것이다. 상처를 이겨낼 것이다. 왕은 송언군을 심히 우애하여 그날을 미리 축복하였다.

물러났던 사관과 호위가 돌아오는 것을 확인한 왕은 잠시 엎드려 서안에 이마를 기댔다.

"청수야."

"예, 전하."

"과인이 몇 명이나 더 죽이게 될까?"

"예?"

왕은 두 사내를 떠올렸다. 스스로 역도가 되어 길을 연 이들이 참으로 사특하였다. 제 고을을 지키고자 감히 왕을 불러들인 놈들이다. 제 고을 편하게 하려고 용심에 더없이 깊은 흉기를 박아 넣은 나쁜 놈들.

그들을 죽게 하고 싶지 않았다.

물론 아무도 죽이지 않을 수 없다는 것을 안다. 최고의 성군이라 칭송받는 왕들조차 누군가는 죽여야 했다. 왕은 백성을 살리는 이여야 할진대 누군가는 살릴 수 없다.

"아무것도 아니다."

왕이 쓰게 웃었다. 냉소는 찰나였다. 용안이 다시 무심해졌다.

왕의 막사를 뛰쳐나온 송언군은 남이를 찾아 여기저기 헤매고 다녔다. 정확히는 몰라도 아주 큰 실수를 한 것은 분명했다.

"남아! 어디 있느냐? 남아!"

내내 우중충하던 하늘에서 장맛비가 쏟아지고 있다.

후두두!

빗소리가 송언군의 목소리에 엉겨 붙었다.

"남아! 남아!"

남이의 대답이 없다. 도롱이를 입고 정찰을 돌던 장수 몇만 송언군을 알아보고 예를 갖추었다. 그들은 쫄딱 젖은 송언군의 건강을 염려하며 처소로 돌아갈 것을 권했다. 송언군이 울컥 신경질을 부렸다.

"막사는 되었다! 우리 남이가 없어졌는데 대체 나더러 가긴 어딜 가라는 것이야?"

"예에?"

"남이야!"

멍하니 되묻는 장수를 버려두고 송언군은 다시 남이를 찾아 뛰어다녔다. 닥치는 대로 사람을 붙잡아 남이의 행방을 물었다. 하지만 남이가 누구인지도 모르는 병사들이 남이의 행방을 알 리 없었다.

머물던 초가에 돌아가 있을까 싶어 단숨에 초가까지 뛰어갔다 왔지만, 남이는 그곳에도 없었다.

송언군은 사색이 되었다.

"대체 어딜 간 게야? 갈 곳도 없는 녀석이⋯⋯."

혼잣말을 중얼거리던 송언군의 두 눈이 돌연 번쩍 뜨였다. 아직 안 가본 곳이 있다. 왕을 알현하려 가는 도중 남이와 마주쳤던 곳. 성벽에서 이어지는 그 길은 인적이 드물었다. 남이가 여전히 그곳에 있을지도 모른다는 강한 직감이 들었다. 의복이 온통 흙탕물로 얼룩지는 것도 모르고 송언군이 달렸다.

"남아!"

사람의 왕래가 드문 길. 비가 내려 질퍽해진 땅 위에 무언가가 동그랗게 웅크리고 있었다.

'고뿔이라도 들면 어쩌려고!'

애타는 마음에 송언군의 달음박질이 더욱 빨라졌다.

울음이 마른 후에도 남이는 한참을 빗속에 있었다. 그녀의 마음이 온기 없는 비를 닮아갔다.

"남아!"

송언군의 목소리가 들렸다. 남이는 고개를 들지 않았다.

그녀는 상황을 곱씹고 또 곱씹었다. 지난 세월 동안 마음에 쌓인 무수한 상처가 일제히 욱신거렸다. 나을 틈도 없이 터지고 곪고 썩은 상처가 남이를 좀먹었다.

"남아! 예서 뭐 하는 게야? 고뿔 든다!"

누군가 그녀를 급히 일으켜 세웠다. 남이는 별다른 저항 없이 스르륵 몸을 일으켰다.

'필요 없으시지요, 쇤네가?'

목구멍까지 튀어나온 원망을 남이는 억지로 되삼켰다. 물어서 무엇 할까? 그걸 이제 알았느냐는 타박이나 돌아오겠지. 휘어지는 남이의 눈웃음이 처연하였다.

"남이야, 괜찮은 게야? 어디 아픈 게야? 벌써 고뿔 든 건 아니지? 열은? 열은 없느냐?"

송언군이 한 번에 많은 질문을 했다.

남이의 상처받은 마음은 그것마저 싫었다. 왜 그가 저를 걱정하는 것은 되고 저가 그를 걱정하는 것은 아니 되는데? 그는 그녀의 주인인데? 몸종이 주인을 걱정하는 건 당연한 일 아닌가?

"쇤네는 괜찮습니다. 나리께서 걱정하실 필요 없습니다. 천것이 아플 자격이나 있겠습니까?"

뾰족뾰족 가시 돋친 말이 튀어나갔다. 절로 행동도 거칠어졌다. 제 팔을 붙잡아 부축해 주고 있는 송언군의 팔을 뿌리쳤다.

"남아……."

"쇤네는 정말 괜찮습니다, 나리. 이깟 종년 때문에 나리께서 수고하시면 쇤네가 민망하여 견딜 수가 없습니다."

왜 안 되는데?

대체 왜 안 되는데!

남이는 비명이라도 지르고 싶었다. 그녀는 그가 걱정되었고, 그에게 힘이 되고 싶었다. 노력했다. 열심히 했다. 최선을 다했다.

그런데 송언군은 아니 된다고만 한다. 아무 생각 없이 그가 시키는 대로만 하라고 한다.

싫은데. 그런 거, 진짜 싫은데.

"남아, 화났느냐?"

"나리께서 괴이한 것을 물으십니다. 쇤네는 화나지 않았습니다. 물건이 어찌 화를 내겠습니까?"

"남이야."

천것이 마음에 품지 말아야 할 이를 품었다. 저가 노비라는 것을 알면서도 마음을 온전히 버리지 못해 감히 왕자를 은애하였다. 왕자를 염려하였고, 왕자에게 도움이 되고 싶었다. 그러나 천한 종년이 무슨 수로 왕자를 도울까.

"준비가 되는대로 도성으로 돌아가겠습니다, 나리."

"나, 남아!"

"쇤네도 참, 어찌 이리 미련스러우리까? 나리께 방해만 된다는 것도 모르고……. 멍청하고 아둔해서 어디 가서 왕자마마 몸종이라고 말도 못하겠습니다."

새삼 깨닫는 제 하찮음에 남이는 허무하게 웃었다.

목소리를 잃은 듯 입만 벙긋거리던 송언군이 잠시 입을 다물었다. 송언군은 크게 가슴을 열어 심호흡을 했다. 잠시 머뭇거리다가 남이의 손목을 잡은 그가 짓궂은 표정을 지었다.

"우리 남이가 심통이 났어."

"나리, 쇤네는 심통을 부리는 것이 아닙니다."

"음…… 아니야?"

"예. 멍청한 종년이 이제야 주제를 안 것뿐입니다."

송언군의 두 눈이 번쩍 뜨였다. 남이의 손목을 잡은 그의 손아귀에 힘이 실렸다.

"누가 너더러 멍청하다 하더냐?"

남이는 손목을 비틀어 송언군의 손아귀에서 제 손을 빼냈다.

"나리, 쇤네가 멍청한 것은 자명한 사실입니다."

"너는 멍청하지 않다!"

"멍청한 걸로도 모자라 쇤네는 방자하기까지 합니다."

"누, 누가 너더러 방자하다더냐? 감히 왕자의 몸종에게?"

"쇤네는 나리를 염려할 줄만 알았지 쇤네로 인해 나리께서 곤란하실 것은 알지 못했습니다. 그토록 멍청한 몸종이 어디 있겠습니까? 쇤네는 도성으로 돌아가라는 전하의 명조차 따르지 않고 제멋대로 북평도로 돌아왔습니다. 이 얼마나 방자한 일입니까? 멍청하고 방자하여 나리께 누를 끼쳤으니 입이 열 개라도 할 말이 없습니다."

나직이 쏟아지는 남이의 말은 스스로를 바이없이 할퀴었다. 입에 담을수록 선명해지는 비참함에 남이는 웃었다. 금붕어처럼 입을 벙긋거리던 송언군이 미간을 힘껏 찌푸렸다. 남이의 말이 그의 가슴에 아프게 박혔다. 그가 염려되어 한걸음에 달려온 그녀에게 왜 왔느냐고 윽박지르기만 했다. 제 무심함에 송언군은 치가 떨렸다.

"내가 잘못했다."

겨우 내뱉은 송언군의 말끝이 탁하게 갈라졌다. 그는 남이를 상처 주려는 것이 아니었다. 그녀가 위험한 곳에 있는 게 싫었을 뿐이다.

남이는 또 웃었다. 그 웃음에 조롱이 가득했다.

"나리께서는 잘못하신 게 없습니다. 물건에게 잘못할 수 있을 리가 없지 않습니까?"

어떻게 해야 남이의 마음을 풀어줄 수 있는지 알 수 없어서 송언군은 답답했다.

"화내지 말고 이리 와보아. 응?"

"쇤네는 화를 내는 게 아닙니다. 물건이 화를 낼 수 있을 리 없지 않습니까?"

"남아……."

몸의 거리는 손을 뻗으면 닿을 만큼 가까웠지만, 마음의 거리는 아무리 노력해도 닿을 수 없을 만큼 멀었다.

"나리, 이만 집으로 돌아가시지요. 감환 걸리시겠습니다. 어서 가서 갈아입을 의복도 준비해 드리고 드실 차도 준비해 드리겠습니다."

남이가 먼저 일어났다.

송언군은 그녀가 너무 멀어서 정신이 아뜩할 지경이다.

비는 끝없이 내렸다.

"그리 하자……."

자신이 처소로 돌아가면 남이도 비를 더 이상 맞지 않겠다는 생각에 송언군이 몸을 일으켰다. 그 어떤 사과도 할 필요가 없다는 식으로 응대하는 그녀에게 그가 할 수 있는 일이 없었다. 미안하다는 말 외에 사과 방법을 알지 못하는 송언군은 정녕 막막하였다.

12.
변화

돌아갈 준비랄 게 있을까. 애초에 북평도에 들고 온 것은 옷가지 조금이 전부였다. 초라한 짐만큼 남이의 마음은 처량했다.

'하늘이 맑구나.'

댓돌 위에 내려선 남이가 한숨을 내쉬며 신을 신었다.

그녀가 떠난다고 해서 달라질 것은 송언군의 삶에 아무것도 없을 것이다. 조금 불편할 수야 있겠지만 정 불편하면 다른 노비를 사들이면 된다.

대용품. 쉽게 바꿀 수 있는 그런 것.

마음이 씁쓸했다.

남이는 거리로 나섰다. 곧 떠나야겠지만 떠나기 전까지는 송언 군을 잘 모시고 싶었다. 북평도의 장시는 이제 꽤 번잡해졌다. 왁자지껄한 거리에선 제법 사람 냄새가 났다. 생기가 돌기 시작한 거리를 보는 남이의 표정이 헐거워졌다.

왕과 왕자가 와 있다는 것만으로 북평도는 크게 변했다. 남이는 단 몇 사람이 이토록 큰 변화를 불러온다는 것이 신기했다. 그들에 비하면 제 존재가 정녕 터무니없을 정도로 하찮다는 것을 새삼 자각했다.

"전하께서 곧 돌아가신다지?"

"그래? 하긴, 궐을 오래 비워둘 수는 없으실 테니……."

"왕자마마는 남으시겠지?"

"모를 일이지. 그래도 한 분이라도 계시면 좀 든든할 터인데."

행인 둘이 이야기하며 지나갔다.

그들은 왕과 왕자가 모두 돌아가 버릴까 걱정하고 있었지만, 송언군은 이곳에 남을 것이다. 남지 않을 것이라면 남이만 먼저 보내려고 그리 기를 쓸 리가 없다.

얼마나 오래 이곳에 계실까. 한 달? 두 달? 아니면…… 수 년?

그를 만나지 못할 시간이 남이는 너무나 아득했다.

"남이 아니냐?"

느닷없는 부름에 남이가 퍼뜩 정신을 차렸다. 반사적으로 고개를 돌린 그녀의 두 눈이 한껏 커졌다.

"전……."

"쉿."

어느새 지척으로 다가온 그가 검지로 남이의 입술을 가렸다. 딸꾹질을 하며 말을 삼킨 남이가 황급히 고개를 조아렸다.

'전하께서 어찌 이곳에…….'

그는 머리끝부터 발끝까지 평범한 차림이었다. 마찬가지로 평범해 보이는 차림을 한 사내 두엇이 그의 곁에 있었다.

'잠행 중이신가?'

"무얼 사러 온 것이냐?"

왕이 물었다.

"예? 예, 전…… 나리."

남이가 머뭇거리며 대답했다. 주변의 눈치를 살피며 나리라고 부르는 그녀를 왕이 물끄러미 응시했다.

"나리께서는 이곳에 어쩐 일로 오셨사옵니까?"

"장시에 무얼 하러 오겠느냐? 물건을 보러 오는 것이지."

"아……."

왕이 장시에서 살 만한 물건이 있을까? 남이는 모르겠다. 모호하게 말끝을 흐리며 고개를 주억거리는 것이 그녀가 할 수 있는 전부였다.

"그래, 남이 너는 계속 이곳에 있을 것이냐?"

왕이 화제를 돌렸다.

"아니요. 쇤네는 도성으로 돌아가야 할 것 같사옵니다."

"내 아우는 아니 갈 텐데?"

"……."

남이가 풀이 죽어 고개를 떨구었다.

"싸웠느냐?"

"예? 아, 아니옵니다! 왕자마마와 싸우다니요! 당치도 않사옵니다!"

"꼭 돌아갈 것이라면 나와 함께 가자꾸나."

"나, 나리, 쇤네같이 미천한 것에게 그렇게까지……!"

"쉿. 목소리가 너무 크다."

바짝 다가온 왕이 은밀히 속삭였다. 남이의 얼굴이 붉어졌다.

"떠나는 날 사람을 보내마."

남이가 마지못해 대답했다.

"송구하옵니다."

그녀가 고개를 들었을 때, 왕은 호위와 함께 멀어진 후였다.

"전하."

"말하여라."

청수가 미간을 찡그렸다.

"저 노비 계집에게 왜 그리도 신경을 쓰시옵니까?"

왕은 만사에 공명정대하다. 그는 사람을 신분 고하에 따라 다르게 대하지 않는다. 그러나 그런 것을 감안하여도 왕은 남이라는 계집종에게 과분하게 친절했다.

"내 아우가 아낀다."

"왕자마마도 그렇사옵니다. 어째서 저런 노비에게……."

"청수야."

엄한 용음에 청수가 잠시 입을 다물었다.

"예, 전하."

"숙의께서 왜 쫓겨났는지 아느냐?"

쫓겨난 숙의라면 송언군의 생모인 민 숙의뿐이다.

"전하의 총애만 믿어 오만방자가 하늘을 찌르고 그 투기가 지나치게 심하였던 까닭 아니옵니까?"

왕이 엷게 웃었다.

"그녀는 오만방자하지 않았다. 투기가 지나치지도 않았다."

"하오면……."

"과인의 잘못이다."

"그것이 왜 전하의 잘못인지 모르겠나이다."

청수가 솔직히 고했다.

"과인은 송언군에게 큰 죄를 지었다. 그 죄를 용서받을 수 있다면 무슨 짓이든 할 수 있다. 내 아우를 그 긴 악몽에서 깨워줄 이가 남이라면 그녀는 이 세상 그 누구보다 귀하다."

청수는 다만 송언군을 지극히 위하는 용심을 알았다.

그로부터 나흘 뒤, 왕은 남이를 데리고 환도하였다. 송언군은 남이와 화해하지 못했다.

✻

대비의 짧은 섭정이 끝났다.

돌아온 왕의 행보에 대신들은 경악했다.

"말도 아니 되옵니다, 전하! 통촉하여 주시옵소서!"

아침부터 대신들은 목청을 높였다. 여기저기서 비명 같은 읍소가 터져 나왔다.

그들을 천천히 둘러보던 왕이 무심히 입을 열었다.

"말이 아니 된다?"

왕의 시선이 호조*판서를 향했다. 그는 왕의 속내를 읽은 듯 하얗게 질려 있었다.

"경들은 과인이 청천 말을 잊어버렸다고 주장하고 싶은가?"

현왕의 즉위 이후 청천은 계속해서 조세를 감축해 왔다. 청천의 국고는 당연히 점점 줄어들었다. 이런 식으로 가다가는 비상시에

---

* 청천의 육조 중 하나로 호구, 토전, 조세, 부역 등에 관계된 일을 담당한다.

제대로 대처할 수 없다고 호판은 내처 직언해 왔다. 왕은 늘 조금 더 기다리라 대답했다.

"그런 뜻이 아닌 것을 아시지 않으시옵니까?"

영의정이 답답한 듯 소리쳤다. 용안은 내내 무심했다. 자신이 내던진 것은 폭탄이 아니라 작은 돌멩이라는 듯 왕은 태연하였다. 영의정은 기가 찼고, 좌의정은 어이가 없었으며, 우의정은 이제 사직하고 귀향할 때가 된 것인가 고민했다.

그들을 경악케 한 것은 왕이 선포한 노비제 개혁안이었다. 양반이 소유한 노비의 출신을 철저히 조사해 억울하게 노비 된 이를 면천시키자는 것이 개혁안의 골자였다.

개혁안을 양반들이 반길 리 없었다. 노비는 재산이다. 억울한 노비를 면천시키겠다는 것은 양반의 재산을 몰수하겠다는 것과 그 뜻이 같다. 양반들의 반발은 물론이고 면천의 꿈을 품은 노비들이 발칙한 짓을 저지르게 될지도 모른다. 사회가 혼란스러워질 것이고, 그것은 대신들이 바라는 바가 아니었다.

"그런 뜻이 아니라면 경의 뜻은 무엇인가?"

"노비를 양민으로 풀어주는 것은 당치 않사옵니다, 전하. 그것은 공 있는 자의 정당한 재산을 빼앗는 것과 같습니다. 어찌 군주가 되어 그런 짓을 하겠다 하시옵니까?"

"영상, 이상하구나. 과인은 분명 모든 노비를 없애겠다고 하지 않았다. 과인은 억울하게 노비 된 이에게 원래의 신분을 되찾아주겠다고 하였을 뿐이다."

"그들이 어찌 노비가 되었든 지금은 노비인 것이 분명하옵니다. 이미 노비인 이상 그 주인이 있을진대……."

"노비가 아닌 자를 노비로 취한 것은 중죄이다. 그들의 죄를 물지 않고 억울한 백성만 구제하려는 과인의 자비를 영상은 이해하지 못하셨는가?"

그 어떤 동요도 없는 용음에 영의정은 잠시 입을 닫았다. 왕의 자비를 이해하지 못하는 졸렬한 신하는 될 수 없었다.

'전하께서 이 정도 반발도 예상하지 못하셨을 리가 없다. 어떤 준비를 하신 것인가?'

왕은 송언군이 사라지자마자 기다렸다는 듯이 군을 이끌고 북평도로 갔다. 더 이상의 그 어떤 노략질도 묵인하지 않겠다는 강력한 의지를 녹산에 표명하고 돌아왔다. 그리고는 이제 노비의 면천을 말한다.

'설마……!'

무언가 번뜩 영의정의 뇌리를 스쳤다.

"경들에게 묻겠다. 만약 지금의 청천이 녹산과 전면전을 벌인다면 국고가 그 비용을 감당할 수 있겠는가?"

'그것이었나!'

영의정은 머리털이 쭈뼛 서는 것을 느꼈다.

노비는 사람이 아니다. 노비는 양반의 재산이다. 특히 솔거노비에겐 부역은 물론이고 전세를 요구할 수도 없다. 쟁기를 쥐어주면 농부가 되고 무기를 쥐어주면 병사가 될진대, 노비는 왕의 농부나 병사가 아니라 양반의 농부이고 병사였다.

"전하! 전쟁이라니요? 다, 당치도 않사옵니다!"

누군가 소리쳤다. 왕이 고저 없는 목소리로 대꾸했다.

"과인은 전쟁의 가불가를 묻지 않았다. 과인은 녹산과의 전쟁을 지금의 국고가 감당할 수 있겠느냐고 물었다."

"……."

좌중이 침묵했다.

청천의 재정 상태가 파산 직전인 것은 아니다. 태평성대를 유지하기에는 충분했다. 그러나 전쟁이 벌어진다면 필히 이 상태로는 감당하지 못하리라.

왕은 즉위 직후부터 감세를 통해 백성의 부담을 감소시켰다. 왕은 늘 검소하게 생활하였고, 신료들에게 필요 이상의 치하를 하지 않았다. 청천의 국고는 딱 쓸 만큼만 모여드는 곳이 되었다.

그런데 왕은 북평도에 가서 전쟁도 불사하겠다는 의지를 천명했다. 국고를 더욱 탄탄히 해야만 한다. 조세 수입을 늘리고, 군역이 가능한 이도 더 확보해야만 했다.

"과인의 아우가 북평도에 있다."

"전하……."

"과인의 백성이 북평도에 있다."

"……."

"무도한 녹산의 오랑캐가 과인의 순진한 백성을 속여 과인의 옥토를 찬탈하고자 하였다. 과인의 옥토와 과인의 백성을 지키기 위해 송언군은 북평도에 남았다. 아우를 사지로 내몰아놓고 과인은 아무 대비도 하지 말라? 그것이야말로 당치 않다."

"……."

"과인은 더 이상 과인의 것을 방치할 수 없다. 이제라도 왕실과 조정의 무능을 떨쳐 내고자 한다."

전면전이 실로 일어날지 일어나지 않을지는 미지수였다. 그러나 북평도의 희생을 말미암아 유지되던 태평성대는 끝났다. 늙고 젊고 영리하고 아둔한 모든 이들이 그 사실을 깨달았다.

"전쟁은 피할 수 없다. 청천은 언제나 녹산과 전쟁 중이었던 것과 같다. 싸워야 한다면 과인은 승리를 원한다. 양위의 혼란은 끝났다. 과인은 준비가 되었다. 경들은 어떠한가? 죽는 날까지 사리사욕만 채우며 비겁자처럼 도망 다닐 것인가?"

왕의 꾸짖음은 지엄하다. 노비를 면천하겠다는 그의 뜻은 확고했다. 노비를 면천하면 양민이 늘어난다. 양민이 늘어나면 조세 수입이 올라가고 군역을 감당할 정남*의 수도 많아진다. 게다가 양반의 기를 꺾으면서 왕권을 강화할 수 있다.

"각 세를 더 징수하는 방법도 있사옵니다, 전하."

누군가 소심하게 반발했다.

"과인 또한 그 방법을 고려하였다. 그러나 한 사람에게 매기는 세금은 올릴 수 없다. 전답에 매기는 것 또한 마찬가지다. 지금껏 세를 감축해 왔는데 이제 와서 올린다면 더 큰 반발을 부를 뿐이다. 과인은 노비와 개, 말, 소 등 가축에도 세금을 매길 세안을 고민하였다. 경이라면 반발하지 않겠는가? 새로운 수취는 어떤 식으로든 반발을 피할 수가 없다. 또한 그저 세금을 올리는 것만으로는 군역을 담당할 정남을 늘릴 수가 없다."

전쟁이 목전에 있다는 이유로 왕은 노비 면천의 필요성을 단언하였다. 전시는 일반적인 법을 적용할 수 없는 때다.

왕은 결정을 번복할 생각이 없다. 대신들은 결국 입을 다물었다. 새벽 같은 적막만이 편전에 남았다.

전쟁이 일어날 것이라면, 왕이 이미 전쟁을 각오한 것이라면 청천도 준비되어야 한다.

"옥새를 찍겠다."

"……."

---

* 군역을 담당하는 16세 이상의 남자.

우의정은 사직하고 낙향할 때가 되었다는 생각을 더욱 확고히 했다.

그날 퇴궐하면서 대신들은 왕과 왕자에 대해 깊이 고민하였다. 지금껏 이와 같은 왕과 왕자는 없었다. 신분제의 최상에 위치한 이들. 그들이 세상을 뒤집으려고 한다. 왕은 궐 안에서 반상의 법도를 흔들고, 왕자는 궐 밖에서 남녀의 질서를 어지럽힌다. 그리고 대신들에게는 그들을 막을 명분이 없다.

대신들은 왕과 왕자에 대한 세간의 평을 정정하기로 했다.

왕은 아우의 괴벽에 한없이 자상한 형님이 아니었고, 송언군은 한심한 놈팡이가 아니었다. 그들은 함께 청천의 무언가를 바꾸고 있었다.

❋

남이는 도성으로 돌아온 직후부터 송언군에게서 오는 서신을 받았다. 그것은 대개 달님, 별님 따위라고 부르는 그의 애틋한 임들을 위한 것이었지만, 한 번은 남이의 것도 섞여 있었다.

북평도에서 도성까지의 거리를 고려해 보면 송언군은 도성에서 보낸 답신을 받기도 전에 또 다른 서신을 써서 보내는 것 같았다. 바로 그 애틋한 임들에게 보내면 남이도 편하고 좋으련만, 그는 아직 과부들에게 직접 연서를 보낼 정도로 정신이 나가지는 않은 모양이다.

"남아, 어디 가느냐?"

대문으로 걸어가는 그녀를 보고 문복이 물었다.

"예, 아재. 나리께서 또 서신을 보냈거든요."

"그래? 어제도 왔더니만."

"멀리서도 참 열심이시지요."

"그러게나 말이다."

문복이 허허 웃었다.

"아재는 나무 하러 가시어요?"

"오냐. 간 김에 버섯도 좀 따면 더 좋고."

"쇤네 것도 조금 부탁드리지요."

"허허. 그러마."

"그럼 조심히 다녀오시어요."

"너도 조심하여라."

문복이 먼저 지게를 짊어지고 나갔다.

남이는 살짝 부러운 눈으로 늙은 종을 바라보았다. 송언군은 김 상궁이나 문복에게도 편지를 썼다. 한자를 잘 모르는 그들을 배려한 듯 친절히 언문으로 쓰여 있었다. 안타깝게도 문복은 언문조차 몰랐기에 남이는 문복에게 왕자의 편지를 대신 읽어주었다. 편지에는 특별한 것은 없었고 대개는 가솔들의 안부를 묻는 내용이었다. 간혹 북평도 날씨 이야기나 그곳에서 겪은 재미난 일을 적어 보내기도 했다.

그러나 남이에게는 딱 한 번, 몇 줄 되지도 않는 편지를 보냈을 뿐이다.

남이는 송언군의 편지를 종종 받는 문복과 김 상궁이 부러웠다. 안부도 궁금하지 않을 정도로 저가 불필요한 것일까. 생각 없이 북평도까지 따라가 방해한 일에 아직도 화가 나신 것일까.

"알 게 뭐야?"

혼잣말을 쏟아낸 남이가 궁가를 나섰다. 어찌할 수 없는 우울감이 그녀의 얼굴에 떠올랐다.

그녀는 송언군이 다른 여인에게 쓴 편지를 읽고 싶은 마음을 꾹 참으며 전서구 역할을 수행했다. 송언군이 북평도에서 돌아오지 않았다는 소식을 접한 여인들은 하나같이 조금 당황했으나, 그의 서신을 보고는 곧 신뢰로 가득 찬 미소를 지었다. 여인들은 송언군이 자신을 기억하고 있다는 것만으로도 세상을 다 가진 듯 행복해 보였다.

"고맙다. 나리께선 무탈하신 모양이구나. 이제야 마음이 놓인다."

"마님께서 염려해 주신 덕택이지요. 하오면 쇤네는 이만 가보겠습니다."

"벌써 가려고?"

이름도 모르는 여인이 아쉬운 표정을 지었다. 남이는 괜히 심술이 났다.

"나리께서 보낸 편지가 한가득입니다. 건넛마을 마님께도 드려야 하고, 남촌의 마님께도 드려야 하고……."

"아, 그렇구나. 나리의 편지를 다 전달하려면 바쁘겠구나. 나리께선 참으로 상냥하기도 하시지. 그 멀리서도 우리를 잊지 않으시니 참으로 고맙다."

여인이 배꽃처럼 웃었다.

당신은 나리께 전혀 특별하지 않다고, 나리께는 당신 말고도 무수히 많은 여인들이 있다고 괜히 심술 나서 그 사실을 은근히 비꼬려고 했던 남이의 얼굴이 화악 달아올랐다.

"쇤네, 가보겠습니다."

급히 말하고는 남이가 여인의 집을 빠져나왔다.

'어째서 아무렇지도 않으십니까? 정말로 나리를 은애하는 거이라면, 나리께서 한두 여인도 아니고 수 명씩 한 번에 만나고 다니는 이 상황이 어찌 괜찮으십니까? 쇤네라면…… 쇤네라면 못 그럴 터인데, 마음이 천 갈래 만 갈래 찢어져 견딜 수 없을 터인데.'

송언군은 그녀를 별님이라고 불렀다. 청순하고 가녀려 보이는 그 여인은 티 없이 맑은 눈을 갖고 있었다. 그녀는 남이의 옹졸한 비아냥거림에도 말갛게 웃었다. 고운 여인이었다.

그녀의 넓은 마음이 제 좁은 속과 비교되어 남이는 한없이 부끄러워졌다. 남이는 그 부끄러움으로부터 도망치듯 한참을 달렸다.

헉헉 숨을 몰아쉰 그녀가 바닥에 주저앉았다.

품에서 편지 서너 개를 꺼냈다. 단 한 번도 뜯어본 적 없는 남의 편지를 남이가 거칠게 열었다. 길었다. 종이 한 장을 가득 채우고도 모자라서 송언군은 작은 글씨로 여백에 우스갯소리를 적어놓았다.

남이는 그 옆에 저에게 온 편지를 펼쳤다.

—날이 참 맑다.
남쪽으로 꽃을 보러 가고 싶구나.
건강하여라.

딱 세 줄이었다. 농담도 없고 안부를 묻는 말도 없다. 남이가 아니라 길거리의 비렁뱅이에게 보내도 상관없을 정도의 내용.

"무얼…… 기대한 거야?"

남이가 조소했다.

노비 따위에게 무슨 할 말이 있을까. 다른 여인들에게 하듯 다정한 인사말이라도 건네주길 바란 것일까. 긴장을 풀어주는 우스갯소리를 바란 것일까. 그것도 아니라면 송언군 그의 소소한 일상이 적혀 있길 바랐을까.

어처구니가 없었다.

왜 이렇게 미련할까. 끝없이 들었으면서. 너는 노비라고, 노비는 물건일 뿐이라고, 생각도 마음도 불필요하다고 매일 송언군이 일깨워 주었는데…… 그럼에도 왜 자꾸 특별한 무언가가 되고 싶은 욕심이 드는 것일까.

참으로 멍청하고 한심하고 아둔하고 기가 찬다. 방자하고 발칙한 노비년.

별님이라 불리는 여인처럼 송언군의 다른 여자를 이해해 줄 수 있는 넓은 마음을 가진 것도 아닌데. 노비 주제에. 노비 따위가. 왜, 도대체 왜 자꾸…… 왜 이렇게…….

'쇤네 마음은…… 왜 이럽니까, 나리? 정녕 물건일 뿐이라면 마음도 없어야 하는 것 아닙니까? 왜 이렇게 구차하고, 비참하고, 구질구질하고, 처량하고, 아프고…….'

남이가 편지를 구겨 버렸다. 세 줄의 문구가 일그러졌다. 벌떡 일어나 종이를 꾹꾹 밟는 남이의 눈시울이 붉었다.

그녀는 제 마음이 싫었다. 다 그만두자 생각하였는데 그녀의 마음은 정녕 사소한 일에도 나락으로 떨어진다. 은애하는 여인에센 긴 편지를 쓰고 몸종일 뿐인 그녀에게 짧은 편지를 쓰는 것은 당연하다. 더 오래 믿고 의지해 온 김 상궁과 문복에게 자주 편지를 쓰고, 골칫덩이일 뿐인 그녀에게 자주 쓰지 않는 것도 당연하다. 송언군이 비록 그녀를 이따금 누이처럼 아끼고 귀여워하긴 했으나, 그녀가 정말로 그의 누이인 것도 아니다. 그녀는 언제든 바뀌 버릴 수 있는 몸종일 뿐이다.

"지긋지긋해……."

님이는 한참을 우두커니 서 있었다.

뜨거운 햇살에 타들어가는 기분이 들었다. 이대로 온몸에 불이
붙어 타버렸으면 좋을 텐데. 마음이라도 타서 사라지면 정말 좋을
텐데.

※

도성 안이 들썩들썩했다. 노비 개혁안이 공표되었다. 부당한 방
법으로 양민을 노비로 취한 이들은 잔뜩 긴장해서 눈치를 살폈다.
어떤 이는 사실이 발각되기 전에 돈을 받고 노비를 팔아버리려고도
했다. 그에 노비 매매가 전국적으로 일시 금지되었다.

"도성이 소란스럽사옵니다."

"무슨 일이든 진통은 있는 법이다."

매월향은 무표정한 왕을 응시했다. 스스로 술잔을 채우는 용안
이 어둡다.

"전하, 무슨 근심이라도……."

"네가 물을 것이 아니다."

"송구하옵니다."

어색한 침묵이 흘렀다. 왕이 무뜩 물었다.

"기첩에서 빼어줄까?"

"예?"

"언제까지 그리 살 수는 없지 않으냐?"

"소첩은 괜찮사옵니다."

"지아비를 맞아 그 곁에서 한 사람의 지어미로 사는 것도 괜찮은

일이다."

"전하께서 심려하실 일이 아니옵니다."

매월향의 옥음이 살짝 날이 섰다. 왕이 입을 다물었다. 그는 표정 없는 얼굴로 술을 마셨다. 한 잔, 두 잔, 석 잔……. 한 병을 다 비워가도록 왕은 침묵하였다.

"소첩이 보통의 아녀자가 되면……."

매월향이 불현듯 입을 열었다. 마지막 잔을 따르며 표정을 찡그리고 있던 왕이 눈을 들었다.

그와 마주 앉아 있는 기생은 청천의 천기다. 아무 사내에게나 웃음을 판다. 사내에게 매달리는 법도, 구질구질하게 구는 법도 없다. 그녀는 늘 산뜻하게 사내를 맞고, 특유의 애교와 재치로 밤새 그들을 녹인다. 영민함을 숨기고서 백치처럼 웃는다. 상처 따위 없다는 듯 멍청한 척 군다.

그녀가 왜 그리 사는지 왕은 알고 있었다.

"다시는 전하를……."

"아씨!"

매월향의 말이 끊겼다. 어린 계집종이 멀리서 달려오고 있었다.

"남이 고것이 또 왔는데 어찌하오리까?"

손님의 눈치를 보며 계집종이 물었다.

"만나고 오너라."

왕이 허락했고, 매월향이 민망해하며 자리에서 일어났다.

소첩이 보통의 아녀자가 되면 다시는 전하를 뵈올 수 없겠지요……. 전하지 못한 발칙한 마음이 매월향의 마음속에서 울어댔다.

왕은 빈 술병을 흔들며 눈썹을 찡그렸다. 취기도 없는데 술이 벌써 없다니.

"술이 아니라 물을 마신 기분이로군."

중얼거리며 왕이 눈을 내리떴다. 무표정한 용안에 냉소가 어렸다.

매월향이 기루에 있는 이유는 단 하나였다. 송언군을 돕겠다고 나선 이유도 하나였다. 언제나 이유는 그였다. 그로 인해 그녀의 인생은 나락으로 떨어졌다. 단지 세자의 눈길을 받았다는 이유 하나만으로 지켜줄 가문이 없던 나인은 궐에서 그 상전과 함께 내쫓기었다.

송언군이 그 끔찍한 일을 겪게 된 것도 저 때문이고, 매월향이 달이라는 평범한 나인으로 살 수 없게 된 것도 저 때문이다. 그 사실이 왕은 끔찍했다. 아우도, 여인도, 벗도 제대로 지키지 못한 왕은 제 무력함이 진저리나게 싫었다. 그럼에도 늘 흔들림 없이 태연한 얼굴로 용상에 앉는 것은 저가 왕인 까닭이다.

현원은 그가 틀리지 않았다고 말했다. 설령 틀렸다 해도 의도한 것이 아니니 원망하지 않는다고 하였다.

그 많은 믿음.

맹목적인 신뢰.

왕은 그것이 버거웠으되 그 기대를 저버릴 수 없었다.

"오래 기다리셨지요? 송구하옵니다, 전하."

언제 돌아왔는지 매월향의 목소리가 들렸다. 왕은 눈을 뜨고 고개를 들어 그녀를 응시하였다. 민 숙의와 닮았나. 송언군과 닮았나. 시야가 흐릿하다. 지독한 잠이 몰려든다. 왕은 억지로 눈을 뜨고 그녀에게 물었다.

"남이는 왜 왔느냐?"

"왕자마마께서 안부 편지를 보내셨나이다."

"송언군이?"

"예."

"남이는 어때 보이더냐?"

"예?"

"건강해 보이더냐?"

머뭇거리던 매월향이 한숨과 함께 대답했다.

"안색이 아니 좋았사옵니다. 근심이 있는 것도 같았고, 잔뜩 화
가 난 것도 같았고…… 평소와 다르게 풀이 죽은 것도 같았나이
다."

"풀이 죽어?"

"왕자마마를 오래 뵙지 못해서 상심이 큰 것이 아니겠사옵니
까?"

왕은 고개를 주억거리지 않았다. 술잔만 만지작거리는 용안이
언뜻 무심하였다.

그는 북평도를 떠나기 전 며칠 동안 있었던 일을 생각하고 있었
다. 송언군의 무심함이 남이에게 상처 주었을 것이다. 아무리 밝고
영리해도 타박이 계속되면 자신감을 잃게 되니까.

이대로 남이가 주저앉아 보통의 노비가 되어버린다면…….

"아니 될 일이지."

"예?"

관계가 변화하면 행동도 변할 터.

남이가 어떤 선택을 할지는 알 수 없다. 그러나 왕자와 몸종의
관계가 그들에게 더 이상 득이 되지 않는다면 그 관계를 깨뜨릴 때

였다. 송언군이 상처를 떨쳐 내야 왕 역시 과거를 떨쳐 낼 수 있을 터였다.

왕이 자리에서 일어났다. 비틀거리는 그를 매월향이 급히 부축했다.

"전하! 괜찮으시옵니까?"

"괜찮다."

왕은 그녀의 손을 떨쳐 냈다. 그녀의 손이 닿은 곳이 화끈거렸다. 마음이 저릿하였다.

미련이 참 아프구나.

※

송언군은 살면서 이토록 형님의 도움이 절실한 적이 없었다. 조언이 필요했다.

"형님, 소제는 길을 잃은 것 같습니다."

막막한 어둠처럼 느껴지는 종이는 실로 공포스러웠다. 그 어떤 글자도 적어내릴 수가 없었다. 아득한 절망감이 밀려왔다.

그는 남이를 생각하며 먹을 갈았고, 남이를 생각하며 붓을 들었다. 그때까지만 해도 송언군은 자신이 남이에게 편지를 쓸 수 있을 것이라고 믿었다. 청산유수 같은 말이 줄줄 쏟아져 글이 될 줄 알았다.

그러나 송언군은 단 한 획도 그을 수가 없었다. 무슨 말부터 해야 하는지 전혀 알 수가 없었다. 남쪽으로 꽃을 보러 가고 싶다는 편지를 겨우 써 보낸 후 줄곧 이 상태이다.

송언군은 북쪽에 있다.

그의 남쪽엔 남이가 있다.

그의 꽃은 남이이다.

그는 남이가 보고 싶었다. 제 속내를 들켰을까? 송언군의 얼굴이 빨갛게 익었다.

그런데 남이의 답장이 오지 않는다. 사람이 오고 가는 시간을 고려해도 남이의 답장이 도착해도 두 번은 도착할 시간이다. 송언군은 지독히 우울해졌다.

화해를 제대로 하지 못했다. 남이는 그의 사과를 받아주지도 않았다. 역시 여전히 화가 나 있는 것일까?

휙휙 고개를 내저은 송언군이 용기를 내서 다시 붓을 들었다.

"우리 남이에게. 무탈하느냐?"

송언군은 가장 상투적인 인사말을 가까스로 떠올려 냈다. 매월향에게 쓴 편지를 곁눈질한 성과이다. 그러나 입으로 용케 중얼거린 그 인사말은 글자가 되어 종이에 쓰이지 못했다. '남이'를 적으려고 용을 쓰는 송언군의 손이 부들부들 떨렸다.

결국 신경질적으로 붓을 내려놓은 송언군은 삐뚤삐뚤한 글자를 노려보았다. 입술을 잘근거리던 그가 소리 없는 비명을 지르며 머리를 쥐어뜯었다.

"왜! 왜! 대체 왜 못 쓰겠는 것이야?"

바닥에 발랑 드러누운 송언군은 다 포기하고 싶어졌다.

"남아……."

남쪽으로 꽃을 보러 가고 싶다. 위험하다며 쫓아내 버린 그녀가 보고 싶다. 순수하게 걱정해 주던 그 마음을 짓밟았던 것이 미안하다. 쓸모없지 않은데. 불필요하지 않은데. 그냥 그는 그녀가 거정되었던 것뿐인데.

"우리 남이……."

왜 그 �N징은 몰라주는 것일까.

밉다. 남이가 밉다.

"야속한 것……."

그러나 남이는 그보다 더 그가 밉고 야속할 것이다.

"내가 잘못했다."

"나리께서는 잘못한 게 없습니다. 물건에게 잘못할 수 있을 리가 없지 않습니까?"

"화내지 말고 이리 와보아. 응?"

"쇤네는 화를 내는 게 아닙니다. 물건이 화를 낼 수 있을 리 없지 않습니까?"

"남아……."

웃는 얼굴도, 늘 짓던 뚱한 얼굴도 떠오르지 않는다. 상처받은 얼굴. 지독히 상처받아서 원망이 톡 터질 것 같은데 꾹 억누르던 그 얼굴.

"나리, 이만 집으로 돌아가시지요. 감환 걸리시겠습니다. 어서 가서 갈아입을 의복도 준비해 드리고 드실 차도 준비해 드리겠습니다."

"그리 하자……."

차라리 그때 남이가 버럭 화라도 내주었다면 어땠을까.

집으로 가서 옷도 갈아입고 차도 마시라는 말 대신, 당신이 그렇게 잘났느냐고 화를 내주었다면 정녕 어땠을까.

그러나 남이는 그러지 않았다. 그래서 송언군은 더 어찌해야 할지 모르게 되었다. 사과를 하면 물건에겐 사과할 필요가 없다는 그녀에게, 화를 풀라 하면 물건은 화낼 줄 모른다고 응대하는 그녀에게 송언군은 어떻게 대꾸해야 할지 알 수 없었다.

'너는 괜찮은 것이냐? 정녕 내 안부도 아니 궁금해? 가라고 했다고 그리 홱 가버리면 네 마음은 편한 것이냐? 남아, 그런 것이야?'

송언군은 반항하고 싶었다.

지금 느끼는 이 감정을 여과 없이 휘갈겨 적어 남이에게 보내 버리고 싶다. 무탈하느냐, 어쩌느냐 하는 물음 말고 네가 미워 죽겠다며 성토하고 싶었다.

하지만 송언군은 그럴 수 없었다. 당장 일을 저지르는 것은 쉽겠지만 그 뒤에 돌아올 남이의 답은 쉽지 않을 터였다.

그는 남이의 대답이 두려웠다.

쇤네도 나리가 너무너무 미워 죽겠습니다. 다신 뵙고 싶지 않습니다. 나리의 그림자도 보기 싫습니다.

그런 대답이 돌아오면 정말 어찌해야 하나?

송언군은 바다 위를 표류하듯 막막한 기분을 느꼈다. 그 어디에도 길이 없다.

13.
당신을 몰랐다

송언군을 북평도로 보내고 눈에 띄게 줄었던 상소가 다시 늘어 났다. 간혹 왕자께서 북평도까지 가서도 분탕질을 하고 계시다고 점잖게 따지는 상소도 있었지만, 대부분 이번에 공표된 노비제 개 혁안에 대한 것이었다. '불가하다, 재고하여 달라'로 축약될 문장 이 온갖 미사어구로 뒤덮여 있었다. 왕은 당연히 모든 상소를 무시 했다.

"호조판서를 불러오라."

내관이 호조판서를 부르러 갔다. 왕은 궁녀에게 갈아입을 의복 을 가져오게 명했다. 호조판서가 도착하자 왕은 수행원 몇을 더 대 동하고서 궁을 나섰다.

"전하, 소신을 어디로 데려가시는 것이옵니까?"

호조판서가 의아해하는 것은 당연했다.

"면천시킬 아이가 하나 있다."

"예? 노비 말이옵니까?"

호조판서의 의아함은 더욱 커졌다. 일개 노비 하나를 면천시키겠다고 왕이 친히 행차하시다니? 있을 수 없는 일이었다.

"그런 일이라면 당하*들이……."

"왕자의 노비다."

왕이 호조판서의 말을 잘랐다. 꾹 입을 다문 호조판서의 두 눈이 커졌다. 왕자의 몸종에 대한 이야기는 꽤나 유명했다. 북평도에서 데려온 어린 몸종을 왕자가 꽤나 귀여워한다고 하였다. 그 몸종을 지금 면천시키겠다는 것인가? 전하께서?

"왕자의 허물을 따지게 될 자리다. 어찌 당하들에게 그 일을 맡기겠느냐? 과인이 하는 것이 맞다."

왕은 송언군의 사저로 곧장 향했다.

놀란 얼굴로 김 상궁이 왕을 맞이했다.

남이는 왕 앞에 엎드려 있었다.

"예?"

그녀는 왕의 말을 하나도 이해할 수가 없었다. 청천의 주인을 앞에 두고 멍청한 목소리로 '예? 예?' 하며 되묻고 있는 자신이 천하의 멍청이처럼 느껴졌다.

"전하, 송구하오나 쇤네는 전하의 말씀을 하나도 알아들을 수가……."

"너는 양민이라 하였다."

곤혹스러워하는 남이에게 왕이 새차 밀했다. 무례히디는 것도

---

* 정삼품 하(下) 이하의 품계.

잊고 고개를 든 남이가 미간을 잔뜩 찌푸렸다.

"쇤네는 노비이옵니다."

남이가 겨우 말했다.

"너는 노비가 아니다."

"쇤네는 송언군 나리의 몸종이옵니다."

"너는 송언군의 권속이 아니다."

왕은 확고히 단언했다. 남이가 고개를 갸웃거렸다.

"전하께서 잘못 아신 것이 아니옵니까?"

"과인은 틀리지 않았다."

노비제 개혁안이 공표되었다는 것은 남이도 알고 있었다. 억울하게 노비가 된 이들이 빠른 속도로 면천되고 있었다. 그 속도에 사람들은 혀를 내둘렀다. 양반들은 왕이 오래전부터 노비의 면천을 계획하고 있었음을 뒤늦게 알았다. 많은 자료가 준비되어 있었고, 자격 있는 노비들은 양민이 되었다.

그러나 남이는 단 한 번도 자신이 그 면천 대상에 포함되어 있을 것이라고는 생각하지 못했다. 그녀는 송언군이 많이 미웠지만 여전히 그의 곁을 떠나고 싶지 않았다. 그녀는 송언군의 곁이 아니라면 어디라도 싫었다. 어째서 왕이 면천이라는 이유로 저를 송언군 곁에서 떼어내려 하는지 알 수 없었다.

"쇤네는 억울하게 노비가 된 것이 아니옵니다."

"남이야, 너는 억울하게 노비가 된 것이 맞다."

"전하, 아니옵니다. 그렇지 않사옵니다."

남이가 고개를 저었다. 그녀는 애가 탔다. 송언군으로 인해 상처받은 마음은 너무도 아프다. 그래도 그를 떠날 생각은 할 수 없었다.

"사실을 부정하지 말거라."

"전하……."

"당시에는 너를 노비로 삼는 것이 최선이었다 해도 이제는 더 이상 그것이 최선일 수 없다. 너는 억울히 노비가 되었다. 그것은 네 어미가 환향인이었다는 점에서 알 수 있다. 네 아비가 누구인지는 알 수 없으나 네 어미는 분명 양민이었다."

남이는 얼굴도 모르는 어미를 떠올렸다. 그녀가 노비가 아니었다는 것은 남이도 알고 있었다. 그러나 그녀를 버린 그녀의 가문은 남이마저 버렸다. 더러운 녹산의 자식. 곁에 두고 감싸줄 이유가 없었다. 그녀의 가문은 젖먹이인 그녀를 팔아넘겼다.

"쇤네의 어미가 양민이었다고 해도 쇤네는 노비로 팔린 몸이옵니다."

"누가 너를 팔았느냐?"

"그거야 제 어미의 집안에서……."

"네 어미의 집안에선 이미 너와 네 어미를 버린 뒤였다."

남이의 동공이 흔들렸다. 그녀는 그제야 왕이 하고자 하는 말을 어렴풋이 알 수 있었다.

그녀가 송언군을 만난 것은 이미 버림받은 뒤였다. 송언군은 그녀를 버린 집안으로부터 그녀를 샀다. 버린 것을 팔 수 있을까?

"이미 버린 것을 팔 수는 없는 법이다."

왕이 선고하였다.

남이가 두 눈을 질끈 감았다. 심장이 불안하게 뛰었다. 가슴이 터질 것 같았다.

노비가 아니라고? 봄송이 아니라고? 더 이상 송언군의 곁에 있을 수 없다고? 왕자와 몸종이라는 관계마저 이제는 유지할 수 없다고?

"버림받은 너를 팔 수 있는 것은 너 하나뿐이었다. 그때 너에게
는 스스로를 팔 방법이 없었다. 송언군은 너를 팔 수 없는 자들에게
서 너를 샀고, 거기에 네 의지는 없었다. 너는 부당하게 노비가 되
었다. 면천됨이 마땅하다."

"쇠, 쇤네가…… 쇤네가 다시 왕자마마께 쇤네를 팔면 어찌 되옵
니까?"

남이가 가까스로 물었다. 기껏 양민이 될 수 있게 되었는데 도로
노비가 될 방법을 묻는 자신이 우스웠다.

왕은 그녀를 비웃지 않았다.

"남이야."

"예, 전하."

"네 당혹감은 당연하다. 오랫동안 속박당한 이는 홀로 서는 방법
을 잊어버린다. 너는 갑작스러운 자유가 두려운 것뿐이다. 그에 따
른 책임을 감당할 자신이 없는 까닭이다. 너뿐만 아니라 많은 노비
들이 같다. 과인은 너를 무책임하게 이 세상에 내던지려는 것이 아
니다. 너는 다른 노비들과 마찬가지로 네가 원한다면 네가 현재 속
해 있는 곳에서 향후 삼 년간 더 일할 수 있다. 정당한 보수가 주어
질 것이다."

"하오면……."

"앞으로의 일은 송언군과 논하라. 결정은 네가 하는 것이다. 송
언군은 지금껏 부당히 너를 부렸으니 네가 자립할 수 있을 때까지
너를 도울 것이다."

"쇤네는…… 쇤네는 아무것도 변하지 않았으면 좋겠사옵니다."

남이의 두려움은 사라지지도 줄어들지도 않았다. 갑작스럽게 다

른 세상에 내던져진 듯 모든 것이 막막하고 무서웠다. 이대로 송언군과 아무것도 아닌 관계가 되는 것도, 왕자의 몸종 남이가 아닌 무언가가 되는 것도 전부 두려웠다. 이따금 송언군 때문에 슬프고, 화나고, 괴롭고, 절망하게 되지만 그래도 지금이 좋았다. 마음은 모두 바람이라 이 서글픈 연모도 곧 지나가지 않겠는가. 이 연모만 지나가면 전부 괜찮아질 텐데 굳이 변해야 하는 것일까?

"너는 실패하려고 하는구나."

왕이 무뜩 중얼거렸다.

"예?"

"너는 계집이 배울 수 없는 것을 배웠다. 노비에게 허락되지 않은 것들을 허락받았다. 송언군은 네가 맹랑하게 제 말에 말대꾸를 하고 뒤통수를 쏘아보도록 키웠다. 내 아우가 너에게 모든 것을 허락했기에 너는 노비 계집이나 노비 계집이 누릴 수 없는 것들을 누렸다. 그럼에도 너는 그 이상은 바라지 않느냐?"

남이는 울컥 화가 났다.

그녀는 분명 노비임에도 송언군의 몸종이었기에 일반적으로 누릴 수 없는 것들을 누렸다. 그러나 그것들로 인해 종종 상처받았다. 보통 노비라면 결코 품을 수 없는 마음을 품었고, 결국 그녀의 마음은 만신창이가 되었다.

바라고 원해도 다치기만 하는데, 도대체 뭘 더 바라고 원하라는 것일까? 바라는 것은 전부 손아귀에 있고, 원하기만 하면 모두 얻을 수 있는 왕이 그녀의 마음을 알기나 할까?

"주어진 것조차 당치 않은 것이었사옵니다. 그 이상은 용납받을 수 없나이다."

한 음절마다 힘을 실어 남이가 내뱉었다.

왕이 무심한 어조로 물어왔다.

"송언군이 용납하지 않겠다고 하였더냐?"

"예?"

"아닌 모양이로구나. 과인이 네 맹랑함을 책잡았더냐?"

남이는 대꾸할 말을 찾았지만 찾을 수 없었다. 그녀가 침묵하는 사이 왕은 혼잣말처럼 읊조렸다.

"이상하구나. 왕도 왕자도 아닌 이가 무슨 자격으로 왕자의 몸종을 용납하지 않을 수 있단 말이냐?"

"쇤네는……."

"그 누구도 네 행동을 제약한 적이 없다. 그럼에도 너는 제약받은 것처럼 행동하였다. 송언군의 꾸짖음이 두려워서? 틀렸다. 그가 진정으로 너를 꾸짖은 적이 있더냐?"

"……."

"너는 네가 원하는 대로 살면 된다. 선택은 너의 몫이다."

왕과의 대화는 끝났다. 고요한 그의 눈빛은 더 이상의 반론을 윤허하지 않았다. 남이는 혼란스러운 마음을 추스르려 애쓰며 바닥을 짚은 손에 힘을 주었다. 하얗게 질린 손가락이 덜덜 떨렸다.

"받아라."

왕이 두연 무언가를 내밀었다. 남이가 놀라 손을 내밀었다. 그녀의 손에 얇은 책자가 하나 놓였다.

"송언군이 북평도에서 쓴 일기다."

"이것을 어찌 쇤네에게……."

"네 어미에 대한 이야기도 있다. 과인보다는 네가 가지고 있는게 옳을 듯싶다."

남이는 얼떨떨한 표정으로 송언군의 일기를 바라보았다.

"망극하옵니다……."

"네게 필시 도움이 될 것이다."

왕은 주저앉아 있는 남이를 두고서 떠났다. 바람처럼 왔다가 떠나간 왕의 위엄이 남이의 숨통을 조였다.

남이는 일기를 손에 쥐고서 고개를 들었다. 고개를 젖히자 하늘이 뚜렷하게 보였다. 태양이 작열하였다. 땅으로 내리꽂히는 햇살은 따가웠다. 남이는 잠시 눈을 감았다. 후덥지근한 바람이 불어와 그녀의 뺨을 문질렀다.

'환호…… 해야 하나?'

그녀는 면천되었다.

그토록 바라던 양민이 되었다.

그런데 기쁘지가 않았다. 당혹스러울 뿐이다. 자조하듯 웃던 남이가 바닥에 엎드렸다. 아무것도 모르겠다는 막막함이 그녀를 덮쳤다.

이제 어찌 되는 것일까? 삼 년은 이곳에 남아도 된다고 하셨던가? 앞일은 송언군과 논의하라고? 논의하면 어찌 되는 것이지? 몸종도 아닌데 송언군의 집에 머물 수 있는 것일까? 어디 외진 곳에 집을 마련해 주면 어쩌지? 이곳에서 일은 받아 할 수 있어도 송언군과는 만나지 못할 수도 있겠지?

정녕 모르겠다.

'전하, 어찌해야 하옵니까? 아무것도 모를 때는 어찌해야 하옵니까?'

늘 무심한 어조로 어르고 달래듯 말하는 왕이 떠올랐다. 무표정한 얼굴로 그가 선네줄 딥이 성성되이 남이기 픽 웃음을 터뜨렸다.

'남이야, 그거 이상하구나. 너조차도 모르는 것을 과인에게 묻는

것이냐. 너는 네가 무엇을 알고 싶은지 먼저 알아야 할 것이다. 그 것은 너의 몫이다.'

면천은 계속 진행되었다. 그 속도가 무척 빨랐다. 전부 준비해 놓고 기다렸다가 일을 시행하는 것이 분명했다.

무지렁이 같은 자들도 알 수 있었다.

왕께서 칼을 뽑아 들었다. 청천의 옥토를 유린하는 녹산을 향해. 백성을 팔아넘겨 호의호식해 온 북평의 탐관오리를 향해. 그 모든 것으로부터 눈 돌리고 안주해 온 모든 양반을 향해.

왕의 칼날은 차갑고 예리할 것이다. 김 상궁은 두려우면서도 설 레는 복잡한 기분을 느꼈다. 그러나 당장은 불확실한 미래를 상상 하는 것보다는 눈앞의 일을 해결하는 것이 급했다.

"남이야, 이젠 이런 일 할 것 없대도."

멍하니 화계의 잡초를 뽑고 있던 남이가 고개를 들었다. 남이는 자신의 상황을 납득하기 위해 필사적으로 노력하고 있었다.

"왕자마마께서 돌아오실 때까지 남이 너는 그냥 쉬고 있으면 된 다. 너는 이제 노비가 아니지 않으냐?"

"하오나 쉰네는……."

"네가 원한다면 당분간 이곳에 머물 수 있느니라. 하지만 일을 하는 건 왕자마마와 논의한 뒤이다. 살 집이나 봉급 따위를 이야기 해 봐야 할 것 아니냐?"

"무전취식할 수는 없습니다."

남이는 어미 잃은 아기 새 같았다. 그녀의 세상이 통째로 사라졌 으니 갈팡질팡하는 것도 당연했다. 속으로 한숨을 내쉰 김 상궁은 남이가 들고 있던 호미를 빼앗아갔다.

"마마님!"

"되었다. 좀 쉬려무나."

남이가 김 상궁을 원망스러운 눈초리로 쳐다보았다. 남이는 금방이라도 울 것처럼 보였다.

"무어라도 하고 싶은 마음은 안다. 몸이라도 마구 움직여야 허튼 생각이 아니 날 테니까. 하지만 남아, 이젠 그래선 아니 돼. 너는 양민이지 않으냐? 앞으로 어찌 살 것인지 생각해 봐야지."

"……."

"그래, 전하께서 왕자마마의 일기를 주고 가지 않으셨더냐? 남의 일기를 읽어도 되는 것일까 싶지만…… 된다고 판단하셨으니 네게 주셨겠지. 거기에 네 생모 이야기도 적혀 있다고 하시지 않았느냐? 그거라도 읽어보려무나. 얼굴도 기억 안 나는 어미라 해도 어디에 묻혔는지, 누가 묻었는지…… 이제라도 알아둬야지."

김 상궁은 기어이 남이에게서 모든 일감을 빼앗아가 버렸다.

길 잃은 아이처럼 넉 놓고 앉아 있던 남이가 한참 뒤 부스스 일어났다. 김 상궁의 말이 맞았다. 뭐라도 해야 한다. 일감이 없다면 일기라도 보아야 할 것 같았다. 그녀에게 필요하다는 판단하에 왕께서 직접 건넨 것이니 필시 도움이 될 것이다.

행랑채 제 방에 돌아온 남이는 왕이 건네준 일기를 펼쳤다. 어릴 때 쓴 일기이니 아마 남우세스럽거나 민망한 이야기는 없을 것이다.

제 어미와 제 어린 시절 이야기가 적혀 있을까 천천히 글자를 읽어 내려가던 남이의 표정이 서서히 굳었다.

어느 순간 남이가 울음을 터뜨렸나.

―어마마마를 따라 북평도로 왔다. 왜 어마마마께서 아바마마와 이토록 멀리 떨어져 지내셔야 하는지 모르겠다. 중전마마께서…… 많이 화가 나신 것일까?

―어마마마께서 웃지 않으신다. 웃으시는 날을 세어보았다. 한 달 중 사흘도 채 되지 않는다. 어찌해야 어마마마께서 웃으실까?

―아무도 어마마마를 찾지 않는다. 아무도…….

―궁에서 사람이 오지 않는다. 아바마마께서 어마마마를 찾지 않는다. 아바마마가 보고 싶지 않으시냐고 어마마마께 여쭈었다. 어마마마께서 대답하지 않으셨다.

―겨울이 지났다. 또 지났다. 또…… 지났다. 아바마마께서는 여전히 어마마마를 찾지 않으신다. 중전마마께서, 여전히 화가 많이 나 계신 것일까?

―어마마마께서 죽게 될 것이라고 사람들이 무서운 소리를 한다. 어마마마께선 아직 건강하신데 왜 그런 무서운 소리를 하는 것이냐고 그들에게 화를 내었다.

송언군은 민 숙의보다 더 간절하게 부왕의 부름을 기다렸다. 민 숙의를 용서했다는 연락을 바라고 또 바랐다. 무엇 때문에 춥고 위험한 북평도로 민 숙의가 내쫓긴 것인지 이해할 수 없었던 그는 다만 부왕과 중전의 자비를 소망하고 있었다.

그러나 어린 왕자의 바람은 이루어지지 않았다. 남이는 송언군이 감당해야 했던 상황이 무섭고 서글펐다.

―곁을 지켜 드리지 못하였다. 사람이 무섭다. 사랑이 두렵다. 물건은 사람의 마음에 상처 내지 않는다. 그러나 사람은, 사랑은…… 너무

도 아프구나. 환궁한 뒤 아바마마를 뵙고 웃을 수 있을까? 중전마마를 원망하지 않을 수 있을까? 세자 형님마저 미워지면 어쩌나⋯⋯. 남이, 남이는 어찌하지? 아직 어려 곁에는 데려갈 수가 없다. 그 아이가 배꽃 같다. 화사하여 어여쁘다. 사람이, 사람이 두렵다⋯⋯. 남이는 노비이니 괜찮을까? 아무것도 모르겠구나⋯⋯.

　어미의 곁을 지키겠다는 일념 하나만으로 북평도까지 어미를 따라나선 송언군은 그 애틋한 어미의 마지막을 지켜주지 못했다.
　그 허무함, 상실감, 고독, 슬픔을 남이는 가늠할 수 없었다. 어미를 잃었을 때 남이는 갓난쟁이일 뿐이었고, 철이 든 이후로는 대부분 송언군의 곁에 있었다. 북평도의 관아에서 머물며 괴롭힘당한 적은 있지만, 도성에 온 뒤로 그때의 일은 대부분 잊어버렸다. 상처는 남았지만 흉터는 크지 않았다. 그러나 송언군은 그때의 일을 생생히 기억하고 있을 것이다.
　"사람이 무섭다. 사랑이 두렵다⋯⋯."
　남이가 작게 중얼거렸다. 마음이 욱신거린다. 왼쪽 가슴에 오른손을 얹었다. 심장이 뛸 때마다 크게 아파왔다.
　"사람은, 사랑은⋯⋯ 너무도 아프구나⋯⋯."
　송언군은 사랑 예찬론자가 아니었다. 그는 모든 것을 사랑하지만, 동시에 아무것도 사랑하지 않았다. 전부 적당히만 아끼고 소중히 했다. 사랑하면 상처받기에, 필연적으로 아프게 되기에, 그것을 감당할 수 없어서 송언군은 벽을 쌓았다.
　"겁이⋯⋯ 나셨던 것입니까?"
　송언군은 늘 웃었다. 때론 짓궂게, 때론 다정하게.
　남이는 그 웃음을 사랑했다. 그 웃음이 무엇을 숨기고 있는지 남이는 알지 못했다. 다 잊은 듯 웃고 있었지만, 송언군의 그 속이 썩 어문드러지고 있었다. 남이는 비로소 그것을 체감하였다.

"노비는 물건이지."

물건은 그를 상처 주지 않는다. 그는 그녀를 소중히 여겼지만, 그녀에게 상처받을 준비는 되어 있지 않았다. 그녀의 마음을 수도 없이 난도질한 그 말은 그가 자신을 보호하기 위해 필사적으로 붙잡고 있던 지푸라기 같은 것이었다.

"겁쟁이……."

축 처진 몸을 일으킨 남이가 눈물을 닦았다.

왕이 왜 송언군의 일기를 저에게 주었을까. 왕은 저에게 무엇을 바라는 것일까.

"너는 실패하려고 하는구나."

"너는 네가 원하는 대로 살면 된다."

"선택은 너의 몫이다."

왕의 말이 듬성듬성 떠올랐다.

원하는 대로 살면 된다고? 선택은 나의 몫이라고?

'그렇구나…….'

입술을 꾹 깨문 남이가 벌떡 일어나 밖으로 뛰어나갔다.

"남아?"

두 눈이 빨갛게 충혈된 남이를 본 김 상궁이 놀란 표정을 지었다.

"쇤네는 북평도에 갈 것입니다, 마마님."

"그곳에서 온 지 얼마나 되었다고!"

"누가 쇤네를 막겠습니까? 쇤네는 더 이상 노비도 아닌데!"

남이가 소리쳤다.

"남아!"

"쇤네는 아무것도 몰랐습니다! 멍청하게!"

그녀는 그를 몰랐다. 그가 그녀를 몰랐듯이.

또 떨어지려는 눈물을 닦으며 남이가 울음을 참았다.

울지 말자. 약해지지 말자. 나리께서 겁쟁이라면 나는 겁쟁이어
선 안 돼. 나리께서 도망간다면 나는 도망가선 안 돼.

"쇤네는 갈 것입니다."

겁 많은 그에게 내가 가겠다. 지금껏 그가 나를 놓지 않았으니
내겐 그를 다그칠 자격이 한 번은 있다.

남이가 햇살처럼 웃었다.

❈

열세 해 전.

"오늘일 것 같구나."

우중충한 하늘을 보며 민 숙의가 중얼거렸다. 김 상궁이 그녀의
뒤에 서서 고개를 조아렸다. 소복을 입은 여인은 금방 바스러질 듯
위태로웠다.

"마마, 힘을 내시옵소서. 깅녕하셔야 궁으로 돌아가실 수가 있나
이다."

김 상궁은 자기도 믿지 못할 것을 고했고, 민 숙의는 열없이 웃었다. 민 숙의는 자신이 왕의 곁으로 돌아가지 못할 것을 알고 있었다.

"송언군은 어디 있느냐?"

"처소에 계시옵니다."

"불러오너라."

"예, 마마."

김 상궁이 잠시 후 송언군과 함께 나타났다. 북평도까지 와서 공부를 해야 하는 것이냐고 뾰루퉁해져 있던 송언군이 민 숙의를 발견하고는 활짝 웃었다.

"어마마마!"

"왕자."

철없이 안기려는 송언군을 보며 민 숙의가 부드럽게 웃었다. 매번 왕자의 체통을 지키라고 꾸짖었지만 별 소용이 없었다. 민 숙의는 양팔을 벌려 송언군을 안아주었다.

"오늘은 아니 꾸짖으십니까?"

의아한 듯 송언군이 물었다.

"꾸짖을 것을 알고 한 행동 아닙니까?"

"헤에."

어미 품에 왕자는 재차 얼굴을 묻었다. 옷자락에 뺨을 비비는 송언군의 등을 민 숙의가 다독거렸다.

"왕자."

"예, 어마마마."

"이 어미가 청이 하나 있습니다."

송언군이 민 숙의의 품에서 얼굴을 번쩍 들었다. 그의 두 눈이 생기로 반짝였다.

"말씀해 보시어요. 소자가 들어드리겠습니다."

"산딸기가 먹고 싶습니다."

"산딸기 말씀이옵니까?"

민 숙의가 살짝 고개를 주억거렸다. 송언군이 주먹을 불끈 쥐고 씩씩하게 대답했다.

"소자만 믿으세요, 어마마마."

"이 어미는 언제나 왕자를 믿습니다."

송언군이 후다닥 사라졌다. 그가 서 있던 자리를 민 숙의는 오래 도록 바라보았다. 송언군이 나가기가 무섭게 비가 추적추적 내리기 시작했다.

아침부터 까마귀가 울었다. 까치도 울었다. 도성에서 반가우며 반갑지 않은 귀객이 분명 올 듯하였다.

민 숙의의 예감은 틀리지 않았다. 송언군이 출타하고 오래 지나 지 않아 승지가 교지를 들고 찾아왔다. 교지는 그녀에게 죽음을 명 하였다.

민 숙의는 고민 끝에 남쪽을 바라보고 섰다. 본디 왕의 방위는 북쪽이나 민 숙의는 왕이 실제로 있는 방향을 향해 사배를 올리기 로 결정하였다. 그녀는 저를 바라보는 수많은 시선을 무시하며 몸 을 낮춰 절을 올렸다.

성은을 바랐다. 그것이 죄였다.

그녀가 바란 것은 왕의 마음뿐이었는데, 그것이 목숨을 내어놓 아야 하는 중죄라고 했다.

투기? 그래, 하였다. 다른 여인의 처소로 발걸음하는 지아비를 원망하는 것이 투기라면, 그녀는 분명 투기를 하였다. 질투? 그래, 그 또한 하였다. 다른 여인에게 더 상냥한 지아비께 서운함을 느끼는 것이 질투라면, 그녀는 분명 질투를 하였다. 하지만 그것이 전부였다. 그 이상은 없었다.

왕이 다른 부인을 찾아가면 마음이 아팠다. 당연한 것이다. 그러나 왕께 자신의 처소를 한 번 더 찾아달라 감히 청하지는 못하였다. 그것은 바르지 않았다.

민 숙의는 분명 다른 여인을 투기하고 질투하였으나, 그렇다고 해서 그녀들에게 해를 끼친 적은 없다. 민 숙의에겐 그럴 힘도, 의지도 없었다. 그녀는 한미한 가문의 여식일 뿐이었고, 왕의 마음 외에는 그 무엇에도 관심이 없었다.

"만수무강하시옵소서, 전하."

왕자를 낳았다.

왕자의 탄생이 그녀의 입장에 큰 변화를 주리라 생각한 적은 없었다. 중전에겐 이미 세자가 있었고, 왕은 세자를 총애하였다. 그녀의 아들은 후궁 소생의 서자일 뿐이었다.

그러나 왕실은 그녀를 용납하지 않았다.

민 숙의는 사약을 들이켰다. 후드득 쏟아진 비가 그녀의 온몸을 적셨다. 가녀린 어깨가 비에 젖어 유독 도드라졌다.

그녀의 몸이 힘없이 무너졌다. 민 숙의는 울었다. 사약을 받기 좋은 날이다. 눈물이 보이지 않으니 이 얼마나 다행인가.

송언군에 대해서는 딱히 걱정하지 않았다. 세자도, 왕도 송언군을 아낀다. 왕자의 수가 적은 왕실 또한 송언군을 귀하게 여긴다. 송언군은 세자의 가장 위험한 적수가 될 수 있으나, 송언군마저 없다면 왕실이 너무나 위태로워진다. 송언군은 왕실이 품을 수밖에 없는 양날의 칼이었다.

무언가 빨간 것이 앞에서 흩어졌다. 민 숙의는 가까스로 눈을 돌려 빗속에 서 있는 누군가를 보았다. 눈앞이 가물거려 얼굴은 제대로 볼 수 없었다. 그러나 그가 송언군이라는 것은 확신할 수 있었다.

민 숙의는 웃으려고 했으나, 자신이 웃고 있다고 확신할 수 없었다. 짐승의 울음 같은 것이 들렸다. 아득히 먼 곳에서 들려오는 처절한 우짖음이었다.

아비가 어미를 죽이는 모습을 송언군에게 보여주고 싶지 않았다. 그런 비수를 아들의 가슴에 꽂고 싶지 않았다. 그마저도 이루지 못할 욕심이었나…….

'어찌 이리 일찍 오셨습니까, 왕자.'

그녀는 입술을 달싹였지만 목소리는 나오지 않았다. 손을 들어 왕자의 뺨에 흐르는 빗물을 닦아주려고 했지만 그마저도 여의치 않았다.

왕자를 끌어안는 다른 형체가 보인다. 민 숙의는 그것이 북평도에 있어서는 안 될 존재라는 것을 어렴풋이 느꼈다.

"싫습니다, 형님! 이런 것은 싫습니다! 아바마마가 밉습니다! 형님이 밉습니다! 모두 다 밉습니다! 소제에게 어마마마를 빼앗아가지 마세요! 차라리 소제를 죽이세요! 차라리 소제를 죽이란 말입니다……."

민 숙의는 이 어미는 괜찮다고 왕자에게 말할 수 없다는 게 슬펐다.

'왕자, 어미는 괜찮아요. 어미는 괜찮습니다…….'

비가 많이 내렸다.

울음이 빗소리와 뒤엉켰다.

소란스러웠으나, 죽음은 고요하였다.

세자는 아우의 원망 앞에서 아무것도 할 수 없었다. 그는 아우를 위로할 자격이 없었다. 그가 할 수 있는 것은 송언군을 데리러 북평도에 오는 것뿐이었다.

원칙적으로는 그것 또한 불가한 일이었다. 세자와 송언군은 왕위 계승자였다. 세자가 잘못되면 송언군이 왕위를 잇는다. 두 사람은 위험한 북평도에 동시에 있을 수 없었다.

그러나 세자는 송언군을 위해 이곳으로 왔다. 부왕은 왕자를 낳았다는 이유로 사사되어야 하는 여인을 연민하여 세자의 무모함에 눈감아주었다.

"송언군, 돌아갈 채비를 하여라."

"돌아가자니요? 어디로 말입니까? 소제가 돌아갈 곳이 있습니까?"

송언군이 날카롭게 물었다. 그는 상처받은 어린 짐승 같았다.

"송언군."

"소제는 모르겠습니다, 형님. 지금의 청천이 정녕 옳습니까? 정녕 바릅니까? 어찌 계집이 투기한 것만이 죄입니까? 처첩을 여럿 두어 서로 투기하게끔 만든 사내에겐 죄가 없습니까? 모두 귀한 존재라면서 왜 차별을 당연시합니까? 이상합니다! 부조리합니다! 이런 청천은 싫습니다!"

돌아가기 싫다고 송언군은 고집을 부렸다. 그는 부왕을 비난하고 있었다.

"그것이 청천이다, 송언군. 아우와 이 형님의 나라다."

"그래서 형님이 생각하기엔 이 세상이 정녕 옳습니까? 그렇다면 소제를 버리세요. 소제 또한 죽이세요. 형님께서 바라는 청천이 이와 같은 부조리로 가득 차 있다면 소제는 더 이상 청천에서 살아갈 이유가 없습니다."

이제 겨우 열한 살이다. 어미를 죽이는 아비를 납득할 수 없는 게 당연했다. 차별과 억압과 부조리로 가득한 세상을 이해할 수 있을 리 또한 없었다. 송언군은 궁궐 안의 난초였다. 그가 설령 북평도에서 민 숙의와 함께 지냈다고 해도 그는 왕자로서 언제나 존중받았다.

"이 형님은 아우가 살길 바란다."

"싫습니다."

"아우가 싫다면 바꿔주마."

"예?"

송언군이 조금 뒤늦게 두 눈을 크게 떴다.

"네가 살고 싶은 대로 살아라. 내키는 대로 반항하고 흔들어보아라. 옳지 않다고 생각하면 행하지 말라. 투기를 탓하는 것이 잘못되었다고 하였느냐? 그렇다면 너는 네 여인이 투기할 상황을 만들지 말라. 설령 왕실이 네게 그것을 강요하여도 거부하여라. 이 형님이 너를 지키겠다."

송언군은 무어라 대꾸해야 할지 모르겠다는 듯 입을 뻐끔거렸다. 세자는 무표정하게 아우를 응시하였다.

"모르겠습니다."

송언군이 뒤늦게 작은 목소리로 중얼거렸다. 송언군은 자신이 지나쳤음을 알았다. 부왕과 세사를 비난하는 것에서 멈추지 않고 청천을 몽땅 몹쓸 나라로 치부해 버렸다. 처벌을 받아도 부족함 없는 실언이었다.

"아우가 원치 않는 세상은 이 형님도 원치 않는다. 그것은 아바마마 또한 원치 않으실 것이다. 그러나 당장은 힘이 없다. 반항하며 인내하여라. 아우가 원하는 세상은 반드시 올 것이다."

그러나 세자는 화난 기색이 없고, 송언군을 벌하려는 눈치도 아니었다. 오히려 날뛰고 싶은 대로 날뛰라고 한다. 송언군은 세자의 우애를 가늠할 수 없었다.

"형님……."

"돌아가자, 송언군."

세자가 손을 내밀었다. 어찌해야 할 바를 모르던 송언군이 표정을 찌푸리며 세자의 손을 쳐내 버렸다. 상처받은 송언군의 작은 어깨가 가늘게 떨렸다. 바이없이 내리는 비가 그를 집어삼킬 듯했다.

"그 어디에도 아니 갑니다! 소제는 아니 갑니다!"

송언군이 휙 등을 돌렸다.

세자는 아우의 등에 대고 작게 읊조렸다.

"사흘 뒤에 떠나자꾸나."

송언군이 빗속으로 뛰쳐나갔다.

세자는 붙잡지 못했다.

환도하기 전날, 송언군이 찾아왔다.

"소제 마음대로 살라고 하셨습니까?"

"그랬다."

대뜸 묻는 송언군에게 세자는 고저 없는 옥음으로 긍정해 주었다.

송언군은 어쩐지 비명을 지르고 싶었다. 그는 자신이 남의 기분을 헤아리는 능력이 그다지 탁월하지 않다는 것을 다년간의 경험으로 잘 알고 있었다.

송언군은 떠받들어지는 쪽이었다. 그는 화가 나면 화를 냈고 기쁘면 웃었다. 그러나 그의 주변인들은 화가 난다고 왕자에게 화를 낼 수 없었을 것이며, 기쁘다고 왕자 앞에서 경박하게 웃을 수도 없었을 것이다. 따라서 송언군은 주변을 살필 필요가 전혀 없었다. 그는 내키는 대로 사는 청천의 왕자였다.

그러나 민 숙의가 유폐된 뒤 송언군은 달라지기 위해 노력했다. 그는 민 숙의를 찾아오는 사람들이나 찾아오지 않는 사람들의 진의를 파악해야 했다.

돌아오라는 명을 내리지 않는 왕의 뜻도, 원망할 힘도 없다는 듯 조용한 민 숙의의 뜻도 겉으로 드러나지 않았다. 송언군은 겉으로 표현되지 않는 것들을 열심히 헤아렸으나, 결과는 심심치 않게 그가 기대한 것과 반대로 나타났다. 그것이 송언군을 힘들게 했다.

"소제는 더는 싫습니다."

민 숙의는 말했다. 산딸기가 먹고 싶다고.

그를 바라보는 그녀의 눈빛은 무척 간절했다. 송언군은 그녀를 기쁘게 해주고 싶었다. 하지만 그를 기다리고 있는 것은 온기가 채 식지 않은 어미의 주검이었다.

"눈치 보고 고민하고! 지긋지긋합니다!"

어미가 보낸 간절한 눈빛은 산딸기를 향한 것이 아니었다. 그것은 아들을 보내면서도 보내고 싶어 하지 않는 이중성이었다. 송언군은 그것을 너무나 늦게 깨달았다. 어미의 마지막을 지켜주지 못했나. 그것이 송언군의 한이 되었다.

"소제는 소제 마음대로 생각하고 날뛸 것입니다."

"아우가 원한다면 그리 하여라."

"형님은 아수 끌지 아픈 아우를 얻으신 겁니다."

"내가 내 아우를 사랑하는 것엔 변함이 없다."

송언군의 표정이 일그러졌다. 눈시울이 붉어진 송언군이 세자에게 달려왔다. 세자는 두 팔을 벌려 송언군을 힘껏 안아주었다.

"형님, 소제는 두렵습니다. 사람은 너무나 불분명합니다. 그들의 소리 없는 말을 들어보려고 노력했지만 소제는 아무것도 이해할 수 없었습니다."

세자는 아우의 작은 등을 규칙적으로 다독였다.

"이해할 수 없어도 괜찮다. 너는 노력하였다, 송언군."

송언군은 노력해 왔다. 사랑하는 부모의 한쪽이 다른 한쪽을 죽이는 상황을 어떤 식으로든 이해하기 위해 안간힘을 썼다.

그 결과가 상처뿐이로구나. 세자는 아우를 깊이 연민하였다.

"잃는 것은 싫습니다. 상처받는 것도 싫습니다. 타인을 아는 것이 소제는 피가 얼어붙도록 무섭습니다."

송언군은 오래도록 울었다. 세자는 내내 송언군을 다독여 주었다.

세자는 다만 알았다.

'아우야, 너는 오랫동안 사람을 사랑할 수 없겠구나.'

타인을 아는 것이 무섭다.

알고 싶다는 것은 이해하고 싶다는 것이다.

이해하고 싶은 까닭은 사랑하고 싶은 까닭이다.

아는 것과 이해하는 것과 사랑하는 것은 같다. 알지 못하면 사랑할 수 없고, 사랑하게 되면 알고 싶어진다.

"다 괜찮다."

세자는 송언군에게 네가 두려운 것은 타인을 아는 것이 아니라 타인을 사랑하게 되는 것이라고 알려주지 않았다.

오랫동안 송언군은 사람을 좋아하여 곁에 두지 못할 것이다. 그것을 지독히 두려워하게 된 까닭이다. 그토록 다친 마음이 언젠가 낫기를 세자는 간절히 빌었다.

다음날, 세자는 송언군을 데리고 도성으로 떠났다.

14

이의 있습니다!

도성에서 사람이 왔다. 짧고 긴 서신 중 남이의 것은 없었다. 송언군은 크게 낙담하였다. 그 낙담은 잠시 후 경악으로 바뀌었다.

"무, 무어라 하시는 게지?"

평범한 서신들 사이에 범상치 않은 것이 섞여 있었다. 송언군은 그것이 왕의 필치임을 알아 보았다.

왕이 국고 확충의 일환으로 양민을 늘릴 계획을 세우고 있다는 것은 알고 있었다. 태어나고 죽는 이의 수는 쉽게 조절할 수 없으니 현재 양민이 아닌 자들을 양민으로 바꾸는 것이 유일한 방법이었다.

─네 가노 중 면천되어 합당한 이를 면천시켰다. 그 아이가 면천 됨에 결코 이의가 없을 것이다.

면천되어 합당한 이?

송언군은 남이 얼굴이 떠오르는 것을 막지 못했다. 그의 가노는 셋 뿐이고, 그중 둘은 대대손손 노비였으나 오직 남이만이 그 이력이 특이했다. 그리고 지금의 송언군은 그 이력의 맹점을 알고 있었다.

그는 남이를 버린 가문에서 남이를 샀다. 갓난아이와 맺을 수 있는 관계는 주종관계가 유일했다. 아무 관계도 없는 이를 도울 수는 없었고, 남이를 사는 것이 그녀를 보호할 유일한 방법이었다.

그러나 남이에 대한 권리를 포기한 그녀의 가족은 사실 그녀를 팔 자격 또한 없었다. 그땐 잠시 간과했을 뿐, 지금의 송언군은 그 점을 잘 알고 있었다.

"아니 됩니다, 형님."

망연히 중얼거린 송언군은 손에 든 편지를 괴물 보듯 쳐다보았다. 그것은 실로 괴물이었다.

남은 편지는 볼 생각도 하지 못하고 송언군이 벌떡 일어났다. 밖으로 당장에라도 뛰쳐나갈 기세이던 그가 머뭇머뭇 뒷걸음질쳤다. 미간을 잔뜩 좁힌 송언군이 가슴을 쥐어뜯듯 움켜쥐었다.

도성으로 가야 한다. 남이를 봐야 한다.

그러나 그 뒤에는 무엇이 남지?

송언군의 두 눈에 두려움이 차올랐다. 이제 당신과 아무 관계도 아니라며 등 돌려 떠나 버리는 남이의 모습이 눈앞에 어른거렸다. 지금껏 잘도 나를 속였다며 매섭게 힐난하는 남이의 목소리가 귀에 들리는 듯했다.

어색하게 웃으며 송언군이 바닥에 털썩 주저앉았다.

"북평도를 지켜야지. 그것이 형님의 명인걸."

도성으로 간다니……. 정녕 별 해괴한 생각을 다 하는구나.

주저앉은 채 송언군이 깍지를 꼈다. 그의 의지를 벗어난 손가락이 덜덜 떨렸다.

"날이 춥구나."

아니다. 여름인데 추울 리 없다.

그것을 알면서도 송언군은 날씨 탓을 했다. 떨림이 가라앉지 않는 손이 원망스러웠다. 그는 한참이나 그렇게 깍지를 끼고서 주저앉아 있었다.

남이가 없는 집을 보고 싶지 않다. 보란 듯이 떠나 버릴 그녀의 뒷모습을 감당할 자신이 없다.

송언군의 두 눈이 질끈 감겼다.

며칠 뒤, 김 상궁에게서 편지가 왔다.

―왕자마마, 남이는 면천되어 떠났나이다. 그간 일한 봉급을 챙겨 보냈나이다. 영특한 아이이니 어디에 가서든 잘 지낼 것이옵니다. 하오나 이 헛헛한 마음은 어찌하옵니까? 재잘거리던 남이가 없으니 온 집 안이 텅 빈 듯 허전하옵니다. 왕자마마께서 빨리 돌아오시기를 바라옵니다. 옥체 강건하시옵소서.

송언군은 한참이나 편지를 노려보았다. 남이가 면천되어 떠났다는 문구가 사라지질 않는다. 잘못 본 것인가 싶어서 눈을 비비고 크게 떠도 내용은 그대로였다.

"남아……."

정말 갔다고? 남이가 가버렸다고?

송언군은 믿을 수 없었다.

차라리 세상이 무너지면 좋겠다. 그러면 도성으로 돌아가 남이의 빈방을 보지 않을 수 있겠지?

송언군의 표정이 일그러졌다. 벌떡 일어나 밖으로 나온 그는 무작정 어디론가 향했다. 누군가와 이야기하고 싶었다. 아무라도 좋았다. 남이를 아는 사람……. 그런 누군가면 충분했다.

최서도는 뜻밖의 방문객을 맞았다. 물에 빠진 강아지 같은 표정을 짓고 있는 송언군이었다. 터덜터덜 걸어서 옥사 앞에 털썩 주저앉은 송언군이 넋 나간 목소리로 중얼거렸다.

"남이가 가버렸다는구나."

"예?"

"그 매정한 것이 면천되자마자 떠나 버렸다는구나. 그것이 말이 되느냐? 참으로 야박도 하지. 그래, 내가 좀 심하긴 하였다. 일을 많이 시키긴 하였어. 하지만 그건…….

서도가 이해할 틈도 주지 않고 송언군이 남이의 야속함을 성토했다.

일을 많이 시키긴 했지만 그건 더 많은 시간을 함께하고 싶었던 까닭이라며 중얼거리는 송언군은 꼭 실연당한 사내처럼 보였다.

"그런데, 최서노."

"예, 왕자마마."

"당연한 것 아니냐, 주인이 몸종에게 일을 시키는 것은? 그게 잘못된 것이야? 일하지 않고 놀고먹는 몸종이 어디 있다고? 내가 돌아올 때까지 기다리지도 않고 가버릴 정도로 내가 잘못한 것이야? 응?"

창살을 잡고 흔드는 송언군은 금방이라도 울 것 같았다. 근엄함

과는 거리가 멀어도 한참은 먼 왕자를 어찌 대해야 하는지 알 수 없는 서도는 입을 틀어막았다. 피 섞인 가래가 목구멍에 들끓고 있었다.

"쿨럭! 쿨럭쿨럭!"

"최서도? 네 괜찮은 게냐?"

서도는 괜찮지 않았다. 그는 놀랍도록 마르고 초췌해서 당장 죽어도 이상할 것이 없는 상태였다.

"왕자마마께서 염려하실 일은 아닙니다."

왕자가 아니라 왕이 걱정해도 병은 낫지 않는다. 퉁명스레 대꾸한 서도가 제 소매를 내려다보았다. 이미 시꺼멓게 변한 소매가 보기 흉했다. 얼룩진 핏자국이 쇠해가는 그의 생을 말해주고 있었다.

"의원을 보내주마."

제정신이 든 송언군이 단호히 말했다.

"소용없습니다."

"너는 사형수다, 최서도. 전하께서 결정하는 방법으로 죽어야 한다. 그전에 죽는 것은 용납할 수 없다."

"전하께서 결정을 좀 서두르셔야겠습니다."

서도가 엷게 웃었다. 남이가 어쩌고저쩌고 다짜고짜 성토하던 송언군은 하얗게 질려 있었다. 곧 죽을 사형수인데도 외면하지 못하는 그 다정을 서도는 믿고 싶었다.

"전하께서 언제 결정하실지는 네가 간섭할 바가 아니다."

"아무도 버리고 싶지 않다. 아무도 상처 주고 싶지 않다……. 그 뜻은 숭고합니다. 하오나 왕자마마, 시간이 지체될수록 상황만 악화될 뿐입니다. 전하께서 하루빨리 성단을 내리시는 게 모두에게 좋습니다."

서도가 다시 기침을 시작했다.

회생할 수 없다는 것은 오래전 병이 재발할 때부터 알고 있었다. 그러나 조금 더 살고 싶긴 하였다. 변화된 북평도를 보고 싶었다.

하지만 그가 살아 있으면 분란이 일어날 것이다. 북평도 계원들이 그를 살리겠다고 엉뚱한 짓을 벌일 수도 있었다.

어떻게 여기까지 왔는데……. 서도는 그 무엇도 잘못되길 바라지 않았다. 자신이 죽으면 모든 분란의 불씨가 사라질 것이다.

"뚫린 입이라고……. 기다려라. 의원을 불러오겠다."

송언군이 일어났다. 자신이 매정한 남이에 대해 성토 중이었다는 것은 까맣게 잊은 듯했다.

"왕자마마!"

서도가 그를 불러 세웠다.

"뭐 필요한 거라도 있느냐?"

"남이는 제 세상으로 향하고 있을 것입니다. 그러니 그 아이를 너무 야속하게 생각지 마옵소서. 몹시 미안해지실 것입니다."

송언군이 아미를 찡그렸다.

"남이의 세상? 그곳이 어디냐? 내가 왜 미안해져?"

"왕자마마께서도 이미 알고 계십니다."

조금 늦게 송언군이 내뿜었다.

"나는 모른다, 그런 거."

＊

남이는 북평도로 향하고 있었다. 왕이 붙여준 호위 두 사람과 함께였다. 세 사람은 쉬지 않고 달렸다. 말이 지칠 즈음엔 역참에 들러 말을 갈아탔다.

"말을 잘 타시는군요."

잠시 말을 바꾸는 틈을 타 호위 사내가 말했다.

"예? 아, 보잘것없는 솜씨지요. 말씀 편히 하십시오, 나리."

남이는 두 호위의 존대가 무척 불편했다.

"그럴 수는 없습니다."

"하오나 쇤네는……."

"절대 아니 됩니다."

호위가 입을 다물었다. 남이도 결국 체념했다. 어차피 과묵한 사내들이었다. 서로 말을 안 하면 그만인 일이다.

"출발하지요."

남이가 말의 머리를 쓰다듬었다. 아마 녀석을 타고 북평도까지 가게 될 것이다.

세 사람이 일제히 말에 올라탔다. 남이는 두 번째로 말을 몰았다. 그녀의 앞뒤에서 사내들이 그녀를 호위했다.

구불구불 산을 휘감은 누런 길을 따라 남이는 달렸다. 쉬지 않고 달려온 까닭에 온몸의 근육이 뻐근했다. 엉덩이가 아프고 욱신거렸다. 그래도 멈추고 싶지 않았다. 그녀는 결정했다. 송언군을 만날 것이다.

'나리께서 아니 오시니 쇤네가 가겠습니다. 이제는 못 쫓아내십니다.'

그를 만날 생각을 하면 마음이 벅차올랐다.

만나서 무슨 말을 하면 좋을까? 그간 강녕하셨습니까? 쇤네가 와서 깜짝 놀라셨지요? 반갑게 웃으며 인사를 할까? 아니, 아니다. 이 겁쟁이 왕자야! 소리를 빽 질러 드릴까?

할 말을 고르며 남이가 희미하게 웃었다. 그를 몇 년이나 만나지 못한 것처럼 그리움이 가슴에 빼곡히 차올랐다.

"저기 보이는군요."

높은 고개를 넘어선 호위가 잠시 말을 멈추었다. 그들은 북평도를 굽어보았다.

"덕분에 무사히 도착했습니다. 고맙습니다."

북평도의 성곽이 보였다. 아련한 기분이 들었다.

세 마리 말이 천천히 다시 움직였다. 성문을 향해 달리는 동안 남이는 힘껏 송언군을 부르고 싶은 것을 참았다.

그때까지만 해도 남이는 송언군이 만남 자체를 거부하는 상황은 고려하지 않았다. 그녀가 생각한 것 이상으로 송언군의 겁은 뿌리 깊었다.

✳

서도와 헤어진 후 송언군은 성벽에 올랐다. 말발굽 소리가 없는 세상은 고요했다.

쏴아아!

바람에 나뭇잎이 서로 비비며 소리를 낸다. 그 세상을 굽어보며 송언군은 의원의 말을 되뇌었다.

'손쓸 도리가 없다……'

의원은 몇 가지 약을 처방했다. 약은 서도의 고통을 완화시켜 주겠지만 그의 병 자체를 치료하지는 못할 것이다.

쇠해가는 생명. 울창한 여름과 어울리지 않는다.

"왕자마마!"

누군가 성벽 아래에서 뛰어올라 왔다. 먼 곳을 향하던 시선을 거두고 송언군이 고개를 돌렸다.

"무슨 일이냐? 혹 녹산 놈들이……."

"아니옵니다."

"아니야?"

"예, 아니옵니다."

"하면?"

"남이라는 계집이 왕자마마를 뵙기를 청하고 있습니다."

서도에 대한 염려도, 녹산에 대한 걱정도 한순간 송언군의 뇌리에서 밀려났다.

"무어?"

"그냥 돌려보내려고 했으나 전하의……."

"누, 누, 누구라고?"

사내의 말을 끊은 송언군이 말을 더듬었다.

송언군은 덜덜 떨리기 시작한 손을 감추려고 무던히도 애를 썼다. 손을 몸 앞에 두어서는 그것이 영 불가능한 일이라는 것을 벼락처럼 깨달은 송언군이 황급히 두 손을 등 뒤로 옮겼다.

"남이라는 계집이……."

"남이? 그럴 리 없다! 남이가 이곳에 있을 리 없다!"

"왕자마마?"

버럭 소리친 송언군은 이제 입술을 잘근거리기 시작했다. 전하의 교지가 확실한 것을 가지고 있었다고 덧붙이려던 사내는 입을 다물었다. 왕자의 상태가 심히 괴이했다.

"그럴 리 없다. 남이일 리 없다."

송언군이 연신 뇌까렸다. 그가 그대로 혼절이라도 해버릴까 봐 사내가 조심스레 물었다.

"왕자마마, 괜찮으시옵니까? 의원을 불러 드리오리까?"

"뭐, 의원? 의원은 무슨! 나는 괜찮다! 아주 멀쩡하다!"

괜찮다고 소리치는 송언군은 전혀 괜찮지 않았다. 하얗게 질린 그는 보는 눈만 없다면 손톱이며 발톱이며 죄다 까드득 깨물고 싶었다.

송언군이 한참 뒤 작은 목소리로 물었다.

"정말…… 이름이 남이라고 하더냐?"

"예, 왕자마마. 확실히 제 이름이 남이라고 하였습니다."

"열일곱 정도 되는 계집이 맞느냐?"

"예, 왕자마마. 확실하옵니다."

"정녕?"

송언군이 슬쩍 사내의 눈치를 살폈다. 사내는 단호하고도 확고하게 고개를 주억거리고 있었다.

'남이가…… 왔어?'

남이가 떠나 버렸다는 김 상궁의 편지를 받은 것이 바로 오늘 아침이다.

어디로 갔나 싶었더니 그 어디가 북평도였나 보다.

'어찌 왔을까?'

위험하다고 화를 내어 쫓아냈더니 이제는 그가 쫓아낼 수 없는 신분이 되어 돌아왔다. 이곳은 남이의 고향이기도 하니 돌아올 이유야 얼마든지 있을 것이다. 여우조차 죽을 때는 고향을 그리워하며 죽는다는데 하물며 사람은 어떠할까?

남이가 왜 저를 만나려고 하는지 송언군은 짐작할 수 없었다. 그간의 억울한 종살이에 대해서 비난하려는 것일 수도 있고, 김 상궁이 챙겨주었다는 보상이 부족한 까닭일 수도 있었다. 어떤 이유이든 송언군은 전과 같지 않을 남이를 마주할 자신이 없었다. 그녀의 입에서 나올 말을 하나도 예측할 수 없어서 두려움은 더욱 커졌다.

"그 아이에게 좋은 처소를 알아봐 주어라."

송언군이 겨우 말했다.

"만나지는 않으십니까?"

"나는 북평도를 지키느라 바쁘다. 계집 따위를 만날 시간은 없다."

"하오나……."

"내가 자리를 비운 틈에 오랑캐 놈들이 쳐들어오면 어찌하느냐? 아니 된다! 나는 전하께 북평도를 지키라는 명을 받았단 말이다!"

더 이상 아무 말도 하지 않겠다는 듯 송언군이 홱 등을 돌렸다. 잠시 후, 사내가 성벽을 내려가는 소리가 들렸다. 송언군은 우울한 눈으로 북쪽을 응시했다. 북평도보다 더 북쪽인 그곳에 청천의 오랜 숙적인 녹산이 있다.

'남이가 왜 왔을까? 무슨 할 말이 있어 이곳으로 왔을까?'

모르겠다.

성벽에 기대어 송언군은 두 손으로 얼굴을 가렸다.

'이젠 몸종이 아니니 그간의 정을 봐서 작별 인사라도 해주러 온 것일지도 모르지.'

설마 작별 인사 따위를 하러 북평도에 왔겠느냐고 소리쳐 줄 사람이 송언군의 곁에는 없었다. 설령 그런 사람이 있었다고 해도 송언군의 속말을 들을 수는 없었을 것이다.

"남이는 제 세상으로 향하고 있을 것입니다."

송언군은 왜 남이가 제 세상으로 가기 위해 북평도에 들렀다 가야 하는지 알 수 없었다. 왜 자신을 만나려고 하는지도 알 수 없었다.

모든 것이 갈팡질팡 흔들린다. 마음도, 염원도, 그리움도 전부.

❀

북평도에 온 지 며칠이 지났다. 성벽에서 숙직이라도 서는지 송언군은 내내 거처로 돌아오지 않았다. 남이는 매일 송언군을 만나러 성벽에 갔지만 그때마다 허탕을 쳤다.

"오늘도 아니 됩니까?"

남이가 제법 대차게 물었다. 송언군에게 그녀의 방문을 전하러 갔던 사내는 고개만 내저었다.

"왕자마마는 바쁘신 분이오."

"그 바쁜 용무란 건 언제 끝납니까? 끝나긴 합니까? 모든 것이 불확실하니 만날 날짜를 정해달라 청하는 것이 아닙니까?"

왕자마마는 바쁘신 분이라고 사내는 앵무새처럼 반복했다. 남이는 화가 났다.

"바쁘다, 바쁘다, 바쁘다! 바쁘시면 전하의 명을 어겨도 되는 것입니까?"

"말조심하시오! 왕자마마께서 어명을 어기시겠다는 것이 아니라 업무가 바빠 시간이 아니 나시는 걸 어찌하겠소? 전하께서도 언제까지 만나라고 시기를 명하지는 않으셨소!"

"그런 법이 어디 있습니까? 아무리 바빠도 신네를 잠깐 만날 시간은 되실 겁니다!"

"왕자바마께서 도저히 시간이 안 되신다는데 낸들 어찌하겠소?"

남이는 눈앞에 있는 남자의 멱살이라도 흔들고 싶었다.

"정히 쇤네를 안 만나주시겠다면…… 쇤네도 다 방법이 있습니다."

남이가 제법 무섭게 이르고는 휙 등을 돌렸다. 그녀의 두 눈이 결연히 빛났다.

'어디 한번 해보라는 것이지요? 쇤네가 그냥 물러날 것 같습니까?'

곧장 마구간으로 달려간 남이가 말 등에 올라탔다. 그녀는 송언군이 아침마다 순시를 돈다는 북쪽 성곽으로 말을 몰았다.

그가 만나주지 않아도 방법은 있다.

어차피 목숨은 모두 하나. 건방을 떨어도 끽해봤자 죽기밖에 더 하겠는가? 더욱이 송언군은 그녀가 건방지게 굴어도 결코 벌을 내릴 리 없다.

남이는 그 믿음으로 말을 몰았다. 빠른 속도로 먼지를 일으키며 달려오는 그녀를 발견한 성곽 위의 군졸이 소리쳤다.

"멈추시오!"

남이가 말을 세웠다. 그녀가 달려온 길을 따라 먼지구름이 일었다. 말에서 뛰어내린 남이가 옷을 털었다. 수상한 자인가 싶어 그녀를 노려보는 시선들이 매서웠다. 수십 개의 눈총을 받아내며 남이는 천천히 앞으로 걸었다.

'나리, 도망가세요. 쇤네가 따라가지요.'

사람이 무섭다. 사랑이 두렵다.

무섭고 두려워 사람도 사랑도 싫어진 것이라면, 노비는 물건이니 괜찮다고 수없이 되뇌어야만 안도하고 곁에 둘 수 있던 것이라면……

남이가 크게 심호흡을 한 후 고개를 쳐들었다.

'쇤네가 소중하지요? 쇤네를 잃기 싫으신 것이지요? 쇤네에게 상처받을까 두려우셨던 것이지요? 그것이면 충분합니다, 나리. 쇤네가 가지요. 나리께 가지요. 건방지다고 꾸짖으시렵니까? 발칙하다고 황당해하시렵니까? 아무래도 상관없습니다.'

남이가 성벽 위의 사람들을 천천히 한 명씩 노려보았다. 그중에 송언군이 있을 것이다. 남이는 그의 존재를 느낄 수 있었다.

심장이 뛰었다, 빠르고 격렬하게.

마른 입술을 적신 남이가 목이 터져라 소리쳤다.

"이의! 있습니다!"

만나주지 않는 당신께 이의 있다.

그토록 소중히 대해놓고 도망만 가는 당신께 이의 있다.

자기는 상처받기 싫어서 수없이 이 가슴에 상처 준 당신께 이의 있다.

당신을 몰랐던 나에게 이의 있다.

"이의가 있단 말입니다!"

송언군 이의. 당신이 내 마음속에 있다.

남이가 쉴 새 없이 소리쳤다. 울부짖듯 간절히 그를 불렀다.

만날 수 없어도 이 외침은 틀림없이 그에게 닿을 것이다.

성벽 위에서 송언군은 멍청하게 남이의 외침을 들었다. 이의 있다고 거듭 외치는 남이의 목이 혹 상할까 염려스러웠다. 갑자기 등장해서 이의 있다고 소리쳐 대는 계집의 모습에 성벽의 군졸들은 심한 당혹감을 느꼈나.

"이의! 있습니다! 이의가 있단 말입니다! 만나주셔야지요! 들어주셔야지요! 자나 깨나 이의가 사라지지 않는데! 떨치려 해도 떨칠 수가 없는데! 쇤네의 마음이 더 만신창이가 되기 전에 쇤네의 이의를 왕자마마께 전부 고해야겠습니다! 나리께서 쇤네의 인생을 송두리째 빼앗으셨으니 그 정도는 들어주셔야 하는 것 아닙니까!"

크게 비틀거리는 송언군을 보고 부관이 조심스럽게 물었다.

"왕자마마, 저 계집을 어찌하오리까? 쫓아내오리까?"

"무어? 쫓아내다니! 건들지 말라! 저 아이는…… 저 아이는 내게 화를 낼 자격이 있다!"

혹시나 부관이 남이에게 해코지를 할까 하얗게 질린 송언군이 발칵 외쳤다.

그러는 중에도 남이는 계속해서 소리치고 있었다. 송언군은 어찌해야 할 바를 모른 채 입술을 깨물었다.

'남아, 그리 큰 소리를 내면 목이 아플 터인데…….'

한참을 망설이던 송언군이 겨우 단을 딛고서 아래로 내려갔다. 남이에게서 멀찍이 떨어진 곳에 멈춰 선 송언군이 그녀를 바라보며 입을 열었다.

"이의 있다?"

원망 가득한 눈으로 남이가 송언군을 쏘아보았다.

송언군은 그녀가 바로 눈앞에 있다는 게 눈물 나게 기쁘다가도 숨이 막힐 만큼 답답해졌다. 무슨 이의가 그리도 커서 북평도까지 당장 달려온 것인지는 모르겠지만, 그 이의가 사라지면 그녀는 이 곁을 떠나겠지. 영영 잡을 수 없는 곳으로 달아나 버리겠지. 그런 생각이 들자 송언군은 눈앞이 막막해졌다.

"예, 있습니다."

"그래, 있을 만하다."

겨우겨우 송언군이 대답했다. 괜히 목이 메어 한마디 하는 것조차 힘들었다.

"아주 많이 있습니다."

"이해한다. 너는 부당하게 노비가 되었다. 억울한 것이 당연하다. 원망하는 것이 당연하다. 김 상궁이 네게 약간의 보상을 해주었다고 들었다. 부족하다면 네가 원하는 만큼 더 보상해 주겠다. 무엇을 원하느냐? 집을 원하느냐? 논밭을 원하느냐? 원하는 것 전부 말해보아라. 내가 모두 보상하겠다."

"쇤네의 이의를 고작 집이나 논밭 따위로 없앨 수 있겠습니까?"

남이가 울컥한 목소리로 쏘아붙였다.

송언군은 잠시 생각했다. 17년을 노비로 살게 하였다. 그 긴 시간을 고작 집이나 논밭으로 전부 보상할 수 있을까? 모르겠다.

"다른 어떤 것으로 네 억울함을 풀어줄 수 있을지 나는 모르겠다. 필요한 것을 네가 말해보아라."

송언군의 시선이 아래로 떨어졌다. 그는 남이를 똑바로 바라볼 수 없었다.

보지 못했던 시간 동안 남이는 더 이상 아이가 아니게 되었다. 열일곱. 한창 꽃 같을 나이. 아름답게 여물어 피어날 때.

배꽃 같은 흰 얼굴, 붉고 도톰한 입술, 가느다란 목선, 헐렁한 의복으로도 가려지지 않는 봉긋한 가슴, 그 모든 것이 여인의 것이었다. 더 이상 노비가 아니게 된 남이는 여인일 뿐이라서 송언군은 그녀를 마주 볼 수 없었다.

"쇤네에게 필요한 것은……."

전부 말해보라고 하였지만 남이가 은을 떼니 송언군은 더럭 두려워졌다. 저도 모르게 큰 소리가 튀어나가 남이의 말을 틀어막았다.

"지금 말할 것 없다!"

지금 모든 것을 들으면 남이는 정말 가버리겠지. 그녀가 원하는 것을 전부 보상해 주고 나면 더 이상 그녀를 잡아둘 수 없겠지. 그 벼락같은 깨달음이 송언군을 두렵게 했다. 입이 제멋대로 열려서 주절거렸다.

"천천히 생각해 보아라. 시간을 두고 필요한 것을 정리하도록 해라. 지금 당장 말고 천천히…… 아주 천천히 생각해 보아라. 이의가 없도록 많이 생각해 보아라. 나도 최선을 다하마."

송언군이 슬쩍 남이의 눈치를 살폈다. 주먹을 꽉 쥔 채 그녀는 입을 다물고 서 있었다.

"그럼 되겠지? 네 생활에 불편함이 없도록 사람 몇을 보내주마. 생각이 끝나면 내게 오거라."

말을 마친 송언군은 도망치듯 성벽 위로 올라가 버렸다. 치졸하지만 그렇게라도 남이와의 작별을 미루고 싶었다.

혼자 남겨진 남이는 송언군이 가고도 한참 더 제자리에 서 있었다. 내처 화난 듯 꾹 다물려 있던 그녀의 입술이 파르르 떨렸다.

'왜 쇤네의 이름을 아니 불러주십니까? 왜 쇤네를 아니 보십니까? 왜…… 쇤네의 이의가 사라질 수 없음을 부정하십니까?'

남이가 씁쓸하게 웃었다. 마음이 욱신거렸다. 알아들어 놓고 못 알아들은 척하는 것인지, 그저 알아듣기 싫은 것인지…….

괜히 왔을까. 전하께서 별생각 없이 하신 행동을 혼자 과장해서 판단하고 그 심중을 곡해하여 건방진 짓을 저지른 게 아닐까.

후회와 슬픔이 쌓였다. 원망과 그리움이 쌓였다. 북평도로 달려오는 내내 가슴 가득하던 사신감이 쪼그라들어 사라져 간다.

'아니야. 아직 일러.'

남이는 애써 마음을 다잡았다. 말로 돌아가기 전 고개를 꺾어 들었다.

성벽 위에서 그녀를 보고 있던 송언군과 눈이 마주쳤다. 그는 황급히 고개를 돌려 버렸다.

"아……."

그것으로 충분하여 남이는 울 듯한 얼굴로 웃었다.

역시 실망하고 체념하기엔 아직 이르다. 쪼그라들었던 자신감이 조금 되살아났다.

며칠 만에 처소로 돌아온 송언군은 완전히 넋이 나가 있었다. 북평도인은 송언군의 멀쩡한 모습을 본 적이 거의 없기에 그들은 송언군의 넋 나간 모습을 그의 본모습으로 간주하기 시작했다. 송언군은 개의치 않았다. 저를 둘러싼 괴이한 소문들 사이에 저가 실성했다는 소문 하나가 더해진 것뿐이다.

아무래도 상관없었다. 그냥 실성을 해버리면 좋을 것 같기도 했다.

"이의! 있습니다!"

그 말이 그 뜻이 아닌 줄 알면서도 송언군의 심장은 벌렁거렸다. 그가 혼잣말을 중얼거렸다.

"이의가 있겠지. 아주 많겠지. 꽃 같은 나이에 종살이를 했으니 억울할 거야. 그런데 남아, 내 이름이 이의라는 것은 잊어버린 게냐!"

왕자의 이름 따위 누가 신경 쓸까.

왕자는 그저 왕자일 뿐이다. 송언군이라는 군명이 있으니 그는 보통은 송언군이었지 이의가 아니었다.

그런데도 남이의 말이 꼭 고백처럼 들렸다.

당신이 내 마음속에 있다. 그리 들렸다.

지나친 망상이다. 착각도 정도가 있지.

"남이야……."

두 눈을 꾹 감고서 송언군이 심장을 움켜쥐었다. 그는 남이가 두려워졌다. 그녀를 소중히 여기는 제 마음을 알아서 더욱 두려웠다.

그녀가 노비이던 때는 아무런 문제도 없었다. 그녀는 그의 것이었고, 그가 무슨 짓을 해도 잃을 염려가 없었다. 마음껏 그녀에게 주고 싶은 것을 주었고, 하고 싶은 말을 하였다.

그녀가 하는 말과 행동에 그가 상처받을 필요 또한 없었다. 그녀는 그의 것이었으므로 남이가 무어라고 하던 그가 그녀를 잃을 리 없다는 명제는 성립되어 있었다. 그때의 송언군은 남이의 그 무엇도 두렵지 않았다.

그러나 지금은 다르다. 그녀는 언제든지 그를 떠날 수 있고, 그는 언제든지 그녀에게 상처받을 수 있다.

"내가 어찌하랴?"

사람이 무섭다. 사랑이 두렵다.

마음이 아픈 것을 더는 견딜 수 없다.

"영원히 내 것이라 하지 않았느냐? 그것이 거짓인 줄 알았더라면 이리 정을 주지 않았을 터인데……."

떠날 것이 분명한 이에겐 정을 주고 싶지 않다. 이별하여 슬픈 것이 싫다.

살면서 많은 이를 만났다. 그들 중 이별이 전제되지 않은 인연은 없었다. 송언군은 늘 떠남을 염려하였다. 지나치게 정을 주지 않았다. 목적한 바가 이루어지면 관계를 깔끔히 정리하였다. 수많은 과부를 친정으로 돌려보냈지만 그 이별에 아쉬움은 없었다. 애초에 그리 끝날 것을 알았기에 서운한 것도 없었다.

그러나 남이는 다르다. 달라도 너무나 다르다. 송언군은 단 한 번도 남이를 떠나보내는 일은 생각해 보지 못했다. 남이가 없는 생활 역시 생각해 본 적도 없다.

이제 와서 갑자기 면천되었으니 미련 없이 가겠다고 한다면……. 송언군은 그 이별을 어찌 받아들여야 하는 것인지 알 수가 없다.

"네가 밉다."

스르륵 엎어진 송언군이 눈을 감았다. 방바닥이 따뜻하였다. 남이가 군불이라도 지펴주는 듯 아늑하고 포근하다. 이불을 꺼내 덮는 것도 귀찮아서 송언군은 그냥 잠을 청했다. 송언군은 곧 잠들었고, 꿈을 꾸었다.

꿈에서 갓난아이를 안고서 돌팔매질을 당하는 여인을 보았다. 역모가 아니라면 연좌의 죄를 인정하지 않는 청천이다. 그래서 송언군은 이해할 수 없었다. 갓난아이가 무슨 죄를 지었기에 저들은 아이를 죽이려는 것일까?

어미는 말했다.

"그 아이를 사세요, 왕자. 아무도 왕자의 것을 건드릴 수 없도록 하세요."

"소자가 사라니요, 어마마마? 노비로 삼으라는 밀씀이시옵니까?"

"지킬 방법이 그것뿐이라면요."

그래서 송언군은 아이를 샀다.

태어난 것은 아이의 죄가 아니었고, 녹산으로 끌려간 것이 그 어미의 죄도 아니었다. 청천이 힘이 없어 상처받은 이들에게 죄를 지었다며 돌팔매질하는 그 상황을 이해할 수 없어서 송언군은 아이의 미래를 샀다.

난장판 속에서 송언군은 아이를 끌어안았다. 아이의 몸은 따뜻했다.

울고 있던 아이가 배꽃처럼 화사하게 웃었다.

"따뜻하고 배꽃 같구나. 남이(南梨)라고 하자."

송언군은 남이가 마음에 들었다. 청천이 아무리 부조리해도 남이의 웃음은 깨끗했다. 청천이 아무리 추워도 남이의 몸은 따뜻했다. 이해할 수 없는 것으로 가득 찬 세상에서 남이만이 투명했다. 옹알이도 못하는 남이는 송언군을 버리지도 상처 내지도 않는다. 남이는 송언군의 구원이었다.

그러나 남이는 더 이상 아이가 아니게 되었다. 그녀는 계집을 지나 여인이 되었다. 노비가 아니라 양민이 되었다. 그녀는 그렇게 얼마든지 송언군을 상처 낼 수 있는 존재가 되어버렸다.

그 사실을 송언군은 받아들이기 어려웠다. 송언군은 두려워졌다.

이른 아침, 송언군은 꿈에서 깼다. 무슨 꿈인지는 생각나지 않았고 기분만 울적했다. 남이가 보고 싶었고, 동시에 보고 싶지 않았다. 양립되는 생각이 속에서 시끄럽게 부딪쳤다. 찬물에 얼굴을 푹 담갔다가 꺼내기를 여러 번. 겨우 정신을 반쯤 차린 송언군이 조반

앞에 앉았다. 반찬을 물끄러미 바라보던 그가 고개를 기울였다.

"이 나물이 북평도에서 나던가?"

그가 좋아하는 산나물이었다. 추운 지방에선 잘 자라지 않는 터라 북평도에선 쉽게 볼 수 없었다. 그 외에도 전부 그가 좋아하는 찬거리였다. 북평도에서 새로 들인 시비는 절대 모를 것들이었다.

자연스럽게 남이 얼굴이 떠올랐다. 송언군은 시무룩해졌다.

남이, 우리 남이, 나의 남이…….

'이제 아니지.'

송언군이 힘없이 웃으며 젓가락을 들었다. 밥알을 먹는 것인지 모래알을 먹는 것인지 알 수 없었다. 목 안이 깔깔했다. 꾸역꾸역 조반을 뱃속으로 밀어 넣은 송언군이 무거운 몸을 일으켰다.

그는 남이 없이는 살 수가 없다.

그는 남이 없는 삶을 생각해 본 적이 없다.

그러나 남이도 그럴까? 그가 없다고 그녀가 살 수 없을까?

'그럴 리가 없지.'

발작적인 웃음을 터뜨린 송언군이 눈가를 꾹 눌렀다. 머리가 아팠고, 남이가 보고 싶었고, 보면 안 되겠다 싶었다.

며칠의 시간을 줄 테니 보상해 줬으면 하는 것들을 작성해 오라고 그녀에게 말했다. 그녀가 목록을 정리해 오면 만날 수 있을 것이었다. 그런데 그녀가 정말로 원하는 보상 목록을 작성해서 내밀면 그녀와의 관계는 완전히 끝이다. 다시는 남이를 볼 수 없게 될 것이다. 송언군은 남이와 끝낼 준비가 되어 있지 않았다. 아마 그 준비는 영원히 되지 않을 것이다.

이늘 어씨해야 하나?

졸린 눈을 비비며 송언군이 댓돌 위에 내려섰다. 주섬주섬 신을 챙겨 신으며 고개를 들었을 때, 그는 귀신이라도 본 듯 하얗게 질렸다.

"나리?"

남이가 마당을 쓸고 있다는 것조차 깨닫지 못한 송언군이 냅다 달렸다. 그는 아직 남이와 이별할 준비가 되어 있지 않았다. 천천히 뭘 받고 싶은지 정리해 오라고 했더니 하룻밤 만에 찾아온 남이를 야속해할 정신도 없었다.

"나리!"

송언군은 무작정 달렸다. 자신이 정말로 못나게 굴고 있다는 것을 알았지만, 그냥 못난 놈이 되는 게 남이를 잃는 것보다 나을 것 같았다.

❋

북평도에서 온 전령이 송언군에 대한 소식을 들고 왔다.

왕은 점잖게 주변을 물리치고서 입을 막았다. 유쾌한 웃음이 드문드문 새어 나왔다.

'이의 있습니다?'

아주 맹랑한 말이다. 그 발칙함이 왕은 마음에 들었다. 송언군을 닮아 자유롭게 자란 남이는 어린 만큼 겁도 없었다. 겁 많은 왕자에겐 제격이었다. 상처투성이인 송언군의 마음속으로 들어가려면 그 정도 용기는 필요할 것이다.

'그래, 남이야, 더 앞으로 가거라. 망설이지 말고 가거라. 내 아우를 데리고 와다오. 네가 성공한다면⋯⋯ 내가 너희를 지키마.'

송언군 이의.

당신이 내 마음속에 있다고 남이는 소리쳤다. 송언군은 자신이 들은 것을 부정했다. 종살이가 억울했다면 충분히 보상해 주겠다는 말로 제 귀를 막았다. 그러나 언제까지 그럴 수 있을까?

관계가 변하면 모든 것이 변한다. 남이를 직접 면천시킨 것은 변화를 바란 까닭이다. 그녀가 평범한 계집종이 되어버리면 송언군은 영원히 열한 살 그때의 악몽에서 깨어날 수 없을 것을 왕은 알았다. 그래서 왕은 주사위를 던졌다.

이제 송언군은 더 뒤로 물러나거나, 앞으로 나오거나 둘 중 하나를 선택해야 한다. 겁 많은 왕자는 또다시 도망가 버릴지도 모른다. 사람이 무섭고 사랑이 두려워서, 더 이상 아프고 싶지 않아서 마음을 더욱 굳게 닫을지도 모른다.

왕은 송언군을 향한 남이의 곧은 마음을 믿고 싶었다. 그녀를 아끼는 송언군의 마음 또한 믿고 싶었다. 언제까지 아이로 남을 수는 없다. 송언군이 용기를 내어주기를 왕은 진정으로 원했다. 송언군은 곧 저가 아픈 것보다 소중한 이가 아픈 게 더 싫고 괴롭다는 것을 알게 될 것이다.

왕은 전국 각지에서 올라온 소식을 꼼꼼히 읽었다.

녹산은 잠잠했고, 청천은 들끓는다. 적막과 소란 사이에서 왕은 새로운 내일을 그려보았다.

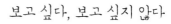

15.
보고 싶다, 보고 싶지 않다

여름은 끝을 향해 내달리고 있다. 성벽에 오른 송언군이 불어오는 바람에 몸을 맡겼다. 도포가 바람에 나부꼈다.

먼 곳을 응시하며 송언군은 멍하니 생각했다.

'누가 내 정강이 좀 걷어차 주면 좋겠구나.'

정강이를 걷어차이면 더 이상 남이에게서 도망을 못 칠 테고, 그럼 그녀와 이야기할 수 있을 것이다.

송언군은 또 멍하니 소망했다.

'누가 내 멱살 좀 흔들어주면 좋겠군.'

누가 그의 멱살을 흔들면 남이에게 이놈 좀 어찌 해보라고 역성이라도 낼 수 있을 테고, 그럼 그녀의 얼굴을 볼 수 있을 것이다.

굶어서 쓰러지는 건 어떨까? 설마 아픈 사람을 상대로 보상 운운하며 당장 떠나지는 않겠지. 그의 남이는 그렇게 매정하지 않으니까.

접시 물에 코를 박아볼까? 사람은 그런 식으로도 죽을 수 있다고 들었다. 죽으면 다 편해질 것이다. 암, 그렇고말고.

'대체 이 무슨 해괴한 생각들인지…….'

송언군은 끝도 없이 펼쳐지는 제 생각에 절망했다. 아득한 막막함에 휩싸인 그는 혹 뒤집어엎을 만한 것이 있나 주변을 두리번거렸다. 뭐라도 엎어버리면 이 답답함이 좀 누그러질 것 같았다. 불행히도 뒤집어엎을 만한 것이 아무것도 없었다. 성벽 위에 있는 것은 군졸뿐이었다. 송언군이 아무리 정신이 나갔어도 군졸을 들어서 엎치기를 할 정도로 미치지는 않았다. 집어 던질 돌멩이조차 보이지 않자 송언군은 지독히 우울해졌다.

그런데 가만……. 원래 성벽에 돌멩이조차 없었던가?

고개를 갸웃거리며 송언군이 옆을 보았다.

"부관."

"예, 왕자마마."

"성벽이 원래 이리 깨끗했느냐?"

왕자가 똥 마려운 강아지인 양 성벽을 이리저리 오갈 때에도 무표정을 유지하던 부관이 미간을 살짝 모았다. 왕자의 물음을 이해하지 못하겠다는 눈치였다.

"그…… 막 어수선하지 않았느냐? 돌멩이가 여기저기 굴러다니고?"

송언군은 성벽 위를 걷는 게 싫었다. 잡석이 자꾸 발에 걸려 짜증스러웠던 까닭이다. 볼록한 것을 밟으면 꼭 넘어질 것만 같아서 불쾌하였다. 그런데 오늘은 그런 일이 일절 없었다. 아주 잘 정돈된 대로를 걷는 것처럼 발바닥이 평화로웠다.

"웬 계집이 새벽부터 성벽을 쓸고 갔습니다."

송언군의 두 눈이 번쩍 뜨였다.

"무어? 일반 백성이 성벽에 올라왔다고? 녹산에서 보낸 간자면 어찌하려고!"

"녹산의 간자는 아닙니다. 그 계집이 간자라면 전하께서 보낸 간자겠지요."

부관이 침착하게 대답했다. 송언군의 얼굴이 기이하게 일그러졌다. 이 깨끗한 성벽이 누구의 작품인지 비로소 알았다.

남아…… 신음처럼 그녀를 속으로 부르며 송언군이 이마를 짚었다. 머리가 지끈거렸다. 그는 여전히 그녀가 보고 싶었고, 보고 싶지 않았다. 하지만 보고 싶은 마음이 점점 더 커지고 있었다.

그녀가 멀리 있어 아예 만날 수 없다면 모를까, 지금 남이는 북평도에 있다. 다른 빈집을 구해주었지만, 어쨌든 만나려고 하면 만날 수 있다.

송언군이 두 눈을 질끈 감았다. 남이가 자꾸 눈앞에 어른거린다. 이를 어찌한다…….

남이는 부지런히 일했다. 그녀는 면천되었지만 여전히 송언군의 몸종이었다. 그녀는 앞으로 삼 년은 이전처럼 살 권리가 있었다. 왕이 그것을 명하였다. 따라서 송언군의 몸종 노릇을 자처하는 그녀를 그 누구도 막을 수 없었다. 송언군이 구해준 빈집으로 가지 않고, 남이는 송언군의 거처 빈방에 자리를 잡았다. 그것을 뒤늦게 안 송언군은 귀신이라도 본 얼굴로 줄행랑을 놓아버렸다.

아무래도 상관없다는 듯 남이는 여느 때보다도 바빴다. 송언군이 일어나기 전에 마당을 쓸었고, 그가 걸어 다닐 길을 살폈으며,

그가 먹을 것들을 챙겼다.

송언군이 북평도에서 새로 구했다는 시비들은 송언군의 입맛에 대해 전혀 몰랐다. 어떤 날은 송언군이 경기하도록 싫어하는 찬들로 밥상을 채운 적도 있었다. 남이는 송언군이 해쓱하게 마른 이유를 납득했다.

"나리께선 고기를 별로 안 좋아하십니다. 닭고기는 좋아하지만 다른 육류는 드시지 않아요. 생선은 탕이나 찌개보다 굽는 걸 좋아하십니다. 국은 비리다고 드시지 않아요."

"어머, 전혀 몰랐어요."

시비의 얼굴이 당혹감으로 물들었다. 남이는 그녀를 더 나무라는 대신 대충 고개를 끄덕이고는 부엌을 나왔다. 빨래를 개키고 있는 시비가 보인다. 남이가 고개를 절레절레 내저었다.

"이렇게 개키십시오. 나리께서는 이 부분이 접히는 걸 싫어하십니다."

"예? 아, 예."

멍한 표정을 짓던 시비가 황급히 고개를 끄덕이고는 다시 의복을 개키기 시작했다. 시비들에게 송언군의 취향을 하나하나 설명하는 제 모습이 우스워서 남이가 피식 웃었다.

그리고 보니 참으로 까다로운 왕자님이시다. 먹는 것도 까다롭고, 입는 것도 까다롭다.

'용케 쇤네 없이 사실 생각을 하셨군요.'

불편한 걸 무척 싫어하는 왕자였다. 하나하나 가르치는 것도 귀찮아했다.

송언군은 그 보는 것을 심수하고 그녀를 도성으로 보냈다. 남이는 그 마음이 이제야 보였다. 필요 없으니 도성으로 썩 돌아가 버리라고 윽박지르던 말 아래 깔려 있는 것은 그녀를 향한 걱정이었다.

'쇤네 걱정을 하느라 나리 불편하실 것은 생각 못하신 겁니까?'

지금 남이는 송언군에게 있어 '남이'라는 존재의 의미를 과대평가하고 있는지도 모른다. 그는 단지 누이를 걱정하듯 그녀를 걱정한 것이었을 수도 있다.

하지만 아무래도 상관없었다. 중요한 것은 제 마음이었다. 그의 곁에 있고 싶고, 그의 속을 알고 싶은 이 마음이었다.

'쇤네는 나리 없이는 못 삽니다. 나리도 쇤네가 없으면 불편하시지 않습니까?'

남아, 하고 부르는 그의 목소리가 듣고 싶다. 무슨 장난을 칠까 고민하듯 반짝이는 그의 두 눈이 보고 싶다. 우리 남이가 심통이 났어, 라며 능청스레 어깨동무를 해주던 것도 그리웠다.

은애한다 속삭여 주길 바란 것이 아니다. 주제넘게 혼인해 달라는 것도 아니다. 그냥 얼굴을 마주하고 이야기를 나누고 싶은 것뿐이다.

내내 씩씩하던 남이의 얼굴에 잠시 그림자가 내려앉았다.

'나리, 쇤네는 사실 지금 심통이 났습니다. 쇤네는 심통을 부리고, 나리께서는 능청스레 풀어주셔야 한단 말입니다. 하온데 나리께서 자꾸 도망만 가시니 쇤네가 심통 난 역할을 할 수가 없습니다.'

그래도 분명 언젠가는 도망가는 것에 지칠 것이다. 남이는 그가 지칠 때까지 따라갈 각오가 되어 있었다. 하지만 그가 지칠 때까지 기다리려면 시간이 너무 많이 필요할지도 모른다. 남이는 협박을 해서라도 그가 더 이상 도망가지 못하게 해야겠다고 생각했다.

작은 주먹을 꼭 쥐어 결의를 다진 남이가 시비에게 물었다.

"더 해야 할 빨래가 있습니까?"

"빨래요? 저쪽에 가면 있어요."

남이는 시비가 가리킨 곳으로 갔다. 빨래바구니를 챙겨서 개울가로 향했다. 개울에 가면 성벽이 보인다. 성벽에서도 개울이 보일 것이다.

개울가에 도착한 남이가 잠시 성벽을 응시했다. 사람이 점처럼 작게 보인다. 누가 누구인지 분간되지 않는 거리였지만, 그래도 남이는 송언군을 본 것처럼 아련해졌다.

저곳에 있다. 송언군은 분명히 있다.

송언군은 성벽이 높다는 것을 새삼 깨달았다. 멀리까지도 훤히 내려다보였다. 그의 거처에서 나오는 누군가가 보였다. 그 누군가는 남색 저고리와 바지를 입고 있다. 그 단출한 차림의 주인공이 누구인지 깨달은 송언군의 심장이 팔딱였다.

'남이? 어디 가는 거지? 혹시 내게 신물이 나서 돌아가려는 것일까?'

송언군이 초조하게 두 손을 만지작거리며 남이의 행로를 눈으로 좇았다. 그녀는 개울로 향하고 있었다.

'개울엔 왜?'

미간을 찡그리며 송언군은 개울의 깊이를 가늠했다. 다행이다. 키가 작은 남이도 빠져 죽지 않을 정도로 개울은 얕았다. 안도하려는 찰나, 송언군은 사람이란 접시 물에도 코 박고 죽을 수 있는 존재라는 이야기를 떠올려 냈다.

'나, 남아! 위험하나! 개울은 위험하단 말이다!'

"왕자마마? 어디 불편하십니까?"

발을 동동 구르는 송언군에게 부관이 물었다.

"신경 쓸 것 없다! 네 일이나 잘하거라!"

쌀쌀맞게 대꾸한 송언군은 남이가 개울가에 쪼그려 앉는 것을 본 뒤에야 발 구르기를 멈추었다. 그녀는 더운 날씨에 물에 들어가려고 개울에 간 것이 아니라 빨래를 하러 간 모양이다.

몇 개의 점 같은 아이들이 물속에서 물놀이를 했고, 몇몇 사람들이 개울가에 먹을거리를 펼쳐 놓고 한가로운 오후를 즐기고 있다. 송언군은 뙤약볕이 쏟아지는 성벽에 기대어 하염없이 남이를 응시했다.

남이가 보고 싶어.

만나면 안 돼.

두 의지가 거세게 부딪쳤다. 송언군은 점점 더 사색이 되어갔다.

'이러다 미치는 것일까?'

송언군은 남이가 미친 왕자를 싫어하거나 무서워할지도 모른다고 생각했다. 대개의 경우 광인(狂人)은 두려움을 불러일으키지 않던가.

'미쳐선 안 되지.'

그렇다. 미쳐선 안 된다. 송언군은 미치지 않기 위해 남이를 보고 싶어하는 마음과 만나면 안 된다고 하는 마음을 둘 다 충족시켜야 한다고 판단했다. 남이를 만나지는 않고 몰래 보기만 하면 두 욕구 모두 충족될 것이었다.

'몰래…… 그래, 몰래 훔쳐보기만 하는 것이다.'

결정을 내린 송언군이 룰루랄라 성벽을 뛰어 내려갔다.

다 죽어가는 얼굴로 발을 동동 구르다가 세상을 다 가진 듯 함박웃음을 지으며 뛰어가는 왕자를 군졸들이 이상하다는 듯이 쳐다보았다. 왕자의 괴이함이 소문보다 더하다.

개울은 성벽 위에서 본 것보다 복작였다. 아이들은 깔깔거리며 물놀이를 했고, 사내들은 옷섶을 다 풀어 헤친 채 그늘에 누워 있었다. 남이는 사람들과 동떨어져 열심히 방망이질을 하고 있었다.

혹여 그녀가 뒤돌아볼까 더 가까이 다가갈 수 없는 송언군이 아쉬운 발걸음을 멈추었다. 물끄러미 남이를 응시하는 그의 눈가에 다정이 번졌다.

빨래를 빡빡 빠는 모습이 남이다웠다. 방망이를 한 손으로 들고서 퍽퍽 내려치는 모습도 남이다웠다. 그녀가 뒤돌아보지만 않는다면 영원히 바라볼 수 있을 것 같은 기분이다.

빨래가 잘 빨렸나 확인하기 위해 남이가 몸을 일으킨 후 빨래를 탈탈 털었다. 송언군은 멍하니 그녀를 응시하고 있었다. 물방울이 튄 이마를 닦으며 남이가 고개를 돌리는 것조차 송언군은 멍하니 쳐다보았다.

남이의 시선이 한순간 고정되었다. 송언군의 심장이 철렁 내려앉았다. 그대로 심장이 멎을 것 같았다.

"나리?"

송언군이 망연히 입을 벌렸다.

들켰나? 몰래 훔쳐보기만 하려고 했는데.

얼굴로 피가 확 쏠리며 송언군은 제대로 된 사고를 하지 못했다. 발가벗은 채 멱을 감고 있는 처녀를 훔쳐보다 들킨 것처럼 아무 생각도 할 수 없었다.

"나리!"

송언군은 남이를 보지 못한 것은 물론이고 그녀가 부르는 소리도 듣지 못한 것처럼 느리게 뒤돌아섰다. 산책 나온 양반처럼 느릿하게 걸으며 송언군이 혼잣말을 중얼거렸다.

"어이쿠, 하늘이 참 뜨겁구나. 해는 파랗고."

송언군은 자신의 말이 이상하다는 것도 깨닫지 못했다. 혼잣말이기에 딱히 지적해 줄 사람도 없었다.

남이는 빨래를 패대기치고 후다닥 달려왔다.

그녀는 도망가는 송언군에게 협박을 날릴 때라는 것을 직감적으로 깨달았다.

"자꾸 도망가시면 쇤네, 확 사임해 버릴 겁니다!"

남이가 윽박지르듯 소리쳤다.

몸종을 때려치우는 것을 사임이라 할 수 있는지는 모르겠다. 맡은 임무를 그만둔다는 의미에서 그것은 사임이 맞긴 할 것이다. 그러나 일반적으로 몸종은 자의로 사임할 수 없고, 남이는 여태 없던 문장을 구사한 꼴이 되었다. 따라서 사임해 버리겠다는 말은 무척 낯설게 느껴졌다.

그 생소함에 남이는 개의치 않기로 했다. 송언군이 움찔거리며 멈춘 것만이 중요했다. 송언군이 어디까지 도망가든 남이는 그를 뒤따라갈 수 있다. 그러나 이왕이면 조금만 도망가셨으면 좋겠다. 그것이 그녀의 작은 바람이었다.

"사임?"

등을 보이고 서 있는 송언군이 떨리는 목소리로 중얼거렸다. 그의 신경이 저에게 쏠리는 것을 느끼며 남이가 이어 소리쳤다.

"예! 사임해 버릴 겁니다! 다른 주인님을 찾을 겁니다! 나리보다 더 멋지고 잘난 분을 찾아서 모실 거란 말입니다! 쇤네가 그래도 좋으십니까? 정녕 괜찮으십니까?"

송언군은 여전히 등을 보이고 서 있다.

"쇤네가 그래도 됩니까? 아! 나리, 사실 쇤네가 그리 하는 데는 나리의 동의가 필요치 않습니다! 왜냐면 쇤네는 양민이거든요! 하온데 왜 쇤네가 여기까지 와서 이러고 있을까요? 쇤네도 참 멍청하지요? 그냥 도성에서 새 주인나리를 찾으면 되는 거였는데!"

물론 전부 거짓말이다. 다른 주인은 필요 없었다. 송언군이 아니라면 기껏 양민이 되었는데 왜 몸종을 자처하겠는가? 삯바느질을 해도 노비보다는 양민이 낫다. 그러나 남이는 정말로 다른 양반 댁에 몸종으로 들어갈 결정을 했다는 듯이 고래고래 외쳤다.

멍청이! 이 천하의 못된 겁쟁이! 악다구니를 쓰지 않은 것은 송언군이 왕자라는 것을 다행히도 망각하지 않은 덕분이다.

남이는 송언군이 몸을 돌려 저를 보아주기를 간절히 바랐다.

"그리고 사실 쇤네가 사임하는 게 아닙니다! 나리께서 해임당하신 겁니다! 주인 노릇도 제대로 못하는 주인을 주인님이라고 모시려니 쇤네 속이 다 뒤집어져서, 원!"

돌아봐 주세요, 나리. 쇤네를 보세요, 나리. 쇤네가 여기 있잖아요. 여기 나리를 뵈러 왔잖아요. 언제까지 그리 등만 보이고 계실 참입니까? 정말로 쇤네가 가버려도 됩니까?

차마 내뱉지 못한 말이 남이의 입술 끝에서 부서졌나. 송언군은 얼음처럼 얼어붙어 미동도 없다. 입술을 짓눌러 문 남이가 과장해서 뒤돌아서는 소리를 냈다. 정말 가버릴 듯이 발을 쿵쾅쿵쾅 움직였다. 모래에 소리가 묻혔지만 그녀가 떠나가는 소리를 송언군은 분명 들을 것이다.

'오세요, 나리.'

한 걸음. 남이는 걸었다.

'쇤네에게 오세요.'

또 한 걸음. 남이는 또 걸었다.

'가지 말라고…… 쇤네를 잡으세요.'

또, 또 한 걸음. 걸어갈수록 송언군과 멀어진다. 송언군이 달려
오는 소리가 없다. 남이는 울고 싶어졌다. 이 협박은 안 통하나? 다
른 협박을 강구해 볼까?

괜찮다. 모든 협박이 통하지 않아도 된다. 만약 송언군이 영원히
도망간다면 영원히 따라가면 되니까.

울고 싶은 마음을 남이가 겨우 추슬렀다. 그 순간, 다급히 달려
온 누군가가 그녀의 옷자락을 꽉 붙잡았다.

'나리…….'

두 눈에 힘을 주어 울음을 참은 남이가 고개를 돌렸다.

"해임?"

그가 겨우 그녀를 본다.

이제야 그녀의 앞에 있다.

이리 오실 것이면서. 잡아주실 것이면서. 하여간 못되셨다.

남이는 그의 이목구비를 하나하나 천천히 뜯어보았다. 얼굴이
많이 상하셨다. 초췌하시어 걱정스럽다. 겁먹은 듯 당황한 듯 그녀
를 내려다보고 있는 그가 애틋하였다. 남이는 불손할 정도로 그를
빤히 마주 보았다. 해임이라는 단어의 뜻을 헤아리듯 살짝 눈썹을
찡그리는 그를 노려보며 남이가 단호히 말했다.

"나리께서 더 이상 쇤네 주인 노릇을 하기 싫으신 듯하오니 쇤네
가 기꺼이 해임시켜 드리겠습니다. 그 뒤 쇤네는 나리보다 더 멋지
고 상냥하신 다른 주인님을 찾아서 그분 몸종으로 들어가는 겁니
다. 모두 행복해지지 않겠습니까?"

"싫다! 싫다, 남아!"

송언군이 버럭 소리쳤다. 그는 놓치지 않겠다는 듯 남이의 옷자락을 힘껏 붙잡았다.

남이의 동공이 살짝 커졌다.

남아…… 그리 불러주는 송언군을 다시는 못 볼 줄 알았다. 불러주실 거면서, 기어이 불러주시고 잡아주실 거면서. 남이는 왈칵 터질 것 같은 울음을 꾹 참으며 애써 도도하게 고개를 치켜들었다.

"무슨 자격으로 싫다 하십니까?"

"……?"

"쇤네는 양민입니다."

"안다."

송언군이 힘없이 대답했다.

"쇤네가 원하지 않는다면 나리는 쇤네에게 그 무엇도 명할 수 없으십니다. 쇤네는 자유입니다."

"그것도 안다."

"쇤네가 당장 떠나도 나리께서는 쇤네를 추노하실 수 없습니다."

송언군의 눈동자가 흔들렸다. 눈치를 보듯 남이를 힐끔거린 그가 시선을 발치로 내렸다.

"꼭 갈 것이냐? 나를 해임…… 그래, 나를 수인 자리에서 해임시키고 가버릴 것이냐? 다른 놈 찾아서? 정녕?"

"예! 나리께서 쇤네를 본 체도 안 하시는데 쇤네가 이 북평도에서 대체 무얼 하오리까? 전부 나리 탓입니다!"

"내가 잘못했다, 남아."

송언군은 길 잃은 아린애 같은 표정이다.

"정녕 잘못하셨습니까?"

"그래, 내가 잘못했다. 다 내 탓이라고 하였지? 네기 네가 어찌할까? 어찌하면 내 잘못을 용서하겠느냐? 어찌해야 나를 해임시키지 않겠느냐? 무릎을 꿇을까? 개처럼 짖을까? 시체 흉내를 내어볼까? 응? 말만 해보아라. 어찌하면 용서해 주겠느냐?"

다다다 쏟아지는 송언군의 물음에 조급함이 묻어났다. 남이는 그 조급함에 안도하였다. 가지 마라. 네가 필요하다. 말로 전해지지 않은 송언군의 마음이 그녀의 마음에 닿았다. 서운하고 화나고 분하고 서럽던 마음이 차츰 누그러졌다.

"나리, 개처럼 짖거나 시체 흉내를 내는 게 어떻게 사죄의 행위입니까?"

"알 게 무어냐? 네가 원하는 대로 해주겠다."

거짓말이 아니었다. 송언군은 남이를 잡을 수 있다면 무슨 짓이든 할 수 있었다. 그녀와의 이별은 단 한 번도 생각하지 않았다. 그 슬픔을 감당할 자신도 없다. 남이가 곁에 있어준다면 송언군은 무슨 일이라도 할 수 있었다.

"내가 어찌해 주랴? 천천히 생각해 보려무나. 평생. 그래, 평생 생각해도 좋다. 내가 기다리마. 대신 다른 주인은 찾지 말고. 응?"

송언군은 간절했다. 남이는 불현듯 그에게 안기고 싶어졌다.

"나, 남아?"

몸을 날리듯 남이가 그의 품에 안겼다. 당황한 송언군이 목석처럼 굳었다. 그가 저를 밀어내지 않는 것만으로도 남이는 행복했다.

"좋습니다. 천천히 생각해 보지요. 대신 조건이 있습니다."

"조건?"

쿵쾅거리는 심장 소리가 남이의 귓가에 들렸다. 제 것인지 송언군의 것인지 알 수 없었다.

"쇤네에게 등만 보이고 가지 마세요."

"그렇지 않으면?"

"이따금 뒤돌아보시면서 쇤네가 잘 따라오고 있는지 살펴주십시오."

"그리 하마. 아니, 아니다. 아주 앞으로는 앞만 보게 해주마. 항상 너를 보고 있으마."

남이가 피식 웃었다.

"그건 좀 힘드실 텐데요?"

"못 믿는 게냐? 내가 뒷걸음질을 아주 잘 친다."

"잘하고 못하고의 문제가 아니라…… 그건 좀 추할 것 같습니다, 나리."

"추할까?"

송언군이 나직이 되물었다. 그의 가슴으로부터 울려오는 그의 목소리가 간지러웠다.

"쇤네는 나리의 등을 보는 게 무조건 싫다고 말씀드린 것이 아닙니다. 등만 보는 게 싫다고 한 것이지요."

"둘이 다르냐?"

"다릅니다."

"모르겠다."

송언군이 잠시 침묵한 뒤 말을 이었다.

"언제 네게 등을 보여도 되고 언제 너를 돌아보아야 하는지 모르겠다. 너는 단 한 번도 내게 그런 것을 알려준 적이 없다. 그러니 그때를 구분할 수 있게 될 때까지는 되도록 네게 등을 보이지 않도록 조심하마. 그럼 되겠지?"

남이가 살짝 고개를 끄덕였다. 머뭇거리던 송언군의 손이 그녀의 머리를 쓰다듬었다. 그 손길이 누이를 어르듯 다정하였다. 남이가 천천히 눈을 감았다. 이대로 시간이 멈추면 좋겠다.

"그리고 또?"

"예?"

"또 다른 조건은 무엇이냐? 내가 무엇을 해줄까?"

"하루에 세 번."

남이의 머리를 쓰다듬던 송언군의 손이 천천히 아래로 내려가 그녀를 감아 안았다. 작은 체구가 그의 품에 쏙 들어왔다.

남이가 있다. 사라지지 않았다. 떠나지도 않았다. 송언군은 깊은 안도감을 느꼈다.

"쇤네 이름을 하루에 세 번은 불러주세요."

"세 번만?"

송언군이 의아한 목소리로 되물었다.

"예?"

"한 번 부르면 두 번 부르고 싶고, 두 번 부르면 세 번 부르고 싶어질 것인데? 일을 시키려면 더 여러 번 불러야 할 수도 있고. 그런데 꼭 세 번만 불러야 하는 것이야?"

"쇤네는 세 번은 불러달라고 했지 세 번만 불러달라고 한 것이 아닙니다."

"그 이상은 된다는 것이구나?"

송언군이 웃었다. 남이는 그의 웃음이 좋았다. 그의 웃음이 좋아서 그가 좋아진 것인지, 그가 좋아서 그의 웃음까지 좋아진 것인지는 모르겠다. 어느 쪽이든 상관없었다.

"남아."

"예, 나리."

"남아."

"예, 나리."

"남이야······."

"······."

송언군이 연신 그녀의 이름을 불렀다. 애틋하고 다정한 그 목소리에 남이는 울 듯 말 듯 웃었다.

"그럼 나는 아직 해임당한 게 아니지? 네가 사임한 것도 아니고?"

"예, 나리."

"아무것도 달라진 게 없지?"

"달라진 것은 없습니다."

"너는 여전히 내 것이고?"

"쇤네는 언제나 나리의 것입니다."

"그렇구나."

송언군이 남이를 가만히 끌어안고 있던 팔을 내렸다. 남이는 더이상 그에게 안겨 있을 수 없다는 것을 깨닫고는 그의 품에서 고개를 들었다. 괜히 부끄러워져서 송언군이 헛기침을 했다. 오가는 말이 없어 어색해진 상황을 탈피할 목적으로 송언군이 성벽을 돌아보았다.

"성벽에 돌아가 봐야 할 것 같다. 빨래는 다 했느냐? 함께 돌아갈까?"

"아직 덜했습니다. 나리 먼저 돌아가시지요."

"오래 걸리느냐?"

"오래 걸리지는 않겠지만······."

송언군과 함께 돌아가고 싶었다. 그러나 남이는 곧 고개를 내저었다. 빨래바구니를 들고 있는 몸종과 길을 걷는 왕자의 모습이 성벽 위 군졸들의 사기에 별 도움이 될 것 같지 않았다.

"그냥 먼저 가십시오. 빨래질 구경하는 왕자마마 모습이 저곳에 계신 분들 사기에 좋을 것 같지 않습니다."

남이가 멀리 있는 성벽을 가리켰다.

"그런가?"

"예."

"그렇구나."

송언군은 괜히 풀이 죽어 보였다.

"무엇보다 쇤네가 일하는 데 불편해서 그렇습니다."

"뭐? 불편해? 남이 네 일을 방해하면 안 되지. 암, 안 되고말고. 그럼 내가 먼저 가겠다."

송언군이 뒷걸음질치며 멀어졌다. 그 모습을 보며 남이가 웃음을 터뜨렸다. 남이의 웃음에 송언군도 함께 웃었다. 햇살보다 밝은 미소가 그의 얼굴에 번졌다. 반달처럼 휜 그의 눈웃음에 남이의 심장이 빠르게 뛰었다.

당신이 좋다.

역시 나는 당신이 좋다.

무서서 더 무서운 말의 칼날로 당신이 내 가슴을 수없이 난도질해도 언제나 당신이 좋다.

"나리! 뒤에 바위 있습니다!"

툭 튀어나온 바위에 송언군이 부딪치기 직전 남이가 소리쳤다. 송언군의 웃음이 더 짙어졌다.

남이의 주인 직에서 해임되지 않은 송언군은 완전히 얼이 빠졌던 지난 며칠과는 또 다른 의미로 넋이 나갔다. 쌓여 있는 안건에 짜증이 날 만도 한데 종일 싱글벙글 웃는 왕자를 부관들은 두려운 눈으로 쳐다보았다. 그들은 전하께 왕자의 실성을 알리고 새로운 인사를 요청해야 하는지 진지하게 고민하기 시작했다.

"녹산에서 별다른 움직임은 없느냐?"

"예, 왕자마마. 녹산 쪽은 조용합니다."

왕자를 실각시키는 일을 고려하고 있던 부관의 대답이 조금 늦었다. 갑자기 대답을 해야 했기 때문에 그의 말은 목구멍에 턱 걸렸다가 가까스로 튀어나갔다.

"조용해? 그래도 경계를 소홀히 하지 말라. 도를 모르는 놈들이지 않으냐."

"예, 왕자마마."

싱글벙글 넋이 나간 왕자는 부관의 한 박자 늦은 대답을 눈치채지 못했다. 부관은 불순한 마음을 들키지 않았음에 안도하며 가슴을 쓸어내렸다.

"아, 최서도는?"

"병이 점점 더 악화되고 있습니다. 의원의 말로는 올 가을을 보지 못할 거라고 합니다."

송언군은 잠시 입을 다물었다가 다시 열었다.

"알겠다. 더 보고할 사항은?"

"없습니다."

"물러나도록."

"예, 왕자마마."

부관이 나가자 송언군은 잠시 눈을 감았다.

가슴에 얹어졌던 작은 무게가 떠올랐다. 남이……. 그의 남이.

그녀를 안았다. 무언가 할 말이 많은 듯, 그를 원망하듯 안겨온 그녀를 조심히 안았다. 처음도 아니었다. 그녀가 아주 어렸을 땐 아예 안아서 길렀다. 목마도 여러 번 태워주었다. 그런데 왜 그 모든 감각이 이토록 생소하게 느껴질까?

가볍고 가벼워서 바람에 날아가 버릴 것만 같은 불안함.

"쇤네는 언제나 나리의 것입니다."

송언군은 고개를 내저었다. 남이는 거짓말을 하지 않는다. 언제나 그의 것이라고 했다. 그것만으로 충분해야 할 것이다. 그런데 왜 이토록 마음이 불안한가.

주종 관계 말고 다른 것이 더 있으면 좋겠다. 남이를 잃고 싶지 않다. 이별 없는 관계를 원한다. 죽음 말고는 갈라놓지 못할 그런 인연을 원한다.

그런 것이 무엇일까.

송언군은 알 듯 모를 듯하였다.

그는 다만 불안할 정도로 빠르게 뛰는 가슴에 손을 얹고 있었다. 남이. 그의 남이를 생각하면 언젠가부터 심장이 주체할 수 없을 정도로 빠르게 뛴다.

⁂

"최 형, 괜찮습니까?"

서도가 익숙한 목소리에 고개를 돌렸다. 시계원 하나가 옥사 너머에서 그를 보고 있었다.

"사형수에게 면회라니. 왕자마마께서 무른 것이오, 금전이 대단한 것이오?"

"금전이 대단한 것입니다."

계원은 걱정스럽게 서도의 안색을 살폈다. 볼이 홀쭉하고 눈 밑이 퀭했다. 잦은 기침 때문에 목소리도 탁하기 짝이 없었다. 그는 말 그대로 시한부였다. 당장 죽어도 이상하지 않았다.

"약 좀 챙겨왔습니다. 끼니때 같이 드십시오."

"무익하오."

"무익해도 받으시지요."

서도가 마지못해 받았다. 일신의 안위 때문이 아니라 약을 가져온 계원의 마음을 편하게 해주기 위해서였다.

"익명으로 주상전하께 상소를 올리고 있습니다. 이 형처럼 유배형으로 감형될지도 모릅니다."

"지금 와 그게 무슨 소용이겠소? 어차피 죽을 놈을 위해 위험을 무릅쓰지들 마시오."

"어찌 죽느냐가 문제입니다! 그걸 왜 모르십니까?"

계원은 버럭 소리치고는 화들짝 놀랐다. 혹 누가 들어올까 불안하게 뒤를 돌아보던 계원은 아무도 오지 않는다는 것을 확인한 후에야 안도의 한숨을 내쉬었다.

"버텨주십시오, 최 형. 이런 더러운 옥사에서 죄인처럼 죽어서는 아니 됩니다."

"나는 죄인이 맞소."

"그렇다고 해도 당당히 죽으셔야 합니다. 그 옛날 숙의마마께서 그러셨던 것처럼 긍지는 잃지 마셔야 한단 말입니다."

"긍지를 잃은 적 없소. 쿨럭!"

서도가 급히 입을 틀어막았다. 그의 목에서 가래 끓는 소리가 났다. 계원의 인상이 저절로 찌푸려졌다.

"쿨럭! 가시오. 보아 좋을 것 없는 모습이오."

"최 형······."

"어서 가란 말이오!"

서도가 윽박질렀다. 계원이 마지못해 일어났다.

"또 오겠습니다."

"올 것 없소."

"더 밝은 곳에서 다시 뵙겠습니다."

계원이 빠른 걸음으로 멀어졌다. 열린 문에서 빛이 쏟아졌다. 계원은 빛 속으로 사라지고, 서도는 어둠 속에 남았다.

그는 약기운 때문에 몽롱한 정신으로 지친 몸을 바닥에 뉘었다. 그의 표정이 살짝 찡그려졌다.

'가만······.'

무언가 중요한 말을 놓친 기분이다.

'밝은 곳에서 다시 보자고?'

서도가 있는 옥사는 밝지 않다. 그러니 옥사에서 또 보자는 말은 아닐 것이다. 그렇다면 유배지에서 보자는 말일까? 그럴 리 없다. 최서도의 몸으로는 다른 유배지까지 갈 수 없다. 가는 도중 필시 죽을 것이다.

곰곰이 생각하던 서도가 돌연 벌떡 일어났다.

약이 확 깬 그의 얼굴에 경악이 어렸다.

"밖에 누구 없소? 쿨럭쿨럭! 밖에 누구 없냔 말이오!"

서도가 비명처럼 외쳤다. 간수가 뒤늦게 들어왔다.

"무슨 일이오?"

"남이…… 남이라는 아이가 북평도에 도착하였소? 왕자마마의 몸종일 것인데……."

"갑자기 무슨 소리요?"

"그 아이를 찾아서 호위를 붙이시오! 당장! 당장 사람을 붙여야 하오!"

"방금 몸종이라고 하지 않았소? 몸종에게 무슨 호위를 붙이란 말이오?"

간수는 어이없다는 듯한 표정을 지었다. 서도는 깊은 답답증을 느꼈다.

"부탁하오! 사례는 하겠소! 내 비록 죄인이나 그 정도 사례는 할 수 있소!"

"참말이오?"

사례라는 말에 퉁명스레 대꾸하던 간수가 조심스럽게 관심을 보였다.

"이런 일로 거짓말할 이유가 있겠소? 그 아이는 왕자마마의 몸종이오! 그 아이를 찾으시오! 꼭 안전하게 보호해 주시오!"

"알겠으니 진정하시오. 몸도 성치 않은 양반이……."

간수가 혀를 끌끌 차며 나갔다. 서도는 그대로 바닥에 풀썩 주저앉았다.

'멍청하다! 미련하다! 한심하다! 어찌들 모르오? 두 번은 아니 되오! 한 번……. 그래, 처음은 용서될 것이오. 그러나 두 번째는 세 번째를 부르오. 왕자마마께서 두 번째를 용납하겠소? 그럴 리 없소. 그것이 세 번째를 부를 테니까! 어째서 곧 죽을 목숨 때문에 전부 그르치려는 것이오?'

서도는 깊은 절망감을 느꼈다. 끊어질 듯 이어지는 제 모진 목숨을 처음으로 저주하였다. 그가 불현듯 웃었다. 그 웃음이 처연하였다.

　사실 목숨이 문제가 아니었다. 조금이라도 더 살아서 평화로운 북평도를 보고 싶었던 그의 욕심이 모든 것을 그르치려고 한다.

　'가장 어리석은 이는 나로구나…….'

　그는 소리 죽여 울음을 울었다.

16.

내 것이로다

송언군은 가벼운 마음으로 귀가했다.

"남아?"

당연히 남이가 있을 것이라 생각하고 거처를 두리번거리던 송언 군의 표정이 차츰 굳었다. 그는 오래 지나지 않아 남이가 돌아오지 않았다는 것을 깨달았다. 부엌일을 하고 있던 시비 하나를 불러 송 언군이 남이의 행방을 물었다.

"남이 아직 아니 왔느냐?"

"예, 왕자마마. 아까 빨래하러 간 뒤 아직 오지 않았습니다."

"아직 안 왔다?"

송언군이 서쪽을 바라보았다. 저녁놀이 지고 있다. 남이와 만났 던 시각을 고려하면 그녀의 빨래는 끝나도 한참 전에 끝났어야 했 다. 그런데 왜 남이가 오지 않았을까?

"이상하구나. 진즉 돌아왔어야 할 터인데……."

어두워지기 전에 남이를 찾아 돌아올 생각으로 송언군이 개울로 향했다. 혹 갑자기 물장구를 치고 싶어졌을지도 모를 일이다. 하지만 해가 지면 물장구치는 것도 위험할 테니 서둘러 그녀를 데려와야 했다.

그러나 개울가에도 남이는 없었다. 남이가 하던 빨래만 덩그러니 놓여 있었다.

"남아?"

송언군은 어지럼증을 느꼈다. 머릿속이 텅 비었다.

'그럴 리 없다.'

송언군은 자신의 머리가 무의식적으로 만들어내는 최악의 가능성을 무시했다.

"그럴 리 없다."

생각을 말로 내뱉어본 순간 송언군은 자신이 그 말을 믿고 있지 않음을 알 수 있었다. 손바닥에 얼굴을 파묻은 송언군의 어깨가 가늘게 흔들렸다.

"남아……."

어디 갔을까? 우리 남이가 어디 갔을까?

진정해야 한다. 남이를 찾자.

송언군이 이를 악물었다. 얼굴에서 손을 뗀 그가 하늘을 노려보았다. 달그림자조차 없다. 오늘이 그믐이던가? 그의 눈빛이 사나워졌다.

'남이가 제 발로 떠났을 리 없다. 빨래를 이리 내팽개치고 갔을 리는 더더욱 없다. 누군가…… 누군가 남이를 잡아갔다. 누가? 왜? 남이는…… 내 몸종이다. 내 것이다. 누가 왕자의 권위에 도전하는

가? 누가 왕자의 것을 강탈하는가? 누가 왕자의 것에 해코지하는 가? 누가? 감히 누가!'

끝없는 물음이 이어졌다. 송언군이 돌연 허망하게 웃었다. 그는 기실 그 답을 알고 있었다. 홱 몸을 돌린 송언군이 어디론가 달려갔다.

그가 멈춘 곳은 옥사에 갇힌 최서도의 앞이었다.

송언군이 다짜고짜 서도의 멱살을 잡아당겼다.

"왕자마마?"

송언군의 표정을 보고 서도는 저가 너무 늦었음을 알았다.

"말하여라!"

"무엇을 말입니까?"

"남이! 우리 남이 어디 있느냐?"

"소인이 그것을 어찌 아오리까?"

송언군이 서도를 거칠게 밀어 넘어뜨렸다. 송언군은 제 안일함에 치를 떨었다. 한심하게도 전부 끝났다고 여기고 있었다. 누군가 죽지 않으면 끝나지 않는 일인데도.

"나는 너를 죽이고 싶지 않았다! 전하께서도 마찬가지셨다! 스스로 반역자가 되어서라도 왕을 이 변방까지 부른 너를 그냥 버릴 수는 없었다! 네 몸이 어차피 부서질 것이라고 해도, 모든 의원이 네가 올 여름을 넘기지 못할 거라고 말해도…… 그래도 방법을 찾고 싶었다! 적어도 네가 선비로, 양반으로 죽을 수 있기를 바라고 또 바랐다! 부당한 일에 반항하며 죽어가는 네 생명이 나와 같아서 애틋하였다!"

송언군이 소리쳤다.

왕이 서도를 즉각 참형에 처하지 않은 것은 그 의도가 명백했다 차일피일 미루다가 어떤 핑계라도 만들어 그를 구원할 계획을 짜고 있을 터였다.

"왜 믿지 못하느냐? 어째서 네 수하들은 전하를 믿지 못하느냐? 그래! 우리가 버렸다! 왕실이 북평도를 버렸다! 힘이 없어 외면하였 다! 녹산과 싸울 수 없어 방치하였다! 그래서 믿음을 잃었느냐? 선 왕들과 마찬가지로 지금의 전하까지도 결국은 너희를 버릴 것이라 고 지레짐작하였느냐? 그 믿음의 부족함을 어찌 탓할까?"

노력했는데, 그 믿음을 다시 얻고자 전부 감당했는데, 그 결과가 이것일까?

송언군은 진정으로 비통하였다. 이상하다고 생각해야 했다. 서 도를 구하려는 그 수하의 움직임이 전혀 없다는 점을 의심해야 했 다. 최서도와 이현원이라는 수뇌부를 붙잡긴 했지만, 이 척박한 땅 을 수십 년 동안 지켜온 그들이 순식간에 와해될 리 없다는 것을 알 았어야 했다. 왕까지도 은밀히 살릴 방법을 강구하고 있는 서도의 죽음을 그의 수하들이 넋 놓고 기다리지 않을 것을 진작 눈치챘어 야 했다.

왜 그토록 안일했을까?

"비겁하다! 내가 너를 아낌은 네가 비겁하지 않은 까닭이었다. 네가 당당한 까닭이었다. 네가 고결한 까닭이었다. 내 믿음에 대한 너희의 대답은 고작 이것이냐? 어째서 남이이냐? 왜 그 아이를 그 토록 못살게 구는 것이냐? 그 아이의 신분이 하찮아서 만만한 것이 냐? 그 아이를 붙잡아 나를 협박하면 너를 구하면서도 자신들은 벌 받지 않을 수 있을 거라고 생각한 것이냐? 틀렸다! 나는 내 뒤를 치 는 것은 용서할 수 있다! 내 심장에 칼날을 겨누어도 이해할 수 있다! 그러나 남이는…… 남이는 다르다! 그 아이를 데리고 옹졸한 짓을 하는 너희의 무도함은 절대 용서할 수 없다!"

서도는 아득한 막막함을 느꼈다. 깊은 절망과 배신감을 토해내는 왕자 앞에서 그는 아무 말도 할 수 없었다.

북평도의 무도함을 결코 용서하지 않을 거라는 송언군의 말은 빈말이 아닐 것이다. 그는 이제 결코 북평도를 돌아보지 않겠지. 녹산의 말발굽에 이 땅이 짓밟혀도 결코 이곳을 지켜주지 않겠지. 믿었던 만큼 상처는 커서 앞으로 많이 미워하게 되겠지.

"왕자마마, 그들은 겁이 나 찰나 그릇된 선택을 한 것이옵니다. 자비로운 마음으로 그들의 죄를 품어주시옵소서."

"차라리 나를 잡아 협박하였다면 그리 하였을 것이다!"

"갈 길을 잃어 두려운 마음에 어리석게도 소인을 붙들려고 하는 것뿐입니다. 곧 스스로 알고 후회할 것입니다. 그들을 기다려 주시옵소서."

"내가 왜? 대체 왜 기다려야 하느냐?"

서도는 절망 속에서 송언군을 응시하였다. 그가 갈라진 목소리로 물었다.

"하오면 소인이 어찌하오리까?"

"시계의 모임은 주로 어디에서 이루어지느냐? 그들이 은신하고 있을 만한 곳이 어디이느냐? 당장 말하여라! 남이가 있을 만한 곳을 말하란 말이다!"

"그들을 죽일 것입니까?"

"모르겠다! 그런 것까지는 생각하지 않았다."

어리석은 것들. 왜 왕자의 역린을 건드렸는가.

한 번이면 충분한 죄, 그 죄를 왜 두 번이나 저질렀는가.

"그들을 용서해 주옵소서."

무의미한 짓임을 알면서도 서도는 거듭 용서를 구했다. 송언군이 코웃음 쳤다.

"미쳤느냐? 내가 왜? 죄 없는 남이를 두 번이나 이용한 것은 너희! 용서? 웃기지 말거라! 너희가 내게 짓는 죄는 전부 용서할 수 있었다! 내가 너희에게 죄를 지었으니까! 왕실이 너희를 방치했으니까! 그러나 남이는 너희에게 그 어떤 죄도 짓지 않았다! 나는 두 번은 참을 수 없다!"

"어리석어서 자신이 무슨 일을 저질렀는지도 모를 이들입니다."

"정녕 모르느냐? 너희는 나를 붙잡기 위해 이미 한 번 남이를 이용하였다. 이제는 나를 협박하려고 남이를 잡아갔다. 내가 이번에도 용서한다면 너희는 필요할 때마다 남이를 붙잡아 나를 협박하겠지. 그런 것은 용납할 수 없다!"

서도는 송언군이 말하는 바를 절절히 이해할 수 있었다.

무엇이든 처음이 어렵다. 하지만 두 번째를 성공하면 세 번째부터는 쉽다. 언제든지 같은 일을 저지를 수 있다.

남이는 왕자를 협박하거나 왕자를 괴롭히거나 왕자에게 무언가를 요구할 때마다 이용될 것이다. 송언군은 그것을 용서할 수 없다고 말한다. 자신으로 인해 남이가 이용되고 상처받아야 하는 상황을 결코 좌시하지 않겠다고 말한다.

"소인은…… 아무것도 모르옵니다."

송언군의 표정이 확 일그러졌다. 한 발짝 물러선 그가 서도를 맹렬히 노려보았다. 서도는 그를 막을 수 없었다.

"나는 남이를 찾겠다. 그 아이에게 손댄 놈들, 어느 하나 용서하지 않겠다. 너는 나를 원망해선 아니 될 것이다."

송언군이 뒤돌아서 떠났다. 찬바람만 남았다. 두 눈을 감은 서도가 고통의 신음을 흘렸다.

송언군은 군을 움직일 것이다. 현재 이곳의 최고 통수권자는 송언군이다. 모든 권력이 그에게 있다. 군권도, 행정권도 그에게 있다. 그를 막을 수 있는 자는 도성에 있는 임금뿐이다.

송언군이 군을 움직인 뒤에는 너무 늦는다. 피를 피할 수 없게 된다. 그것을 막을 수 있는 것은 지금뿐이다.

천천히 눈을 뜬 서도가 웃었다. 마음이 홀가분하였다. 당장 남이를 찾아 군을 푸는 대신 옥사로 달려온 송언군의 마음을 헤아렸다.

'어리석음을 끝낼 때로구나.'

끊어질 듯 이어져 온 목숨.

진작 숨이 끊어졌다면 오늘의 이 혼란은 없었을 것이다. 계원들이 그를 구하겠다고 엉뚱한 일을 벌이지도, 송언군이 절망에 차 달려오지도 않았을 것이다.

해가 동쪽에서 떠서 서쪽으로 지고, 봄에 잎이 나서 가을에 떨어지듯 당연히 와야 하는 죽음이 너무 늦는다. 너무 늦는다면 앞당겨야 한다.

'내 욕심이 컸다.'

그저 조금 더 보고 싶었다. 북평도의 상처가 아물어가는 모습을 조금이라도 함께하고 싶었다. 그것이 당치 않은 욕심이라는 것을 알면서도 모진 목숨을 붙들고 있었다.

"모두 잘 있거라."

듣는 이 없는 인사를 남겼다. 단호히 혀를 물었다. 서도는 그대로 있는 힘껏 벽에 머리를 박았다.

쿵 소리에 놀란 간수가 뛰어 들어왔다.

서도의 눈이 감겼다.

'헛된 짓 그만하여라. 더 이상 전하와 왕자마마를 상처 내지 말거라. 그것은 옳지 않다. 덧없이 죄가 늘어날 뿐이다.'

옥사를 감시하고 있던 이들과 인맥이 닿아 있는 계원이 필시 있을 것이다.

서도는 남이를 데려간 이들에게 제 소식이 너무 늦지 않게 닿기를 바랐다. 그와 동시에 서도는 안도하였다. 송언군은 필시 크게 자책할 것이다. 그의 죽음이 제 탓인 양 슬퍼할 것이다. 앞으로 북평도에 무슨 일이 생긴다면 그를 대신하여 이 땅을 지켜주겠지. 그것이면 충분하다. 서도는 웃었다.

송언군은 등 뒤의 옥사에서 소란이 일어나는 것을 느꼈다. 그의 표정이 크게 일그러졌다.

"내가…… 내가 무슨 짓을……."

이런 것은 싫었다. 곧 죽을 이라고 해도 이리 보내고 싶지는 않았다. 서도가 극심한 고통에 이를 악물면서도 그 모진 삶을 이어가는 이유를 알고 있었다. 더 보고 싶은 것이겠지. 북평도가 평화로워지고 더욱 행복해지는 모습을 그 눈으로 보고 싶었겠지. 아이들의 웃음소리를 귀에 새기고, 그 웃음을 마음에 새기고 싶었던 것이겠지.

그리 해주고 싶었다.

"왜 나는…… 나는 왜 잃기만 하느냐? 싫다. 이런 건 싫다."

더 걷지 못하고 송언군이 주저앉았다. 울음을 참았다. 그는 제 손으로 서도를 버렸다. 그가 죽어야 계원들이 포기할 것이기 때문이다. 그래야 더 이상 남이가 이용당하지 않을 수 있었다.

"남아……."

제 이기심에 송언군이 몸을 떨었다. 단 한 사람을 위해서 한없이 모질어진 자신이 두려웠다. 그는 처음으로 대비를 이해하였다.

'형님을 지키기 위해서였습니까? 형님을 지키기 위해서라면 세상 모두를 적으로 돌릴 각오를 하셨던 것입니까?'

어느 사람이 처음부터 모질까.

누가 사람을 버리고 싶어 할까.

그러나 가장 중요한 하나를 위해서라면 다른 것은 어찌 되든 상관없었다. 그토록 사람은 이기적이다.

'모질다고 생각하였습니다. 배 아파 낳으시진 않았어도 마음으로 낳으셨다는 그 말씀을 믿었습니다. 그 품의 온기를 믿었습니다. 제 어미를 내치셨을 때…… 그 말씀들, 전부 거짓이구나 여겼습니다. 아니셨지요? 그런 것은 아니셨지요? 소자를 아니 아끼신 것이 아니라 형님이 너무나 소중하여…… 그래서 소자는 아니 보이셨던 것이지요?'

송언군은 대비를 향한 미움을 버렸다. 오랜 세월 마음에 쌓여 있던 원망을 묻었다.

사람은 모두 같다. 가장 소중한 것을 위해서 한없이 악해질 수 있다.

송언군은 대비를 용서하였다. 저가 그녀를 용서하듯이 최서도 자신을 용서해 주기를 이기적으로 바랐다.

그가 비틀거리며 일어났다. 어차피 서도는 살릴 수 없다. 남이를 찾아야 한다. 제 손으로 버린 인연에 사죄하며 위선 떠느라 남이를 잃고 싶지 않았다. 송언군은 미음을 모질게 먹었다.

곧장 달려간 송언군이 군졸을 모았다. 삼삼오오 조를 이룬 그들이 사방으로 흩어졌다. 어떤 이는 마을을 뒤지고 어떤 이는 산속을 뒤졌다.

"남이를 찾아오너라! 그 아이를 찾는 자에게 내가 줄 수 있는 모든 것을 주겠다!"

송언군은 자신이 남이를 얼마나 소중히 여기는지 사무치게 깨달았다. 모든 것을 준다 해도 그녀는 내어줄 수 없었다.

남이, 그의 남이……

그녀가 그의 세상이었다.

✾

사내는 큰 충격을 받았다.

"무, 무어요?"

"최 형께서……"

그들의 낯빛은 더 질릴 수 없을 만큼 질려 있었다. 입에 재갈을 물리고 손발을 결박한 계집을 바라보는 그들의 두 눈이 흔들렸다.

"왕자마마…… 송언군 나리는 어찌하고 있소?"

"군을 풀었소."

남이를 납치한 것은 송언군이 그녀를 각별히 아낀다는 소문 때문이었다. 실제로 그녀를 미끼로 송언군 납치에 성공한 적이 있었다.

남이를 미끼로 송언군을 협박, 회유할 생각이었다. 그들이 바라는 것은 많지 않았다. 송언군이 나서서 전하께 최서도의 감형을 주청 드리는 것뿐이었다. 아우를 지극히 사랑하는 왕은 송언군의 말을 들어줄 거라고 생각했다.

물론 이 계획을 반대하는 세력도 있었다. 그러나 남자는 송언군이 북평도에 상당히 호의적이라는 것을 알고 있었다. 무슨 짓이든 할 수 있다는 절박함을 보여준다면 송언군이 어떤 식으로든 도와줄 것이라고 판단하였다.

그 모든 것은 서도를 살리기 위해서였다.

"최 형께서 우릴 버리는구려."

"아니, 살길을 열어주려는 것이오."

끝내 남이의 납치를 반대하던 이가 냉랭히 대꾸했다.

"우리는 왕자께서 저 계집을 얼마나 소중히 여기는지 제대로 이해하지 못했소. 왕자께선 우리가 상상한 것 이상으로 저 아이를 아끼는 게 분명하오. 우린 이미 한 번 저 아이를 이용하였소. 그리고 지금 또다시 이용하려고 하고 있소. 한 번은 용납하셨겠지. 그러나 두 번이나 용서하시겠소? 세 번째는? 또 같은 짓을 저지를지도 모르는 자들을 왕자께서 용납하시겠소? 나라면 용납하지 않을 것이오."

"……."

"우 형이 틀렸소."

계획을 주도하였던 사내가 고개를 떨구었다. 그의 눈에서 굵은 눈물이 떨어졌다.

그는 단지 서도를 살리고 싶었던 것뿐이다. 자신의 그 노력에 서도는 죽음으로 답하였다. 구하지 말라던, 구할 필요 없다던, 구하려 들지도 말라던 서도는 절대로 그 누구도 자신을 구할 수 없게 만들어 버렸다. 모든 것이 끝났다.

"이 형 말이 맞소. 내가 틀렸소. 이곳을 낭상 떠나아 하오."

결정이 내려지자 행동은 재빨랐다. 그들은 짐을 꾸린 후 남이의 재갈을 풀어주었다.

"밧줄을 풀어줄 수는 없다. 미안하구나. 많이 외진 곳은 아니니 너무 늦지 않게 사람들이 너를 찾아낼 것이다."

남이는 어둠 속에 혼자 남겨졌다.

얼마나 시간이 지났을까.

기절하듯 잠들었던 남이가 정신을 차렸다. 눈앞이 어슴푸레했다. 비명을 질러도 되는 것인지 알 수 없었다. 혹시 근처에 남아 있는 화적들이 그녀의 목소리를 듣고 들이닥치면 정녕 큰일이니까.

남이는 바깥에서 들려오는 소리에 가만히 귀를 기울였다. 청력이 무뎠다. 아무 소리도 들리지 않았다.

'나리…… 오고 계십니까?'

지금껏 북평도에서 당한 일을 생각하면 화가 났다. 그러나 동시에 모두가 안쓰러웠다.

'쇤네가 생각하는 것 이상으로 나리께서 쇤네를 아끼시나 봅니다.'

남이가 피식 웃었다.

그녀는 늘 송언군에게 서운해했다. 그의 무심함에 속으로 참 많이도 울었다. 그런데 남들이 보기엔 달랐나 보다. 고작 몸종 따위가 대단하면 얼마나 대단하다고 송언군이 필요할 때마다 납치해서 미끼로 쓰려는 것인지.

시간은 계속 흘렀다. 햇빛이 스며들었다. 지하는 아닌 모양이다. 목이 말랐다. 물을 마실 수 없다. 눈앞이 막막했다. 밤부터 아무것도 먹지 못한 까닭인지 온몸에 힘이 없었다. 더 기운이 쇠하면 밧줄을 풀지 못할 게 분명하다.

'정신 차리자.'

남이는 손목을 꼼지락거리기 시작했다. 밧줄에 쓸린 손목이 아팠다.

나리께선 용케 이 고통을 참고서 밧줄을 풀어내셨구나.

남이가 엷게 웃었다. 송언군이 보고 싶다. 분명 엄청 걱정하고 있을 것이다. 그녀를 혼자 남겨둔 것에 대해서 자책하며 다음엔 꼭 빨래를 끝낼 때까지 지켜보고 있겠다고 다짐하고 있을 수도 있다. 더 심하면 이제는 호위 없이 그녀를 그 어디에도 내보내 주지 않을 계획을 세우고 있을지도 모른다.

어쨌든 걱정하고 있을 것은 분명하다. 잠도 제대로 못 자고 잔뜩 수척해져서는 금방 울 것 같은 얼굴을 하고 있겠지.

'왜 이렇게 잠이……'

남이는 송언군을 생각하며 정신을 유지하려고 애썼다. 잠들면 안 된다. 잠들면 그가 부르는 소리를 들을 수가 없다. 그런데 자꾸만 잠이 왔다. 잠이 아니라 기절이 오고 있는 것인지도 모른다.

가느다란 정신 줄을 가까스로 붙들고 있던 남이의 두 눈이 어느 순간 커졌다.

"나리?"

바람일까?

남아! 부르는 그의 목소리가 들린 것 같다.

"나리!"

남이가 크게 그를 불렀다.

"나리! 쇤네 여기 있습니다! 나리! 쇤네 여기 있어요!"

남은 보는 기운을 다 쏟아서 남이는 송언군을 불렀다. 지금 그가 자신을 찾아내지 못한다면 영영 만나지 못할 것 같았다. 이대로 잠들면 다시는 송언군의 목소리를 듣지 못할 것 같았다. 무섭고 두려웠다. 간절히 송언군이 보고 싶었다.

"나리! 쇤네를 찾아내세요! 쇤네를 찾아내시란 말입니다!"

얼른 그의 품에 안겨 울고 싶다.

송언군은 정신없이 산을 헤매고 다녔다. 맹수가 나올 수도 있다는 사람들의 만류도 그의 귀에는 들리지 않았다. 동녘이 밝아오자 송언군의 표정이 심하게 일그러졌다.

밤이 지나가 버렸다. 서도의 소식을 들었을 테니 남이를 납치해 간 자들은 아마 벌써 북평도를 떠났을 것이다. 남이가 혼자 밤새 어둠 속에 남겨져 있었을 거라는 생각에 송언군은 화를 참을 수 없었다.

얼마나 무서울까.

얼마나 화가 날까.

'이젠 싫겠지? 내 몸종 따위 더 이상 하고 싶지 않겠지? 더 잘나고 멋진 주인을 찾으러 가버리고 싶겠지?'

생각하면 무섭고 두렵다.

그러나 그녀가 떠나는 것보다 그녀를 찾지 못하게 되는 상황은 더 끔찍하다. 그녀를 잃어도 좋다. 그녀가 곁에 남아주지 않아도 좋다. 무사하기만 한다면 무슨 짓이라도 하리라.

"남아! 남아! 어디 있느냐?"

송언군은 애타게 남이를 불렀다.

그는 후회하고 또 후회했다. 왜 남이를 혼자 두었을까? 서도를 탈출시키려고 그녀를 이용하려는 놈들이 있을 수 있다는 걸 왜 진작 생각하지 못했을까? 돌아온 남이를 쫓아내지 않은 게 잘못이었을까? 같이 있고 싶어서, 이별하기 싫어서 그녀를 붙든 욕심 때문에 벌을 받는 것일까? 아니면 그녀를 애초에 북평도로 데려오지 말았어야 했을까? 삼돌인지 뭔지 하는 종놈 따위 신경 쓰지 말고 남이를 도성에 남겨뒀어야 했을까? 차마 혼자 두기 싫어도 그리 해야 했던 것일까? 그것도 아니라면 그녀를 노비로 들인 것 자체가 틀렸을까? 어미의 품에 안겨 울던 아기를 그냥 외면해 버렸어야 하는 것일까?

모르겠다.

"남아! 남아!"

뭘 가장 잘못한 것인지도 모르겠고, 뭘 가장 후회해야 하는지도 모르겠다.

분명한 것은 남이를 찾아야 한다는 것뿐이다. 그녀를 찾지 못하면 전부 다 무의미하다.

남녀가 다르지 않는 세상, 출신지에 구애받지 않는 세상, 노소가 똑같이 존중받는 세상, 다름이 차별의 이유가 아니라 기쁨의 이유가 되는 세상……. 그런 게 다 무어야? 남이가 없는 세상은 전부 필요 없다.

"남아!"

발광하듯 송언군은 소리치고 또 소리쳤다.

답이 없다. 대답이 없다.

나쁜 놈들. 도망갈 것이라면 재갈이라도 풀어주고 가지. 설마 재갈도 아니 풀어준 건 아니겠지? 혹시라도 남이를 제때 발견하지 못하면, 그래서 그녀에게 무슨 일이라도 생긴다면 도망간 놈들 전부 잡아서 죽일 것이다. 한 놈도 살려두지 않고 모조리 깊이 줄 것이다.

이를 갈던 송언군이 돌연 멈추었다.

"남아?"

바람 소리일까, 풀잎 소리일까.

멀리서 들려오는 가느다란 무언가.

"남아!"

송언군이 산길을 내달렸다. 속도를 감당하지 못한 다리가 꼬이며 넘어지기를 수차례. 순식간에 만신창이가 된 송언군이 오래된 오두막 앞에 멈춰 섰다. 금방이라도 허물어질 것 같은 오두막 안에서 남이의 목소리가 들려왔다.

"나리! 쇤네 여기 있습니다, 나리!"

"남아!"

문을 벌컥 열어젖힌 송언군이 안으로 뛰어들었다. 엉망진창인 모습의 남이가 바닥에 엎어져 있었다.

"남이야!"

송언군이 그녀를 끌어안았다.

모든 불길한 생각이 일시에 사라졌다. 재갈도 안 풀어주고 간 것이라면 전부 다 찾아내서 죽여 버릴 것이라고 다짐하던 것도 잊었다. 굵은 눈물이 남이의 뺨 위로 툭툭 떨어졌다.

"나리……."

"남아, 나는 너는 잃고 싶지 않다. 너만은 잃고 싶지가 않다. 아무도 지킬 수 없어서 절망하던 때 너를 만났다. 너만은 지키고 싶었다. 너만은 다치게 하고 싶지 않았다. 그런데 왜…… 왜 자꾸 네게 이런 일이 생길까? 어째서 나는 이토록 무력한 것이냐?"

"쇤네는 괜찮습니다."

우는 송언군을 보며 남이가 엷게 웃었다. 송언군이 급히 그녀의 밧줄을 풀어주었다. 그의 손이 자꾸만 떨렸다. 얼얼한 손목을 두어 번 매만진 남이가 그에게 손을 뻗었다. 감히 왕자의 옥안을 어루만졌다. 그는 그녀의 무례에 화내는 대신 제 손을 그녀의 손 위에 포갰다. 그녀의 손에 얼굴을 묻듯 비비는 그를 보며 남이는 오랜 기억을 더듬었다.

전에도 이와 같은 일이 있었다. 뺨에 떨어지는 뜨거운 눈물의 감촉이 낯설지가 않았다.

연못에 빠졌던 날인가. 그날도 송언군의 뺨에는 물기가 묻어 있었다. 하늘은 맑았고 비구름은 당연 없었다. 그것이 송언군의 눈물이라는 것을 이제야 알았다. 빨갛게 충혈된 그의 두 눈이 안쓰럽다.

"나리, 울지 마세요."

"네가 죽는 줄 알았다."

"줄에 묶이는 정도로는 죽지 않습니다."

"목이 묶이면 죽는다."

"묶인 건 손발이지 않습니까? 이리 재갈도 풀어주고 갔고."

남이는 문득 왕과의 대화를 떠올렸다.

"주어진 것조차 당치 않은 것이었사옵니다. 그 이상은 용납받을 수 없나이다."

"송언군이 용납하지 않겠다고 하였더냐?"

"예?"

"아닌 모양이로구나. 과인이 네 맹랑함을 책잡았더냐?"

"……"

"이상하구나. 왕도 왕자도 아닌 이가 무슨 자격으로 왕자의 몸종을 용납하지 않을 수 있단 말이냐?"

용납되지 않는다고 생각한 일들이 있었다. 혹여 들키면 당장에라도 쫓겨날 것이라고 생각한 마음이 있었다.

돌이켜 생각하건대 그 누구도 그녀에게 그런 말을 한 적이 없었다. 그녀는 모든 것을 용납받았다. 아무도 그녀의 맹랑함을 탓하지 못했다. 그녀가 다른 노비와 양반을 보며 저와 송언군의 관계 또한 그러하리라 지레 겁먹었던 것뿐이다.

송언군은 단 한 번도 그녀에게 불가하다고 말한 적이 없다.

"쇤네는 나리께서 아픈 것이 싫습니다."

"나는 네가 아픈 것이 싫다."

"나리께서 멀어지는 것이 싫습니다."

"나는 네가 먼 게 싫다."

"나리께서 다른 여인들과 있는 것도 싫습니다."

"나는 네가 다른 사내…… 응?"

남이가 희미하게 웃었다. 젖은 눈으로 그녀를 응시하던 송언군의 시선이 떨렸다. 어디를 봐야 할지 모르겠다는 듯 데굴데굴 굴러가는 그의 두 눈을 똑바로 응시하며 남이가 입술을 움직였다.

지금이라면 말할 수 있을 것 같았다.

"은애합니다."

그의 입술이 멍하니 벌어졌다.

"벌하시렵니까? 당치도 않다고?"

"누가 당치 않다더냐?"

송언군은 자기가 대꾸하고도 깜짝 놀랐다.

"몸종이 하라는 일은 안 하고 엉큼한 마음만 품었으니 이를 어찌합니까?"

"엉큼한 마음이 나쁜 것이냐?"

송언군이 물었다. 무어라 대꾸하려던 남이는 급작스레 쏟아지는 졸음을 느꼈다. 그녀의 눈꺼풀이 느리게 움직였다.

"쉰네 좀 자도 될까요, 나리? 잠이 옵니다."

은애한다는 고백이 꿈인 양 남이가 눈을 감았다. 남이는 곧 잠들었다. 혼란스러운 표정으로 그녀를 바라보고 있던 송언군이 조심스럽게 그녀를 끌어안았다. 송언군은 그녀를 가만히 안고만 있었다. 그의 얼굴이 잘 익은 홍시처럼 새빨갰다.

겨우 찾았다.

겨우 품에 안았다.

다시는 잃고 싶지 않다. 놓치고 싶지도 않다. 그녀가 몸종이라서, 그래서 다들 그리 쉽게 노리는 것일까? 그녀가 양반의 딸이라면, 사대부가 마님이라면 못된 놈들이 더는 그녀를 노리지 못하게 될까?

"나를 은애해?"

그는 덜컥 두려워졌다.

"남아, 나는 은애가 무엇인지 모르겠다."

은애해서 사람이 죽는다. 그의 어미는 지아비를 지극히 은애하여 죽었다. 은애가 사람이 사람을 죽여도 되는 이유가 될 수 있다면 송언군은 은애 따위 하고 싶지 않았다.

그러나 은애한다는 남이의 말에 그의 심장은 솔직하게 반응했다. 심장은 격하게 뛰며 금방이라도 터질 듯했다.

"너는 영원히 내 것이라 하였지만 언제든 나를 떠날 수 있겠지. 노비도 아닌 너를 언제까지고 묶어둘 수는 없겠지. 남아, 나는 너를 잃고 싶지가 않다. 그러나 지금의 이 관계는 너무나 위태롭구나. 네 신분이 천하여 모두가 너를 얕잡아 보고 이용하려 느는구나. 민약에…… 만약에 우리가 부부가 된다면 어떠할까? 백년해로를 약조한다면, 내가 너를 얼마나 소중히 하는지 모두가 알게 된다면…… 그럼 좀 달라질까?"

더 이상 아이일 수 없는 아름다운 여인이 그에게 은애를 말했다. 아이는 완전히 낯선 여인이 되어 송언군의 품에 안겨 있다.

"너는 내가 얼마나 못된 놈인지 몰라. 내가 얼마나 옹졸하고 잔악한 놈이지도 모르지. 그래도 남아, 내가 너를 은애해도 되겠느냐?"

사람이 무섭다. 사랑이 두렵다.

제 은애가 남이를 죽일까 봐 무섭다. 그러나 그녀가 떠나는 것이 몇 배는 더 두렵다.

더 이상은 사람들이 그녀를 함부로 여겨 이용하려고 들지 않았으면 좋겠다. 그녀가 세상 그 어떤 여인보다 존귀해졌으면 좋겠다. 그리 만들어줄 수 있는 단 하나의 방법을 송언군은 잘 알고 있었다.

송언군이 일그러진 표정으로 웃었다. 그가 남이의 이마를 제 입술로 눌렀다.

그는 그녀를 갖고 싶었다. 노비 문서 따위에 의존하지 않고서 그녀를 제 것으로 하고 싶었다. 동시에 그는 그녀의 것이고 싶었다.

이젠 이 마음을 막을 수가 없다.

사랑. 그 미지의 늪에 송언군이 두 발을 담갔다.

송언군은 남이를 직접 안아서 마을로 옮겼다. 그 어떤 사내의 손길도 남이에게 닿게 하고 싶지 않았다. 송언군이 남이를 방에 눕힌 후 그녀의 옆에 앉았다. 그는 하염없이 남이를 눈에 담았다.

'남아……'

오래전부터 송언군은 제 마음의 정체를 짐작하고 있었다. 외면했을 뿐 아주 모르는 것은 아니었다. 계집과 함께 있는 그를 보는 남이의 표정이 좋았다. 장난 삼아 잡는 그녀의 손에 심장은 늘 감당할 수 없을 속도로 뛰었다. 그것이 은애라는 것을 전혀 모를 만큼 송언군은 무지하지 않았다.

'내 것이라고 한계 지었다.'

그럼에도 그는 남이를 '것'으로 한정지었다. 더 커지는 마음을 막았다. 두려웠던 까닭이다. 은애는 상처를 동반하고 사람은 배신을 수반하는데, 송언군은 그것들을 감당할 수 없었다.

'내 두려움이 커 너를 똑바로 보지 않았다.'

남이를 곁에 두었다. 온전한 한 사람으로 대해주지 못했다. 훗날 받을 배신과 상처가 두려워 눈앞의 그녀를 상처 내고 아프게 했다. 노비는 물건이라는 그의 말에 남이가 얼마나 괴로웠을지 송언군은 짐작할 수 없다. 은애하는 이에게 너는 사람이 아니라는 말을 듣는 것은 실로 슬픈 일일 터였다.

그는 자신이 상처받기 싫어 남이를 상처 준 일을 후회하였다. 그 모든 상처를 품고서 남이는 그에게 왔다. 이의가 있다고 외치며 그의 품에 안겼다. 거짓 없는 목소리로 은애를 말했다.

그 기쁨은 한량없이 컸다.

모든 두려움을 떨칠 만큼 값지다.

남이의 눈꺼풀이 파르르 떨렸다. 송언군은 숨마저 멈춘 채 그녀를 바라보았다. 눈꺼풀이 천천히 올라갔다. 검은 눈동자가 주변을 두리번거렸다.

"여기 있다."

움찔 몸을 떤 남이가 고개를 움직여 송언군을 보았다.

"나리."

송언군이 손을 내밀었다. 남이가 그의 손을 잡았다. 송언군은 그녀의 손을 들어 뺨을 비볐다.

"계속 여기 계셨습니까?"

"네 잠꼬대가 하도 괴이하여 떠날 수가 없었다. 구경하는 재미를 포기할 수가 있어야지."

남이의 두 눈이 커다래졌다. 단 한 번도 자신의 잠꼬대에 대해서 고찰해 본 적 없는 남이는 심히 당혹스러웠다. 코를 골았나? 이를 갈았나? 침을 흘렸나? 욕이라도 중얼거렸나? 당최 알 수 없었다.

창피해하며 쥐구멍이라도 찾을 듯한 그녀를 보며 송언군이 짓궂게 웃었다.

그 웃음은 순식간에 사라졌다. 송언군의 진지한 눈빛이 남이를 응시했다. 그가 떨리는 목소리로 남이의 귓가에 대고 속삭였다.

"죽은 듯이 자더구나. 정말로 죽은 줄 알고 몇 번이나 네 호흡을 확인했다."

그제야 남이는 안도했다. 해괴한 잠꼬대는 선보이지 않은 모양이다.

"못되셨습니다. 깨어나자마자 놀리기나 하시고."

남이가 뾰루퉁해 송언군을 노려보았다. 송언군은 그녀를 보며 잔잔하게 웃었다.

"못된 거 이제 알았느냐?"

"진즉부터 알고는 있었습니다."

"아니. 사실 너는 모른다."

"예?"

"너는 내가 얼마나 못된 놈인지 몰라."

남이가 잘 모르겠다는 표정을 지었다. 송언군이 그녀의 이마를 어루만졌다.

"나도 사실 내가 얼마나 못된 놈인지 잘 몰랐다. 이제야 겨우 알았다. 나는 하나를 위해서 다른 모든 것을 희생시킬 수 있는 놈이다."

"그것은 누구나 그렇습니다, 나리."

송언군은 잠시 입을 다물었다가 다시 열었다.

"나를 은애하느냐?"

노골적인 물음에 남이의 얼굴이 빨개졌다.

송언군의 시선은 그녀를 똑바로 향해 있다. 자신이 대답하지 않으면 그가 눈을 돌리지 않을 것을 안 남이가 크게 심호흡을 했다. 이미 한 번 건넨 고백인데도 다시 하려니 입술 끝이 떨렸다.

남이는 혼신의 힘을 다 짜내어 겨우 작은 목소리를 만들어냈다.

"은애합니다."

송언군은 대답 없이 다만 웃었다.

"맹랑하다 생각하십니까?"

남이가 조심스럽게 물었다. 송언군이 고개를 저었다.

"아니."

"건방지다 여기십니까?"

"아니다."

"그럼 왜 웃기만 하십니까? 쇤네의 마음이 천해 받기 싫으십니까?"

송언군이 살짝 미간을 찡그렸다.

"그 무엇보다 귀하다."

옥음에 웃음기는 없었다. 남이의 얼굴이 더 빨개졌다. 이제는 귓불도, 목도 붉었다.

"남아, 나는…… 사랑이 사람을 죽이는 것을 보았다. 내 어머니는 왕을 사랑하여 죽었다. 내 부인은 정인을 잊지 못하여 죽었다. 나는 사랑이 무엇인지 알 수 없게 되었다. 사람의 목숨보다 귀한 것은 없을진대 사랑은 자꾸만 목숨을 원하니 나는 그것이 두려워졌다. 나는 네 사랑이 네 목숨을 원할까 두렵다. 내 사랑이 내 목숨을 원할까 두렵다."

송언군은 잠시 말을 멈추었다. 남이의 손을 잡은 그의 손에 힘이 들어갔다. 남이의 손은 따뜻했다. 그 온기에 송언군은 용기를 낸다.

"그러나 너를 잃는 것은 더욱 무섭다. 네가 내 곁에 없는 것은 상상할 수도 없다."

"나리……."

"나는 너를 상처 내겠지. 내 두려움에 눈이 멀어 너를 아프게 하겠지. 그래도……."

그의 눈빛이 간절해졌다.

"그래도 있어다오."

"그 말씀은……."

"나는 너를 은애하고 싶구나."

"나리……."

남이가 물기 젖은 눈으로 웃었다.

"은애합니다."

"알고 있다."

송언군의 그녀의 입술에 제 것을 맞췄다. 부드럽고 달콤하였다.

모든 것이 남이 앞에선 무의미했다. 제 옹솔함도, 이기심도 송언군은 잊었다. 다시는 남이를 잃지 않겠다고 다짐하였다. 그 누구도 그녀를 이용할 수 없게끔 만들어줄 것이다.

그래야 이번과 같은 일이 없겠지. 겁 없이 왕자의 것을 탐내는 이도, 그리 버려져선 안 되는데 버려지는 이도 다신 생기지 않겠지.

"내 것이 되어다오. 네 것이 되어주마."

긴 입맞춤을 끝낸 후 송언군은 다신 놓지 않겠다는 듯 남이를 꽈악 안았다.

17.
당신의 곁

소문은 발 없는 말이다. 북평도에서의 일은 산 넘고 물 건너 구중궁궐 안 내밀까지 닿았다. 평연한 얼굴로 정무를 마친 왕은 침전으로 돌아간 후에야 혼자 오래도록 울었다.

백성이 죽는 것이 싫다.

모두 살릴 수는 없어도 인연이 닿은 이는 잃고 싶지가 않다. 그의 바른 마음을 알아서 왕은 더 깊이 울었다.

왕은 울면서도 송언군을 염려하였다. 자신이 서도를 죽음으로 내몰았다고 자책하며 괴로워할 아우가 안쓰러웠다. 왕은 또 현원을 심려하였다. 정인도, 지우도 지키지 못한 자신을 힐난하고 고통스러워할 그가 애틋하였다.

'내가 해야 했다. 내가 망설이면 안 되는 것이었다.'

방법이 없다는 걸 알았다면 진작 서도를 내쳐야 했다. 그랬다면 현원의 서글픔을 위로할 수는 없어도 송언군의 괴로움은 막을 수 있었을 터. 왕은 제 우유부단함을 질책하였다. 자괴하고 후회해도 돌이킬 수 없는 일이라는 것을 알면서도 왕은 그만둘 수 없었다.

오래 뒤 울음은 멈추었지만, 왕은 잠들지 못했다. 그는 뜬눈으로 며칠을 보냈다.

나흘째 되던 늦은 밤, 내밀상궁이 고했다.

"전하, 중전마마 드셨사옵니다!"

"중전이?"

중전은 좋은 여인이었다. 윗사람을 공경하였고, 아랫것들에게 자비로웠다. 그녀에겐 덕이 있었다. 한 나라의 어머니로 모자람이 없었다.

중전이 침전까지 찾아오는 일은 거의 없었다.

"들라 하라."

왕은 표정을 갈무리했다. 비애는 사라지고 무심함만 남았다.

문이 열리고 소담한 여인이 안으로 들어섰다.

"전하, 신첩의 무례를 용서하시옵소서."

중전은 왕이 부르지도 않았는데 찾아온 것을 무례라 표하며 용서를 구했다. 앞뒤로 꽉 막힌 그녀의 고지식함이 왕은 싫지 않았다. 그녀는 좋은 벗이었다. 여인으로 은애할 수는 없어도 벗으로서 귀애할 수는 있었다. 귀애의 마음으로 평생을 함께 의지하며 사는 것도 나쁘지 않을 터였다.

"괜찮습니다. 이 궁궐에 중전께서 가지 못할 곳이 어디 있겠습니까!"

왕이 희미하게 웃었다.

"그래, 어쩐 일입니까?"

"전하."

중전이 고개를 들었다. 그녀의 옥안에 홍조가 떠올라 있었다. 늘 정적이던 그녀가 묘하게 들떠 보인다.

"말하세요, 듣고 있으니."

"전하, 신첩이…… 신첩이 회임을 하였나이다."

왕이 엉거주춤 일어났다. 놀란 표정이 역력했다.

"회임?"

용음이 탁하게 갈라졌다. 대를 잇는 것은 왕의 의무임에도 오랜 시간 후사가 없었다. 그것은 늘 왕의 마음 한구석에 짐처럼 남아 있었다. 송언군이라도 후사가 있으면 좀 나으련만, 송언군 또한 혼자된 지 오래이니 내색하지 않았으나 많이 답답하였다.

"회임이라 하였습니까?"

"예, 전하."

"장하십니다, 중전."

잠시 머뭇거리던 왕이 중전을 꽉 끌어안았다. 중전이 울었다. 그녀가 왕의 앞에서 우는 것은 처음이었다. 잠시 머뭇거리던 왕이 이내 그녀의 등을 다정히 다독여 주었다.

왕은 기뻐하며 한편으론 슬퍼했다. 누군가의 얼굴이 떠올랐다.

'달아…….'

차마 끊지 못한 미련을 이제는 완전히 지워야 할 때임을 알았다. 더 이상 중전도, 그녀도 기만할 수 없었다.

다음날, 편전으로 나간 왕은 모두의 앞에 서서 입을 열었다.

"중전이 회임하였다."

전혀 예상치 못한 소식에 노신들은 모두 입을 벌렸다. 겨우 정신을 차린 그들이 비명과 같은 축하를 토해냈다.

"감축드리옵니다, 전하!"

"소신의 생전에 이런 경사스러운 일은 다시없을 것이옵니다!"

왕은 소란이 가라앉기를 기다렸다. 대신들은 들떠서 한참을 저들끼리 떠들어댄 뒤에야 조금 잠잠해졌다. 겨우 연륜에 맞는 근엄한 얼굴을 하는 그들을 보며 왕은 밤새 준비했던 말을 꺼냈다.

"중전의 회임은 국가적 경사이다."

"참으로 그러하옵니다!"

"감축드리옵니다!"

저마다 한마디씩 동의를 한 뒤에야 편전은 다시 조용해졌다. 왕이 말을 이었다.

"과인은 이 기쁨을 온 백성과 함께하고 싶다."

"지당하신 말씀이옵니다!"

"당연히 그러셔야 하옵니다!"

오랜만에 한마음 한뜻이 된 이들을 보며 왕이 소리 없이 웃었다. 곧 표정을 갈무리한 왕이 다시 입을 열었다.

"과인은 중전의 회임을 축하하는 의미에서 특별 사면을 시행하고자 한다. 경들은 이에 이의가 없을 것이다."

"좋은 생각이시옵니다!"

"오래도록 특별 사면이 없었으니 백성들도 필시 기뻐할 것이옵니다!"

왕은 현원을 생각했다. 이미 귀한 자를 잃었다. 더는 잃고 싶지 않았다. 충선의 때낮은 회임은 실로 좋은 기회였다.

"최서도의 자결 이후 북평도가 소란스럽다. 민심이 빠르게 떠나가고 있음이다, 과인은 그들의 상심을 위로하기 위하여 이현원의 죄를 사하고 그로 하여금 송언군을 도와 북평도의 혼란을 수습토록 하고자 한다."

내내 왕의 말에 맞장구만 치던 대신들이 하얗게 질렸다.

"전하! 그자는 역적이옵니다!"

"어찌 역도를 사면하겠다 하시옵니까?"

예상한 반발에 왕은 귀를 닫았다.

"이현원은 역도에게 이용당했을 뿐이다. 지금의 북평도는 혼란스럽다. 그는 북평도의 민심을 수습하는 데 큰 도움이 될 것이다. 과인에겐 그를 사면할 충분한 이유가 있고, 그에겐 사면받을 충분한 가치가 있다. 더는 듣지 않겠다. 병판은 그 사정이 안타까운 죄인 오백 명을 추려 과인에게 올리도록 하라."

왕은 그 어떤 반론도 거부하였다.

중전의 회임을 축하하는 특별 사면이 시행되었다. 이현원에게 승지가 찾아왔다.

—이현원은 들으라. 나라에 기쁜 일이 있으매 과인은 너의 무도함을 용서하고자 한다. 과인의 은혜를 그 가슴 깊이 새겨 더 이상의 실수는 없도록 하여라. 너는 곧장 북평도로 돌아가 그곳의 혼란을 수습함으로써 과인을 향한 충성을 내보여라.

현원은 교지를 받들었다. 그는 왕이 있을 곳을 향해 사배를 올렸다.

그는 떠난 벗을 그리워했다.

'서도, 자네가 살아 있었다면 더욱 좋았겠어. 자네가 나를 구하고, 우리 북평도를 구했네. 자네가 그리울 걸세. 언제나 잊지 않겠네.'

현원은 마지막 절을 차마 끝내지 못한 채 오래도록 울었다. 마음이 나부꼈다. 묘조차 없는 벗이 벌써부터 그리웠다. 언제나 다정하던 벗이 애틋하였다.

한참 뒤에야 현원은 고개를 들었다. 눈물 젖은 뺨을 바람이 어루만졌다. 성은을 담아 부드러웠다.

현원이 웃었다. 여름이 가고 가을이 온다.

정녕 긴 여름이었다. 다시 오지 않을 그 여름은 덥고도 치열하였다.

✻

북평도의 혼란이 어느 정도 수습되자 송언군은 남이와 함께 도성으로 돌아왔다. 왕은 모두의 반대를 무릅쓰고 현원을 북평도 관찰사로 천거하였다. 북평도의 민심은 빠르게 회복되어 갔다.

"새벽 댓바람부터 너는 대체……."

왕이 졸린 눈을 비볐다. 그는 편전에 송언군과 함께 앉아서 대신들의 입궐을 기다리고 있었다.

"떨려서 잠이 안 온단 말입니다. 가뜩이나 소제를 밉게 보는 놈들이 많을 텐데 지각까지 해서야 되겠습니까?"

초조하게 깍지를 낀 송언군이 발까지 동동 굴렸다.

"그러니까 왜 나까지……."

"당연히 형님이 함께 있어주셔야지요! 아니, 왜 소제가 혼인을 하겠다는데 다들 입에 거품을 무는 것입니까? 혼인을 소제가 하는 깃이지 지기들이 한답니까?"

송언군이 투덜거렸다. 왕은 머리가 아팠다. 겨우 잠들었는데 궁궐 문이 열리자마자 쳐들어와서 저를 편전까지 데려와 앉혀놓는 송언군의 저의를 모르겠다.

"대비마마도, 종실 사람들도 다들 입 다물고 있는데 어찌! 도대체 어찌 대신들이 나서서 소제의 혼삿길을 막는단 말입니까? 소제는 오늘 담판을 지어야겠습니다!"

"아우야, 그래도 새벽부터 이럴 것이야 있을까?"

"형님께서 몰라서 그러시는 것입니다! 여기서 이리 두 눈을 부라리고 기다리고 있어야 그 능구렁이들이 들어오면서부터 기가 죽을 것 아닙니까?"

"나는 잘 모르겠구나."

작게 중얼거린 왕이 꾸벅꾸벅 졸았다. 가뜩이나 요 며칠 송언군의 혼사 문제로 왕실 안팎이 시끄러웠다. 겨우 왕실 쪽을 잠재웠나 싶은데 이제는 송언군이 난리였다. 어련히 알아서 해주련만, 하여간 성질 한번 고약해서는……

졸음과 씨름 중인 왕을 물끄러미 바라보던 송언군이 미간을 접었다. 웬만해서는 피곤한 모습을 보여주지 않는 형님인지라 뒤늦게 새벽부터 너무 설쳤나 싶었다. 언제나 든든하게 뒤에서 지켜주었기에 이따금 그도 사람이라는 것을 잊고 만다.

"형님."

"듣고 있다."

"형님도 때론 힘이 드시지요?"

왕이 눈을 떴다.

"무엇이?"

"소제는 항상 사고만 치고, 이쪽 말을 들어주면 저쪽이 난리고, 저쪽 말을 들어주면 이쪽이 난리고……. 형님도 사람이신데……."

"아우가 걱정해 주니 기쁘구나."

"형님, 소제는 지금 진지……."

"나 하나 피곤하여 많은 이가 행복하다면 그것으로 족하다. 이 형님이 걱정된다면 아우는 더 많이 행복해져야 할 것이야."

왕이 엷게 웃었다.

"소제는 백 번쯤 죽었다 깨어나도 형님처럼은 못 살 것입니다."

왕은 다시 눈을 감았다. 고맙고 애틋한 마음으로 그를 보던 송언군이 귀를 쫑긋 세웠다. 송언군의 표정이 긴장한 듯 굳어졌다.

"형님, 졸지 마십시오! 발소리가 들립니다!"

송언군이 왕의 허벅지를 꼬집었다. 인상을 쓰며 눈을 번쩍 뜬 왕이 근엄한 표정을 지었다. 전하께선 도대체 왜 새벽부터 등청해 계신 것이냐는 눈빛으로 영의정이 들어섰다.

"어서 오세요, 영상!"

송언군이 뻣뻣하게 굴어서 그를 맞았다. 영의정의 이마에 주름이 스무 개는 생겼다. 전하께서 이 이른 시각부터 등청해 계신 것도 당혹스러운데, 그 옆에 송언군이 앉아 있으니 그 당혹감은 수십 배가 되었다.

왕자는 전시가 아니고선 조정에 개입할 수 없었다. 편전은 왕자에게 가장 어울리지 않는 전각이었다. 도대체 이 왕자는 무슨 생각인 것인가?

"무엇 하십니까? 늙은 다리 아프시겠습니다. 앉으십시오."

영의정은 송언군이 앉아 있는 자리를 흘깃 쳐다보고는 맞은편에 앉았다. 지금 송언군이 앉아 있는 자리가 본래 그의 자리였던 것이다.

동틀 무렵이 되자 모든 당상관이 등청했다. 그들은 하나같이 송언군이 왜 이곳에 있는지 의아해했다. 단 한 번도 편전에 나타난 적 없는 송언군이기에 그 곤혹스러움은 더욱 컸다.

물론 짐작 가는 이유가 하나 있긴 하였다. 최근 도성 안을 떠들썩하게 하고 있는 송언군의 혼사 문제.

"다 오시었군요. 내가 여러분께 묻고 싶은 것이 있어 경우가 아닌 줄 알면서도 이리 왔습니다."

왕은 송언군을 지그시 바라보았다. 송언군이 생글생글 웃으며 영의정을 바라보고 있었다.

"그래, 영상께서 내 혼인을 그리도 반대하신다고 들었습니다."

역시나 그 문제였다. 영의정이 지지 않겠다는 듯 눈을 부라렸다.

"왕자마마! 통촉하여 주시옵소서! 그것은 천부당만부당한 일이옵니다! 어찌 출신도 모르는 천한 계집을 군부인으로 맞겠다고 하시옵니까? 아니 될 말씀이시옵니다!"

"정녕 아니 됩니까?"

송언군이 두 눈을 동그랗게 뜨고 되물었다. 영의정은 거의 침을 튀길 기세로 혼인의 불가함을 역설했다.

"정녕 아니 되옵니다! 청천에는 멀쩡한 규수들도 많사옵니다! 정숙하고 음전하여 군부인의 자리에 어울리는 처녀들이 무수히 많단 말이옵니다! 부디 말씀을 거두어주시옵소서!"

여러 당상들이 나서서 영의정을 역성들었다.

"도대체 그 많은 규수들이 어디 있습니까?"

송언군이 진정 궁금하다는 듯 물었다. 왕은 신성한 편전에서 일어나는 논쟁을 가만히 듣고만 있다.

"아! 내가 듣기로 영상께 나이 어린 여식이 하나 있다지요? 왕자의 격에 맞으려면, 그래, 영상의 여식 정도는 되어야겠습니다. 영상의 막내딸을 내게 주시렵니까?"

영의정이 사색이 되었다. 그는 나이 오십 줄에 얻은 늦둥이 딸이 하나 있었다. 이제 겨우 열두 살이 되었다. 눈에 넣어도 아프지 않을 딸을 호색한 왕자에게 줄 수는 없었다.

"와, 왕자마마! 그 말씀을 거두어주시옵소서! 소인의 여식은 이제 겨우 열두 살이옵니다. 아직 배움이 부족하고 박색이라 왕자마마의 배필로는 어울리지가 않사옵니다!"

영의정의 말끝이 달달 떨렸다. 배움이 부족하고 박색이고 어쩌고는 다 핑계라는 것을 그 자리의 모두가 눈치챘다. 송언군은 생글 웃으며 고개를 갸웃거렸다.

"그렇습니까? 그렇다면 좌상의 따님은 어떻습니까? 아! 우상은요? 왕자의 배필로 삼공의 여식 정도는 되어야지요. 아니 그렇습니까? 아차, 두 분의 여식은 이미 혼인을 하였지요. 뭐, 괜찮습니다. 나도 이미 한 번 혼인을 하지 않았습니까? 피장파장이니 내 이해해 드리겠습니다. 어느 분께서 내게 따님을 주시렵니까?"

송언군은 한 명 한 명 불러서 물었다. 과년한 처자를 둔 대신들은 여식에겐 이미 성혼자가 있다는 말로 상황을 모면하려 들었다.

더 이상 물을 사람이 없자 송언군은 잠시 입을 다물었다. 어색한 침묵이 흘렀다. 대신들은 서로 책임을 미루느라 바빴다.

"여기 계신 분들은 전부 내어줄 여식이 없으시군요. 자기는 여식이 없으니 어느 촌부의 여식을 왕자의 배필로 내세우시겠군요."

"촌부의 여식이라 해도 그 아이보다는……."

누군가가 중얼중얼 반박하려 했다. 송언군은 용납하지 않았다.

"촌부의 여식은 왕자의 격에 맞습니까? 남이가 왕자의 격에 맞지 않아서 아니 된다 하는 분들께서 생각하는 왕자의 격은 고작 그 정도입니까?"

"아니옵니다, 왕자마마! 소인들은 그런 뜻이 아니옵니다! 시간을 갖고 찾아보면 필시 왕자마마의 격에 맞는 배필을 찾을 수 있을 것이옵니다!"

"누가 내어주려고 하겠습니까, 제 귀한 여식을? 미리 말하지만, 나는 혼인 후에도 지금과 같을 겁니다."

대신들의 두 눈이 커졌다. 지금과 같을 거라는 송언군의 선언에 그들은 큰 충격을 받은 듯했다.

송언군의 여성 편력은 그 소문이 대단히 장하다. 그가 만난 과부들은 손가락으로 셀 수 없이 많았다. 혼인 후에도 과부들을 만나고 다닐 것이라고 송언군은 대놓고 말한 셈이다.

송언군과 여식을 혼인시켜 얻을 수 있는 것은 아무것도 없었다. 생모가 사사되었을 만큼 왕실 내 송언군의 입지는 약하다. 왕의 총애를 받고 있긴 하지만 대비와는 사이가 나쁘다. 언제 엉뚱한 죄목을 뒤집어쓰고 쫓겨나도 이상할 것 없는 왕자. 그것으로도 모자라서 새 부인을 마음고생 시킬 준비까지 되어 있다.

생각 있는 아비라면 결코 그런 왕자에게 제 여식을 보내지 않을 것이다. 왕자에게 제 여식을 보내고 싶어 할 정도의 집안이라면 보지 않아도 뻔했다. 그 집안의 여식이 왕자의 격에 맞지 않을 것 또한 분명했다. 진퇴양난이다.

"그래도 내가 왕자인데, 설마 평생 독수공방하라고 하지는 않으시겠지요?"

송언군이 생긋 웃었다. 할 말을 잃은 대신들은 입술만 잘근거렸다. 턱을 괴고서 그들의 논쟁을 듣고 있던 왕이 상황을 정리하듯 끼어들었다.

"그 누구도 내 아우에게 여식을 내어주고 싶어 하지 않는다. 그러나 내 아우가 찾은 계집은 왕자의 격에 맞지 않으니 용납할 수도 없다……. 복잡한 문제로구나. 과인이 중전에게 부탁하여 중전의 집안에서 그 아이를 양녀로 들이게 하는 것은 어떠할까? 송언군은 물러나지 않을 것이고 경들도 그 뜻을 꺾기 싫을 것이니 방법은 그 것뿐인 것 같구나."

"전하! 그 무슨 황망한 말씀이시옵니까?"

"불가하옵니다! 말씀을 거두어주시옵소서, 전하!"

헉 소리가 여기저기에서 튀어나왔다. 왕이 무표정하게 덧붙였다.

"경들이 그리도 반대하니 과인의 진짜 속내를 말하겠다. 기실 과인은 송언군이 권세 있는 외척을 갖는 것을 바라지 않는다. 그것은 오래지 않아 태어날 원자에게 해로울 것이다. 원자를 위해서라도 과인은 송언군에게 미천한 여인만큼 잘 어울리는 배필은 없다고 생각한다. 경들은 어찌 생각하는가?"

"시, 신은……."

"송언군에게 그럴듯한 권세를 주어 어린 원자를 위협하고 싶은 것인가?"

"그런 것이 아니옵니다, 전하! 그런 것이 아니오라……."

"그런 것이 아니라면 되었다. 경들은 과인의 뜻을 알 것이다. 더 이상 반론하지 말라."

그토록 아끼는 아우를 바로 옆에 두고 하는 말치고는 무척 매정하게 들렸으나, 송언군은 더없이 만족스럽다는 듯이 입술을 늘려 웃었다.

아직 태어나지 않은 원자. 왕은 원자를 무기로 내세웠다.

물론 왕은 아직 젊다. 그러나 선왕 중 단명한 예가 적지 않았다. 만약 왕이 일찍 붕어한다면 권세 있는 외척을 가진 송언군은 너무나 큰 위협이 될 것이다. 일찍이 조카의 왕위를 빼앗은 선례가 있었다. 원자도 송언군도 원치 않는 풍랑에 휩쓸려 크게 다치게 될 것이다.

"전하, 하오나……."

그럼에도 머뭇머뭇 흘러나오는 하오나에 왕이 긴 한숨을 내쉬었다.

"과인이 이렇게까지 말하였는데 반대하는 것인가?"

"전하……."

"좋다. 그렇다면 과인은 지금까지 저지른 송언군의 경거망동을 책잡을 수밖에 없다. 내려진 봉작을 몰수하고 서인으로 강등하여 내쫓겠다. 그리되면 평범한 양민 계집과 어울리는 격이 되겠지. 경들은 그것을 바라는가?"

왕이 최후의 수를 던졌다. 머뭇머뭇 흘러나오던 반론마저 수그러들었다. 왕자의 폐서인을 논할 만큼 간이 큰 이는 그 자리에 없었다. 송언군을 못마땅하게 여기기는 하였지만 그를 향한 왕의 극진한 총애를 그들은 너무도 잘 알고 있었다. 결국 모두 입을 다물었고 침묵만이 남았다.

송언군이 이겼고, 그들이 졌다. 왕이 이겼고, 그들이 졌다. 왕과 송언군이 똑같은 얼굴로 웃었다. 그들은 과연 형제였다.

✳

남이는 송언군이 사치가 심하다는 생각은 해본 적이 없다. 그는 화려한 의복보단 단정한 의복을 즐겨 입었고, 좋아하는 몇 가지 의복을 주로 입었기에 의복이 많은 편도 아니었다. 신도 그러했고 갓도 그러했다. 그는 지극히 소박했다. 아니, 소박했었다.

"남아, 무엇이 마음에 드느냐? 차마 한 필만 고를 수 없어서 모조리 사왔다. 어떠냐? 어떤 것이 가장 마음에 드느냐?"

남이는 방 안에 가득한 비단을 보고 아찔해졌다. 혼인을 허락받은 뒤부터 송언군은 하루가 멀다 하고 비단을 사왔다. 그가 지금까지 사온 비단만 해도 한평생 입을 옷을 지을 수 있을 것이다.

"나, 나리, 너무 많습니다. 쇤네의 옷은 이미 충분……."

"역시 붉은 것이 어울릴까?"

"나리, 쇤네는……."

"아니야. 우리 남이는 역시 남색이지. 흐음, 남색은 너무 수수하니 청색이 좋을까?"

송언군은 남이의 말을 귓등으로도 들을 생각이 없어 보였다. 미간을 좁히는 남이를 보며 김 상궁은 입을 가리고 웃었다. 이 상황에서 난처한 것은 남이뿐인 듯했다.

"그런데 남아."

"예, 나리."

"김 상궁이 지어준 치마가 마음에 아니 드느냐?"

"예? 아, 아니옵니다!"

남이가 화들짝 놀라 고개를 저었다.

"그럼 어찌 아니 입느냐?"

"저, 그것이……."

십수 년을 사내처럼 바지를 입고 살았다. 그것이 송언군을 따라다니는 데 편했기에 이미 익숙해져 버렸다. 갑자기 치마를 입을 수 있을 리 없다. 왜인지 부끄리웠디.

"불편합니다. 말 탈 때 말입니다."

"그런가? 아쉽구나."

송언군이 정녕 서운한 표정을 지었다. 그는 당장에라도 남이에게 아무 치마라도 입히고 싶어 하는 눈치였다. 남이가 도움을 청하듯 김 상궁을 쳐다보았다.

'마마님, 쇤네 좀 살려주세요.'

'내게 무슨 힘이 있느냐?'

김 상궁은 매정히 고개를 돌리며 딴청을 부렸다.

남이는 도움을 구할 곳이 없었다. 아찔해진 기분으로 남이가 송언군의 눈치를 살폈다. 그는 여러 비단을 보며 환하게 웃고 있었다. 즐거워하는 그에게 내내 난색만 표할 수도 없는지라 남이가 넌지시 화제를 돌리려고 시도했다.

"쇤네 옷 말고 나리 것도 좀 보지요. 이 비단이 어떻습니까?"

"내 것은 필요 없다."

"쇤네가 필요합니다."

"내 것은 많다."

"나리……."

"오! 남아, 이 녹색은 어떠하느냐? 새겨진 매화가 아주 곱다."

송언군은 남이에게 넘어가지 않았다. 그는 온갖 비단을 권해댔다.

"나리, 쇤네는 정녕 괜찮은데……."

"말 좀 들어. 어찌 그리 고집이 세?"

"말을 들으셔야 하는 분은 나리십니다."

"한마디도 지지 않겠다는 것이냐?"

남이가 새침하게 입을 다물었다. 그녀를 쏘아보던 송언군의 두 눈이 게슴츠레해졌다. 말을 죽어라고 안 듣는 이 고얀 여인을 어찌 해야 할까 고민하는 게 틀림없었다.

지지 않고 그의 시선을 마주하던 남이가 불쑥 입을 열었다.

"나리."

"왜."

"괜찮을까요?"

"무엇이?"

"전부 다 말입니다."

남이의 눈빛이 가라앉았다.

두렵지 않다면 거짓말이다. 그녀는 양민이라 해도 노비와 다름 없다. 부모도 없고 가문도 없다. 가진 것이라곤 왕자의 마음뿐인 비천한 계집. 당장은 왕과 송언군의 고집에 침묵하는 이들이 정녕 혼인날까지 침묵하고 있을까? 갑자기 누군가 나타나 이 혼인은 절대로 불가하다며 송언군을 빼앗아가 버리지는 않을까?

남이는 무서웠다. 송언군은 그녀를 안심시키려는 듯 다정히 웃었다. 그 웃음이 산뜻하였다.

"네가 잘 모르나 보구나."

"예?"

"네 미래의 지아비는 아주 못된 놈이야. 봉작을 몰수당해도 변명의 여지가 없을 말썽을 아주 많이 저질렀어."

"……."

"정 안 된다면 이깟 왕자, 때려치우마."

전혀 안심이 안 되는 말이다. 남이가 울상을 지었다. 평생을 왕자로 살아온 송언군이 왕실의 지원 없이 살 수 있을지 남이는 알 수 없었다. 남이가 돌연 주먹을 꽉 쥐었다.

"쉰네가 바느질을 좀 할 줄 압니다."

"으응?"

"나리께서 놈팡이가 되신다면 쉰네가 삯바느질을 해서라도 먹여 살려드리지요."

그녀의 결의에 송언군이 웃음을 터뜨렸다.

"그거 참 든든하구나."

김 상궁도 입을 가리고 웃었다. 남이는 뭐가 그리 우스운지 알수 없었다. 그녀는 정말로 진지했다.

"너무 걱정 말거라, 남아. 내 형님은 문제 해결에 아주 천부적인 재능이 있는 분이시거든. 전부 잘될 것이다."

남이는 새삼스러운 눈으로 송언군을 바라보았다. 왕을 향한 그의 깊은 신뢰가 가슴으로 느껴졌다.

'가족이란 정녕 좋은 것이군요.'

남이가 부드럽게 웃었다. 그녀는 송언군이 부러워졌다. 아우를 사랑하고 형을 사랑하는 그들의 우애를 동경하였다. 헐뜯고 미워할 수도 있었을 텐데 평생을 서로를 위해온 한결같은 형제를 경외하였다. 송언군과 가족이 되어 왕이 받는 것과 같은 믿음을 저가 받을 수 있기를 진정으로 원했다.

"으음, 모르겠다, 모르겠어. 모두 빛깔이 곱구나. 무엇이 가장 잘 어울릴까?"

송언군은 다시 옷감에 집중했다. 그러다가 문득 두 눈을 크게 떴다.

"아! 천하에 이런 아둔한 이가 있을까. 조언을 구할 이를 지척에 두고 잊고 있었구나."

무슨 뜻인지 모르겠다는 듯 고개를 갸웃거리는 남이의 손목을 잡고 송언군이 벌떡 일어났다.

"나, 나리, 이거 놓으셔요. 일단 놓으시고……."

"나의 달님에게 가자. 그녀가 이 분야의 달인이 아니겠느냐?"

남이는 마지막으로 김 상궁에게 구조 요청을 보냈으나, 앞선 경우와 마찬가지로 남이의 요청은 묵살되었다.

김 상궁은 다만 다시 흐르기 시작한 왕자의 시간에 기뻐하였다. 왕자의 웃음이 밝고 건강했다. 늘 왕자의 한 부분을 차지하고 있던 불신과 원망과 두려움이 사라졌다.

도성엔 왕자의 재혼에 대한 억측이 파다하였다. 수많은 억측 중 왕자의 괴벽을 보다 못한 왕이 아우의 기를 죽일 겸 이도저도 아닌 계집을 데려다가 안방에 앉히려고 한다는 의견이 가장 팽배하였다.

그럴 만했다. 부모의 신분조차 불분명한, 면천된 지 얼마 되지도 않는 어린 계집. 그 계집과 왕자의 혼인을 허락한다는 것은 왕이 왕자를 포기했다는 이야기처럼 들리기도 했다.

그러나 진실이 전혀 그렇지 않음을 매월향은 잘 알고 있었다.

"월향이!"

"왕자마마, 오랜만에 뵈옵니다."

매월향이 다소곳이 허리를 숙였다. 송언군의 뒤에 남이와 김 상궁이 보인다. 더 이상 몸종 노릇을 할 수 없는 남이 때문에 김 상궁도 함께 온 것일 터이다.

"청이 있다."

"소첩이 들어드릴 수 있는 것이라면 무엇이든 들어드리지요."

"어여쁘게 해다오."

송언군이 남이를 앞으로 밀었다. 그에게 억지로 떠밀린 남이가 난처한 표정으로 시선을 떨어뜨렸다. 확실히 왕자의 배필이라고 하기엔 난감한 차림새이다.

　"그런 일은 소첩이 전문이지요."

　"역시 그럴 줄 알았다."

　매월향이 입을 가리고 호호 웃었다. 남이는 연신 도움을 구하듯 김 상궁을 돌아보았지만 노련한 김 상궁은 여유롭게 그녀의 시선을 피하고 있었다.

　"남이…… 이젠 아씨라 불러야 할까요?"

　"아, 아닙니다! 아씨 편할 대로 불러주십시오."

　남이가 경기를 하듯 고개를 휘휘 내저었다. 왕자의 부인 역할을 해내려면 한 세월이 걸릴 듯한 반응이다.

　"그럼 남아, 이쪽으로 오너라."

　"예, 아씨."

　대답하고도 한참 뒤에 남이가 매월향에게 다가갔다. 매월향은 그녀가 달아날세라 그녀의 손목을 꽉 붙잡았다.

　"술상을 내어드리오리까? 시간이 조금 걸릴 것 같나이다."

　"술은 되었다. 바람이나 쐬고 있으마."

　"알겠나이다."

　송언군을 남겨둔 채 매월향은 남이를 이끌고 어디론가 사라졌다.

　그녀의 방이었다.

　남이는 완전히 굳어서 어쩔 줄 몰라 했다. 옷을 벗기고 입히는 손길이 낯설었다. 남의 손이 얼굴에 닿는 것도 이상했다. 분 냄새가 코에 스몄다. 매월향의 냄새였다.

"그리 굳어 있을 것 없다."

"이상하지 않습니까? 굉장히 어색한 기분이 듭니다, 아씨."

남이는 겁에 질려 있었다. 매월향은 웃었다.

"이상하지 않다. 처음이라 어색한 것뿐이야. 면경을 보여주마. 어떠냐?"

"아······!"

남이가 멍하니 탄성을 흘렸다. 면경 속에는 낯선 계집이 두 눈을 크게 뜨고 있었다. 눈썹은 짙고 볼과 입술은 붉었다. 그 생소한 계집이 저가 입을 벌릴 때 벌리고 닫을 때 닫는다는 사실에 남이는 기절할 듯이 놀랐다.

"쇠, 쇤네입니까?"

"네가 아니라면 이 방에 또 누가 있느냐?"

"쇤네군요."

"소녀라 말하는 버릇을 들여야겠다, 남아."

"노력은 해보았는데 아무래도 익숙하질 않아서······."

"두렵다고 피하면 아무것도 변하지 않는다. 익숙하지 않다고 회피하면 역시 아무것도 변할 수 없다."

남이는 당황한 눈으로 매월향을 응시했다. 그녀는 남이가 아는 천기가 아니었다. 천박하지도 않았고 경솔하지도 않았다. 남이가 솔직하게 놀라움을 표현했다.

"평소 아씨는 참모습이 아니었던 게지요?"

"모든 것이 내가 맞다. 참과 거짓을 굳이 구분하려 들면 더욱 모호해질 뿐이다. 천박한 것도 내가 맞고, 성솔한 것도 내가 맞고, 꿈을 꾸는 것도 내가 맞다."

"잘 모르겠습니다, 아씨."

"나도 잘 모르겠다."

매월향이 남이의 머리에 떨잠을 달아주었다. 남이가 움직일 때마다 떨잠이 파르르 떨렸다.

"다 되었다."

"고맙습니다, 아씨."

"앞으로도 계속될 일에 대한 뇌물이라 생각하여라."

"예?"

"나리께선 과부를 만나는 일을 멈출 수 없다."

뜻밖의 말에 남이가 두 눈을 크게 떴다. 상황을 이해해 보려는 듯 고개를 갸웃거리던 남이의 입이 살짝 벌어졌다.

"나리께서 그것을 원하십니까?"

"원하지 않으셔도 청할 것이다. 내 청으로 아니 된다면 다른 분이 명할 것이다. 그러나 청도 명도 없어도 나리께서는 하실 것이다."

남이는 송언군과 과부들의 염문이 만들어낸 결말을 알고 있었다. 그녀들은 친정으로 돌아가 쉴 수 있게 되었다. 혹여 그녀들에게 해코지를 하는 이가 없도록 이따금 그녀들을 살피기는 했으나, 송언군과 과부들의 관계는 그녀들이 친정으로 돌아가는 순간 거의 끝났다.

수절을 하는 것은 어렵다. 그 때문에 어떤 고을에선 열녀문을 세워 수절한 과부를 칭송하기도 했다. 그러나 그 수절이 정말로 과부 스스로 원한 것이었을 거라고는 생각하기 어려웠다. 청천엔 부당한 일이 많았다.

"알겠습니다."

남이가 고개를 끄덕였다.

송언군은 그런 부당한 일이 일어나지 않게끔 하고 싶은 것이리

라. 그의 뜻을 여태 헤아리지 못한 자신의 아둔함에 남이는 실소하고 싶었다. 그를 향한 은애의 마음이 과부들을 투기하게 만들었고, 그의 진정을 보지 못하게 했다.

"네 꼴이 꽤 우스워질 것이다."

"알고 있습니다."

천한 양민 부인을 두고 과부들을 만나러 나도는 왕자. 꽤 좋은 비웃음거리였다. 그래도 남이는 괜찮다고 생각했다. 그것은 진심이었다.

"괜찮으냐?"

"아니 괜찮을 리가 있습니까? 쉰네가…… 소녀가 원한 것은 왕자마마의 마음뿐입니다. 다른 그 무엇도 중요치 않습니다. 소녀에게 중요한 세상은 왕자마마뿐입니다."

"네가 그리 말하니 나 또한 마음이 놓이는구나. 이만 나가자꾸나."

"예, 아씨."

"아씨라고 부르는 것은 그만두어라."

"하오나……"

"존대를 하는 것도 그만두세요."

매월향이 앞장서서 걸었다. 남이는 그녀의 목소리가 쓸쓸하게 들린다고 생각했다. 알 수 없는 일이다.

남이는 어색하게 송언군 앞에 섰다. 데면데면한 기색을 감추지 못하고 얼굴을 붉히는 그녀에게서 송언군은 눈을 떼지 못했다.

"과연 옷이 날개라더니. 천하의 못난이도 천상의 선녀로 변신시키는 네 솜씨가 신묘하다, 월향아."

"소녀가 못난이였다는 뜻이십니까?"

남이가 당장 발끈하여 물었다. 답을 회피하며 송언군이 활짝 웃었다.

"비용은 얼마나 들었느냐?"

"그것은 묻지 마세요, 왕자마마. 소첩의 뇌물이라고 생각해 주세요."

"뇌물?"

"앞으로 더 잘 부탁한다는 뜻이옵니다."

"아하!"

송언군이 고개를 끄덕이고는 다시 남이를 쳐다보았다. 그의 시선이 온몸 구석구석에 닿는 것이 느껴지자 남이는 몸을 비틀었다. 쑥스러워서 어디에 쥐구멍이 있다면 숨을 수 있을 것 같았다.

"그리 빤히 보지 마세요, 나리."

"닳느냐?"

"예?"

"아니지. 내가 내 것을 보는데 좀 닳으면 어떨까."

결국 참지 못한 남이가 두 손으로 얼굴을 가렸다. 송언군이 웃었다. 유쾌한 웃음에 따라 웃던 매월향이 문득 웃음을 멈추었다. 그녀의 두 눈이 커졌다.

'전하?'

송언군과 남이의 뒤에 그가 있었다. 중전의 회임 소식이 알려진 후 한 번도 발걸음하지 않던 그다.

매월향이 두 눈을 감았다 떴다. 그녀는 석별의 때가 왔음을 직감하였다.

왕은 송언군에게 말을 걸어오는 대신 등을 돌리고 방향을 틀었다. 그가 어디로 향하는지 매월향은 알고 있었다.

"왕자마마, 남이가 많이 지쳤을 테니 이만 돌아가 쉬시는 게 어떠실는지요?"

"네 말을 듣고 보니 그게 좋겠구나. 고맙다."

"별말씀을요."

송언군 일행이 떠날 때까지 매월향은 웃음을 잃지 않았다. 그들이 기루를 빠져나가는 것과 동시에 매월향은 급히 몸을 돌렸다.

후원으로 향하는 그녀의 발걸음이 바빴다.

왕은 정자에 앉아 물속을 응시하고 있었다. 오랜 미련의 끝을 매월향은 애써 담담한 마음으로 마주하였다.

"전하."

왕은 뒤도 돌아보지 않고 대답하였다.

"옆에 앉아라."

매월향은 울음을 참았다. 그녀는 왕의 옆에 앉아 그와 같은 곳을 보았다. 잉어 한 마리가 물속에서 노닥이고 있었다.

"오래만에 뵈옵니다."

"그렇구나."

"감축드리옵니다."

왕이 웃었다.

"달아."

그가 그녀의 이름을 불렀다. 오래전 잊은 이름이다.

"예, 선하."

"여름이 길었다. 길고 뜨거웠다. 잃고 싶지 않은 이를 또 잃었다. 나는 늘 지키지 못하여 괴롭다."

"전하의 탓이 아니옵니다."

"내가 나약하여 괴롭다."

"사람은 누구나 나약하옵니다."

왕은 잠시 입을 다물었다. 무릎을 세워 그 무릎에 머리를 기댔다. 왕답지 않은 자세였으나, 이곳에는 왕의 체통을 운운하며 그를 귀찮게 할 대신들이 없었다.

"나는 내 아우를 사랑한다."

"청천의 누가 그것을 모르겠나이까?"

"내 아우를 위해서는 무엇이든 될 수 있다."

왕이 엷게 웃으며 눈을 감았다. 하늘이 어깨에 내려앉은 듯 모든 것이 무거웠다. 매월향이 서글픈 눈으로 그를 응시하였다. 가까이 있어도 닿을 수 없는 사내가 그녀의 옆에 있다. 이제는 뵙지도 못할 것이다.

"그러나 기생에게 홀려 중전을 홀대하고 정사를 게을리하는 폭군은 될 수 없구나."

기생 명부에서 기녀를 빼내 후궁으로 삼은 왕이 역사에 없었겠느냐마는 그들의 결과는 하나같이 처참했다.

"전하께선 폭군보다는 성군이 어울리시옵니다."

매월향이 겨우 대꾸했다. 울음이 스민 목소리가 갈라졌다.

"그러하냐."

낮은 웃음소리가 흩어졌다.

중전이 회임을 하였다. 원자를 낳을 것이다. 왕은 대비와 민 숙의 일이 어찌 끝났는지 잘 알고 있다. 그는 결코 같은 일을 반복하지 않을 것이다. 후궁을 들이라는 신료들의 끝없는 상소에도 모르쇠로 일관한 그였다. 그는 중전에게도, 원자에게도 적을 만들어 주지 않을 것이다.

"이제 아니 오실 것이지요?"

"그렇다."

매월향이 애써 담담히 웃었다.

"달아."

"예, 전하."

"내가 미우냐?"

"당치도 않으시옵니다."

고개를 든 왕이 그녀를 응시하며 표정을 찡그렸다.

"나는 네가 밉거늘."

왕은 고독하다. 그 고독은 매월향이 얼러줄 수 없는 것이었다.

언제나 바른 군주가 되기를 꿈꾸는 그 또한 결국엔 사람이라서 흔들리고 갈등하고 무너지고 절망하는 것이다. 아무도 모르게 울음을 삼키며 모두의 앞에서는 무심하고 강건한 군주의 모습을 가장하여 매 순간 살아가고 있다.

"네가 나를 미워하지 않아 나는 내가 더 끔찍하구나."

"전하……."

"나는 모든 것을 할 수 있다, 달아 내 아우를 위하여 노비를 면천할 수도 있고, 내 아우를 위하여 말도 안 되는 혼인을 강행할 수도 있지. 그러나 너를 위해서는 아무것도 할 수가 없구나."

"소첩이 선택한 삶이옵니다. 전하의 책임이 아니옵니다."

왕이 손을 뻗었다. 그의 손이 그녀의 뺨에 닿았다. 매월향은 제 시야가 흐려지는 것을 보며 울음을 참았다. 목구멍에 걸린 울음이 끅끅 새어 나왔다.

"이런…… 이런 삶이라도 전하를 뵈올 수 있어 행복했나이다. 전하께서 소첩을 찾아주심에 견뎠나이다……. 원망, 아니 하옵니다.

애초에 소첩의 자리가 아니지 않았나이까? 중전마마께 죄를……
죄를 더 이상 짓지 않게 해주시어 감읍하옵니다. 강건하소서. 행복
하소서. 성군이 되어주옵소서."

왕은 마지막으로 그녀를 안았다. 가질 수도, 지킬 수도 없으나
놓지 못해온 연인에게 석별을 고했다.

송언군은 과거로부터 벗어났다. 이제 그가 미련을 버릴 때였다.

"너는 내게 부도덕을 시도할 기회조차 주지 않는구나. 고맙고 미
안하다."

왕의 품이 멀어졌다. 매월향이 두 손으로 얼굴을 가렸다. 추한
모습으로 기억되고 싶지 않았다.

"소첩은 후회…… 없사옵니다."

"……."

"가시옵소서."

"그래."

손을 떼고서 매월향이 겨우 웃었다.

소리 없이 일어난 왕이 점점 멀어졌다. 그가 사라질 때까지 매월
향은 그의 모습을 눈으로 보고 마음에 새겼다.

'소첩은 남이가 부럽습니다. 많이 부럽습니다. 그러나 괜찮아질
것입니다. 모두 잊힐 것입니다.'

양극단인 것은 같았다. 송언군과 남이는 왕자와 몸종이었고, 그
와 그녀는 왕과 천기였다. 왕자와 몸종은 왕과 천기보다 약간 더 거
리가 가까웠기에 왕의 지원하에 맺어질 수 있었다.

그러나 왕은 누구의 지원하에 천기를 곁에 둘 수 있을까. 전신?
천신께서 허락하면 가능한 것일까?

매월향이 조소했다. 설령 가능하다고 해도 왕은 행하지 않을 것

이다. 그는 선대의 역사가 반복되길 원하지 않으니까. 매월향은 그것을 일찍부터 알고 있었다. 그렇기에 그녀는 죽었다 깨어나도 왕의 곁에 있을 수 없었다. 지금까지 이어온 미련도 여름날의 꿈 같은 것이었다.

"유."

그녀는 마지막으로 그의 이름을 불러보았다. 누구도 부를 수 없어 모두가 잊어버린 이름이다. 그녀는 벌써 그가 그리워져서 힘없이 웃었다. 달 향이 짙은 밤이 올 것 같다. 차갑고 순수한, 그런 밤이……

그해 가을.

기묘한 설렘 속에서 왕자의 혼례가 성사되었다. 그것은 강렬한 변화의 바람이었다. 신분의 질서를 뛰어넘는 인연이 많아지면 언젠가 신분이란 것도 무의미해질 터. 많은 시간이 걸리겠지만 자신들이 새 세상의 출발점에 서 있음을 청천의 백성들은 알 수 있었다.

❋

진왕 원년. 성왕의 장자인 세자가 왕위에 오르다.

진왕 5년. 송언군이 국경을 유린하던 녹산을 몰아내다.

진왕 5년. 노비 개혁안이 시행되다. 억울히 노비 된 이들이 왕의 은덕을 칭송하다.

진왕 5년. 송언군이 재혼을 강행하다.

진왕 6년. 원자가 태어나다.

진왕 8년. 과부의 재가를 법으로 허용하다.

진왕 10년. 과거제가 개편되다. 재가한 여인의 자식과 서자도 문과에 응시할 수 있게 되다.

진왕 12년. 녹산과의 전쟁이 발발하다. 송언군과 이현원이 큰 군공을 세우다.

진왕 13년. 녹산과의 전쟁이 승리로 끝나다. 군공을 세운 이들을 가려 그 공을 치하하다. 공이 큰 일부 노비에게 벼슬이 하사되다.

진왕 13년. 북평도를 충의도로 명명하다. 최서도가 신원되다.

진왕 17년. 원자가 세자로 책봉되다.

진왕 20년. 잡인을 중히 쓰는 왕에게 반발한 일부 세력이 반란을 일으키다. 사흘 만에 진압되다.

진왕 21년. 세자가 국혼을 치르다. 세자빈은 충의 최씨이다.

진왕 27년. 세자에게 양위하고 상왕으로 물러나다.

진왕 이유는 청천의 역사상 유례없는 개혁 군주로 평가받았다. 그가 통치한 삼십여 년의 시간은 청천을 근본부터 뒤바꾸었다. 그는 백성을 사랑하였고, 백성도 그를 사랑하였다. 상왕으로 물러난 뒤의 행적은 전하지 않는다.

닫는 장
왕자와 부인

   청천의 도성에 괴기한 소문이 돌았다. 야밤에 아녀자를 겁탈하려 들던 무뢰배들이 이레쯤 뒤에 거세되어 정신을 잃은 채 외진 곳에서 발견되곤 한다는 소문이었다. 물론 대부분은 공포만 조성하는 헛소문이었지만 개중엔 진짜도 있었다.

   "어머, 망측해라."

   "마님, 보지 마셔요! 이런 거 보는 게 아니에요!"

   "얘는, 보지 말아야 할 것은 너이지 않으냐?"

   "마, 마님!"

   시비로 보이는 계집이 소리쳤다. 마님이라 불린 여인은 교태스럽게 웃었다. 그녀는 흉물스럽게 변한 남자의 그것이 최근 도성에 떠도는 괴소문의 실체임을 알았다.

   죄인의 뺨에 찍힌 낙인은 끔찍했으나 통쾌하였다. 하여 마님은 소리 내어 웃었다. 계집이란 이유로 짓밟는 자들은 똑같이 짓밟혀 마땅하였다.

"가자. 더러움이 옮으면 곤란하겠지."

"예, 마님!"

마님은 발걸음을 옮겼고, 시비는 총총 그녀를 뒤따랐다.

반쯤 발가벗은 사내는 그녀들이 떠나고도 한참 뒤 정신을 차렸다. 시간이 뒤죽박죽이다. 한참 전 마님과 몸종이 떠들던 말들이 이제야 사내의 귀에 들렸다.

그는 목소리의 주인을 찾기 위해 주변을 두리번거렸다. 아무도 없었다. 통증을 막아주는 약효 때문인지 정신이 몽롱했다. 그러나 끔찍한 고통의 기억은 생생하여 저절로 몸부림쳐졌다.

'대체 무슨 일이……'

그는 단지 호패를 다시 만들려고 관청에 간 것뿐이다. 곤장 몇 대면 끝날 일이었다. 더욱이 그는 호패를 잃어버린 게 아니라 도둑 맞은 것이다. 지엄한 국법의 곤장이 내려진다면 그가 아니라 도둑에게 내려져야 했다. 그러나 그의 읍소는 별 힘이 없었다.

그는 억울했다. 나라님께 이 억울함을 고하고 풀어야 했다. 그러나 나라님께 고했다간 더 큰 화를 입을 것 같다는 본능이 고개를 들었다.

"으윽."

몸을 움직이던 남자는 참담한 심정이 되었다. 조금 뒤척거리는 것만으로도 끔찍한 고통이 엄습해 왔다. 그때는 약 기운도 소용이 없었다. 비명을 지르고 싶은 것을 꾹 참으며 사내는 절망스러운 눈으로 제 아래쪽을 바라보았다.

무슨 일이 일어난 것인지 차마 생각조차 하고 싶지 않았다. 차라리 꿈이라고 여기고 싶었다. 그러나 두 눈에 비치는 그것은 명백한 현실이었다.

"어, 어찌 이런 짓을……. 누가 이런 극악무도한 짓을……."

목소리가 분노로 벌벌 떨렸다. 궁형이라니? 자신이 그 잔혹한 형벌의 대상이 되었다는 것을 사내는 이해할 수 없었다. 그는 성실한 보부상이었을 뿐이다. 호패를 잃어버렸…….

문득 그가 두 눈을 크게 떴다. 가슴 안쪽에 무언가 있는 게 느껴졌다. 힘없이 팔을 움직인 그가 가슴을 더듬었다. 딱딱한 물체가 손에 잡혔다. 미간을 잔뜩 찡그린 그가 그것을 꺼냈다.

"내 호패?"

도둑맞은 호패가 왜 품에 돌아와 있는가. 그는 당황했고, 불현듯 몇 달 전 일이 떠올랐다. 웬 무뢰배 새끼에게 호패를 빼앗긴 날의 기억이다.

"마음 같아서는 네놈들을 갈기갈기 찢어 죽이고 싶다. 그러지 않음은 지금은 그보다 더 중한 임무가 있는 까닭이다. 하나 이 일이 끝나면 내 지옥 끝까지라도 찾아가 네놈들 심장을 뜯어낼 것이야."

놈의 말은 맹렬한 분노를 품고 있었다. 사내는 이해할 수 없었다. 겁도 없이 사내들 틈에서 자고 있던 계집에게 그 계집이 능히 원할 만한 것을 주려고 한 것뿐이었다. 놈은 그런 사내를 믿을 수 없는 완력으로 패대기치고 호패를 빼앗아가 버렸다.

'그놈이…….'

사내의 몸이 갑자기 오한 들린 듯 떨리기 시작했다. 몸이 떨릴 때마다 참을 수 없는 고통이 찾아들었다. 형을 당할 당시의 기억이 두서없이 떠올랐다.

'왕자였어!'

공포는 견딜 수 없는 크기였다. 사내는 차라리 미치고 싶었다. 모든 것을 미친 그의 머리가 만들어낸 가짜 기억쯤으로 치부하고 싶었다. 그러나 정신이 몽롱함에도 불구하고 사내는 그 어느 때보다 멀쩡했다. 그것은 실로 참담한 일이었다.

"너는 용서받을 수 없는 죄를 지었다. 너는 내 것을 탐하였다. 내 것을 상처 입혔다. 나는 그것을 참을 수 없다."

"와, 왕자마마! 소인은 아무것도 몰랐습니다. 왕자마마인 줄 알았다면 절대 그런 짓은……."

"왕자의 것이라면 범하지 않고 보통의 선량한 아녀자라면 범해도 된다는 것이냐?"

"소인은 그런 뜻으로 한 말이 아니라……."

"스스로 간수할 수 없다면 없는 것이 낫다. 그쪽이 네 목숨에도 이로울 것이다."

"왕자마마! 부디 자비를 베풀어주시옵소서!"

"네 목숨을 거두지 않는 것은 살아 있는 쪽이 더 끔찍할 것이기 때문이다. 살아도 살 수 없는 삶을 살아라. 모두에게 천시받고 멸시받으며 살아라."

사내는 거칠게 고개를 저었지만 왕자는 멈추지 않았다. 그가 손을 들어 올리는 것과 동시에 절대 일어나선 안 되는 일이 시작되었다.

그것이 끝이 아니었다. 사내는 생소한 기분으로 뺨을 만졌다. 손 끝이 뺨에 닿자마자 화끈거리는 고통이 찾아들었다. 무슨 글자가 새겨져 있을지 짐작할 수 있었다. 발작적으로 웃음을 터뜨리던 사내는 이내 침승처럼 흥흥거리더니 강간과 건음에 대한 국법이 그토록 강력하게 개정되었음을 그는 몰랐다.

❋

송연군은 자신이 꽤나 잔인하다는 걸을 인정했다. 모든 왕족이 지니고 태어난 오만과 교만이 그에게도 있었다. 그는 필요에 의해 왕에게 국법의 개정을 주청하였다. 혹은 인제나 그랬듯 그의 철 기까이 들어주었다. 수십 년 동안 그 잔악성으로 인해 금지되어 있던 구형이 부활되었다. 그것이 송연군을 기쁘게 했다.

"나더, 무슨 좋은 일이라도 있으시옵나까?"

"응? 아, 네가 곁에 있는 것이 좋은 일이다."

녀스레를 떨면 송연군이 활짝 웃었다. 이제 한 눈 남았다. 한 눈만 더 참으면 된다. 이주 갈기갈기 찢어놓고 싶지만 죽음은 너무 쉽다.

"그런 이유가 아닌 것 같습니다."

"나를 의심하는 것이냐?"

"예, 나더."

"어허! 빌말로라도 믿는다 해야지!"

남아가 소리 없이 웃었다. 그녀를 노려보던 송연군이 이내 다정하게 그녀의 이마에 제 이마를 대었다. 맞댄은 이마가 파스했다.

"말을 구석이라곤 하나도 없는 내 아더가 좋으냐?"

"나러의 다정이 좋습니다."

"나는 네가 생각하는 것만큼 다정하지 않아. 그리 선량하지도 않지."

우습다는 듯 남이가 웃었다. 하지만 송언군은 진심이었다.

그는 필요하다면 남의 목숨을 아무렇지도 않게 요구할 수 있었다. 또한 죽음보다 끔찍한 삶도 선사할 수 있었다. 그의 잔악성을 모르기에 남이는 그에게 다정하다고 말할 수 있는 것이다.

"알고 있습니다."

"알고 있다?"

"소녀는 나리처럼 못된 분은 모릅니다."

"어허, 빈말로라도 좋은 분이라고 해야지."

"나리께서 어떤 분이든 상관없습니다."

송언군이 입을 다물었다. 그가 이마를 떼고 멀어졌다. 남이의 곧은 시선이 멀어지는 그에게 고정되어 있었다. 그 바른 눈동자를 마주하며 송언군이 미간을 찡그렸다.

"남아."

"예, 나리."

"그리 빤히 보지 말거라. 나도 부끄러움은 안다."

송언군이 고개를 돌렸다. 생긋 웃은 남이도 고개를 돌렸다. 같은 곳을 바라보는 그들에게로 산뜻한 바람이 불어왔다.

혼례의 날이 다가오고 있다. 어떤 날들이 펼쳐질 것인지 남이는 짐작도 할 수 없었다.

때론 거센 풍랑이 그들을 뒤흔들 것이다. 때론 오해하여 미워하고 실망할 것이다. 그래도 괜찮다. 쳐다보아서도 아니 되는 나무라고 생각하던 적이 있었다. 허락될 수 없는 곁을 바란다고 절망했던 나날이 있었다. 아니 되는 것을 되게 하고, 허락할 수 없는 것을 허락한 이가 그녀의 곁에 있다. 그것만으로 남이는 불확실한 내일로 나아갈 힘을 얻었다.

"남아."

"예, 나리."

"나는 재혼이다."

"알고 있습니다."

"나이도 너보다 많으니 너를 과부로 만들 가능성도 크다."

"……."

"한참 밑지는 혼인인데 해주어서 고맙다."

남이가 고개를 돌려 송언군의 옆얼굴을 응시했다.

"나리의 남은 평생이 전부 소녀의 것이니 이 정도 밑지는 것은
봐드리지요."

송언군이 다정한 웃음을 터뜨렸다.

❊

밤이 왔다. 정신없는 하루였다. 정말로 이 혼인이 강행되는 것이
냐고 온 나라가 술렁였다. 왕은 그 어떤 방해도 용납하지 않았다.

겨우 찾아온 밤은 달 향이 짙었다. 하얀 달빛은 청초하고 고결하
였다. 틀어 올린 머리를 낯설어하며 남이는 송언군을 바라보았다.

그가 머리를 내려주었다. 그리고는 어찌할 바를 모르겠다는 듯
잔뜩 미간을 찡그렸다. 어찌해야 할지 모르는 것은 남이도 똑같았
다. 김 상궁에게 수없이 교육받았지만 그런 것은 이미 머리에 남아
있지 않았다.

"나리는 두 번째이시지 않습니까?"

"처음은 너무 어릴 때라 기억도 아니 난다."

송언군이 투덜거렸다. 사실 그때는 아무것도 안 했다. 그의 첫

번째 부인은 이미 미래를 약조한 정인이 있었고, 송언군은 그들을 존중하였다. 혼인을 거부할 힘은 없었지만, 정인에게 정조를 지키고 싶어 하는 부인의 의지는 지켜줄 수 있었다. 하여 겉으로 그들은 부부였으나 실제로는 줄곧 남남이었다.

"술을 좀 할까? 술김이라면 생각이 날지도 모르지."

"소첩이 따라 드릴⋯⋯."

송언군이 병째 술을 들이켰다. 술병을 집으려던 남이의 손이 황망히 허공에 멈췄다. 그녀가 참을 수 없다는 듯 웃음을 터뜨렸다.

"어찌 웃느냐? 하늘 같은⋯⋯ 지아비를 지금 비웃었어?"

"그럴 리가요."

"분명 피식 웃었다. 그것이 조소가 아니라면 무엇이냐?"

"나리께서 그리 좌불안석으로 구시니 소첩이 어찌해야 할지를 모르겠습니다. 불안하고 초조하게 구는 것은 소첩의 역할인데 나리께서 빼앗아가셨습니다."

송언군이 불퉁하게 입을 다물었다. 심장이 팔딱거려 참을 수가 없었다. 얼굴이 붉은 것은 취한 탓이라고 우기자. 그리 다짐하며 그가 단호한 표정으로 남이에게 고개를 돌렸다.

"좋다. 대범하게 굴어주마. 안겨라."

송언군이 두 팔을 활짝 벌렸다. 남이가 웃으며 그의 가슴에 얼굴을 묻었다. 터질 듯 뛰는 심장 소리가 그녀의 것과 별반 다르지 않았다. 이전에도 함께 있었으나 지금은 그 의미가 달랐다.

남이가 고개를 들어 그를 바라보았다. 그가 천천히 가까워졌다. 입술에 닿는 생소한 감촉에 남이의 두 눈이 크게 뜨였다가 이내 감겼다.

처음이 아니라는 생각이 들었다.

그때, 연못에 빠졌던 그때, 물을 잔뜩 들이마신 그녀를 살린 것은 역시 이 입술이었을 것이다. 천천히 남이가 그를 안았다. 그녀가 바닥에 부딪치지 않도록 천천히 그녀를 눕힌 그가 입술을 떼었다.

"네가 내 세상이었다. 너만이 내 구원이었다."

그가 속살거렸다.

남이가 손을 뻗었다. 그녀의 손이 그의 가슴에 닿았다. 아픈 마음, 상처 난 심장. 위로하고 싶었다. 어루만져 줄 수 있어서 그녀는 진정으로 행복하였다.

"소첩이 나리의 세상입니까?"

"왜? 이의 있느냐?"

"예, 있습니다."

"무언데?"

"나리께서 소첩의 세상인 것은 모르시는 것 같아서요."

촛불이 꺼졌다. 방 안이 어두워졌고, 둘은 하나가 되었다.

혼인을 한 후 송언군의 평판이 나아졌느냐면 대답은 '아니오' 였다. 대신들은 하루가 멀다 하고 새로운 여인을 찾아 헤매는 송언군의 작태를 보고 속으로 안도의 한숨을 내쉬었다. 저런 호색한에게 제 여식을 내어주었을지도 모른다고 생각하면 자다가도 벌떡 일어날 지경이었다.

"전하! 통촉하여 주시옵소서!"

송언군을 지탄하는 상소는 나날이 개수를 늘려갔다. 부인을 안방에 앉혀놓고 밖으로 싸돌아다니는 송언군의 행실은 아무리 칭송하려고 해도 칭송할 수 없는 종류의 것이었다. 그 부인의 출신이 비록 보잘것없다고 하나 그래도 왕자의 정실이다.

"과인이 어찌 통촉할까?"

"모든 지원을 끊는 것은 어떠하옵니까?"

"곤궁한 왕자의 모습은 좋지 않다. 백성들이 왕실을 우습게 보게될 것이다. 또한 죄 없는 그의 부인과 가솔들은 어찌하느냐? 경들은 군부인을 빌미로 왕자의 행실을 지탄하고 있는데, 왕자를 벌하면 애먼 군부인이 화를 입는다."

"일전에 북평도에 보냈던 것처럼 멀리 보내는 것은 어떠하옵니까?"

"혼인한 지 일 년도 아니 된 군부인을 독수공방하게 하란 말이냐? 변방에 가도 여인은 많다. 왕자의 편력을 잠재울 수 없다."

이런저런 의견이 나왔지만 왕은 전부 묵살했다. 일례 행사 같은 일이었다.

"다음 안건으로 넘어가도록 하지."

호조판서가 조세 징수에 대한 건을 꺼냈다. 양민의 수가 늘었기에 국고는 꽤 두둑해졌다. 국방도 튼튼해졌고, 빈민에 대한 지원도 늘렸다.

그러나 더 많은 정책을 펼치려면 더 많은 것이 필요했다. 호판이 여러 가지 정책을 제시했다. 왕은 몇 가지는 윤허했고, 몇 가지는 불허했다.

청천은 평화로웠다.

세상은 조금씩 변했다. 며느리가 혹 가문에 먹칠을 할까 친정으로 돌려보내지 않고 붙들고 있던 가문들은 고민에 빠졌다. 며느리가 친정으로 돌아가 재가를 하는 것이 더 낭패일까, 도성에 남아 있다가 혼인한 왕자와 추문을 뿌리는 것이 더 낭패일까.

현명한 이들은 후자의 경우가 더 낭패라고 결론지었고, 어리석은 이들은 제 며느리가 왕자의 관심을 받을 정도로 대단한 외모를 지니지 않았다며 애써 현실을 외면하였다. 그들은 곧 마주하기 싫은 추문과 마주해야만 했다. 마침내 지아비를 잃은 여인들은 친정으로 돌아가거나 시댁으로부터 벗어날 수 있게 되었다.

온갖 오명을 얻었지만 송언군은 만족하였다. 당장은 여인의 재가를 완전히 이해하는 세상이 되지는 않을 것이다. 여전히 재가한 여인들의 자식은 차별당하고 있다. 그러나 언젠가는 바뀔 것이다. 왕이 그리 만들 것이다.

"부인!"

"예, 나리."

"보아라. 나의 별님이 준 편지다."

송언군이 으스대며 종이 한 장을 내밀었다. 새침하게 종이를 노려보던 남이가 그것을 받아 들었다. 한 자 한 자 정성스럽게 써내려간 편지는 그녀에게도 감사를 전하고 있었다.

모든 여인이 지아비를 여읜 후 재가하길 바라는 것은 아닐 것이다. 어떤 여인들은 시댁에 남아 지아비에 대한 정절을 지키고 싶어 할 수도 있었다.

그러나 돌아가고 싶어 하는 여인들도 분명 있었다. 다른 삶을 꿈꾸는 이들도 있었다. 여인들에겐 자신의 삶을 선택할 자격이 있다. 누구나 자신의 삶을 선택할 수 있어야 한다. 정해진 대로 사는 것은 고루하다. 스스로 생각하지 않고 시키는 대로 사는 것은 어리석다. 짐승도 그렇게는 살지 않는다.

스스로 선택할 수 있는 시대. 그런 시대는 분명히 온다.

'절대 보지 말고 네게 전해달라고 하더구나. 무어라고 쓰여 있느냐?'

내 것이로다

"절대 보지 마시라고 하였다면서요. 하오니 알려 드릴 수 없습니다."

"치사하다. 설마 둘이서 내 욕을 주고받는 것이냐?"

"어찌 아셨습니까?"

남이가 짓궂게 웃었다. 송언군이 종이를 꿰뚫어 뒤쪽에 쓰인 글자를 읽으려는 듯 두 눈을 부릅떴다.

"하늘 같은 지아비를 흉보다니! 과연 맹랑한 부인이로다!"

"맹랑하여 싫으십니까?"

"좋다."

송언군이 웃으며 넙죽 남이의 옆에 앉았다. 남이가 그의 어깨에 머리를 기댔다.

"부인이 있어 참으로 좋구나."

"소첩도 나리가 있어서 참으로 좋습니다."

당신은 다정하다. 당신은 세상을 사랑하고, 세상의 모두를 사랑한다. 마음에 품은 것이 한량없이 크다. 그런 당신을 은애한다. 매일매일 더 많이 은애하고 싶다.

남이가 말갛게 웃었다.

내 것이로다 完

작가 후기

　짓밟히고 싸우고 절망하며 만신창이가 되어서도 살아가는 것이 삶이라면, 설익어 유치한 내 바람을 마음껏 투영시킨 글을 써도 좋겠다 싶었다. 다시 들춰보면 내 얕은 생각에 틀림없이 부끄러워지겠지만, 지금이 아니면 안 될 것 같았다. 나를 이토록 많이 드러내는 글은 지금까지 없었고, 앞으로도 없을 것이다. 언제나 사랑을 하고 싶다. 아름다운 것도 추한 것도 그 자체로 마땅히 사랑하고 싶다.

　부족한 글을 포기하지 않고 써내려가도록 도와주신 모든 분들께 감사드립니다.

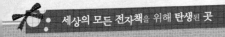

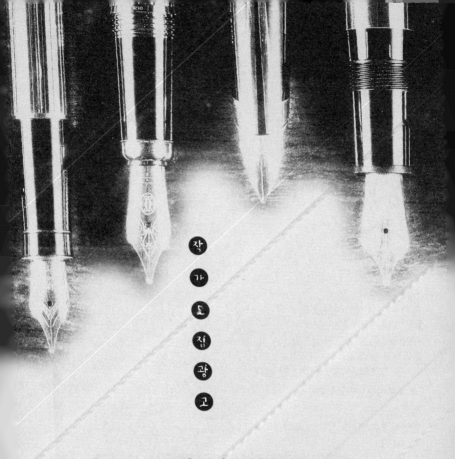

작

가

모

집

광

고

도서출판 청어람의 문은 항상 열려 있습니다.
실력있는 작가 분들의 많은 관심 부탁드립니다.

TEL:032-656-4452 • FAX:032-656-4453
http://www.chungeoram.com
e-mail:chungeorambook@daum.net